The Good Girl's
Guide to Rakes
by Eva Leigh

初恋の思い出作りは放蕩者と

エヴァ・リー
緒川久美子[訳]

ライムブックス

THE GOOD GIRL'S GUIDE TO RAKES
by Eva Leigh

Published by arrangement with Avon,
an imprint of HarperCollins Publishers.
through Japan UNI Agency, Inc., Tokyo

初恋の思い出作りは放蕩者と

主要登場人物

セレステ・キルバーン／サロメ……………………新興成金の娘
キーラン・ランサム……………………………………ウィングレイヴ伯爵家の三男
フィン・ランサム………………………………………キーランの兄（次男）
サイモン・ランサム……………………………………キーランの兄（長男）
ウィラ……………………………………………………キーランの妹
ウィングレイヴ伯爵……………………………………キーランの父
レディ・ウィングレイヴ………………………………キーランの母
ドミニク（ドム）・キルバーン………………………セレステの兄。キーランの親友
ネッド・キルバーン……………………………………セレステの父
モントフォード伯爵……………………………………セレステの婚約者候補
ロザリンド・カルー……………………………………セレステの親友
オリヴァー・ロングブリッジ…………………………投資家
ロッティ…………………………………………………インペリアル劇場の踊り子
スーザン・ヴィアー……………………………………ラトクリフの住人

1

一八一八年、イングランド、ロンドン

式もまだ挙げていないのに、この結婚はすでにひどいことになっていた。

キーラン・ランサムと彼の家族は、聖ジョージ大聖堂の中にすぐには入らず、入り口前の張り出し屋根の下に立っていた。母親が後れ毛を払うためにウィラのベールを一瞬持ちあげたとき、ちらりと見えた妹の頬には血の気がなく、唇はかたく結ばれていた。伯爵夫人が母親らしくあれこれしゃべりながらウィラのドレスをかいがいしく整えている一方、妹はひと言ふた言しか言葉を発していない。

昨日は家族で結婚式前夜の夕食を楽しんだが、そのときもウィラはほとんどしゃべらなかった。いつもは一杯しか飲まないワインを二杯半も飲み、旺盛な食欲はどこへ消えたのか、料理をつつきまわしてばかりいた。新郎は意気消沈した様子で座り、話しかけられてもうなり声を返すだけなので、キーランが食事が終わったら行きつけの店へ酒を飲みに行こうと誘ったところ断られた。

どう考えても何かがおかしい。

「どう考えても何か変だぞ」兄のフィンが、キーランの耳元でささやく。

キーランはすぐそばに立っている父親のウィングレイヴ伯爵に目を向けた。父は長男のサイモンと話していて、サイモンの横には妻のアリスが寄り添っている。父と母はいつもどおり互いを無視していて、そのことには驚かない。だが、無言で悲鳴をあげているかのごとく苦しそうな花嫁の様子にキーランとフィン以外の誰も気づいていないことには、驚きを禁じ得なかった。

いつものウィラなら何にでも突進していくはずだ。どこにでも行って議論に加わり、臆することなく意見を言う。それなのに今朝の彼女はあまりにもおとなしい。

「結婚をやめたがっているのかな？」キーランは小声で兄に訊いた。

「そうだとしても責められないな。ここ何週間かのドムの振る舞いはひどい。あんなふうにされたら、ぼくなら結婚しないね」

「ウィラはドムを捨てるつもりなのか？」

フィンは大きく息を吐き、陰鬱な表情を浮かべた。「それはないだろうな。昔、砂を食べようとしたウィラを止めたとき、食べると言って譲らなかったのを覚えているだろう？」

「ああ、五歳のときだ」

「あのあともウィラの頑固さはひどくなる一方だ」

キーランは兄の言葉を否定できなかった。ウィラとドムことドミニクは完璧な組みあわせだと思っていた。どちらも頑固だから、ドアをものすごい勢いで叩きつけたり陶磁器を割ったりするようないさかいは絶えないものの、互いに焦がれるような目を向けているところや、片時も離れていられないとばかりに常に手を絡めあっている様子も目にしてきた。平穏ではなくとも、愛しあっていて幸せだったはずだ。

だがいまはもう、確信が持てない。

ひとつだけわかっているのは、教会に来ると居心地が悪くて仕方がないということだった。教会は自らを律して真面目に振る舞うとか、静かに内省するというような行為を象徴する場所だ。そして、そのどちらもキーランは慎重に避けている。こうして聖ジョージ大聖堂の外に立っているだけで腕や脚がむずむずしてきて、通りかかった荷馬車に飛び乗り、酒場でも劇場でもいいからこの退屈きわまりない祈りの場以外のどこかへ逃げだしたくなった。

自分がこんな場所で新郎の介添人を務めるつもりなどなかったことは、神も知っている。

「くそっ、何年ぶりかでこんなに早起きをしたのに」キーランはフィンにささやいた。

「トンプキンスから五ポンド取りたてないとな。おまえが素面で教会に現れるはずがない、それどころか時間までに起きるのも無理だろうとやつは言ったんだ。だが、ぼくはおまえが来るほうに賭けた。結婚式の日の朝食を腹におさめるためだけだとしてもな」

「信用してくれて、礼を言うよ」キーランはそっけなく返したあと、声を張りあげて家族に言った。「新郎の介添人として、ちょっとドムの様子を見てくるよ。そしてぼくたち家族の一員となることに、祝福の言葉を伝えてこよう」

「せっかくのめでたい日に、御託なんぞ並べやがって」気もそぞろな様子で父が言った。母がぐるりと目を回す。夫と息子のどちらの言動によりいらだったのかはわからない。キーランは父に当てつけるように敬礼すると、力任せに教会の扉を開けた。すぐにフィンが追いついてきたので、眉を上げる。

「おまえが教会に足を踏み入れたとたんに雷に打たれて死ぬかどうか、自分の中で賭けをしているんだよ」フィンがにこやかに説明する。

「それなら床にできる焦げ跡はふたつだろうな。兄さんのと合わせて」

扉が全開になった瞬間にフィンが卑猥(ひわい)なジェスチャーをしたので、入り口付近に座っていた客たちがあえぎ、キーランは兄と笑みを交わした。

「ランサム兄弟の武勇伝に新たなエピソードが加わったな」内陣に向かう通路を進みながら、フィンが言う。少なくともキーランは教会内部の前方のその場所を内陣だと思っているものの、確信はない。信仰を学ぶ授業は真面目に聞いていなかったせいだ。聖ジョージ大聖堂にはイングランドでも選(よ)りすぐりの名家の人々が集まっており、新郎側の席には商工業界の大物がひしめいている。ドムの家族がそちら側の人間だからだが、彼らの優雅な服装は貴族にまったく引けを取っていない。そしていまは貴族も新興成金も一様に、通路を歩いていくキーランとフィンに不安そうな目を向けていた。おそらく彼らも世間の多くの人々と同様、ゴシップ紙でランサム兄弟の所業の数々を読んでいるのだろう。誰だって他人の不品行については熱心に知りたがるものだ。自分たちの薄っぺらい生活や穴だらけの倫理観を正当化するために。

キーランはいかにも放蕩者らしい笑みを作り、女たちがあわてたように喉元を手であおぎ、男たちがことさらに胸を張るのを見て楽しんだ。相手がどれだけ動揺しても、彼には関係ない。

ふと、新郎側の席に座っている魅力的な女性に目を引かれた。その女性は胸元のスカーフのレースをもてあそび、何やら面白そうに唇の両端を持ちあげている。キーランが片目をつぶってみせると、彼女は目をしばたたいた。

「まったく。教会で女を引っかけようとするやつは、おまえくらいなもんだよ」フィンがとぼけた顔でくすくす笑いを漏らす。

「神聖な場所を冒瀆する先人たちの逸話の最後尾に、加えてもらおうと思ってさ。それにしても、すごく気になる女がいる。新郎側の二列目に座っている女の首を見てみろよ」

とても魅力的な首だった。甘やかな曲線を描いていて、うなじの生え際には柔らかそうな栗色の産毛がうっすら影を作っている。その首筋にやさしく歯を立て、女性が驚いて喜びにあえぐところを想像すると、キーランは口内に唾がわいた。

男の中には女性の胸が好きな者も、尻や脚が好きな者もいる。キーランも女性の首についてなら、いくらだって魅力を挙げることができた。

女性が隣に座っている人のほうを向いた拍子に、横顔が見えた。

なんてことだ——キーランは彼女を知っていた。

思わず悪態をついてしまい、まわりからとがめるような視線を向けられる。

フィンが笑った。「頭の中でとはいえ、親友の妹を誘惑するなんて、どこまで堕ちれば気がすむんだ」

「ドムには言うなよ」キーランはひそひそと言った。

ドムも夜ごとの楽しみについてはくるものの、ロンドンにはびこるあらゆる不道徳な遊びを心から楽しんでいるのはキーランだった。一緒に騒いでいても、ドムはどこか一歩引いている。賭けごとに興じたり大声で歌ったりはしても、女性と戯れることに積極的ではない。だが乱闘騒ぎはしょっちゅう起こしていた。

ドムはキーランのろくでもない放蕩者ぶりをよく知っているから、妹に手を出すのは絶対に許さないだろう。

好色な視線を感じたのか、セレステ・キルバーンが振り向いて、キーランと目が合う。彼女はかすかに目を見開き、ためらいがちに笑みを浮かべてみせた。

キーランは、ついいましがた頭の中で彼女の服を脱がせて誘惑しようとしていたことなどなかったかのように、きょうだいに向けるような穏やかな笑みをかろうじて浮かべた。数年前に驚くほど魅力的になって教養学校から戻ってきたセレステは、もはや少女とは言えなかった。そして社交界デビューしてからいままで、品行方正そのものの生活を送っている。

キーランはずっと、セレステには近寄らないようにしてきた。そうするのが、彼みたいな人間にとっては唯一賢明で安全な道だと思ったからだ。

セレステが頭を傾けて教会の前方を示したので、彼女の兄は祭壇の前に立っているのだと思ってそちらへ目を向けた。限られた経験しかなくても、新郎はたいていそこにいるものだと知っている。結婚式やちゃんとした人々が集う場所には一度も招待されたことがなく、サイモンはオックスフォード大学時代の友人に頼んだため、キーランが介添人を務めるのは今日が初めてで、自分が何をすればいいのかよくわかっていなくても。

ところが、そこにドムの姿はなかった。結婚式用の美しい礼装に身を包んでそわそわしながら花嫁の登場を待ちわびていると思っていたのに、祭壇の前には式典用の法服を着た司祭しかいない。そして司祭は見るからに不安そうで、背後をやたらと気にしては座っている人々のほうに向き直って、にっこりしてみせている。

なだめるようなその笑みを見て、キーランは足を止めた。司祭がそんな笑みを作らなければならない理由はいったいなんなのか？

彼はいやな予感を覚えながら、フィンと一緒に司祭に歩み寄った。司祭なら神の威光で光り輝いているか、乳香の香りでもさせているんじゃないかと半ば本気で思っていたが、顔を合わせてみると、耳の下に髭（ひげ）の小さな剃（そ）り残しがあるような普通の男で、法服の糊（のり）と汗が入りまじったにおいがした。

「どうかされましたか、司祭さま？」フィンが訊く。

「新郎の姿が見当たらないようですが」キーランも指摘した。

「どうもしませんよ」司祭はあわてて言ったあと、キーランとフィンにだけ聞こえるように声を潜めた。「ところで……ミスター・キルバーンとは親しくされているのですか？」

「酔っ払った彼が三人の船員に喧嘩（けんか）をふっかけて勝つところを見たことがあるのを親しいと言うのなら、ええ、そうですね」キーランは返した。

司祭は赤くなって口ごもり、フィンが噴きだす。

「それに彼の介添人でもあります」

キーランがつけ加えると、司祭は気を取り直して小声で続けた。「新郎が取り乱しているようなので、聖具保管室（ヴェストリ）で気持ちを落ち着けてもらっています。ご家族につき添ってもらってはどうかと勧めたのですが、激しく拒否されました。というか、足置き用のスツールを頭に投げつけてきたので、拒否されたと受け取ったのですが」

聖職者にそういうものを投げつけるなんていかにもドムらしいが、自分の結婚式の日にそんなことをするのはよくない兆候だった。

「ミスター・キルバーンも介添人のあなた方になら、もう少し心を開くかもしれません」

「彼のところに連れていってください」

キーランとフィンは司祭のあとについて内陣のそばにある小さな扉を抜け、狭い廊下を通って別の扉の前に立った。その内側からは、ものがぶつかる大きな音と罵り声が響いてくる。ずっしりとしたものに体当たりしているような音も聞こえた。

司祭がふたりに不安そうな視線を向けた。ヴェストリというのがどんな場所かキーランにはわからなかったが、司祭にとっては大事なその場所が破壊されていないかどうか心配でならないのだろう。司祭が静かに扉を叩き、ためらいがちに声をかける。

「ミスター・キルバーン、ホジソン司祭です。それに――」

「ぼくにかまうな」ドムが怒鳴った。「説教なんて聞きたくないし、あんたのワインはくそまずい」

ホジソン司祭の顔から血の気が引いた。

「まかせてください」キーランは司祭の肩に手をかけてどかせると、扉を叩いて怒鳴った。「ドム、キーランとフィンだ。くそみたいな態度を取るのはやめて、さっさと扉を開けろ」

しばらく沈黙が続いたあと、ドムのいやそうな声が聞こえた。「入れよ」

「司祭さまはみんなと一緒に待っていていただいたほうがいいでしょう」フィンが言う。

司祭はありがたそうにうなずくと、そそくさと避難した。キーランは司祭がいなくなるまで待ってから、扉に手をかけた。ドムが教会の銀製品をふたりの頭めがけて投げつけてくるのを警戒し、ゆっくりと開ける。

聖具保管室に足を踏み入れたキーランは、低く口笛を吹いた。「〈ツイン・バスターズ・タップハウス〉で暴れたときもひどかったが、今日はそれ以上だな」

「何をしてるんだ、ドム。本棚を蹴って壊したのか？」フィンもあきれた声を出す。

部屋の隅でしゃがみこんでいる男から返ってきたのは、動物じみたうなり声だけだった。だが、あれはドムに違いない。並外れてたくましい肩を明らかにボンド・ストリートで仕立てたとわかる洗練された衣装で包んでいる男は、そうはいない。筋肉が盛り上がった肩は、ロンドンの波止場で働いていたときに作りあげられたものだ。

「くそっ、なんてこった。ひでえありさまだ」ドムがうずくまったまま、うなるように言った。

彼の家族が懸命に消そうとしてきたロンドンの下町訛りになっていることから、ドムがどれほど動転しているのかがわかる。卑しい生まれの痕跡を見せるまいというキルバーン家の人々の努力はかなりの成果を上げているが、ドムは飲みすぎたりひどく動揺したりすると、昔のしゃべり方に戻ってしまうのだ。

「教会で悪態をつくなって、説教するつもりなんだろう」ドムが肩越しにちらりと振り返って言う。

キーランは低い声で笑った。「罪を告白して悔い改めたいなら、招き入れる人間を間違えたな」彼は興奮している雄牛に近づくように、慎重に近づいていった。自分にできるのは、友人を撃ち殺して苦悩から救いだしてやらなければならないのかどうかを判断することだけだ。「だが、教会をここまで破壊したことは褒めてやるよ」

「ぼくはボウ・ストリートの捕り手みたいな観察眼は持ちあわせていない。それでも、おまえがちょっとばかり興奮気味なのはわかる」フィンがばらばらになったテーブルの欠片を拾いながら、のんびりした口調で言った。

ドムがふたたび獣のようにうなる。

キーランが野生動物を相手にするかのごとくドムの肩にそっと触れると、その手は即座に振り払われた。

「ぼくにやさしくするな。間違ってもそんな真似はするんじゃねえ。ぼくにはそんな価値もないんだ」

キーランはわけがわからず、友人が心配になって兄と視線を交わした。フィンはいつも賭博台では感情をまったく顔に出さず、相手を煙に巻く。そのフィンがいま、あからさまに懸念する表情を浮かべているせいで、キーランの不安は募った。

キーランは友人が酒を飲んでいるのかどうか確かめるため、においを嗅いだ。飲みすぎているのなら、この破壊行動の説明もつく。酔っ払っていると、ドムはいつも以上に好戦的になるからだ。けれど不可解なことに、ウイスキーのにおいもジンのにおいもしなかった。

だとしたら、結婚を前にして怖気づいているのであろう友人を落ち着かせるために、少しだけ酒を飲ませたほうがいいのかもしれない。キーランは上着の内ポケットから携帯用の薄い酒瓶を取りだし、ドムの背中に軽く打ちつけた。「瀉血するよりこの薬のほうが、おまえにはいいだろう」

ドムは震える手で酒瓶を受け取ると、ひと口あおってキーランに返した。キーランもひと口飲み、今度はフィンに渡す。

「全部飲むなよ、くそ兄貴」フィンが頭を後ろに傾けて長々と喉に流しこむのを見て、キーランは悪態をついた。

「兄に向かってそんな言い方はないだろう」フィンが投げ返した空の酒瓶を、キーランは胸にぶつかる寸前でつかんだ。

棚に置かれた時計が正時一五分前を知らせた。つまりあと一五分で結婚式が始まるということで、それなのに新郎が破壊された聖具保管室に身を潜めて獣のようになっているいまの状況は、どう考えても正しいはずがない。なんとかドムの背中を押して式に向かわせることが、親友の務めだった。

「早く行って、ウィラを見てみろよ」キーランは明るい声を出した。「雪原に立つカラスみたいにきれいだぞ。ウィラを妻にしたら、こんなふうに暴れたくなる気持ちなんてきれいさっぱり消えちまうさ」

これから妻になるはずの女性の名前を聞くなりドムが弾かれたように立ちあがり、近くの戸棚に拳を叩きつける。キーランは揺れて傾いた戸棚を、倒れないように支えた。

「間違いなんだ。こんなのは全部間違っている」

驚きのあまり、キーランは一瞬、言葉が出なかった。

「おまえもウィラもお互いに夢中じゃないか。あいつがデビューする前から、もう何年も。ウィラが部屋に入ってくるたびに、おまえはガゼルを見つけたライオンみたいな目をしていた。それなのに、まさか……」ある考えが浮かんで、キーランは背筋を伸ばした。「もう好きじゃなくなったのか？」

「ウィラのためなら人だって殺せる」ドムがうなるように言う。

キーランは静かに息を吐いた。少なくとも、ふたりのあいだの深い感情がなくなったわけではないようだ。キーランは両親の冷たい関係を見て育った。両親は互いを嫌っているので、相手に直接話しかけることはせず、必要に迫られたときは必ず〝マイ・レディ〟とか〝マイ・ロード〟と呼びかけ、ジョンやイーファと名前を口にすることはなかった。イングランドの伯爵とアイルランドの富豪の娘だったふたりは大恋愛の末に結ばれたものの、いつしか嫌いあうようになってしまったのだと、キーランはメイドの噂話(うわさばなし)を聞いて初めて知った。

彼が子どもの頃、大声で言い争う両親におびえた記憶がうっすら残っている。だがウィラが生まれる頃には、両親はほとんど口をきかなくなっていた。しかも両親のあいだの冷たい空気は家族全体にまでおよんでいた。跡継ぎであるサイモンは大事にされていたが、フィンとキーランはどうでもいいとばかりに放っておかれた。だがキーランはそれでかまわなかった。自由を謳歌(おうか)できたからだ。

一方、ウィラは霜の中でも燃え続ける炎のようだった。つまり、冷たく沈黙する家族をものともしない強さがあり、だからこそ家族みんなにかわいがられている。彼女と結婚する相手は自分をしっかり持っている男でなければならない。さもなければ彼女に圧倒されてしまう。そういう点でもドムは理想的な相手に思えた。

伯爵の娘であるウィラは必ず結婚しなければならない一方、ありがたいことに、キーランはそんなことはまるで期待されていなかった。世の中にはこれほどたくさんの女性がいるのに、どうしてひとりに縛られなくてはならないのだろう。

「それならさっさとここから出ていって、あいつと結婚しろ」フィンが言った。

「できない」ドムが身を震わせ、手で目を覆う。

「どうしてできないんだ？」キーランは詰問した。

「ウィラはぼくにはもったいない」

キーランは信じられない思いで友人を見つめた。「どんな舞踏会にも、おまえらにはぼくの膝丈ズボン（ブリーチズ）のボタンを留める価値もないとばかりにふんぞり返って入っていく男の台詞（せりふ）とは思えないな」

「だけど、本当のことだ。伯爵の娘ということを抜きにしても、ウィラはあらゆる面でぼくよりはるかに優れている。ぼくは一介の港湾労働者で、これまでだって——」

「誰にだって褒められない過去のひとつやふたつあるだろう」フィンが穏やかに口を挟む。

「おまえらにはわからない。貴族のおぼっちゃまには、ぼくみたいな人間が生き延びるためにどんなことをしなくちゃならなかったのか、わかりゃしないんだ。どこまで身を落とさなければならなかったかなんて。そんなぼくがウィラに触れられると思うか？　最悪の罪を犯したこの手で」ドムは両手を掲げた。「どうしてぼくが彼女のよき夫になれる。よき人間に。ぼくの妻になれば、彼女は身を滅ぼす。そんなのは耐えられない」

ドムは懇願するようにキーランを見た。「わからないのか？　結婚なんかしようものなら、ぼくはウィラに最悪の仕打ちをすることになるんだ。彼女はいまに、みじめでたまらなくなるだろう。いや、最悪、彼女の人生をめちゃくちゃにしてしまう。そんな目にあわせるわけにはいかないんだ。とはいえ、いま結婚をやめても、彼女の評判は地に落ちるだろう」

キーランは親友の苦悩に満ちた独白をじっと聞いていた。ガラスの欠片が入った鉢に手を突っこんだかのように、生々しい痛みが伝わってくる。

ドムの過去にはキーランの知らない部分がある。むきだしの心の痛みをたたえた彼の目を見ていると、恐ろしい経験をしてきたのであろうと予想がつく。幸せの絶頂にいるべき日に、これほど打ちのめされている親友を見るのはつらかった。

「ちょっと待て」キーランはフィンを呼び寄せ、小声で相談した。「ドムの戯言にすぎないとは思うが、考えてみればこいつとウィラは互いを怒らせたり喧嘩をしたり泣きわめいたりなんてしょっちゅうだ。こいつの言ってることが正しいと思うか？　このまま結婚したら、ウィラはみじめな思いをすることになるのか？」

「ありえなくはないな。そして結婚が失敗だったとわかっても、なかったことにするすべはない。ウィラは一生こいつから離れられない。父さんと母さんのように」

「だが本当にいやだったら、ウィラは結婚をやめていたはずだ」

フィンが醒めた目をキーランに向ける。「夫選びに失敗したと、ウィラが認めると思うか？」

妹が自分の判断に問題があったと認めるのがいやで一生を棒に振る可能性に、ふたりは思いを馳せた。キーランは妹が生まれた日のことを思いだした。母親の寝室に忍びこんで、ゆりかごで寝ているウィラを見たときのことを。ぎゃあぎゃあ泣き叫んで家じゅうの注意を引く新参者を嫌う気満々だった彼は、生まれて間もないしわくちゃの赤い生き物が懸命に頭を持ちあげようとしているのを見て、その意志の強さにたちまち夢中になってしまった。

だからといって容赦なくからかったり意地悪をしたりしなかったわけではないが、きょうだいのあいだでそれくらいのことがなんだというのだろう。妹を不幸にするとわかっている男との結婚を望むこととは、まるで違う話だ。

冷えきった結婚生活は家族まで不幸にするのだと、彼は身をもって知っている。ウィラの将来もそうなるのだろうか？　そうではないことを、キーランは祈った。だがドムに捨てられたら、妹の評判は地に落ちる。

扉を叩く音に続いて、司祭のためらいがちな声が響いた。「お話し中に申し訳ありません、そろそろ式を始めたいのですが」

ドムが喉を締められたような声を出す。

「あと五分待ってくれ」キーランは扉越しに返した。

しばらく沈黙が続いたあと、ホジソン司祭が言った。「承知しました」

キーランはこれから何をしなければならないかを理解した。とんでもないことだが、おそらくほかに選択肢はない。

フィンともう一度目を合わせる。兄弟がこれまでの人生で何度も経験してきた無言の話しあいが行われた。フィンは自分の考えや感情を隠すのに長けているが、キーランもだてに弟を二七年もやっていない。フィンの心の内を読むすべは身につけていた。

〝やるべきだと思うか？〟フィンが無言で訊いてくる。

〝ほかにどうしようもないだろう〟キーランも無言で返した。

フィンがキーランを見つめる。〝無傷じゃいられないぞ〟

〝何もしないで不幸になるよりましだ。それに、ウィラのためだからな。ウィラは感謝してくれるだろう〟

キーランは小声でつけ足した。「妹が大きな間違いを犯して両親と同じ道をたどろうとしているのに、放っておくことはできないだろう」

「頑固なウィラが必要な行動を起こせるとは思えないからな」フィンもむっつりと言う。

キーランは兄に向かってうなずき、これからしなければならないことに備えて息を吸い、ドムに向き直った。

「全員が馬車に乗るとウィラのドレスがつぶれてしまうから、フィンとぼくは馬に乗ってきたんだ。その馬が馬屋にいる」

もうすぐ結婚する予定の男が息をのむ。「いったい何を言っている?」

「すばやく動いて、人の注意を引かないようにしろよ」キーランは外へ出る扉を示した。

フィンがそこまで行って扉を開け、外をのぞく。「誰もいない。行くならいまだ」

本気なのか推し量るように、ドムがキーランとフィンの顔を交互に見る。キーランは社交界の誰もが彼にはないと思っている真剣さを、懸命に表情にこめた。

普段ほとんど見せることのない恐怖の表情がドムの顔をよぎる。そのあと一瞬、悲しみが浮かんだ。

「みんなにはウィラの気が変わったと言う。醜聞になるだろうが、おまえに捨てられたと噂されるよりはましなはずだ」キーランは淡々と告げた。

ドムがすぐにうなずく。「ぼくは酔っ払いのくずで、腹をすかせた犬と同程度の礼儀しか持ちあわせていないとおまえからみんなに伝えれば、誰も彼女を責めない」

「おまえは酔っ払いのくずで、腹をすかせた犬と同程度の礼儀しか持ちあわせていない」キーランは繰り返した。

「必要だと思うことはなんでも言ってくれ。ぼくはいくらでも泥にまみれていい。ウィラの評判だけ守ってほしい」

「どれだけおまえを侮辱できるかは、たったいま耳にしたはずだ。おまえがいないところではもっと遠慮なく言うから、覚悟しておくんだな」キーランは返した。

ドムがいったん表情を消したあと、決意を顔に浮かべる。扉の前まで行くと、キーランとフィンを振り返った。「ぼくは正しいことをするんだ。ウィラのために」

「ああ、ウィラのために」これで妹の未来は守られる。大切なのはそれだけだ。キーランは扉を指さした。「さあ、行け。あとはぼくとフィンでなんとかする」

「ウィラには……彼女には……」ドムがごくりと唾をのむ。

彼は生々しい苦悩を浮かべてキーランたちを一瞥すると、足早に出ていった。降り始めていた細かい雨が、駆けていくドムの結婚衣装を濡らす。

フィンは扉を閉め、腕組みをした。「ウィラに、おまえは新郎を捨てるんだと言わなくちやならないな」

「ウィラは感謝してくれるさ。母さんだって、父さんとの結婚を止めてくれる人間がいたら感謝していたに違いない」キーランは聖具保管室を見まわした。「西ゴート族に蹂躙（じゅうりん）されたあとのローマみたいだな」

「ローマを蹂躙したのはヴァンダル族だ」

「ローマを蹂躙しなかった民族がいるか？」キーランは教会に続く扉をためらいがちに見つめた。

なぜか四肢がこわばっていたが、めちゃくちゃになった小部屋を出て決して行われることのない結婚式が始まるのを待っている妹のもとへと歩きだしたとき、その理由がわかった。

自分は怖いのだ。

2

二週間後

閉まっている扉の向こうに足音が近づいてきて、鍵が差しこまれ取っ手が回った。扉の両脇に身を潜めていたキーランとフィンが、無言でうなずきあう。そこはふたりがドムと三人で借りている部屋だった。キーランは準備万端で、揉みあってお気に入りの服がぼろぼろにならないよう古い服を着こんでいる。三男として与えられている手当は潤沢だが、服を直すのに使いたくはなかった。

扉が開いて薄明かりに浮かびあがった男は、その体の大きさと体形からして何者か明らかだった。

「いまだ！」フィンが声をかける。

キーランとフィンは同時に男に飛びかかった。週に数回、拳闘学校に通って体を鍛えていても、ふたりがかりでなければ彼を床にねじ伏せることはできなかった。

「何をする！　ぼくの上からどけ」ドムが怒鳴る。

「どくさ。おまえがおとなしくついてくると言えばな」フィンは荒く息をつきながら返した。

「おとなしくどこへ行けっていうんだ。いったいなんなんだよ？」

「おまえにぜひとも来てもらいたいって要請があったのさ」ドムみたいな大男の岩みたいな拳をよけながら説明をするのは、簡単ではなかった。

「おとなしくすると約束するなら放す。用事が終わったら、三人で〈イーグル亭〉に行って酒を飲もう」フィンがつけ加える。

「用事ってなんだ？」ドムはもがくのをやめようとしない。

「それは言えないな」キーランは答えた。「だが、ごくごく簡単なことで、苦痛はまったくない」

しばらくしてドムは、キーランたちを振りほどこうとしても無駄だと悟ると、あらがうのをやめた。「それなら口で言ってくれればよかったじゃないか」

「もう二週間も、誰もおまえの姿を見ていない」キーランもせわしなく息をしながら言った。「最後に見たのは祭壇の前から逃げだすところだったことを考えると、おまえがどう反応するか読めなかった」

「それで一緒に借りているこの部屋で待ち伏せをするのが一番だって結論に達したのさ」フィンの呼吸も乱れていた。

「なるほどな」ドムが嫌味っぽく返す。

三人が床の上で重なったまま息を整えている中、暖炉の火がたてるぱちぱちという音だけが部屋に響いていた。しばらくして、三人はようやくよろめきながら立ちあがった。

ここから連れだす前にドムのしわくちゃの服を着替えさせるべきかキーランは迷ったが、フィンとふたりでようやくドムをつかまえたいま、ぐずぐずしないほうがいいと判断した。フィンはすでに、いまから行く旨を手紙にしたためている。ドムを速やかに送り届ければ、三人ともそれだけ早く通常の生活に復帰できるのだ。

「さっさと行こう」フィンが歩きだした。

外に出てヘンリエッタ・ストリートにおり立つと、フィンは近くにいた少年に手紙を届けるように頼んで硬貨を渡し、そのあいだにキーランは馬車を呼び寄せた。

「やめておけ」ドムが道を見ている様子から逃亡を企てているのを察して、キーランは警告した。

「ぼくのほうが体は大きいが、おまえたちのほうがすばしこいからな」ドムがため息をつく。

馬車が止まると、フィンは御者に大声で告げた。「キャヴェンディッシュ・スクエアへやってくれ」

ドムが眉を吊りあげた。「おまえたちの実家に行くのか？　まさか彼女はいないだろうな」

「ウィラは外国にいる。結婚式の翌日に発った」キーランは答えた。

ドムはあきらめた表情で馬車に乗り、キーランとフィンもあとに続いた。馬車が走りだしてしばらくは、誰も言葉を発しなかった。日が暮れて街灯がともり、その光が窓から入ってくる。キーランは友人を観察した。ドムは地獄への道をたどっているかのような顔をしており、目の下には濃い隈ができている。しかもその旅から戻ってくる日はまだ遠そうだ。この二週間で体重が三キロは落ちてげっそりやつれた様子は、手中にしていた愛を失った男の姿そのものだった。

キーランは人が感情の深みにはまって溺れそうになっているところを見たことはあっても、自分がそうなった経験はなかった。そういう感情がわからないわけではないが、世界にはいくらだって新しい女性、新たな冒険、新しい興奮がある。それなのにひとりの女性に操を立てるのは、意味がわからなかった。欲しいものが現れたときにいつでも手を伸ばせるよう、しがらみがない状態でいるほうがいい。

愛は簡単に腐って、悪臭を放つようになる。彼の両親の場合がそうだし、ウィラとドムもそうなろうとしていた。最初は至福の喜びに包まれるけれど、いずれ愛は冷め、流れた血のごとく固まってしまう。最初の愛が強ければ強いほど、いやおうなく冷えていく感情がもたらす絶望は大きい。

「彼女はどうしている?」ドムが沈黙を破り、野生動物を巣穴からおびきだそうとするかのように慎重に質問した。

「そうだな……」キーランが最後にウィラを見たのは二週間前、教会の玄関ホールで家族と一緒に式が始まるのを待っていた妹のところへフィンとともに行ったときだった。普段は言葉に詰まることなどないのだが、そのときばかりは新郎の逃亡に手を貸したことを妹にどう伝えればいいのかわからず途方に暮れた。だが、そんなふうに感じるのはおかしい。彼とフィンは妹のためを思ってやったのだ。それなのに美しい結婚衣装に身を包み、顔を隠す薄いベールをせわしない呼吸で揺らしているウィラを目にすると、自分のしたことに対する疑いが頭をもたげた。

ベールを上げてキーランに目を向けたウィラの顔は紙のように白く、凍りついたかのごとく決然とした表情が浮かんでいた。

ウィラが罵ってくれたら、キーランは楽になれただろう。彼を責め、何か投げつけてくれたらよかった。それなのにウィラは、生まれてからの二三年間で見たこともないくらい静かで、身じろぎひとつしなかった。

「ごめん、ウィラ」キーランはしゃがれた声を絞りだした。

「ごめんって何？　どうして謝っているの？」詰問する彼の母親は、不安のせいでアイルランド訛りが強くなっていた。

「ドムは行ってしまったのね。そしてキーランとフィンが彼に手を貸した」ウィラが言った。

「おまえのほうが見限ったことにしてくれと、ドムは言っていた」フィンが説明した。

「そうすれば醜聞にならないとでも思っているのか？」伯爵が険しい声をあげた。

そのあとウィラは何も言わなかった。彼らは教会を去り、家に着くとウィラは自分の部屋に閉じこもって夜まで出てこなかった。そして翌朝キーランとフィンが朝食に立ち寄ったときには誰もおらず、ウィラを見送りに行くという両親の手紙だけが残されていた。

「ウィラがどうしているかは知らない。家に手紙をよこしているのだとしても、ぼくに宛てられたものはない」ドムが返事を待っているのに気づいて、彼は言った。

キーランは身じろぎをした。多くの客を乗せてきた座席はへたって座り心地が悪かったし、体の奥でいやな感じが渦巻いていた。

「ぼくは銃殺隊の前に引きだされるんだろうな」ドムが低い声で言う。

「おまえを緑の間まで連れてこいとしか、ぼくたちは言われていない。とはいえ、あそこで銃殺隊が待っているとは思えないな。母さんはあの部屋の壁紙が気に入っているから」

「それを聞いて安心したよ」ドムが嫌味っぽくつぶやく。

だが驚いたことに、荷馬車をよけるために馬車が少し止まっても、ドムは飛び降りて逃げようとはしなかった。これから過酷な運命が待っているとわかっていて、それを受け入れているように見える。いや、むしろ歓迎しているのかもしれなかった。

ふたたび戻った張りつめた沈黙を破ろうと、フィンがピムリコ地区のモレトン・プレイスに最近できた新しい賭博場の話を始めた。キーランもまだ行っていなかったが会話に加わった。話していれば気がまぎれて、あの朝の教会での出来事や、新郎の逃亡とそれに兄たちが関与したことを知ったときのウィラの凍りついたような表情を思いださずにすむ。だが彼は正しいことをしたのだ。妹をみじめな一生から救った。そうだろう？

馬車がようやくウィングレイヴ・ハウスの前で止まり、みんなが降りたあとフィンが御者に硬貨を放った。通りから見る伯爵邸はいくつもある窓が明るく輝いていて、重々しい存在感を発している。初めてドムをここに連れてきたとき、これだけの数の窓にはめるガラスとそれらを明るく輝かせるのに必要な数の蠟燭を賄える財力に驚いた彼は罵りの声をあげたが、そのときまでキーランは屋敷の明かりなど気にしたことがなかった。

いまではドムの実家の資産も伯爵家のそれに匹敵するが、彼は生まれたときから裕福だったわけではないのだ。

三人が連れだって階段を上がると、玄関の扉が開いて執事のヴィッカーズが出迎えた。キーランにはそんなものを感じる理由などないのに、緊張で胃が重くなった。彼はドムを連れてくるように言われただけで、当事者とは言えない。それなのに実家の歩き慣れた廊下を進みながら、不安を覚えずにはいられなかった。横にいるフィンを見たが、心が乱れているとしてもいつもどおり表情には出ていない。

兄が感情を隠すのに長けていることを、キーランはうらやましいとは思わなかった。フィンと違って賭博場のテーブルで長時間過ごすわけではないので、そういう技術は必要ない。それに感情を抑えていては、人生を存分に楽しめない。

緑の間から話し声が聞こえてきた。父の滑らかで洗練された声と生まれ故郷ゴールウェーの訛りがいまだに残る母の流れるような音楽的な声、それにネッド・キルバーンの東ロンドン訛りがある荒々しく太い声という珍しい組みあわせに、キーランは違和感を覚えた。ドムは父親の声を聞いて足取りを乱したものの、運命に立ち向かおうとするかのように歩み続けている。

キーランは部屋の入り口で足を止めた。父は背中で手を組むいつもの姿勢で暖炉の前に立っていて、母もいつもどおり夫と距離を置いて長椅子（ディヴァン）に座っている。息子たちに声をかけようともしない両親を見て、キーランは結婚式のあとふたりと顔を合わせるのはこれが初めてなのだと気づいた。式以降、毎週ともにしている木曜の夕食にも行かず、両親からの呼び出しもなかった。

「父さん、母さん」キーランは声をかけて、客間に入った。

伯爵は引き結んだ口の両脇に深い皺（しわ）を刻んでいて、母は頬にキスを受けてもこわばった表情を変えない。キーランは背筋が冷たく凍りつくのを感じた。両親と温かい関係を築いているとは言えないものの、それでもこれほど冷淡な態度を取られたことはない。

「どうも、ミスター・キルバーン」キーランはもうひとりの男にも会釈をした。

ネッド・キルバーンが返したうなり声は、ドムが出すものとそっくりだった。父親のほうのキルバーンは中年に差しかかっているが、肩は驚くほどたくましく、高価な服を着ていても、ロンドンの波止場で荷物の積み下ろしをしていたことが容易に想像できる。貧しい生まれだが大きな野望を持っていた彼は、船会社に倉庫を貸すことで財を築いた。

キーランに向けられたネッドの目は、フィンが挨拶をしたときと同様に冷たかった。それが息子を見たとたん、怒りに燃えあがった。

「父さん」ドムがうなるように言う。

ネッド・キルバーンがふたたびうなり声を返した。

キーランは壁際の小さなテーブルの上に置かれたカットクリスタルのデカンターに目を留

めた。デカンターにはたっぷり酒が入っているし、父はいい酒をそろえているが、いまは飲む時間がない。早くこの部屋を出て、息ができるようになりたかった。

「ドムを連れてきました。言われたことは果たしたので、これで失礼します。フィン、行こう」キーランはお辞儀をしつつも生意気な笑みを浮かべ、おとなしく従っているわけではないことを示した。

ところが兄と一緒に部屋を出ようとすると、廊下に現れたヴィッカーズに目の前で扉を閉められ、キーランは執事の無礼な振る舞いに驚いた。たしかに自分は従順な息子とは言えないが、屋敷の使用人は彼とフィンが別の家に移ってからも常に慇懃な態度で接してくれていた。

キーランは扉を開けたが、体格のいい従僕がふたりがかりで出口に立ちふさがっている。振り返ると、両親がぞっとするほど冷たい視線を彼に向けていた。「ドムだけじゃなく、三人まとめて罠にかけたんですね」

「いつもながら芝居じみた物言いだな。だが、そのとおりだ。三人とも罰を受けてもらう。座りなさい」

ドムは椅子に座って肩を丸め、フィンは長椅子にだらりと座ったが、キーランは足を開いて踏ん張り、腕組みをして立っていた。父が不快そうに顔をしかめているとはいえ、その表情は子どもの頃から見慣れている。

「言うことを聞かせるために、従僕を部屋の外に待機させていたわけか。こんなふうに実力行使に出るなんて、父さんらしくない」

「わたしらしくないとはなんだ。妹の結婚式をぶち壊すのに息子たちが手を貸したことのほうが信じられない」伯爵はキーランとフィンとドムを順ににらんだ。

「町じゅうの人たちがその噂をしているのよ」伯爵夫人がこわばった声で言った。「幸い、新郎が泥酔して現れたからウィラは式を取りやめなければならなかったと説明して、取り繕うことはできたけれど」

ドムは無表情のままだが、顎の筋肉から少しだけ力が抜けた。

「それでもあれこれ噂はされている。おまえたちも気づいていると思うが」伯爵が言葉を継いだ。

「ぼくたちが行くような場所には、上流階級の上品な方々の動向を気にするような人たちはほとんどいません」キーランが明るいあいだに出かけることはほぼないが、あれば遠巻きにした上品な人々にひそひそ噂をされるのだろう。だが、そんなことは気にならない。

「ありがたいことに、レディ・ウィラはおまえを訴えないでくださるそうだ。訴える権利は充分にあるというのに、騒ぎがおさまるまでここを離れていてくださる。上流階級の中では生まれの違うわれわれは異分子で、醜聞など起こしている余裕はないんだぞ」ネッド・キルバーンが息子をにらみつける。

「いったい何を考えていた？　こんな醜聞を引き起こすとは」伯爵が詰問した。

「それも自分の妹をひどく傷つけて」公爵夫人が夫をにらみながら、つけ加える。

ネッド・キルバーンがたたみかけた。「うちの息子にこれほどの過ちを犯すようにそそのかした理由を聞かせてもらおうか」

「ぼくは自分で決めたんだ」ドムが嚙みつくように言う。

「甘やかされた不心得者どもに誘導されてな」ネッド・キルバーンは苦々しげに言い、キーランとフィンに険しい視線を向けた。

沈黙が続き、三人の態度がはったりではないと気づいたキーランは、険しい表情を崩さない両親に訴えた。「どうしてフィンには何も言わないんですか？　年上なのに」

「あいつとはまともな会話ができないとわかっているからだ」父がそっけなく返す。普段は夫に同意することなどほとんどない母まで、次男を貶める発言にうなずいた。

フィンは両親の心ない言葉にもまるで動揺していないように見えるが、本当はそうではないとキーランはわかっていた。

「フィンのことをそんなふうに言わないでください」かっとなって抗議する。フィンを頭の鈍い人間であるかのように言われるのは我慢できなかった。

「話をそらさないでちょうだい」伯爵夫人が言い返した。「ミスター・キルバーンがあなたの妹を捨てるのに手を貸すなんて、どうしてそんな残酷な真似ができたの？」

「ぼくたちは助けようとしたんだ。ウィラとドムは父さんと母さんと同じ轍を踏もうとしていて、不幸になるのを見ていられなかった」

父の顔が赤くなり、母の頰にも血がのぼった。

伯爵はネッド・キルバーンを気にするように、ちらりと見た。「わたしたちの結婚生活は、いまは関係ない」

フィンが苦々しい表情で笑い、黙って宙を見つめた。

「いままでおまえたちを勝手にさせすぎていた結果がこれだ。そろそろ手を打たなければならない」

「手を打つ？」フィンが眉をひそめて背筋を伸ばす。

「間違いを正して、あるべき状態にする」次男と話すときによくするように、伯爵がいらだったような音をたてる。「働かなくてすむようおまえたちには充分な手当を渡してきたが、そのせいでろくでもない人間に育ってしまったようだ。これからはそういうわけにはいかない。変革のときが来た。おまえたちは変わるんだ。いますぐに」

キーランが抗議をする前に、ネッド・キルバーンが口を開いた。「単純なことだ。生き方を改めたと示すために、おまえたちは結婚しろ」

キーランはいま聞いたことが信じられず、笑い声をあげた。フィンは小声で悪態をついているし、ドムは石になったように無言で固まっている。

「でも、あなたたちがいつも出入りしている場所で会うような女性ではだめよ」伯爵夫人が言った。「あなたたちの花嫁はちゃんとした女性でなくてはならないわ。それだけは譲れない。社会的に見て傷ひとつない、誰からも認められる女性でなくては」

キーランがあきれるしかなくてふたたび笑うと、両親はそろって顔を険しくした。

「ぼくが結婚だって？」彼は笑いが止まらなかった。「父さんも母さんも冗談を言うような人じゃないことはわかっているが、これぱかりはふざけているとしか思えない」

「いや、ふざけてなどいない」ネッド・キルバーンが歯を食いしばった。「まっとうな妻を見つけるんだ。でなければ、気前のいい両親からもう半ペニーだってもらえないぞ」

キーランは親友の父親をしばらく見つめたあと、両親を振り返って信じられない思いで問いかけた。「ぼくたちを切り捨てるんですか？」

「おまえたちもそろそろ、自分の行動の結果に向きあってもいい頃だ」伯爵が言い渡す。

「社交界デビューしたての小娘と結婚することが、向きあうってことなんですか？」キーランは言い返し、首を横に振った。「くそっ、信じられない」

息子が悪態をつくのを聞いて母が音をたてて息を吸ったが、キーランは両親の言いなりになるつもりはなかった。

「食べていけるような仕事を自分で見つけられると思っているのか？」父があざけった。「キーラン、おまえは二七歳だが、何ができる？　酒を飲んで騒いで、行く先々で悪評を立てることしかできないくせに。以前は詩を書いていたが、本当にそんなもので食べていけると思っているのか？」

「くそっ、ばかにするな。ぼくは父さんが思っているより順応性があるんだ」キーランは言い返した。上着の内ポケットに入っている詩を書き留めるための小さなノートに触れたいのを、懸命に我慢する。前に見つかったとき、父はノートを火の中に投げこんだのだ。

「言葉に気をつけなさい」母が叫ぶ。

「上品な言葉遣いじゃなくてすみません」キーランはこわばった声で謝罪した。「でも父さんも母さんも、いままでぼくとフィンにはまるで興味がなかった。それなのにどうして突然、猟犬みたいに従順になれって言うんですか?」

「これまではおまえたちの振る舞いに耐えていたのだ。だが、もう忍耐が尽きた」伯爵は背筋を伸ばして言った。「おまえたちがうるさく言うから、カリブ諸島での事業から手を引いた。おまえたちが奴隷制度廃止を支持しろと言うから、そうした。今度はおまえたちがわたしのために何かをする番だ」

「人道的な行動は、見返りを求めてするものではありませんよ」

それでも父の表情は緩まなかった。「おまえが妹にしたことは――」

「それは後悔しています」キーランはつぶやいた。

「疑わしいものだな。おまえはいつも、結果を考えずに行動する。だが、それももう終わりだ。三人とも、さっき言ったようにふさわしい花嫁を見つけろ。さもなければ……」

要求をのませるために父がどんな脅しをかけてくるのか推し量りながら、キーランは待ち受けた。

「今後は一セントたりとも受け取れなくなる」ネッド・キルバーンが締めくくる。

キーランは肩甲骨のあいだに肘を叩きこまれたような衝撃に、びくりとした。フィンとドムが悪態をついているのも耳に入らず、伯爵夫妻とネッド・キルバーンをひたすら見つめる。

「いいか、三人全員がふさわしい妻を見つけるんだぞ」父が最後通牒を突きつけた。「そうでなければ全員終わりだ。いま住んでいる部屋からは立ち退いてもらうし、おまえたちが使った金の支払いは止める。ウィングレイヴ・ハウスへ来ることも許さん。当然、わたしが死んだときに相続するものもない。これはドミニクも同じだ。ミスター・キルバーンが死んでも、遺産は受け取れない」

キーランは頭がくらくらして、フィンが座っている長椅子によろめきながら座りこんだ。罰を受けるのが自分だけなら、両親の要求などいくらでも拒否できる。だが彼が従わなければ、兄と親友まで貧乏な境遇に突き落としてしまう。どうしてそんなことができるだろう。上流階級という守られた場所の外に広がっているのは、簡単には生きていけない厳しい世界だ。そこでは伯爵家の三男であることなど、なんの意味も持たない。どうにかして生計を立てられなければ、すぐに身の破滅だ。兄がそんな境遇に沈んでいくのを、自分は見ていられるだろうか？　せっかく苦しい生活から這いあがったドムがふたたびそこに突き落とされたと知って、安眠できるだろうか？

「評判のいいちゃんとした女性は、秋の落ち葉みたいにどこにでも落ちているわけじゃない。そしてぼくたち三人とも、そんな女性が出入りする場では歓迎されないだろう」

キーランがまともな舞踏会に最後に出席したのは、思いだせないくらい前のことだ。おそらく五年は経っているだろう。それ以上ではないと思うが、とにかくずいぶん昔のことだし、行く前に相当酒を飲んでいたので、どんなふうだったか記憶が定かでない。舞踏室の端にずらりと並んでいた鉢植えのヤシをひとつくすねようとしたことは、ぼんやりと覚えている。鉢植えを六〇秒以内に階段の下まで運べるかどうか、フィンと賭けたことも。

だが残念ながら、その賭けに勝ったか負けたかは覚えていなかった。だがきっとフィンは覚えている。兄の記憶力は抜群なのだ。

「あなたがまずやらなければならないのは、これまでの所業で得た悪い評判を払拭する方法を見つけることよ。順応性があると言うなら、この機会にそれを見せてちょうだい」

「おまえは家に戻ってこい」ネッドはドムに言い、そのあとキーランとフィンに鋭い視線を向けた。「彼らと一緒に住むことを許したのは、人生最大の過ちだった」

ドムは何やらぶつぶつつぶやいて反抗的に顎を突きだしたが、父親に言い返しはしなかった。

「ぼくたちも実家に戻るんですか？」キーランはとげとげしく訊いた。

伯爵がいつもの威厳に満ちた態度を捨てて、鼻を鳴らす。「ここはおまえの妹の家でもある。ろくでもない兄たちと同じ屋根の下で暮らさなければならないとなったら、ウィラはいつまでも戻ってこないだろう。だからこれまでどおりヘンリエッタ・ストリートの家にいていい――とりあえずはな」

苦い後悔がキーランの胃の中で渦巻いた。ドムとの結婚から解放すればウィラのためになると、本気で信じていたのだ。両親と同じ運命をたどらなくてすむと。だが明らかに妹は、そう思っていないようだった。読まずに火にくべられてしまうかもしれないのに、妹に手紙を書く価値はあるだろうか？

「それで、猶予はどれくらいもらえるんだ？　そんなに長くはないんだろう？　二年か三年ってところか？」フィンが質問した。

「今日から一二カ月だ」伯爵が答える。

キーランは勢いよく立ちあがった。「絶対に無理だ。社交界の鼻つまみ者から善良な夫に、たった一年でなれって言うんですか？」

「時間的な制約があったほうが、あなたたちもやる気になるでしょう」母がすぐ横にある象眼細工のテーブルを指先で叩きながら言う。

キーランがフィンに目を向けると、あきらめたように小さく眉を上げていた。ドムも〝言うことを聞く以外に何ができる？〟とばかりに口をゆがめている。

キーランは胸の中で怒りを燃えあがらせながら、両親とネッド・キルバーンを見た。だが見つめ返す三人の顔に譲歩する気配はまったくない。彼らに抗議することも、暴れて緑の間をめちゃくちゃにすることもできるが、そんな真似をしても何も変わらないだろう。

キーランは冷厳な事実と向きあわなければならなかった。ほかに選択肢はないという事実と。彼とフィンとドムは、それぞれふさわしい妻を見つけなければならない。さもなければすべてを失うのだ。

困ったことに、上品でまともな女性と言われてキーランが思い当たるのはひとりしかいなかった。ドムの妹の、どこから見ても品行方正なミス・セレステ・キルバーン。あのさんざんな結果に終わった結婚式で一瞬顔を合わせた以外に彼女とは会ったことがないし、自分から行動を起こさない限り今後も会うことはないだろう。恐ろしく上品な連中とつるんでいる彼女と会うためには、しっかり作戦を練って、それなりの口実を考えなければならない。

幸い、なんのためらいもなく、どんなことでもやってのけられる性質だ。

3

まだだ。今日もまた買い物をしている。

セレステ・キルバーンは心から感謝すべきだとわかっていた。昔、ラトクリフで暮らしていたときの記憶はまだ残っている。小さなパイを四人で分けるわびしい夕食のあと、すきっ腹を抱えてベッドに入ったものだ。素足に感じた冷たい床の感触も覚えている。当時はセレステとドムの両方に新しい靴を買う余裕がなく、ドムは父親と一緒に働きに出てセレステは家で母親の内職の手伝いをしていたため、彼女よりも靴が必要だったドムの分しか買えなかったのだ。

過酷な貧乏生活を抜けだしてから一一年。いまのセレステはたくさんの靴を持っている。柔らかい子ヤギの革のブーツも、一度履いたら壊れてしまうサテンのリボン飾りがついた繊細なダンス用の上靴も――数えきれないほどの靴を。

父が最低でも週に二回はボンド・ストリートで何かを買っているところを人に見せなければだめだと言うので、セレステは今日も店のカウンターの前に立って、欲しくもない靴が包装されるのを待っている。

「あら、ミス・キルバーン。今日は何を買われたの？」女性の上品な声が背後から響いた。

「こんにちは、レディ・ジャレット。大したものではありませんわ」セレステは顔に上品な笑みを張りつけて振り返り、男爵夫人と向きあった。

「わたしの好奇心を満足させていただけないかしら」言葉だけ聞くと感じがいいが、年配の夫人の目は鋭く計算高い。

　セレステは歯を食いしばりたくなるのを抑え、懸命に顎から力を抜いて店主に頼んだ。

「わたしの買ったものをレディ・ジャレットにお見せしてくださいな」

　店主は上靴を箱から出して、詮索がましいレディ・ジャレットの目の前に掲げた。

男爵夫人が手提げ袋（レティキュール）から柄つき眼鏡を取りだし、セレステの買った靴を細かく調べ始める。

セレステは意識して規則正しく呼吸をし、自分の選んだものが社交界でも有数の厳しい審美眼を持つ女性にばかにされるのではないかという不安を抑えながら、なんとか平静を保った。

「とってもすてき。青いサテンにクリーム色のリボンを合わせているのが上品ね」レディ・ジャレットがようやくそう言うと、セレステはほっと息を吐いた。「とりわけ、使う色の数を抑えているのがいいわ。先週ミス・フィンドレーがアシュフォード伯爵の舞踏会に履いてきたけばけばしい靴は、本当に下品だったもの」男爵夫人が体を震わせる。

　夫人が言いたいことは明らかだった。ミス・フィンドレーの家族は壁紙の販売で財を成した新興成金であることをあてこすっているのだ。彼らはキルバーン家と同様に貴族ではないため、すべてが批判の目にさらされる。イライザ・フィンドレーの靴の色まで。

セレステは最初、青いサテンの上靴に柿色のリボンを合わせたかったのだが、結局よりおとなしいクリーム色を選んだのが幸いだった。

「ヘンプノール卿の音楽会で実際に履いているのをご覧になったときも、いいと思っていただけるとうれしいのですけれど」

「その靴に合ったドレスを着ていれば、そう思いますよ」男爵夫人は薄く笑いながら靴を返し、店主に視線を向けた。「わたしが注文したものも用意できているかしら」

「すぐにお持ちします、マイ・レディ」店主が指を鳴らすと、セレステの靴を包み直すために助手が出てきた。店主は金色に塗られた美しい布張りの椅子に男爵夫人を案内する。

「ごきげんよう、レディ・ジャレット」包装し直した靴を従僕が受け取ると、セレステは男爵夫人に挨拶をした。「お会いできて楽しかったです」口うるさくて陰気な人とはいえ。

注文していた半ダースの靴を調べながら、男爵夫人が上の空で手を振った。

後ろにメイドと荷物を持った従僕を従えて、セレステは店を出た。レディ・ジャレットとの会話ではいやな思いをさせられたけれど、こんなことはしょっちゅうだ。ここまで苦労しても、新しい靴を履いて喜びを感じるのはほんの一瞬なのに。

こんなことにいったいなんの意味があるのだろう？　こんなふうに物を買いあさることに。死の床で司祭に臨終の秘跡を授けてもらうとき、満たされた気持ちでまわりに集まっている人々に言えるだろうか？　〝空中ブランコに乗ったこともなければ、熱烈な情事を経験したこともないけれど、山ほどの靴を持っていたのよ〟と。

きつく目をつぶると、ペル・メルの喧騒がセレステを包んだ。

「ミス・キルバーン、マダム・ジャクリーンのお店に予約を入れてあります。マダムならすてきなドレスを仕立ててくれるでしょうし、噂話もたっぷり聞けますよ」

セレステが目を開けると、メイドのドリーの顔が見えた。教養学校を卒業して以来ずっと仕えてくれているドリーは、暗い気分になっているといつも察してくれる。

「お嬢さまがゴシップ好きと言っているわけじゃありませんよ」ドリーが茶化すようにつけ加える。

「わたしの身には面白いことなどひとつも起きないのだから、ほかの人の話で楽しむしかないでしょう」セレステはそう返し、仕立屋に向かって歩きだした。遅刻するのが普通である上流階級の習慣にはなじめない。商人が相手のときはなおさらで、約束の時間が迫っていると思うと足取りが速くなった。他人の貴重な時間を軽んじることが、どうしてもできないのだ。最初はドリーも時間を守ろうとする女主人を遅らせようとしていたが、幸いなことにいまではあきらめてくれている。

「お兄さまがお嬢さまの分まで醜聞を作ってくださっていますから」ドリーがセレステの足取りに合わせる。

「ランサム家の兄弟の手を借りてね」あの兄弟がこんな時間にペル・メルにいるはずがないとわかっていても、セレステは声を潜めずにはいられなかった。フィン・ランサムもキーラン・ランサムも自分たちが醜聞の種になっていることをなんとも思っていない。ゴシップ紙に登場する回数の多さからして、それは明らかだ。それでも親友の妹がふたりの噂をしていたという話が彼らに伝わるのはいやだった。

彼らは、特にキーランは気にしないとしても。

その名前を思い浮かべただけで、セレステはみぞおちが震えるのを感じた。ばかげた反応なのはわかっている。キーランと顔を合わせることはほとんどないし、会っても彼は礼儀正しくうなずいて、〝ミス・キルバーン〟と言うだけなのだから。あまりにも興味を持たれないのは悲しいものの、それでいいのかもしれない。キーラン・ランサムは行く先々で悪評を打ち立てているし、セレステの家族は娘の評判に傷がつかないよう過敏に注意している。

それでもやはり、残念に思えてならなかった。

マダム・ジャクリーンの店に行けばきっと落ちこんだ気持ちも浮上するはずだと考え、セレステは見えてきた仕立屋に着くまでに懸命に気分を引きあげようとした。

店に入るとベルの音が響き、バラ水の香りに包まれた。マダムと助手がフランス語で明るく出迎えてくれる。

「マドモワゼル・キルバーン、いつもどおり早いお着きですわね」マダムが歌うように言う。

セレステは笑みを作ろうとしたが、気分は落ちこんでいく一方だった。彼女の生活は隅々まで細かく決められていて、慈善活動に関わっている時間をのぞけば変わったことは何もなく、判を押したように同じ日々が続く。火曜から金曜は、ネッド・キルバーンの指示で買い物に当てることになっていた。

父親が成功するにつれ、一家はラトクリフからチープサイド、ハンス・タウンへと移り、着るものもどんどん上等になって、使用人も増えていった。東ロンドン訛りを消すためにドムとセレステには話し方の教師がつけられ、さらにセレステは貴族と同じ品位――実際はそれ以上の品位――を身につけるため、教養学校へ送られた。先祖代々の領地を持たない成りあがり者たちは、人一倍きちんと振る舞わなければならないのだ。

教養学校の教師たちもそう言った。成金の娘はより高い規範を守らなければならない。そうしないと、いつなんどき卑しい生まれをさらすかわからないからだ。

そうしてセレステは、誰よりもきちんと振る舞うように強いられてきた。いまでは毎日、同じ場所へ行き、同じ人々と会い、同じことをしゃべり、レディにふさわしくないとみなされる恐れのあることは絶対にしないようにして過ごしている。柿色のリボンがついた青い上靴を履くことさえ許されない。

彼女は貧しい家に生まれたが、裕福になったいまは檻にとらわれている。この檻の中には美しいものがたくさんあり食べ物も豊富だけれど、檻であることに変わりはない。彼女にできるのは、鉄格子越しに誰にも聞こえない歌を歌うことだけだ。

「ご注文のドレスは仕上がっています。試着していただけますか？」セレステが人生に絶望しかけていることになどまるで気づかずに、マダム・ジャクリーンが誘う。

マダムとドリーが視線を交わしたように見えたのは、気のせいだろうか？

そうに決まっていると、セレステは結論づけた。彼女の人生に興味深い出来事が起きるはずがない。仕立屋とメイドが秘密を共有しているなんて些細なことでも。

店の造りはよく知っていたので、セレステは迷わずに奥の試着室へ向かった。そこはいくつもの狭い空間に仕切られていて、顧客が服を脱いでも外から見えないように、それぞれが分厚いカーテンで目隠しされている。いまカーテンは三枚とも引かれていて、すべて埋まっていることがわかった。

「あちらへどうぞ、マドモワゼル・キルバーン。特別に押さえておきましたのよ」マダム・ジャクリーンが愛想よく言い、一番奥の仕切りを示す。

普段、特定の顧客を贔屓するような真似をしないマダムの厚意に、セレステは驚いた。だが、それはまだ序の口だった。分厚いブロケード地のカーテンをめくって仕切りの中に入ると、そこでキーラン・ランサムが待っていたのだ。

彼が唇に指を当てるのを見て、セレステはあげかけた声をのみこんだ。

心臓の音が耳の奥でどくどくと響いている。仕立屋の試着室で恐ろしくハンサムな放蕩者と会うなんて、毎日あることではない。セレステは声を絞りだした。「こんなところでいったい何をしているの?」

「きみを待っていたのさ」キーランの笑みがくらくらするほど魅力的で、彼女は思わず狭い空間の隅に張りついた。

そこは一・五メートル四方しかなく、ふたりのあいだにはほとんど隙間がない。彼は特別長身ではないし体つきも細身だが、圧倒的な存在感があった。

「どうやってここに入ったの？」セレステは小声で詰問した。

彼の笑みが大きくなる。「マダム・ジャクリーンの店は顔なじみでね」

「それを聞いても、ちっとも驚かないわ」キーランのような評判を持つ男なら、ロンドンはもちろんパリのあらゆる女性向けの仕立屋の試着室になじみがあるのだろう。「あとは当然、ドリーとマダムを買収したんでしょうね」

「もちろん」片目をつぶってみせたキーランに、セレステの心臓は彼女を裏切って猛然と打ち始めた。

「こういう企み（たくら）を実行できるほどの人脈を築いていることには感心するわ」セレステは声を震わせずに言えた自分に感心した。簡単なことではない。キーラン・ランサムとふたりきりになるのは初めてで、身も心も混乱していた。

彼がこれほどまでにハンサムなのが問題だった。母親から波打つ黒髪と焦げ茶色の目を受け継いでいて、目の上には印象的な濃い眉が線を描いている。ふっくらと大きな唇、完璧な形の鼻、くっきりした顎の線など、どこもかしこも存在感があって目を奪われる。

ランサム兄弟はみな並外れて魅力的だが、セレステにめまいや息苦しさを感じさせたり、全身を敏感にさせたりするのは、キーランだけだった。

セレステはいろいろな意味で兄がうらやましくて仕方なかった。まずはその性別だ。男性であるおかげで兄は彼女には決して手に入れられない自由を認められ、上流社会の締めつけにあらがって好きなときに好きなように振る舞うことができる。そしてもうひとつは、キーラン・ランサムと過ごせること。彼女はキーランと五分以上ふたりきりでいることができない。細心の注意を払って守っている自分の評判を維持したいからだ。

だが今日は例外になりそうだった。

「こんなに手のこんだ真似をするなんて、いったい何に取り憑かれたのかしら」

「キルバーン家の人たちが、ぼくを喜んで家に入れてくれるはずがないからね。きみの家族との関係は冷えきっている」

「そういえば、父が波止場で働いていた頃を彷彿とさせる口調であなたのことを話していたわ」

「ミスター・キルバーンにはどれだけ罵られても仕方がない。だから、きみとは密かに会うべきだと思った」キーランが唇の片端を持ちあげる。

彼がこれほどの手間をかけて自分に会いに来たのだと思うと、セレステはぞくぞくした。しかもいまはつき添いもおらず、ふたりきりだ。

それでも、人生の半分をきわめて品行方正に過ごしてきた彼女は、どうしても訊かずにはいられなかった。「わたしをあなたの世慣れた愛人の誰かと間違えているんじゃない？」

「それはありえないよ」絶対にないと言わんばかりの彼の笑い声は、セレステを褒めるものではなかった。笑い声にこめられたニュアンスからそれはわかった。

「じゃあ、わざわざわたしに会いに来た理由は？」セレステは腕を組んだ。

キーランが真顔になる。「ぼくとフィンとドムがうちの両親ときみの父上からどんな最後通牒を突きつけられたのか、きみも知っているだろう？　ぼくたちは一年以内にふさわしい女性を見つけて結婚しなければならない。できなければ勘当される」

「知っているわ」

知らないわけがない。実家に戻ってきたドムは、父と壮絶な口論を繰り広げた。母が五年前に死んで以来、ドムと父は顔を合わせるたびに険悪な雰囲気になり、それまでは母が緩衝材になっていたのだと改めて思い知らされた。問題は、ドムとネッド・キルバーンがあまりにも似すぎているうえ互いを深く愛しているので、衝突が絶えないことだ。将来的にドムが家業に加わることは決まっているけれど、父子は相変わらず喧嘩ばかりしている。理由の一端は、ドムがことあるごとに古いしきたりをばかにするせいだ。ドムはランサム兄弟とロンドンの盛り場で遊びまわることでそれを誇示してきたが、とうとうそんな生活を終わらせなくてはならなくなった。

いや、そう言い渡されただけで、ドムはまだ納得していない。

「ということは、ぼくには評判のいい女性が必要なことをきみは理解しているんだね」

セレステは彼が近づいてくるのを防ぐために、両手を掲げた。「わたしはあなたとは結婚しないわよ」

「いや、違うよ。そうじゃない」キーランがあわてて言う。

その返事も、セレステの女性としての魅力を認めていないことを示している。

「ぼくがどれほどどろくでもない男か、ドムはよく知っている。きみと結婚なんかしたら、あいつにはらわたを引きずりだされるよ」

どういうわけか、それを聞いてセレステの気分はいくらかよくなった。

「だったら、わたしに何を求めているの？」

キーランが身をかがめると、ただでさえ狭い空間にいたふたりの距離がますます縮まった。セレステは薪を燃やした煙と革と香草が入りまじったぞくぞくするような香りに包まれ、目の前に迫った髭が伸びかけている顎を見つめた。彼があともう少し身を寄せてくれば、キスができそうだった。

セレステは無意識に下唇を舐めていた。彼の唇はどんな味がするのだろう？　禁断の味はさぞやすばらしいに違いない。

セレステの考えていることが聞こえたかのように、キーランが彼女の唇に視線を落とした。彼の目の色が濃くなり、喉の動きで唾をのんだのがわかった。

本当にそんなことが起こったら、どれほどわくわくするだろう？　放蕩者のキーラン・ランサムにマダム・ジャクリーンの店の試着室でキスをされたら。

彼が目をしばたたいて体を起こすと、セレステは失望感に襲われた。

「きみはぼくが知る中で一番ちゃんとした女性だ」

「というより、あなたが知っているちゃんとした女性はわたしだけでしょう。あなたのお母さまと妹さんをのぞけば」

「きみならロンドンのあらゆるまっとうな催しへの招待状を手に入れられる。花嫁にふさわしい評判のいい女性が大勢集まる催しへの招待状を」

　セレステは何を求められているのか理解し、彼を見つめた。「わたしを使って、そういう催しに入りこむつもり？」

　キーランをにっこりさせたからといって、セレステはちっともうれしくなかった。

「ぼくはもう何年もまっとうな催しに招待されていないし、そういう場では歓迎されない。だが、きみが連れていってくれたら、社交界の人たちにぼくがちゃんとした紳士に生まれ変わりつつあると知ってもらえる。それにそういう催しでなら、ぼくたちの家族が花嫁候補として認めるような女性に出会うこともできるだろう」

「わたしは目的を達成するための手段ってところかしら」キーランの要求に、セレステは落ちこまずにはいられなかった。これまでは見向きもしなかったというのに、彼女が役に立つと、しかもほかの女性を見つけるために役に立つとなったとたん、これだ。

　セレステはすぐさま断ろうとして、〝失せろ〟と淑女らしく伝えるにはどう言えばいいか考えこんだ。

　その隙にキーランが言う。「返事はすぐにくれなくていい。だが……できるだけ早いほうがありがたい。ぼくに与えられた時間は限られているから」

「あなたが、祭壇の前から逃げるようにわたしの兄を説得したんでしょう。あのときのことはドムから直接聞いたわ。そしていま、自分がしたことの報いを受けている。あなたはわたしに何かを要求できる立場ではないと思うのだけれど。あなたの無分別な行動の尻ぬぐいを、わたしが急いでしてあげる必要なんてないんだから」

キーランは小さく頭を下げた。「悪かった。でも、ぼくがしようとしていることは、ドムのためにもなるんだってことを考慮に入れてもらえないだろうか？」

「無理よ。あなたが人のためだなんて言っても、とうてい信じられないもの」

彼が目に称賛するような表情を浮かべて、にっこりする。「じゃあ、そろそろ退散するとしよう」

「それがいいと思うわ」ほかの試着室からは物音ひとつしないので、どこにも人が入っていない可能性が高い。とはいえ、セレステはすでに一日分の運試しをすませた気がしていた。キーラン・ランサムが狭い試着室から出ていくところを人に見られたら、とんでもない醜聞になるのは確実だ。

いまの世の中で、女性が所有権を主張できるものはとても少ない。財産を持っていても、それはたいてい夫や身内の男性のものとされてしまう。体は子どもと同じように男性の所有物とみなされるし、その評判ですら彼女ひとりのものではない。彼女が誰であっても、みんなが評判を気にかけるのだ。

試着室から出るところを見られても、キーラン・ランサムは男としての能力を称えられるだけだ。しかしセレステは社交界から追放され、破滅する。

「誰にも見られないように気をつけてね」セレステは言わずにはいられなかった。

「いつだって気をつけているよ」

「嘘ばっかり。『ザ・ホークス・アイ』でレディ・セルウィンとのつい最近の情事に関する記事を読んだわ。彼女の寝室から逃げるときに、ご主人に撃たれそうになったって」

キーランが片眉を上げるのを見て、彼に関心があると思われてしまったのだとセレステは悟った。たしかに彼に惹かれているが、それを本人に知らせる必要はない。

セレステは咳払いをしてカーテンに視線を向け、そろそろ出ていってほしいと示した。

キーランは大げさにお辞儀をしてみせたが、それはこの限られた空間では相当な技術を要することだった。彼は近くに誰もいないことを確かめ、カーテンの隙間から滑りでていった。

ひとりになると、セレステは壁にもたれて震える息を吐いた。それほど長くはなかったものの、キーランとあんなに濃密な会話を交わしたのは初めてだった。いましがたの出来事を、制約の多い生活から逃避するためのいつもの空想のひとつだと思ってしまいそうになる。

だが本当に、キーラン・ランサムはここに来たのだ。残念ながら、破廉恥とはほど遠い提案を携えて。彼女は街灯の支柱やベッドの脇に置いてある水差しと同じで、目的を達成するために必要なものにすぎない。街灯の支柱や水差しがどんな望みを抱いているかなんて、誰も考えないのだ。

セレステはキーラン・ランサムが来たことを懸命に頭から追いだして試着をすませると、いつもどおりどこにも寄り道をせずに帰宅した。このあと昼食をとったら、慈善バザーに出品する服を選ぶ作業のために出かける。その数時間の作業は大したことではないが、少しでも世の中の役に立てると思うとセレステはうれしかった。

家に入って脱いだ帽子と手袋をドリーに渡していると、父が近づいてきた。

「上流階級のやつらに、おれたちも同じだけ金を持っているところを見せつけてきたんだな」たくさんの包みを抱えた従僕を見て、よくやったというようにうなずく。

「家にいるなんて珍しいわね。この時間はいつも事務所のほうにいるのに」セレステは伸びあがって、父の頬にキスをした。

ついさっき娘が狭い試着室でキーラン・ランサムと会っていたことを、父は知っているのだろうか？　胸に赤い手形でもついていない限り、知られるはずはない。

キーランは彼女の胸には指一本触れなかったが、ロンドン一悪名高い女たらしの彼と一〇分間もふたりきりでいた印がどこかについているかもしれない。セレステは思わず自分の体を見おろした。

だがやはりなんの痕跡もなく、ほっとする。

「ちょっと書類を取りに来たんだが、ちょうどよかった。モントフォード卿が訪ねてこられて、いま客間で待っている」

「モントフォード卿が？　伯爵がいらっしゃるのはいつも水曜日なのに」セレステは目をしばたたいた。

「伯爵の母上が、今日おまえにお茶を飲みに来てほしいそうだ。あちらの料理人が新しいレシピでアイシングビスケットを焼いたので、試してほしいらしい」父がくすりと笑った。

「信じられるか？　侯爵夫人が急に思いたって、おれの娘をお茶に招待するようになるなんて。まるでもう、家族の一員と思っているようじゃないか」

「でも、困るわ。今日はこのあと集会所へ行って、来月の慈善バザーに出品する服選びを手伝うことになっているの。モントフォード卿には申し訳ないけれど、お断りしなくては」セレステは歓迎できない知らせに眉をひそめた。

得意そうにしていた父が落胆した表情になり、怒った声で言った。「侯爵夫人からの招待がどこにでも転がってると思うのか？　おれたちみたいな人間にとっては侯爵夫人なんてどうでもよくて、すげなくしていいと？」

〝おれたちみたいな人間〟とは貧乏で勤勉に働く人間で、伯爵夫人は先祖代々の富を持つ特権階級の人間だ。物事は結局、いつもそこに行き着くのだ。

「レディ・ストレットンはわかってくださるわ」セレステは父の手をそっと叩いたが、父はさっと引っこめ、指を立てて警告した。

「いいか、社交界でのおれたちの評判はすでに危うくなってる。ドムが伯爵の娘と結婚すれば少しは安心できたが、それもなくなった。おれたちは社交界のやつらを相手に危険なワルツを踊っていて、おまえはダンスフロアで誰もが目にするキルバーン家の代表だ。そのおまえがモントフォード卿と婚約しているからおれたちは守られているが――」

「正式にはまだ婚約していないわ」セレステは訂正したが、父の表情が険しくなるのを見て、言うべきではなかったと悟った。

「非公式に婚約していると公に認められている。モントフォード卿はついさっき、シーズンが終わる頃には求婚するつもりだとおれに言った」

目に見えない何かがセレステの首に巻きついて、ぎりぎりと締めつける。社交シーズンが終わるまで、あと二カ月もない。そして彼女がモントフォード卿の求婚を受けるのは、もう決まったことなのだ。彼女が望んでいるかどうかは関係ない。いつだってそうだ。

「どれほど名誉なことか、考えてみろ。娘に良縁を願う母親なら、誰だってモントフォード卿を望む。いま彼を捕まえておかなければ、狙っている女はごまんといるぞ」

それでもセレステが黙っていると、父が身を寄せてきた。「これまでおれが払ってきた犠牲は、すべてこのためだ。一日二〇時間、母さんにも子どもたちにも会わずに日曜まで働き続けたことも、のしあがるためにしてきた数々の取引も、教養学校へ行かせたのも、大きな家を買ったのも、すべておまえのためなんだぞ」

「それが、わたしのため？」セレステは悲しくなって問い返した。

父が眉根をきつく寄せる。「よく考えろ。伯爵夫人になれるんだ。いずれは侯爵夫人に。貴婦人のペチコートを縫っていた娘が、指一本動かさずに生活できるようになる。おれがおまえのために望んでいるのは、そういうことだ」感傷的になっているのか、父の声が不明瞭になる。「夜遅く家に戻ると、おまえが床に敷いた小さな藁布団の上で丸くなって眠っていたのを覚えている。おれはおまえの顔にかかった髪を撫でつけ、いつかきれいなシーツのかかったまともなベッドで眠れるようになりますようにと、この世を統べる存在に祈ったもんだ。おまえがペチコートを縫ってやっている貴婦人のような、やんごとないレディになれますようにとな。あのとき願ったことが、もう少しで手の届くところに来ている。おまえの手の届くところに」

セレステは喉にこみあげた塊を懸命にのみ下そうとした。安楽な暮らし以上のものを望むなんて、恩知らずだ。なんの心配もない暮らしと特権が彼女を手招きしている。あと二カ月足らずで、彼女の未来は決まってしまう。その未来を追い求めるべきなのだろう。

セレステが何を求めているかは重要ではない。父が財産を築いたときから、道は定められていた。彼女がどれほどほかの道を望もうと、そこからそれることは許されない。まるで目隠しをつけられた馬車馬のようだが、目隠しをされていても彼女には別の可能性が見えてしまう。だから上流階級になんとしても受け入れられようとする父に促されてまっすぐ進み続けることが、苦しくてならなかった。

「客間へ行ってモントフォード卿に会ってくるわ」気が進まないのを見抜かれないよう、セレステは明るい声で言った。「お誘いをとても名誉に思っていることをお伝えして、もし侯爵夫人がお気になさらないのであれば、お茶にうかがうのは明日にしていただけないか訊いてみる。慈善バザーの準備がありますからって」

「侯爵夫人のお誘いを受けるんだ。慈善バザーの手伝いは今日でなくてもいいだろう」

「お父さん」セレステは深々とため息をつき、必死で声を平静に保った。「ラトクリフの人たちを助ける基金を立ちあげたいと言ったとき、お父さんは却下したわ――」

「あの場所にはもう関わるな。いつまでも過去に縛られていないで、将来のことを考えてほしいんだ」

「せめて今日は行かせてちょうだい。約束した仕事を果たさせて」セレステはもどかしさと戦いながら、息を吸った。かつて暮らしていた場所に住む人たちを助けたいという望みを捨てさせられることに苦々しい思いはあるが、家族のために自分の気持ちは押し殺さなければならない。

「早く客間へ行って、これからすぐに侯爵夫人のところにうかがうとモントフォード卿にお伝えしなさい」父が広い胸の前で腕組みをする。これ以上話しあう気はない、自分が望むこと以外は認めないという、いつもの合図だ。

ネッド・キルバーンがここまでのしあがることができたのは、この資質のおかげだった。自分が正しいと断固として相手にわからせるその資質のせいで、セレステは父の命令を拒むことができなかった。それに一家が社交界を円滑に渡っていくために、父とドムは彼女を頼りにしていた。レディ・ストレットンの誘いを断れば侯爵夫人とモントフォード卿の顔をつぶし、キルバーン家の立場を危険にさらすことになるかもしれない。これまで父は、彼女と兄のために多くのものを犠牲にしてがんばってきたというのに。

ハンス・タウンにある彼らの家の玄関ホールは、おそらくラトクリフにいた頃に住んでいた部屋がすっぽりおさまってしまうほど広い。この屋敷には使っていない客間や部屋がいくつもあり、誰も足を踏み入れたことがない場所まである。昔に比べてとてつもなく広い家なのに、まわりの壁が迫ってくるような気がして、セレステは息苦しくてたまらなかった。

「わかったわ、お父さん」彼女は仕方なく譲った。

すると父は険しかった表情を緩め、娘の頬にうれしそうに触れた。「それでこそおれの娘だ。おれは事務所に戻るが、夕食のときに会おう」

それ以上セレステに口を開く間を与えずに、父は行ってしまった。

セレステは父が望む非の打ちどころのない落ち着いた令嬢になりきるため、玄関ホールの壁にかけられた鏡をのぞいて髪を整えた。彼女の巻き毛はまとめてもすぐにこぼれてしまうので、ドリーがいつも山のようにピンを使って、令嬢らしく整えてくれている。

一本一本のピンは重くないけれど、山ほど集まったピンは信じられないくらい重いため、毎晩ドリーに外してもらうときには頭皮がひどく痛み、ふたたびピンを留める朝が来るまでに完全に回復することはない。

そのとき鏡の中に見慣れた笑顔が映り、セレステは笑みを作って向き直った。

長身のモントフォード卿と目を合わせるため、顔をやや上に向ける。青い目のまわりに細かい皺があるのは、しょっちゅうロットン・ロウ（ハイドパーク内の乗馬用道路）で馬に乗ったり、茂みから追いたてた鳥を撃って楽しんだりしているからだ。実のところモントフォード卿は財産と爵位を別にしても魅力的な男性だが、彼の近くにいてもセレステの心臓が鼓動を速めることはない。彼が微笑（ほほえ）んだりウインクをしたりしても、キーラン・ランサムのときと違い、胸が締めつけられて体が熱くなることはなかった。

「客間でおとなしく待っていられなくて、申し訳ない」モントフォード卿が小さく頭を下げる。

セレステは膝を曲げてお辞儀をした。「伯爵、いまそちらに向かうところでした」

「セレステ、ぼくのことはヒューと呼んでほしいと言ったはずだ。きみはもうすぐぼくの妻になるんだから」彼がやさしく笑う。

わたしたちはまだ婚約もしていないのよ。セレステはむっとした。

「実は母からの誘いを早く伝えたくて、待ちきれずに出てきてしまったんだ。きみがいつも火曜日は慈善活動をしていることは知っている。だが今日はぜひ、ぼくたちの家に来てもらいたい。朝の間に新しく置くことにしたすばらしい花瓶のセットを、母がきみに見せたがっていてね」

「わたしみたいな若輩者が、そんなすばらしい花瓶について何が言えるでしょう」

「母はものの良し悪しを見分ける目や洗練された感性を、喜んできみに伝授したいと思っている」モントフォード卿は温かい口調で言ったあと、最大限の褒め言葉を口にするようにつけ加えた。「きみの可能性を買っていて、無駄にしてほしくないと思っているんだよ」

いい加減にして。セレステは自分の可能性を使って本当は何をしたいか言ってやりたかったが、伯爵と良好な関係を維持するよう父からきつく言われたあとでは、そんな真似はできなかった。

セレステは檻に押しこめられたように胸が苦しくて、まともに息が吸えなかった。何もかも彼女にのしかかってきて、窒息しそうだ。どこにも逃げられず、つぶれてしまいそうなのに防ぐすべがない。そのうちきっと粉々に砕けてしまう。そうなったら父とモントフォード卿は彼女だった残骸のまわりに集まって、達成感に浸るのだろう。

でも、どこかに道があるはずだ。解放される方法が。たとえ一時的な解放だとしても。

「馬車を屋敷の前につけさせよう。きみがすぐにうちへ向かえるように」モントフォード卿が言う。

「ご親切にありがとうございます」セレステが断るなんて、彼は夢にも思っていないのだ。モントフォード卿が返した笑みから、自分をこのうえなくやさしい人間だと思って悦に入っているのがわかる。

ドリーが帽子と手袋を持って近寄ってきた。その様子を見れば、さっきの父との会話を聞いていたのは明らかだ。セレステは荒れ狂っている心の内は見せずに穏やかで愛想のいい表情を保ったまま、外出の支度をした。

レディ・ストレットンとのお茶から戻ったら、キーラン・ランサムに待ちあわせの場所と時間を知らせる手紙を送ろうと心に決めながら。

放蕩者の兄の友人は、清廉潔白な評判を誇っているという理由でセレステを求めている。だが、逆に考えてみたらどうだろう。もしかしたら……キーランのほうも彼女が求めているものを持っているかもしれない。

4

キーランは菓子店〈キャットンズ〉の外に並んでいる人々の横をゆったりと通り過ぎた。彼らが驚いた顔をしているのは横入りされると思ったからなのか、こんなまっとうな暮らしが営まれている場所にキーラン・ランサムがいることが信じられなかったからなのか、彼には見分けがつかなかった。

評判の菓子店の中に入るなり、彼は足を止めた。すぐ横に、この店で作っているケーキやビスケットには自由民が育てた砂糖しか使っていないと訴える看板が置かれている。店内にはバニラとバターと看板に書かれた砂糖のにおいが充満しているのと同じくらい、女性たちがしゃべる声もあふれていた。紅茶とアイシングケーキを楽しんでいる男性もいるが、イザベル・キャットンの店の客はほとんどが女性だった。

若い未亡人や、もっと大胆な既婚女性などキーランの知っている顔もあったけれど、ほとんどは初めて見る顔だ。それこそまさしく、彼にとっての問題点だった。

今日をきっかけに、その問題点を解消していければいいのだが。

店内を見まわし、待ちあわせをしている女性を探す。彼と目が合って驚きと怒りを見せる女性もいれば、まつげを伏せるという男の気を引くときの典型的な仕草を見せる女性もいた。

キーランは昨日の午後、今日〈キャットンズ〉で会おうと書かれたセレステ・キルバーンからの手紙を受け取った。試着室で話したときは取りつく島もない印象だったので、この店へ来るようにと美しい筆跡で書いてよこした彼女に驚いた。手紙の一番下にあった〈きちんとした紳士らしい服装をしてくること〉という追伸を思いだし、思わず顔がほころんだ。

ようやく、テーブルにひとりで座っているセレステを見つけた。すぐそばで彼女のメイドが別の使用人と話している。

キーランは心臓が跳ねるのを感じ、いぶかしく思った。どういうことだ。

セレステ・キルバーンのことは前から知っているが、長く一緒にいたのは昨日が初めてで、当然あれほど近くに寄ったこともなかった。彼はこれまで、試着室で女性と色っぽさとはほど遠い会話を交わしたり、真っ昼間に混みあう菓子店で待ちあわせをしたりするより、はるかに不埒な経験を重ねてきている。だから女性でいっぱいの店で座っている彼女を見るなんてどうということもないはずなのに、なぜか心臓が激しく打っている。

セレステはキーランに気がつくと、笑みは浮かべなかったものの細めたままのはしばみ色の目を明るく輝かせた。高い頬骨と意志の強そうな顎が印象的な女性だが、興奮によって生き生きとした姿は別人のようで、キーランは目を離せなかった。

考えてみると、楽しそうにしているセレステを見るのは初めてだった。彼女はたいていつまらなそうな顔をしているか、視線を遠くに向けている。もっと別の楽しい場所にいる自分を思い浮かべてでもいるように。

だがいまは違う。セレステはちゃんとここにいて、近づいてくる彼に目を据えながら、額に手を滑らせて明るい茶色の髪を撫でつけている。

キーランは彼女の前で止まると、帽子を取って両腕をわずかに広げた。「どうだい、合格かな？　ちゃんとした紳士に見えるような格好をして来いってことだったが」

セレステの視線が頭のてっぺんから顔に移り、胸から股間を通って脚までおりていく。キーランは手持ちの服の中では一番おとなしいものを着てきた。お気に入りの派手なベストは当然避けた。しかも、きちんと髭も剃っている。

セレステの検閲は綿密で、洗練された外見の下の粗野な男を見通しているようだ。

部屋が急に少し暑くなったような気がして、キーランは首巻き（クラヴァット）を引っ張った。

「充分よ。あなたにそういう格好ができるのかどうか、確かめたかったの」

キーランは椅子を引きだし、高揚した気分のまま勢いよく座った。「それじゃ、ぼくに手を貸してくれるってことなのかな？」

「ただではないけれど」

期待していたのとは違う返事に、彼は顔をしかめた。

彼の気持ちを見抜いたらしく、セレステが言葉を継ぐ。「わたしが見返りも要求せずにあなたに手を貸すなんて、本気で思っていたの？　いいわ、答えなくて。そうだと顔に書いてあるから」

「レディは慈善に熱心なものだと思っていた」

「わたしはレディではないもの。とにかく生まれはそうじゃないわ」

「だが、まわりからはそう見られているし、普段の行動もそうだ。利他的な活動にいくつも関わっているだろう？　それが証拠さ」

「だからわたしに助けを求めてきたわけね」セレステは近づいてきた給仕にうなずきかけた。そして給仕が運んできたティーポットとふたり分のカップと小さなケーキをのせた皿をテーブルに並べるのを見守っていたが、キーランが低く笑うのを聞いて視線を上げた。

「浮かない感じね」給仕が立ち去ってから、彼女は言った。

「このぼくもいよいよ更正しつつあるんだなと思っただけだ。これまでならそのティーポットに入っているのはウイスキーで、ケーキはエロティックな形のものだった」

セレステがドーム型のケーキを取って砂糖漬けのサクランボを上にのせると、女性の乳房そっくりになった。「こうすればあなたも少しはくつろげるかしら。お酒はフルーツケーキからブランデーを絞ればいいわ」

キーランは驚いて噴きだした。教養学校から戻ったあとの彼女の外見を見て魅力的だと思いこそすれ、こんなふうにウィットに富んだきわどい会話ができるとは思っていなかった。なんてうれしい驚きだろう。

「それで、見返りに何が欲しいんだ？」キーランは興味を覚えて質問した。

「あなたを選り抜きのパーティに片っ端から連れていって、結婚相手を求めている評判のいい令嬢たちに紹介するわ。その代わり……」セレステが身を乗りだして、声を潜める。「わたしを恥ずべき人たちが集う悪名高い場所へ連れていって」

キーランは驚いて彼女を見た。まわりの声が聞こえなくなる。瞬きもせずに見つめ返してくるセレステは、評判の悪い放蕩者にロンドンで最も不道徳な場所へ連れていってほしいと頼むことが紅茶のお代わりを頼むのと同じくらい普通のことだと思っているようだ。

自分は言葉を巧みに操れる人間だと、キーランは自負していた。言葉の響きも、調子や効果も、無限の多様性も愛している。それなのにいまは口ごもりながら、つまらない返事をすることしかできない。「本当にそんな場所に行きたいのか?」

「いけない?」セレステがつんと顎を上げる。

「だって……いかにも……場違いというか」セレステが目をそらさないので、キーランは続けた。「賭博場や放埒なパーティはちゃんとした若い女性が行くところじゃない」

「いまの発言の中に気に入らない箇所がいくつもあるわ」セレステが渋柿でも食べたかのように顔をしかめる。「まず、わたしはもう二三歳で、若い女性とは言えない」彼女が手袋をはめた手をテーブルにつき、身を乗りだした。「それからわたしは〝ちゃんと〟していることに飽き飽きしているの。ちゃんと振る舞うことばかり求められて、息が詰まりそう。だけど豚を太らせるみたいに狭い囲いの中に押しこめられて生活するのがどんなものか、あなたにわかるはずがないわね。あなたたち兄弟もわたしの兄も、好きなときに好きなことができるんだから」

彼女が声を潜めながらも激しい非難をぶつけてくるなんて信じられない。それでも、キーランは反論せずにいられなかった。「そういう生活はもう終わった」

セレステはぐるりと目を回した。「そうね。でもあなたとフィンが教会の聖具保管室からドムを逃がすなんてばかな真似をしなければ、楽しい生活は続いていたはずよ。わたしと違って、これまで期待や義務に縛られずに生きてきたという事実は変わらない。何年ものあいだ、あなたたちの楽しい生活についてただ読んだり聞いたりしてきたわ。わたしは楽しいことを何ひとつ許されないまま。だけどあなたが条件をのんでくれたら、それが変わる」

キーランは彼女の言葉に衝撃を受けながらも、なぜか楽しくなって噴きだした。上品さからはほど遠い笑い声にみんなが振り返ったが、彼はかまわずに脚を開いてゆったりと椅子の背にもたれた。

「思ってもみなかったな。セレステ・キルバーンがその落ち着いた外見の下にそれほどの激情を隠しているなんて、考えたこともなかった」

「わたしについてあなたが知らないことはたくさんあるわ」彼女がすかさず言い返す。

「そうみたいだな」

「本当に社交界での評判を改めたいと思っているなら、そんなふうにいかにも自堕落な格好をしないで、紳士らしくきちんと座るはずよ」セレステが片眉を持ちあげる。

キーランはさらにだらりとしたい衝動に駆られたが、彼女の言うとおりだ。そこでしぶしぶ体を起こし、足の裏を床につけてきちんと座る。姿勢を改めたあと息を吸うと、それほど悪い気分ではなかった。

「だが、きみの評判はどうする？　そういう場所にきみみたいな未婚の女性が行ったら、醜聞になるぞ。評判を取り戻せないとは言わないが、改めるのに相当時間がかかるのはたしかだ」

「身元がわからないように変装するわ」彼女が澄ました口調で言う。

「すべて計画ずみなんだな」つまり彼女を説得して交換条件を取りさげさせるのは、難しいということだ。

「隅々までね」セレステは真顔になって、身を乗りだした。「これがわたしにとってどれほど必要か、わかってもらえるとは思わない。でもこうする必要があるのよ。どうしても」

キーランは目の前のほとんど知らない女性を見つめた。彼女の瞳には、予想もしなかったほど強いあこがれと意志が浮かんでいる。淑女の鑑（かがみ）のようなセレステ・キルバーンは非の打ちどころのない評判を誇っている。だが彼女が突きつけた条件は、静かな外見の下に見かけとは違うものがあるのだと示していた。

セレステの目には強い決意がみなぎっていた。

「いやだと言ったら？」キーランはいちおう訊いてみた。

「それなら取引はなしよ。社交界への足掛かりにするのに都合のいい女性を、ほかに見つけてちょうだい」

キーランはテーブルの上をこつこつと叩きながら、考えをめぐらせた。危険があることを知らされても、要求を通したいというセレステの決意はかたく変わらない。そしてセレステ以外に彼の人となりを保証してくれる女性にまったく心当たりがないので、上流の人々に取り入るには彼女に頼るほかなかった。

「ほかに選択肢があるとでも？」小さくつぶやいたあと、彼女に聞こえるように声を大きくする。「きみの条件を受け入れるよ」

「よかった」セレステはとんでもない取引内容をうかがわせない、さわやかな声で言った。懸命に笑みを抑えようとしているのか、口をぎゅっと引き結んでいる。

キーランはほっとして、冷静さを取り戻した。セレステが手を貸してくれれば百人力だ。ふさわしい花嫁を見つけることに安心して取り組める。けれども親友の妹と結んだ協定の不埒な内容を思うと、安堵（あんど）の思いは薄まった。

もしセレステに何かあったら、この取引のせいで彼女の評判が損なわれるようなことになったら……どれほど償っても償いきれない。

だから細心の注意を払わなければならなかった。今回ばかりは本気でそうする必要がある。

セレステがじっと彼を見つめた。「あなた自身も結婚したいと思っているの？　それとも、家族に強制されたから仕方なく花嫁を探すだけ？」

「正直言って、結婚なんて気が進まない」キーランはテーブルクロスのレースをなぞりながら答えた。

「放蕩者らしい言い草だわ。必要に迫られなければ、ひとりの女性で我慢するはずがないものね」

「もう考え直したくなったかな？」キーランは欲しいものがあるときに見せる、とっておきの笑みを彼女に向けた。

セレステが口を開け、そのまま閉じる。どうやら葛藤しているらしい。「考え直したくなることは何度もあるんでしょうね。でもわたしが必要としているものをあなたが与えてくれる限り、約束は守るわ」

キーランは息を吐いて手を差しだしたが、彼女が小さく首を横に振るのを見て、引っこめた。

「いつから始める？　できれば早いほうがいい。連れていってくれる催しはきみが選んでかまわないが――」

「取引が有効になるのは、あなたがわたしを不埒な場所に連れていってくれてからよ」

キーランは眉をひそめた。「きみが先に、ぼくを社交界の催しに連れていくべきだろう」

「あなたが言ったとおり、わたしはちゃんとしているから信用が置けるはず。だけどあなたは、信用なんてまったくない放蕩者だもの」

「ぼくは今日、ほぼ時間どおりにここへ来たじゃないか」彼女の唇が魅力的な弧を描く。

「あなたが今日ここへ来たのは自分のためだし、たった一回時間を守っただけで、これまでの不品行の数々が帳消しになるわけないでしょう？」セレステが紅茶をひと口飲んだあと、手袋を外してアイシングのかかったケーキを割り、口に運んでかじる。彼女の指先が唇に触れるさまから、キーランは視線を引きはがした。

「ひどい言われようだな。だが、きみが言ったことはすべて正しい」

「じゃあ、あなたの真摯な気持ちを見せてほしいとわたしが求める理由もわかってもらえるわね」セレステが目を細める。「約束を守るつもりはなかったんでしょう?」

キーランは苦笑いをした。「そんな言い方をされると傷つくが、そのとおりだ。きみに社交界の催しへ連れていってもらったら、さっさと誰か見つけて、ぼくの側の義務を果たさなくてすむようにすればいいと思っていた」

「放蕩者の約束なんて当てにならないんだから……」彼女がむっとした表情を浮かべる。

放蕩者と呼ばれたキーランはそうであることを証明するため、女性の胸にそっくりなケーキを手に取ってアイシングを舐め、口に放りこんだ。

そこで彼女を見ると、先ほどのいらだった表情は消えていた。頬を魅力的なピンクに染めながらも、こちらに向けた視線をそらしたりそわそわしたりする様子はまったくない。

突然激しい興奮にとらわれたキーランは、驚いて顔をしかめた。くそっ。何かを我慢することなどほとんどないが、大きくなる一方のセレステ・キルバーンに対する関心はそのひとつになりそうだ。キーランみたいな悪名高い放蕩者が妹に手を出したら、ドムがどう反応するかは想像にかたくない。

「確認しておきたいんだが、いつまで手を貸してもらえる?」キーランは口元から食べくずを払いながら、質問した。

セレステが表情を曇らせる。「シーズンの終わりまで」

「そのあとは？」

「それ以上は意味がないでしょう」彼女は手を振って、質問を退けた。「わたしたちの計画を軌道に乗せるのに、充分すぎるほど時間があるわ」

「そしてきみは、すでに細かいところまで戦略を練っている」

「賢い将軍は戦略なしには戦わないものよ」彼女が沈んだ表情を消して、悦に入ったような笑みを小さく浮かべる。

この新しく出現した尊大で頭の切れる女性は、なんて楽しいのだろう。「では将軍、指示をいただけますか？」

「まず、あなたを社交界の中心的な存在の人物に引きあわせる必要があるわ」きびきびと答えるセレステは、どこから見てもまさに高級将校だ。「招待状がいらない催し物にわたしのエスコートとして出席することで、わたしがあなたの人となりを保証しているとまわりに知らせましょう。それがすんだら、非の打ちどころのない評判を持つ若い令嬢と出会える集まりへの招待状を手に入れるわ」

「狙いすました巧妙な攻撃だな」キーランはうなずいた。「ふたりのうちひとりでも、社交界の渡り方を知っていてよかったよ」

セレステが片眉をあげる。「デビューしてから、社交界をうまく渡るために令嬢という役割を演じることしかしてこなかったもの。少なくとも今回は、その不毛な知識もそれなりに役に立つわね」

〝不毛〟という言葉に、キーランは引っかかった。やはり彼女はいまの生活に不満を抱いているらしい。もし満足していたら、彼に取引を持ちかけてロンドンの悪名高い場所へ連れていけなどと主張しないだろう。

「あなたの立場が改善するまで、多少は時間がかかると思う。あなたが結婚相手にふさわしい令嬢と出会うために、なるべくたくさんの招待状を手に入れられるように努力するわ。わたしたちの契約はシーズンの終わりまでだけれど、その時点ではまだ婚約できていないかもしれない。でも、そこまでこぎつけるための基礎は築けているはずよ」

「それまでにぼくの評判が改善していなかったらどうする？　そんなに時間はない。たった二カ月だ。そして、これまでかなりひどいこともやってきた」キーランはそのひどいことをいくつか思い浮かべて、にやりとせずにはいられなかった。

だがセレステ・キルバーンが感心した様子はない。

「二カ月で改善できないなら、あなたの評判はわたしにもほかの誰にも取り戻せないわ」セレステが淡々と言う。

「了解した、将軍」彼は敬礼した。「ぼくについての計画はそれでいいが、きみのほうはどうする？　公平な取引にこだわるなら――」

「こだわるわ」彼女の声は断固としていて、迷いがない。

「悪徳を経験するために、最初にどこへ行きたい？」

「ヴォクスホール・ガーデンズ」セレステがすかさず答えた。

「嘘だろう？　あそこは観光客用の場所だ」キーランはぐるりと目を回した。

セレステがむっとしたように顔をしかめ、動揺したのか頬をかすかに赤らめる。「それなら賭博場に行きたいわ」キーランが黙っていると、彼女は顎を上げた。「賭博場に出入りしていたからと言って、父がドムを怒鳴りつけていたの。今度はわたしの番よ」

「いいだろう。明日の夜、待ちあわせ場所を知らせるよ」キーランはしぶしぶ応じた。

セレステが興奮して目を輝かせる。「ちゃんと変装していくわね」

「だが」キーランが続けると、彼女は肩を落とした。「もし本当にロンドンで最も不道徳な場所に行くと言うなら、そういうところに耐えられる証拠を示してもらおうか」

「証拠を示せって、どんなふうに？」彼女が興味を引かれたように首をかしげる。

「やり方はきみが決めていい」キーランは両腕を広げた。「少し大胆なことをしてみたいんだろう？　それなら、どれだけやれるか見せてもらおうじゃないか。いまここで」彼は半分冗談のつもりで挑戦を叩きつけた。うまくすれば、彼女が要求を取りさげるかもしれない。だが心の隅には、落ち着き払ったセレステ・キルバーンが何をするのか見てみたいという、うずくような好奇心もあった。

「こんな真っ昼間に、衆人環視の中で？」抗議されても黙って笑みだけ返していると、彼女があきらめたようにため息をついた。

何ができるか推し量るように、セレステが店内を見まわす。あれこれ考えをめぐらせてころころと変わる表情を追うのは、どんな出し物を見るよりも面白かった。

それなのに頭の中で奇妙な声が聞こえたような気がして、キーランは首をかしげた。いったいなんだろう……まさか良心の声か？

ぞっとして体が震えそうになる。

そんな彼の葛藤には気づかず、セレステはまだ〈キャットンズ〉の店内を見まわしている。そのとき女性客のにぎやかな話し声の中で、ひときわ高い声が耳に入ってきた。

「こんなの許せないわ。いいからここを取り仕切っている人間を呼んでちょうだい」三人連れの女性のひとりが言っている。金髪を流行の髪型に結いあげ、洗練された服に身を包んでいるのに、険しい表情以外は目に入らないほどだ。

「申し訳ありません、奥さま。冷めた紅茶の代わりに何か温かいものをお持ちしますので」傷ついた表情の給仕が、懸命に女性をなだめている。

「そもそもこんな冷めた紅茶を出すべきじゃなかったのよ」

「わたしは冷めているとは思わなかったけれど、レディ・キャレンフォード」連れの女性が見かねて割って入る。

「冬のサーペンタイン池の水みたいに冷たかったわ。さっさと責任者を呼びなさい」レディ・キャレンフォードはぴしゃりと返し、給仕をにらみつけた。

給仕は動揺と、キーランが見たところ怒りに顔を赤くして深くお辞儀をすると、急いで店主を呼びに行った。

ほうがいい」

「ひどいな。ああいうのが上品でまともな社交界の真の姿なら、ぼくはごろつきとつきあうほうがいい」

「彼女はティーポットを顔に叩きつけられても仕方がないわ。わたしなら鉛筆と紙があれば、ひと泡吹かせてやれるけれど」

キーランは上着の内ポケットから小さなノートを取りだして、白いページを探した。詩を書き留めてあるページにセレステが興味を示したが、何が書かれているかは見えないはずだ。それに彼女がこれを読むことはない。絶対に。

キーランは白いページを見つけて破り取り、短い鉛筆と一緒に渡した。セレステが一瞬ためらったあと、かがみこんで何かを書きつけている。よく見ようと目を凝らしたが、読み取る前に彼女が紙を折りたたんでしまった。

「ちょっと失礼」セレステが立ちあがる。

かろうじてマナーを思いだしたキーランも一緒に立ち、そのあと座り直してレディ・キャレンフォードのところへ向かう彼女を見守った。

興味深いことに、セレステは直接レディ・キャレンフォードのもとに向かってやりこめるようなことはせず、わざと別のテーブルにぶつかって、端に置いてあった金属製のトレイを床に落とした。大きな音が響いて、レディ・キャレンフォードと連れの女性たちが振り向く。セレステはレディ・キャレンフォードの注意がそれた隙に彼女の皿の上に紙を落とし、そのまま進んでキーランのところに戻ってきた。

ゆったりと座ったセレステの顔には動揺の欠片もなく、何を考えているのかまったくわからなかった。

顔を戻したレディ・キャレンフォードが、皿の上の紙を見つけていぶかしげに目を細める。紙を開いて読むなり、顔面蒼白になり、あわてて店内を見まわした。セレステはキーランと目を合わせたまま、静かに紅茶をすすっている。

レディ・キャレンフォードのテーブルに、清潔なエプロンをつけた焦げ茶色の髪の女性が近づいてきた。さっきの給仕も一緒だ。「店主のイザベル・キャットンと申します。わたしとお話がしたいとおっしゃられていると、ヴェラから聞きました。紅茶の温度についてご不満があるとか」女性が穏やかに声をかけた。

無理やり笑みを作ったレディ・キャレンフォードの顔は、しゃれこうべにそっくりだった。目は燃えるようにぎらぎらしているうえ、声は妙に大きい。「何も問題ないわ。不満なんてありません。時間を取らせてしまってごめんなさい」レディ・キャレンフォードがレティキュールの中から硬貨を取りだし、ヴェラに差しだす。「あなたにはこれをあげるわ。申し分ないサービスだったから。どうかもらってちょうだい」

ヴェラはのろのろとそれを受け取り、ミセス・キャットンと困惑したように視線を交わした。そのあいだにレディ・キャレンフォードはよろよろと立ちあがって、店から出ていく。連れのふたりも怪訝そうな表情であとを追ったが、ひとりはその前にビスケットを一枚取ってレティキュールの中に押しこんだ。

ミセス・キャットンは肩をすくめて、テーブルの上を片づけているヴェラを手伝った。キーランはセレステに注意を戻した。彼女はたったいま起こった不可解な出来事に、まるで驚いていないようだ。

「紙になんて書いたんだい？」キーランは笑いをこらえながら、彼女に訊いた。

「いますぐ給仕に謝罪しなければ、音楽家のオリヴァリが彼女に歌を教える以上のことをしているという事実にキャレンフォード卿が興味を持つことになるだろうって、思いださせてあげただけ。レディ・キャレンフォードはまだ跡継ぎを産んでいないから、ご主人はそのことを聞いたら喜ばないでしょうね」

「きみはどうやってそれを知ったんだい？」

セレステの微笑みは謎めいていた。「まっさらな評判には利点もあるってこと。わたしは最新のゴシップをすべて耳にできる立場にいるの。わたしなら誰にも秘密を漏らさないって、みんな思いこんでいるから。本当はその情報が役に立つときが来るまで、ためこんでいるだけなのに」

キーランは二七年間生きてきた中で、慎み深い人間なら青ざめるかうらやむかするようなことを、いくらでも見たりしたりしてきた。その彼がショックを受けるなんて、そうそうあることではない。

それなのに彼は、いつもどおり貞淑な様子で静かに座っているセレステ・キルバーンを呆然と見つめることしかできなかった。

「信じられない」急におかしくてたまらなくなった。「誰もわかっていないんだな。本当のきみがどんな人間なのか」

「そうよ。まったくわかっていないわ」セレステが穏やかに返す。

キーランは無言で椅子の背にもたれた。まわりでは、ロンドンで最も評判のいい女性たちが午後のお茶の時間を優雅に過ごしている。セレステは今日、彼という悪魔と取引をするためにやってくるのだと思いながら、キーランは〈キャットンズ〉へ来た。だが蓋を開けてみれば、彼女は思っていたよりはるかに危険な女性だった。守られるべきはセレステではなく、自分のほうなのかもしれない。

5

　セレステはわくわくしながら、化粧台の上の手紙と鏡の中の自分を交互に見た。

　暗くなってすぐ、ちょうど夕食を食べ終わって父とふたりで居間にいるときに、その短い手紙は届いた。幸い、父は最新版の新聞を読むのに没頭していたため、従僕がセレステのところへ手紙を持ってきたことに気づかなかった。開くと〈ハンス・ストリートとパヴィリオン・ロードの交差点で、真夜中に〉という文面が目に飛びこんできたが、勢いのある男性的な筆跡で書かれた中身を読む前からなんの手紙かわかっていた。

　署名はなくイニシャルさえ書いていないものの、送り主は明らかだ。

　セレステはうきうきするあまり震える手で化粧をすませ、鏡で仕上がりを確認した。顔を左右にひねって、さらに丁寧に調べる。

「どう思う、ドリー？」セレステは後ろに立っているメイドに問いかけた。

「かつらをつけてみましょう。お手伝いしますから」ドリーが促す。

　セレステが言われたとおりに、好き勝手に乱れがちな明るい茶色の髪を覆うように黒髪のかつらをかぶると、ドリーは形を整えてピンで固定した。

「頭を振ってみてください」

セレステは素直に従い、かつらが動かなかったのでほっとした。「これでいいわ。うまく変装できているかしら？」

「わたしが見ても、お嬢さまだとまったくわかりませんよ」

「それが目的だもの」昨日キーラン・ランサムと別れたあと、セレステは演劇用具を扱う店にドリーを行かせて、舞台用の化粧品とかつらを入手していた。そして今日のこの時間まで、ふたりで試行錯誤を繰り返していたのだ。

セレステは鏡の中の姿を見つめながら、自分を誇らしく思う気持ちがわきあがるのを抑えられなかった。教養学校で受けさせられた絵の授業がいまになって役立った。丁寧に影をつけて鼻を細く、唇は薄く小さく見えるようにし、顎には偽物のくぼみを作り、頬骨は目立たないように仕上げた。最後にかつらをつけると、いつもの彼女とはまったくの別人になった。

もし自分で思っているくらいうまく変装できていたら、今夜は誰も彼女を見分けられないだろう。では、キーランは？　変身したセレステを見た彼の反応を想像すると、期待が背筋を駆けおりた。

「次はドレスですね」ドリーが言う。

ドレスも当然、変装の一部だ。セレステは立ちあがって、メイドの手を借りながらドレスを着た。以前、慎み深くておとなしいデザインばかりの自分の衣装がいやになってマダム・ジャクリーンの店で注文したのだが、あまりにも深い襟ぐりと体にぴったり張りつく鮮やかなエメラルド色のサテンの生地を見た父に、着るのを禁じられたものだ。しかもそのあと少し体重が増えたので、ドレスはさらに体に密着し、胸はありえないほど高く押しあげられている。

かつてセレステは、このドレスを着て舞踏会に行くことを夢見ていた。みんなが浮かべる憤慨したような表情や、熱い視線を向けてくる男性たちとのきわどい会話を想像していた。だがそんな夢や空想も、父の鶴のひと声で、ドレスと一緒にしまいこむしかなくなった。

かつらと化粧と煽情的なドレスで身を固めた姿は、自分でも誰だかわからないくらいだった。これから禁断の望みを解放し、このドレスを通行証代わりに真夜中の秘密の世界へと足を踏み入れる。

「お父さまもお兄さまも、このドレスを着ているお嬢さまをご覧になったら、頭の血管が切れてしまわれるかもしれませんね」ドリーが快活に言った。

「それなら、ふたりがわたしを見ることがなくてよかったわ」これから行くのはおそらくドムも出入りしているはずの場所だが、改心するよう命じられているため現れることはないだろうと、セレステは考えていた。

マントルピースの上の時計が鳴って、一二時一五分前を知らせる。家を抜けだして指定された場所でキーランと会うまで、あと一五分だ。セレステは心臓が激しく打っているのを感じながら、ドリーから渡された暗い色のフードつきマントをまとった。すると急に緊張が高まって、口がからからになった。

「こんなことをしようとしているなんて、自分が信じられないわ」かつらが隠れるようにフードを調整しながら、つぶやく。

「当然のことです。お嬢さまはこれまで、猟犬（ハウンド）だって窒息してしまいそうな生活を強いられてきたんですから」

セレステは片眉を上げた。「あなたいま、わたしを犬（ビッチ）にたとえたの？」

「わたしには〝ビッチ〟という言葉の意味がわかりません」メイドは白々しく言い返して、続けた。「さあ、そろそろお出かけの時間ですよ」

セレステは寝室の扉を開けて、廊下の様子をうかがった。奥のほうでランプを持った従僕が見回りをしているのが見え、あわてて部屋に戻る。セレステは従僕が行ってしまうまで待ち、ドリーを後ろに従えて廊下へ出た。足音を潜めて暗い中を進み、手探りで屋敷の奥にある階段をおりていく。

一階に着くと、ドリーが先に立って歩きだした。配膳室の扉が開いていて、廊下に光が漏れている。執事のミスター・ムーニーが夜更かしをして、ワインセラーに補充すべきものを考えているのだろう。ドリーが光の当たらない場所へセレステを押しやって、あたりの様子をうかがう。ところがセレステが廊下に置き忘れられていた箒（ほうき）にぶつかってしまい、それが音をたてて倒れると、全身の血が一気に冷えた。

この冒険は始まる前に終わってしまうのだろうか。

「誰だ？」執事が声をあげた。

「ドリーです」メイドが答えて、配膳室の入り口に歩みでる。ドリーがそのまま配膳室に入ってミスター・ムーニーの机の前に立つのが、セレステのいる場所から見えた。「今日の午後、馬屋のそばで粗野な感じの男がうろついているのを見かけたので、お知らせしておこうと思いまして」

ドリーがミスター・ムーニーの注意をそらしてくれている隙に、セレステは足音を潜めて開いている扉の前を通り過ぎた。

「ありがとう、ドリー。そいつが戻ってくるかもしれないから、気をつけるようにサムとヘンリーに伝えておこう。それにしても、まだ起きていたのか？　ミス・セレステは朝が早いだろう」

執事が自分の名前を口にするのを聞いて、セレステは不安に駆られた。これから冒そうとしている危険は大きい。こんな破廉恥な格好で家から抜けだそうとしていたことが父にばれたら、厳しく罰せられるだろう。これまでは一度もそういうことがなかったので、どんな罰を受けるのかは見当もつかない。だが仕事においては非情であることで知られるネッド・キルバーンだから、子どものしつけに関しても同じだと考えるべきだろう。

ドムですら不本意な状況に追いこまれていることを考えると、自分がどうなるか、セレステは考えたくなかった。

「男がこそこそ嗅ぎまわっていたので、どうしても心配だったんです。でもサムとヘンリーが目を光らせていてくれるなら安心です。せっかくこの時間まで起きていたので、小腹を満たせるものがないか食料貯蔵庫をのぞいてみますね。おやすみなさい、ミスター・ムーニー。あまり夜更かしをなさいませんように」

「おやすみ、ドリー」

メイドが出ていくと執事は作業に戻り、ドリーはセレステについてくるように合図して厨房へ向かった。そこには庭へ出られる裏口があり、セレステを自由へと招いている。誰もいないかどうかドリーが確認しているあいだ、セレステははやる気持ちを抑え、大丈夫だという合図とともに裏口へ走った。

そのまま一気に外へ出たかったが、慎重に行動しなくてはならない。セレステは蝶番がきしまないように、ゆっくりと扉を開けた。敷居をまたぐとひんやりした夜気に包まれて、張りつめていた気持ちが緩む。こんな夜更けに中庭に出るのは初めてながら、見慣れた場所がどう違って見えるのか、ゆっくり確かめている時間はない。

ドリーも出てきて扉を閉め、ふたりは足早に路地を進み始めた。広い通りに出て、ぽつぽつと立っている街灯の光が照らしだす歩道の上を歩いていく。

セレステの呼吸は浅くせわしなかった。大胆な冒険に本当に踏みだした自分が信じられなかった。

そう思うと、呼吸がさらに速くなっていく。父はどう思うだろう。ドムは？

モントフォード卿がどう思うかは、どうでもよかった。いや――まったく気にならないわけではない。キルバーン家の社交界での立場は彼次第で、伯爵の名誉を傷つけるような真似をするわけにはいかないからだ。

それなのに彼女は、ワインでも飲んだかのように初めての経験に酔いしれながら、夜中に通りをうろついている。足元の歩道がふわふわしている気がしても、こんなことをしていいのかという疑念や恐れがわきあがっても、歩みは止めなかった。

大人になってからは、馬車を降りて晩餐会などの催しが行われる家に入るまでの短い時間をのぞいて、夜に外を歩く機会はない。セレステは初めての経験にわくわくしながら、夜のハンス・タウンを見まわした。

通りに面した窓の多くはもう暗くなっていたが、カーテンの隙間から光がこぼれている窓もところどころある。そこで立ち止まって中にいる人々が何をしているのかのぞいてみたかったものの、一二時ちょうどにキーランと待ちあわせているのだ。遅れたらきっと彼は立ち去ってしまう。放蕩者ならそうするはずだ。

そんな人と今夜はふたりで行動する。そう思うと、すでに不安定な呼吸がなおさら乱れた。社交界へデビューしたあと、夫になるかもしれない男性とつき添いなしでふたりきりになったことはあるけれど、ごく短い時間だった。モントフォード卿ともそうだ。しかしながら、薄暗いバルコニーでほんのひととき天気の話をすることと、ひと晩じゅうひとりの男性と過ごすのはまるで違う。しかもその男性は恐ろしくハンサムで、根っからの放蕩者なのだ。

いつもより速く打っているセレステの心臓が、さらに速度を上げる。キーランと過ごすことに興奮を覚えるなんてばかげている。彼に興味を持たれていないのは明らかだ。不埒な興味であろうと、なかろうと。妹のように思っているというのが、一番ありうる。

でも〈キャットンズ〉で女性の胸に似せたケーキを食べていたときの様子や、そのとき彼女に向けていた視線は……。

ありえない。おそらくキーランは、ほかの男たちが嗅ぎ煙草(たばこ)を嗅ぐように、気軽に女性と戯れるのだ。身に染みついた習慣でしかなく、それ以上のものではない。

セレステは首を振った。せっかく初めての夜の冒険に乗りだそうとしているのに、キーラン・ランサムに気を取られすぎている。そんな不毛な思いにとらわれるのはやめて、深夜の外出という千載一遇の機会を存分に楽しむべきだ。

ようやく本物の自由を味わえる。父が財を成してから初めて、セレステは自分が望むことをするのだ。何から始めよう。選択肢はいくらでもある――ありすぎるくらいに。それでも可能な限りすべてを楽しむつもりだった。誰にも気兼ねをしなくていいのだから。

慣れない自由に驚いてセレステが思わずくすくす笑うと、ドリーはよくわかると言いたげな苦笑いを向けた。

通りには人けがなく、たまに誰かとすれ違っても酔っ払っていたりどこかへ急いでいたりして、セレステやドリーに注意を向けることはなかった。幸い夜警にも行き会わなかったが、こんな状況でなければそのことを物騒だと思っただろう。

ハンス・ストリートとパヴィリオン・ロードが交差する角が見えてきた。馬車が止まっていて、すぐ横の街灯に手のこんだ刺繍(ししゅう)が施された上着とベストを着た男性がもたれて立っている。細身で長身のその姿は離れたところからでも見間違えようがなく、セレステの心臓はふたたび勢いよく打ち始めた。

「あのミスター・ランサムって人は、いかにも悪(ワル)って感じですね」ドリーが隣でつぶやく。

「それなのにあなたは賄賂を受け取って、彼がマダム・ジャクリーンの店の試着室で待ち伏せするのを許したのね」

ドリーが片目をつぶった。「あの方は〝いい感じの〟悪ですもの。それにお嬢さまに無体な真似はしないとわかっていましたから。何かすれば、ミスター・ドミニクが黙っていないでしょう」

兄がいつでも守ってくれていることを思うと、セレステは少し気持ちが楽になった。ただし、守ろうという気持ちがあまりにも押しつけがましいと、息苦しくなってしまう。

セレステはフードを外して、キーランに歩み寄った。彼が彼女に目を向けたあとそのままそらそうとして、はっとしたように戻した。マントからのぞいている素肌や鮮やかな色のサテンのドレスを見て、ゆっくりと笑みを浮かべる。その目は明らかに欲望をたたえていたので、セレステは体の奥で熱いものが目覚めるのを感じた。男性に称賛の目を向けられることはあるけれど、むきだしの欲望は初めてだ。

キーラン・ランサムはあらがいがたい官能的な魅力を発散している。

「いい夜ですね、美しいお嬢さん。あなたが来て、さらにすてきな夜になった」低く響く声はワインのように豊潤だ。

信じられない。彼はセレステだとわかっていないのだ。

「せっかくのすてきな夜だから、あなたとわたしで何かできるかしら?」セレステは声をいつもより低くして、かつての訛りをわずかに忍ばせた。

彼の笑みがいたずらっぽいものに変わる。「互いに相手への詩を作って、いい詩を作ったほうが好きな褒美をもらえるというのは?」

「あなたは詩人なの?」こんなふうにキーラン・ランサムときわどい会話を交わしているのが、セレステには信じられなかった。もしこれが夢なら、いままで見た中で一番いい夢なので、覚めてほしくない。

「詩の女神のご機嫌がいいときは、なかなかの佳作ができますよ」キーランが彼女に近づきかけて、いきなり足を止めた。顔からはすっかり笑みが消えている。「信じられない。セレステなのか?」

「変装は上出来みたいね」セレステは色っぽい笑みを作ろうとしたが、彼のぞっとしたような表情を見てやめた。

キーランが手のつけ根を目に押し当てる。「頼むから、いまきみに言ったことをドムにはばらさないでくれ」

「詩の話? それとも、あなたがした提案のこと? ところで、本当に詩を作るの?」

「やつには何も言うな」キーランは食いしばった歯の隙間からそう言うと、手を伸ばして彼女のマントの前をめくり、上から下まで視線を走らせた。セレステはこれほど紳士らしくない見られ方をしたのは初めてで、視線にさらされた部分がどんどん熱く敏感になっていく。

それなのにキーランはかろうじて怒りを抑えているようだ。

「この格好は気に入らない？」

「まったくね」マントを元に戻す彼の顎はこわばっている。

「ほかに着るものがなかったのよ。少しでも大胆と言えるようなものは」セレステは懸命に落胆するまいとした。

「くそっ、どうすればいい？　こんな気違いじみた計画はやめにしようと言っても、無駄なんだろうな」

「もちろんよ」セレステはきっぱりと返した。

キーランが息を吐く。「馬車に乗ってくれ」

「途中、チェスターフィールド・ヒルのメイフェア地区にある家で、ドリーを降ろしてあげてほしいの。妹が働いているその家で待っていたいそうだから」

「では彼女を降ろしたあと、賭博場の〈ジェンキンズ〉に行こう。そこでよければ」

「そういうことに関しては、あなたのほうがよく知っていると思うけれど」

「別の希望があれば喜んで従うよ、スウィートハート。きみが楽しむためなんだから、決める権利はきみにある」

セレステはふたつのことに衝撃を受けた。ひとつは彼に〝スウィートハート〟と呼ばれてうれしいと思ってしまったこと。もうひとつは、自分の人生を誰かに決められるのではなく、自分で決めさせてもらえるのがどれほどうれしいかということだった。

自分はいったいどこに行きたいのだろう？　さまざまな候補がセレステの頭に浮かんだ。真夜中を過ぎたロンドンが、まるごと彼女の前に差しだされている。けれども悲しいかな、それが何を意味するのかはわからなかった。闇に包まれた堕落した秘密の場所を想像することはできても、実際に行くとなるとひとつも思いつかない。

「〈ジェンキンズ〉でいいわ」結局、セレステはそう返した。

「よかった。じゃあ行こうか」

「年寄りの親戚の家に無理やり連れていかれる思春期の少年みたいな言い方を、もうちょっと改めてもらえないかしら？」セレステはいらだって言った。

「ぼくには思春期らしいところなんかまったくないよ」露出の多いドレスを見おろす彼の目は熱を帯びている。

セレステは急に、腕や脚が気だるく重くなるのを感じたが、キーランが女性であれば誰にでもかけているであろう戯れの言葉に惑わされて、目的から気をそらされるつもりはなかった。ロンドンの不道徳な部分をようやく体験できる、いまこのときに。

セレステがチェスターフィールド・ヒルのどこに行けばいいかを御者に伝えると、キーランは彼女を馬車に乗せた。意外なことに、彼は使用人であるドリーにも同じように手を貸した。最後に自分も乗りこんで扉を閉め、天井を叩く。馬車ががたがたと動きだし、揺れはメイフェアまでずっと続いた。

セレステは辻馬車の座席のバネがお粗末なことについて不満を漏らさなかったが、狭苦しい車内にいるキーランの探るような視線から、不平を言うに違いないと思われているのがわかった。しばらくしてチェスターフィールド・ヒルに着き、ドリーは妹が働いている家の前で馬車を降りた。

「最後のチャンスだ」キーランはセレステに言った。「メイドの姿がまだ見えているいまなら、呼び戻して家まで送ってやれる。そうすれば、このことは誰にも知られずにすむ」

「賭博場に行けないなら、あなたをお茶会ひとつにだって連れていきませんからね。二度と説得しようとしないで」

キーランはため息をついた。「キルバーン家には頑固者の血が流れているんだな」

「何時までにあなたを拾えばいい？」セレステはドリーに訊いた。

「リリーに会うのはずいぶん久しぶりですから、話すことは尽きないと思います。戻られるのは何時でもかまいませんが、お屋敷には明け方の五時前までに着いていなければなりません。厨房で働く者たちが起きだしますから」

ドリーが窓の外から伝える。

「覚えておくわ」太陽がのぼり始める頃に前の晩のドレスのまま帰宅するのがどんな感じなのか、セレステには想像もつかない。

ランサム兄弟やドムがしょっちゅうしている朝帰りを、彼女も経験してみたかった。

ドリーが行ってしまうと、御者がキーランに呼びかけた。「どこに行けばよろしいですかい、旦那？」

「シェファード・ストリートとハートフォード・ストリートの交差点まで行ってくれ」

御者が舌を鳴らすと、馬が動きだした。ふたりだけの車内でセレステはキーランと向かいあって座ったが、狭いので膝が何度もぶつかりあった。セレステは座る角度を変えたりしてなんとかそれを防ごうとしたものの、動けば動くほどぶつかった。

「何を遊んでいるんだ？」とうとうキーランが口を開いた。

「あなたの脚が長すぎるのは、わたしのせいじゃないわ」

「じゃあ次は脚を取り外して、御者の横に置かせてもらおう」彼がゆったりした口調で返す。

張りつめた沈黙が落ちた。キーランは変装した彼女を最初に見たときあれほど欲望を示したのだから、初めて一緒に乗る馬車の中では激しく互いを意識することになるのではないかとセレステは半ば期待していた。それなのにふたりともいらいらして、神経をすり減らしている。せっかく冒険に乗りだしたのに、セレステの気分は落ちこんでいく一方だった。

「きみをなんと呼べばいい？」セレステがどういう意味かと目で問いかけると、キーランは説明した。「これから行く場所では、きみをミス・セレステ・キルバーンと紹介するわけにはいかない。そんなことをすればくだらない醜聞になるから偽名が必要だ」

「そうね……」セレステはいくつもの候補を思い浮かべて、ひとしきり迷った。「じゃあ、サロメで」

「ヘロデ王のために踊り、褒美に好きなものをやると言われて洗礼者ヨハネの首を求めた女性か」

「ええ、そのサロメよ」セレステは腕組みをした。「人に選んでもらうんじゃなくて、自分で名前をつけられてうれしいわ。自分の名前が嫌いだから」

「きれいな名前じゃないか」

彼の言葉にうれしくなって、セレステは説明した。「でもあまりにも高貴で、地上のものじゃないみたいっていうか……」

「きみは天上の世界の住人ではなく、血と肉を備えたひとりの女性だよ。そしてサロメは男たちをひざまずかせる女性だ」

セレステはびくりとした。彼女の中にはいまとは違う人間に――自立できる力を持った女性になりたいという思いがある。それを理解してくれたのがよりにもよってキーランだったということに、驚きを禁じ得なかった。

馬車が止まると、キーランは身を乗りだした。「さあサロメ、初めて賭博場に足を踏み入れるときが来たぞ」

6

ここに来るなんて最悪な思いつきだったと、〈ジェンキンズ〉の前で馬車を降りながらキーランは考えた。狭苦しい馬車の中で皺になってしまった、お気に入りの金と黒の刺繍入りのベストを引っ張って整える。

けれど不安が尽きないにもかかわらず、馬車から降りるサロメことセレステに手を差し伸べようと振り向いた彼の肌は、期待でぴりぴりしていた。馬車から出てきた彼女のマントがはためき、鮮やかなエメラルド色のドレスがちらちら見えている。キーランはもっと露出の多いドレスを着た女性をしょっちゅう目にしているのに、セレステがそれを着ているのだと思うと全身の感覚が鋭敏になり、興奮がわきあがった。

さっき彼女をセレステだと認識していなかったとき、その姿に魅了されたのはたしかだ。だからこそ、こうして彼女の顔をじっと見つめ、その表情の変化を追ってしまうのだろう。巧みな変装にまだだまされているだけだ。期待に輝く目や、入念な化粧でも隠しきれない熱意と不安が見え隠れする笑みに心を奪われているわけではない。

ただ彼女の変装に感嘆しているだけだ。

それなのにまたしてもキーランは、シェファード・ストリートにたたずむ賭博場の入り口に目を向ける彼女を見つめていた。セレステがどんな建物を期待していたのか、彼にはわからない。目の前にあるのはごく普通の建物だ。二階建てで、短い階段を上がると柱で支えた張り出し屋根に守られた玄関がある。真鍮（しんちゅう）のノッカーがついている木の扉も色を塗っただけの簡素なものだ。

「もうちょっとおどろおどろしいところを想像していたわ。炎に包まれた入り口で悪魔が手招きしているとか」

「それは中にある」

「本当？」セレステが興奮する。

「いや。だが、きみが自分の目で発見する喜びを台なしにしたくないから、これ以上何も言わないよ」

キーランには彼女を楽しませる責任はない。とはいえ……セレステは危険を冒してでも冒険することが必要なのだと言っていた。評判が損なわれてもいいと思うほど彼女を駆りたてているものはなんなのだろう？　どんな圧力にさらされたら、こんな気違いじみた取引をしようという気になるのか？

セレステが背負っている重荷がどんなものであれ、今夜は一時的にそれをおろし、期待に顔を輝かせている。

キーランはこれまであちこちの賭博場に数えきれないほど出入りしてきたため、放蕩者の名に恥じず、その仕組みとそこで得られる喜びを知り尽くしている。だがこうしてセレステの顔に浮かぶ熱意と期待に輝く瞳を見ていると、なぜか胸が躍った。

「行こう」キーランは腕を差しだした。

セレステがそこに手をのせたとたん、びくりとする。

「どうかしたか？」

「いいえ、ただ……」彼女が咳払いをする。「あなたの腕がこんなに……かたいと思わなくて」

セレステにみだらな言葉を返さなかったことを、摂政皇太子じきじきに褒めてもらいたいくらいだった。しかもそのあともみだらな妄想が次々にわいてきて、かたい体に柔らかい体が押しつけられる場面や、自分のむきだしの部分を彼女の手がかすめる場面を、キーランは必死に頭から追い払わなくてはならなかった。

「頬紅をちょっと塗りすぎたようだね」賭博場の玄関に向かいながら、彼は言った。

「初めての賭博場に興奮しているのよ。あなたも頬紅をつけているの？」

「今夜はつけていない」キーランはそう返してから、予期せずにかきたてられた欲望のせいで熱くなっている顔を頬紅だと言ってごまかすべきだったと後悔した。

セレステが片眉を上げる。「今夜はってことは、お化粧をしたことはあるのね」

「コール墨で目を縁取ると、劇的な効果があるんだよ」彼女に欲望をかきたてられていると思われるより、堂々とごまかすほうがいい。入り口に向かいながら、キーランは続けた。

「数年前にあったある賭博場は、限られた人間しか入れず名前もなかった。きっときみは気に入っただろうな。支配人はカサンドラという凛とした優雅な女性だった。いまは閉鎖されてしまい、彼女がどうなったのかは誰も知らない。彼女に似た有力な公爵夫人がいるが、関係は不明だ」階段をのぼりながら、肩をすくめる。「〈ジェンキンズ〉は初めて賭博の世界に足を踏み入れるきみにはぴったりの場所だ。入れる人間をきちんと選んでいるし、女主人が粗暴な振る舞いを許さない」

キーランが真鍮のノッカーに手を伸ばす前に、扉が開いた。お仕着せ姿の大柄な従僕が、無表情な視線をキーランとセレステに向ける。

キーランは彼女を見守った。どういう対応をすればいいのか迷っているようだったが、女性がこういう場所に入るところを見たことがないのだから当然だろう。彼女は目に不安をたたえながらも、澄ました表情でつんと顎を上げた。

なぜかわからないが、キーランは胸に何かがぶつかったような衝撃を感じた。その何かは胸の中で膨れあがり、自らの意志で未知の状況に足を踏み入れ、敢然と立ち向かおうとしているセレステを見ていたいという気持ちが切ないまでに高まっていく。キーランが予想もしなかったほど、彼女は勇敢だった。

従僕が脇によけて、ふたりを通した。

連れだって敷居をまたいだとき、セレステが小さく震えるのがわかった。賭博場に来るのはキーランにとって日常の出来事だが、彼女にとっては一大事なのだろう。

そう思うと、キーランはふたたび胸を締めつけられた。彼女がこんな危険を冒す理由がわからない。何に駆りたてられて、自分の評判をおびやかすような真似をするのだろう？　メイドがセレステの手袋とマントを受け取ると、体の線がよくわかる色鮮やかなドレスがあらわになった。生地がエメラルド色の水のように体に張りついている。キーランは彼女から目を離せず、そんな自分に腹が立った。彼女のこの姿を頭から消し去るには、かなり時間がかかりそうだ。

幸い、セレステはまわりを見るのに忙しくて、彼のいやらしい視線には気づいていないようだった。玄関ホールにはシャンデリアが燦然（さんぜん）と輝き、すぐそばにヤシの葉を生けた大きな中国製の花瓶が歩哨（ほしょう）のように並んでいる。控えの間はさほど広くないが、その向こうには並外れて天井が高く、そこに届くくらい高い窓のある広大な部屋が見えた。シャンデリアは玄関ホールにあるものよりさらに大きい。夜会服に身を包んだ人々がたむろしていて、何をしているのかは見えないけれど大きなざわめきが聞こえてくる。

「ビリングスゲート魚市場よりうるさいわね」

「しかもビリングスゲートより汚い言葉が飛び交っている」キーランはにやりとした。「夜が更けて、負けがこんでくるともっとひどくなるよ。だがさっきも言ったように、ここでは粗暴な振る舞いは認められていないし、騒ぎを起こしたらすぐに追いだされる。ああ、ミセス・ジェンキンス、今夜のあなたは光り輝いているな」キーランは近づいてくる空色のシルクのドレスをまとった熟年の堂々とした黒人女性に笑みを向けた。

「ミスター・ランサムったら、お世辞がお上手だこと」ミセス・ジェンキンスが返す。「輝いているのはサファイアで、わたしではないわ」彼女は胸元を飾る美しいネックレスをもてあそび、頭を動かしてイヤリングを揺らした。

「あなたに比べたら冷たい石の価値などたかが知れているし、美しさだって取るに足りない」キーランが手を取ってお辞儀をすると、ミセス・ジェンキンスはしわがれた笑い声をたてた。

「ここに来るお客さまとは関係を持たないと決めていて本当によかったわ」ミセス・ジェンキンスは微笑んだまま、視線をセレステに移した。「こちらの美しいお嬢さんは、新しく果樹園から収穫してきたのかしら」

「ミセス・ジェンキンス、彼女はサロメだ」キーランはセレステを紹介した。

「名字はなんておっしゃるの？」女主人が尋ねる。

「ただの……サロメです」

ミセス・ジェンキンスは片眉を上げたが、客が偽名を使うのはよくあることなのか、すぐにうなずいた。

「ようこそ。初めていらしてくださったのだし、ミスター・ランサムはいつも気前よくお金を使ってくださるから、軍資金として一〇ポンドを提供させてくださいな」ミセス・ジェンキンスが指を鳴らすと、玄関にいたのとは別の従僕が重ねてふたつ折りにした紙幣らしきものを持ってきた。

「どうもご親切に」セレステはつぶやき、それをレティキュールにしまった。

「それでは、わたしは仕事がありますので。おふたりともよい夜をお過ごしください。どのゲームをなさるにしても、幸運をお祈りしますわ」ミセス・ジェンキンスはキーランとセレステの関係をうかがうようにふたりを交互に見たあと、謎めいた微笑みを残して去っていった。

「魅力的な女性ね」ゲームが行われている部屋に入って人々のあいだを歩き始めた女主人を、セレステは見送った。

「本当にそうだな。だが見とれてばかりいないで、ぼくたちもあそこに加わらないと、なんのために来たのかわからない」キーランは改めて腕を差しだした。

「いよいよね」セレステがささやいて、彼の腕に手をのせる。

キーランは彼女の気持ちを落ち着かせようと、その手をそっと握った。ところがセレステの素肌に触れたとたん、穏やかな気持ちではいられなくなった。いったん鎮まっていたものに火がついて、体が隅々まで目覚める。

彼に触れられて、セレステも目を見開いた。なんということだ。彼女も同じものを感じている。

セレステとはそれぞれの利益のために協力しあっているだけだ。それを絶対に忘れないようにしなければならないと、キーランは自分に言い聞かせた。

広大な賭博室に入っていくと、防波堤に押し寄せる波のように喧騒と熱気がぶつかってきた。キーランは初めて来た彼女の目で、この場を見ようとした。無数に置かれたテーブルのまわりに客が群がり、意気揚々とした歓声や落胆の叫び、見物客が賭けに興じる人々をあおる声など、思い思いに騒いでいる。誰もが夜会服に身を包んでいて、黒っぽい服を着た男性たちのあいだにシルクや宝石で着飾った女性もちらほら見える。お仕着せ姿の給仕がワインのグラスをのせたトレイを持って巡回しているが、何も考えずに歩きまわっている人々をよける器用さは驚嘆に値する。賭博室の隣には軽食が用意されたこぢんまりとした部屋があり、ポテトを添えたローストビーフからケーキ、スパークリングワインまで食べ物や飲み物が豊富に並んでいた。

両開きの扉を抜けるとバルコニーへ出られるようになっていて、外には煙草の赤い点が見える。

上流階級の人々の母音が目立つ流麗な話し声にまじって、口汚い罵り声が響いていた。

「ここでは、ゲームだけでなく話し方も自由奔放なんだよ」飛び交う粗野な言葉をセレステが耳にしなければならないことになぜか動揺して、キーランは言い訳を口にした。

「わたしが元港湾労働者の娘だってことを忘れているんじゃやない？」そう言いながらも、目を見開いている様子から彼女がここの雰囲気に驚いているのがわかる。「優雅なレディや立派な紳士が、港湾労働者よりもひどい言葉で悪態をつくのを聞けるなんて新鮮だわ」

「こういう場所は、一見すると上品なんだ」

「でもよく見てみれば、そうでない部分が目につく」セレステが低い声で返す。

キーランはもう一度初めてここへ来た人間の目に戻ってみた。クラヴァットを緩め、汗ばんだ首筋をあらわにしている男たちがいる。年配の女性が若い洒落男の尻をあからさまに触っているが、若者のほうもそうされて喜んでいるようだ。上品に声を抑えることなくのけぞって笑っている客もいるし、ヴァンテアン（ブラックジャックのもととなったゲーム）に興じているテーブルの横では男たちが怒って小突きあっていて、たくましい従僕が割って入っている。

「上品な集まりの音量を何倍にも上げたみたい。でも、たしかに誰も血が流れるほどの喧嘩はしてはいないし、床の上で抱きあったりもしていないわ」

キーランは含み笑いをしたが、そのふたつが両方とも行われている集まりに何回も行ったことがあるうえ、彼自身が当事者だったことは言わないほうがよさそうだと思い、口をつぐんでいた。

「ミセス・ジェンキンスがそういう下品な振る舞いを許さないよ」セレステはすべてを記憶にとどめたいとばかりに、熱心にあたりを見まわしている。「それで、きみはどう感じている？」

理由はわからないが、キーランはどうしても知りたかった。

「ここには自由で荒々しい気配が満ちているわ」セレステはしばらく考えたあと、口を開いた。「普段は彼らを締めつけている礼節というたがを緩めて、誰もがわきあがる衝動に身をまかせている」

「だから、きみはここへ来たのか？　わきあがる衝動に身をまかせたくて」気がつくとキーランは問いかけていた。通りかかった給仕が持っているトレイからスパークリングワインのグラスを取って、ひとつをセレステに渡した。

彼女の頬が紅潮する。「そうだって言ったら、あなたはショックを受けるかしら？」

「少しね。きみの完璧なマナーと冷静そのものといった外見の下に何があるのか、ぼくには見当もつかない」

「わたしは……」見つめあうふたりのあいだに電流のようなものが流れる。

誰かの怒鳴り声で、キーランとセレステはわれに返った。

キーランはスパークリングワインを口に含み、はじける泡と舌を刺す刺激で頭を冷やそうとした。自分がいまどこに、誰といるのかを忘れてはならない。セレステ・キルバーンに手を出すのは、どう考えてもまずい。

「さて、お望みの場所へ来たわけだが、これからどうする？」キーランは放蕩者らしい気だるげな雰囲気を作って、彼女に問いかけた。

「そうね。まず……一番やりたいのは……」セレステが悲しそうな表情で、グラス越しに彼を見つめる。「どうしよう、わからないわ」

キーランは片眉を上げた。「賭博場に来たいと言ったのはきみだ。着いたあとの計画もあったんじゃないのか？」

「賭博場の中がどんなふうになっているのか、全然知らなかったの。こういう場所に来ているドムを父がずっと非難していたから、危険きわまりない禁断の場所という印象だった。でもお金を賭けてゲームをするという以外、詳しいことは何も知らないの」

そこでキーランは、選択肢を示すために部屋を案内してまわった。

「あこがれて空想していたことがあるなら、とりあえずなんでもやってみればいい」

セレステは彼を見つめた。「あなたからしたら容易なことでも、わたしにとってはそうではないのよ」

「今日家に置いてきたきみにとっては、そうかもしれない。でも、ここにいるのはサロメだ。サロメなら、望んだものはなんだって手に入れられる」

それでもセレステは心を決められず、思い悩むように眉根を寄せている。「わたしは人に抑えつけられ、無理やりおとなしくさせられているんだって、ずっと思っていた。でももしかしたら、してはいけないことを言い聞かせられ続けたせいで、いまでは自分で自分を抑えるようになってしまったのかもしれない」

「彼らはきみに疑惑の種を植えつけて、自分たちは何もしなくてもすむようにしたのさ。家族っていうのはそういうものだ」キーランは唇をゆがめて笑い、スパークリングワインのグラスに貪欲に手を伸ばす男たちをよけながら彼女を導いた。

「悪い人たちじゃないのよ。父も、ドムも。ふたりともわたしのためを思ってくれているの」

「きみを縛っている人間を擁護するんだな」

「愛情は複雑なものだわ。いつも美しく見えるわけじゃない」

キーランは口をつぐみ、彼女を見つめた。セレステは守られているだけの女性ではない。「いまここにいるのは、きみが望んだことだ。そうじゃないなら言ってほしい。すぐにここを出るから。だが、帰るかどうかを選択するのはきみだ」

「ありがとう」セレステは少し間を置いて続けた。「わたし……自分の望みを考慮してもらえることに慣れていなくて」

彼女の家族はろくでなしだ——ドムも含めて。

「ほかのやつらはどうだっていい。自分のために生きろ。なりたいと思う人間になれ」

セレステはうなずき、胸を張って顎を上げた。「じゃあ、ゲーム用のテーブルを見に行きましょう」

キーランは絵が得意ではなかった。絵筆よりも羽根ペンのほうが巧みに扱える。だが美しいものや蠱惑的な魅力を見分ける鋭い目は持っていた。セレステが気を取り直して芯の強い冒険好きな面を取り戻すと、その気概は施してきた化粧よりはるかに大きく彼女を変えた。決然と輝いている目から、いろいろなことを経験したいという意欲が伝わってくる。彼女はいままさに変身しようとしていた。再生して炎の中から姿を現すフェニックスのように。

彼女を見知らぬ女性と勘違いするという間抜けな失態を演じてしまったものの、たしかに魅力的な女性だとは思った。だが真の姿を現しつつある目の前のセレステは、彼の心をとらえて離さない。

「何から始めましょうか。ファロやヴァンテアンがあるのね。ハザードでもいいかも」彼女が部屋を見渡す。

「どれでもいいよ。だけど始める前に、テーブルのまわりに集まっている人たちを観察してごらん」

彼の言葉に従ったセレステは怪訝な顔をした。「見物客の中にも賭けをしている人たちがいるみたいだけれど、ゲームには参加していないわよね。彼らは何に賭けているの？」

その質問に答えるため、キーランはヴァンテアンのテーブルを取り巻いている客たちに近づいた。カードゲームに参加しているのは五人。キーランが普段あちこちに出入りする中で見知った、うぬぼれ屋のうんざりするようなやつばかりだ。いつもはできるだけ彼らを避けるようにしているが、見物客の中にひとりだけ彼の興味を引く男がいた。

「やあ、ヘジャリー」キーランが呼びかけると、眼鏡をかけた年上の男が振り向いた。ローレンス・ヘジャリーは製造業で財を成した男で、こうした賭博場には常習的に出入りしているわけではなく、ときどき楽しんでいるだけだ。

「ランサム」ヘジャリーは気のない会釈を返したあと、セレステにもっと深くお辞儀をした。

「こんばんは、マダム」

「こんばんは」セレステは下町訛りを忍ばせて返した。

「今夜はどんな感じですか？」キーランは訊いた。

「楽しんでいるよ。儲けも出ている」ヘジャリーは短く笑った。「ここにいる洒落者たちはわたしを負かせると思っているようだが、自分に備わった魅力だけで三つの領地を所有するまでになったわけではないからね」

「あなたの抜け目のなさは存じあげていますよ。ところで、ロンズデールが次の札を待っているあいだに鼻をかくほうに、二〇ポンド賭けます」

キーランの横でセレステがはっと息を吸う。彼が突然こんな賭けを申しでたことに驚いているようだ。

ヘジャリーが片眉を上げる。「自信があるみたいだな、ランサム」

「あなたは自信がなさそうですね、ヘジャリー」

年上の男の唇がぴくりと動いた。「そんなふうにあおるとは、きみらしくない。だが、賭けには応じよう」

三人は、自分の前に札が置かれるのを待っている赤ら顔の洒落男ロンズデールに注意を向けた。ほかのプレーヤーの前にカードが配られていくにつれ、徐々に緊張が高まる。セレステはキーランの腕をぎゅっと握って、結果が出るのを待った。

キーランは彼女に腕をつかまれたことに体が反応し、賭けなどどうでもよくなった。セレステの手の感触のほうがはるかに魅力的で、彼女と密着して行う別の活動ばかりが頭に浮かんでしまう。

おまえはばかか。集中しろ。

ついに、ディーラーが最後にロンズデールの前に札を置く。このときばかりはキーランも息を詰めて見守った。

ロンズデールが鼻をかいた。

「くそっ」ヘジャリーが悪態をつく。

セレステが小さく一度跳ねた拍子に、ドレスの胸元も魅惑的に弾んだ。キーランは懸命にそのことに気づかないふりをして、ヘジャリーに手を差しだした。

年上の男が笑みを浮かべつつうなり、ポンド紙幣の束をキーランの手に押しこむ。

「負けて干上がった喉を、潤しに行ってくるとしよう」ヘジャリーは顔をしかめてそう言うと、お辞儀をしてぶらぶらと歩いて行ってしまった。

「ロンズデールが鼻をかくって、どうしてわかったの？　蝿(はえ)でも止まった？」ヘジャリーがいなくなるなり、セレステが矢継ぎ早に質問した。

「彼は自分の持ち札がよくないと、態度に出てしまうんだ」キーランは説明し、彼女を連れてテーブルから離れた。腕にはセレステに触れられたときの感触がまだ残っていて、体に熱がこもっている。

「髪と服の乱れ具合からして、今夜の彼は負け続けている。だから無謀な勝負をするようになって、決死の勝負を挑んだ。もう負けられないから、じっくり考えこむだろうと読んだんだよ。それであの賭けを持ちかけたわけさ」

セレステに見あげられると、キーランは小さな泡の中のようなふたりだけの世界にいるような気分になった。

「どちらにより驚けばいいのかわからないわ。ここの人たちが実際のゲームとは違うところでも賭けをしていることか、あなたがそういう賭けに熟練していることか」

「ぼくみたいな放蕩者に熟練していることがあるとは思わなかったかい？」キーランがにやりとすると、セレステも笑みを返した。

「ずいぶん謙遜するのね。わたしだったら馬車の上から叫んじゃうわ。誰に賭けを挑まれたって勝てるんだぞって」

おかしくてキーランがまた笑うと、ふたりを囲む泡がさらに小さくなった。「賭けの才能があるなんて自慢したら、恐れをなして誰も相手をしてくれなくなってしまう。それに本当に才能のある人間がいるとするなら、フィンだよ。フィンは桁が違う」

「フィン？」セレステが疑わしげな顔をする。

彼女が疑うのも無理はないとはいえ、キーランは背中がこわばるのを感じた。フィンは頭の鈍い男という扱いをされても、決して訂正しようとしない。イートン校時代に学業不振だったせいでそういう評価がつきまとっているものの、実際は、わざと頭が悪いふりをしているのだ。

ところが、セレステが意外な反応を示した。「世間が思っている姿と本当の姿が違うことって、けっこうあるものね」

キーランは洞察力に満ちた言葉に虚を突かれた。緑と茶と金が入りまじった目を見つめていると、足元の地面が急に不安定になったように心もとなくなる。

あわてて目をそらすと、部屋の端のほうに黒っぽい衣装に身を包んだ兄がいるのが見えた。

ここでフィンに出くわすのは驚くことではないが、キーランに気づいているはずの兄が近づいてこないのは不可解だった。とはいえ、それは幸運なことでもあった。変装しているセレステを兄が見分けられるとは思えないものの、その可能性がないとは言いきれない。

その可能性を排除するためにも、一箇所にとどまらず移動し続けるほうがよさそうだ。

「テーブルでの運まかせのゲームでも充分楽しめる。だが本当の醍醐味や興奮を求めるなら、見物客を相手に賭けをするべきだ。本当に面白いのはこっちだよ」

「それって、テーブルでゲームをしている人たちを観察してする賭けなのよね。ゲームの流れを追いながらプレーヤーを見て、どんなふうに振る舞うかを読み取る」

「そのとおり」

セレステはハザードが行われているテーブルに目を向け、熱意と期待がこもった笑みを浮かべた。生き生きとした彼女の表情を見ていると、こんな女性とベッドをともにしたらどんなに魅力的な反応を見せてくれるだろうかと想像せずにはいられない。

想像なら好きなだけすればいい、ランサム。だが、実現することはない。

「わたしの運を試すときが来たわ」セレステが彼の腕を軽く一度握ってから歩きだした。

彼女をひとりで行かせるつもりはなかったのに、キーランは不意を突かれてしまった。あのうなじに顔を埋めたいと考えながら目を離せずにいると、ハザードのテーブルに向かう彼女を振り返って見ている男が何人もいることに気づく。

彼女のことばかり考えるな。キーランが自分にそう言い聞かせながらハザードのテーブルに向かいかけたとき、明るいながらも緊張をにじませた若者の声が聞こえてきたので、足を止めた。「ここで待ってて、アントワネット。支配人と話があるんだ。すぐに戻ってくるよ」

キーランが振り返ると、一八歳を超えているとは思えない白い顔をした若者が、濃い青のシルクのドレスを着た同じように若い女性から急ぎ足で離れていくところだった。女性から離れたとたんに若者の顔から懸命に保っていた明るさが抜け落ち、恐怖だけが残る。あわてふためいて両手を揉み絞りながらあたりを見まわしている若者の肌は汗ばんでいた。

キーランは近づいて小声で尋ねた。「いくら負けている?」

「えっ、なんですか?」若者があえぐように唾をのむ。

「払える以上の金を賭けてしまったんだな」キーランはうんざりしたような気だるい表情を作り、低い声で続けた。「レディの前でいい格好をしようとして、四半期分の手当を全部すったんだろう」

若者が顎をこする。そこには毎日剃る必要もないほどひょろりとした、金色の髭がひと房だけ伸びていた。「自分のやっていることもわからない青二才だと思われたくなくて」

「よくある失敗だ」若者への同情でキーランの胸がずきりと痛む。自分もこの若者くらいの年齢の頃、同じような失敗を何度繰り返したことか。

キーランは身を寄せると、ポケットからポンド紙幣の束を出して若者の手に押しつけた。

若者が目を見開く。「あ、ありがとう――」

「礼はいい。そんなことより、さっさとアントワネットをジャッカルたちのいない安全な家へ連れて帰ってやれ」キーランは若者と目を合わせず、不安そうに立っている青いドレスの女性のほうを見た。彼女のまわりには物欲しげな男たちが集まりだしている。「もう無茶な賭けはするなよ。女性の気を引きたいなら、詩を贈るほうがずっと効果がある」

「本当にありがとうございます。心から感謝します」

「さあ、早く行け」キーランは自嘲の笑みを浮かべ、すでに歩きだしていた。今日使うつもりで持ってきた金を、ほとんど若者にやってしまった。借りることもできるが、人の金で遊ぶのは性に合わない。

セレステを探すと、別のハザードのテーブルのそばにいた。どうやら彼女は賭けの最中らしい。さっき見せた不安そうな様子はなく、目には自信がみなぎり、堂々と胸を張っている。彼女の近くにいる男たち三人は明らかにゲームよりセレステに関心があるようだが、彼女は気づいてもいない。

セレステのほうに向かいかけたキーランは、自分が両手を握りしめていることに気づいた。困惑し、拳を見おろす。自分の手なのに誰か別の人間の感情に従っているようだった。だが、見おろしている拳は自分のものだし、なぜか彼女を守りたいと思っている気持ちも自分のものだ。

しばらくして戻ってきたセレステは、うれしそうな顔で札束を扇のように広げて振ってみせた。おしゃれなスタイル画よろしくポーズを取る彼女の目は、生き生きと輝いている。

「勝ったんだね。おめでとう」キーランは懸命に自分を抑え、ゆったりした口調で言った。

セレステを傷つける人間がいれば彼が即座に暴力に訴えるであろうことを、当然彼女は知らない。「みんなのポケットから存分に金を吸いあげてやったかい？」

「全部で一五ポンドよ」セレステは笑った。かすれた声がベルベットのように彼を包んで、愛撫する。「ハザードのプレーヤーの女性が、右隣に座っている男性がサイコロを振ったときに咳をすることに賭けたの」

「どうして咳をすると思ったんだい？」

「ずっと見ていたら、男性が勝っていて女性が負けているのがわかったわ。当然、彼女は面白くなさそうだった。だから男性がサイコロを振るときに妨害みたいなことをするんじゃないかと思ったんだけど、当たりだった。その結果がこれよ」セレステが札束を振る。

すばやく彼女の手をつかんだキーランは、伝わってきた熱に頭がくらくらした。即座に体が反応して、下腹部に変化が現れそうになる。

セレステが息を吸った。瞳孔が広がって、はしばみ色の虹彩が縮んでいる。巧みに施した化粧も、上気した頬の赤みは隠せていなかった。彼女の顔がほてっているのと同じく、キーランの体じゅうを熱いものが駆けめぐっていた。

くそっ。彼女に触れるたびにこんなふうに反応するのは不都合だ。

「気をつけろ」キーランはかすれた声で言い、ゆっくり彼女の手を放した。「ここは賭博をする場所だが、男というのは刺激されたらところかまわず不埒な行動におよぶものだ」

セレステが唾をのみ、しゃがれた声で返した。「彼らは自分の行動に責任を持つべきだわ」

ふたりは長いあいだ見つめあった。張りつめた空気が漂っているのは、どちらも言いたいことをのみこみ、許されない衝動を抑えつけているせいだ。

「手に入れたその金で、もっと遊びたいだろう？」

セレステがわれに返ったように、目をしばたたいた。「勝っているうちにやめたほうがいいんじゃないかしら？」

「その幸運がどこまで続くか試してみるべきだ」セレステの驚いた顔を見て、キーランは含み笑いを漏らした。「節度を持って行動するように勧める人間を求めているなら、ほかを当たってくれ」

「そういう勧めはもうたくさんよ」セレステは苦笑した。

「では羽目を外すとしますか、マダム・サロメ」キーランは腕を差しだした。

「ええ、そうしましょう」セレステはその腕に手をかけて彼に微笑みを向けたが、長年さまざまな社交界の催しで彼女が浮かべていた上品な笑みとはまったく違った。彼とみだらな秘密を共有しているかのような、意味ありげな表情だ。

ここにいるのはドムの妹ではない。セレステというひとりの女性だ。ふたり同時にそのことを悟り、心の距離が一気に縮んだ。彼女は自分の魅力をようやく意識し始めたのだ。

キーランはセレステを連れてゲームのテーブルに戻り、それから一時間、彼女はゲームも見物客との賭けも楽しんだ。常に勝っていたわけではなく、負けを取り返すまでに持ち金を半分近く失ったが、熱意が薄れることも笑顔が絶えることもなく、まわりまで明るくするほどだった。

キーランもその夜はずっと笑顔でいたので、しまいには頰がつりそうになった。

「どうして負けたのに怒って悪態をつかないんだ？」真珠で着飾った女性との賭けでセレステが大負けしたとき、キーランは訊いた。

「結果がどうあれ、新しいことを学んで経験を積めたことには変わりないから。どちらも、家でおとなしくしていたら叶わなかったわ」セレステは女性に二ポンドを渡しながら答えた。

「それにしても、あなたには驚かされるわ」

「ぼくみたいな放蕩者にとっては、意外性こそが正義なのさ」そう言いながらも、キーランは彼女が何に驚いているのか見当もつかなかった。それよりも誰かが——特に男が彼女に声をかけてこないようにすぐそばで目を光らせている自分に驚いていた。いつものキーランなら、セレステが誰に声をかけられようと放っておくはずだ。

とはいえ彼女の安全に気を配るのは当然のことだった。もし何かあれば、ドムや彼女の父親から許してもらえないだろう。つまり自分の身を守るためにそうしているだけだ。

「あなたも一緒に賭けを楽しむと思っていたわ。それなのに、わたしのそばで目を光らせているだけで、そのくせわたしがどんなリスクを冒しても何も言わないんだもの」

「賭けごとにそれほどはまっているわけじゃないんだ。あっちやこっちで何回か賭ければ、充分に満足できる」キーランが真っ青になった若者に持ち金のほとんどをやってしまったことを、彼女が知る必要はない。

セレステは怪しんで目を細めたが、次の瞬間、驚いたように体を揺らした。キーランの背後を見つめる彼女の頬からは血の気が引いている。何がそうさせたのか知ろうと、彼は振り返った。

賭博室の入り口に、長身で金髪の男が立っていた。肌は白く、同じような顔立ちの人間との結婚を繰り返して魅力的な子孫を作り続けてきた一族に特有の、英国人らしい整った容貌をしている。広い肩を包んでいるのは最高級の仕立ての上着だ。

「ああ、どうしよう」紙のように白い顔をして、セレステがつぶやいた。

「あの男を知っているのか？」キーランの中に、彼女を守らなければという気持ちがふたたびわいてきた。

「ええ。こういう場所では絶対に顔を合わせたくない人よ。それなのにこっちへ来るわ」セレステの声は、喉を締めつけられているかのようにかすれていた。

7

近づいてくるモントフォード卿を見つめながら、セレステの心臓は胸を突き破りそうな勢いで打っていた。こんなふうにロンドンの夜の世界に出入りしていたら、いつかは知っている顔に出くわすことがあると予想して然るべきだった。とはいえ、よりにもよってモントフォード卿に出会ってしまうとは。

彼はここで何をしているのだろう？ それに、なぜこちらへ向かってきているの？

どうやら彼の注意はセレステではなく、キーランに向けられているようだ。

「やあ」伯爵が近づきながら声をかけてくる。「一度顔を合わせたことがあるな。一瞬だったが。わたしはモントフォード卿だ」

「何かご用ですか？」キーランは興味の欠片も見せずに言った。

「お兄さんを見かけたかい？」

キーランがあいまいに手を動かす。「そうですね、フィンなら見たかもしれません」

セレステは思わず訊き返してしまった。「見たの？」

どうか変装が万全で正体がばれませんように。

「ああ、違う、フィンじゃない。一番上のお兄さんだよ。サイモンだ」モントフォード卿はうっかりしたとばかりに、人のよさそうな笑みを浮かべてみせた。伯爵の視線がちらりと彼女に向けられ、セレステは緊張で息が止まった。

ばれてしまうだろうか。

かつらをかぶり、化粧で顔立ちを変えているにもかかわらず正体を見抜かれたら、大変なことになる。賭博場についてはほとんど何も知らないといっても、未婚の女性が普通に来る場所でないことはわかっていた。しかも悪名高い放蕩者と一緒なうえ、体に張りついているようなエメラルド色のドレスは隠している部分より露出している部分のほうが多い。

モントフォード卿は胸の谷間にやや長く視線を注いだあと、彼女の顔に注意を向けた。

ああ、本当にまずい。いったいどうすればいいの。

「以前お会いしたことがありましたかな?」モントフォード卿が首をかしげて訊く。

どう振る舞えば、おとなしくてお行儀のいいセレステ・キルバーンではないと思ってもらえるだろう?

「ないと思うけど。お兄さんみたいにきれいな顔で柔らかそうな手をした人、忘れるはずないし。その手、ミルクみたいに真っ白だね」セレステはかつてしゃべっていたラトクリフ訛りで言った。

キーランが喉に何かがつかえたような小さな音をたてて、いまにも噴きだしそうな顔をしている。モントフォード卿がセレステをにらんだ。

これで終わりだ。伯爵は声で彼女だと見抜くだろう。そしてかつらをむしり取り、指を突きつけて糾弾するだろう。〈ジェンキンズ〉にいる全員に聞こえる声で、この女は波止場の帝王ネッド・キルバーンの娘セレステ・キルバーンだと正体をさらし、彼女と家族の評判をずたずたにするのだ。

セレステは頭に血がのぼるのを感じた。どう考えてもおかしい。評判などという意味のないものに価値があって、彼女という存在そのものを脅かすなんて。モントフォード卿みたいな人間が、ほんのふた言三言で彼女を破滅させる力を持っていることも解せない。

恐怖と怒りを隠そうと必死になるあまり、体が震えてくる。

「それで、サイモンはここに来ているのかな？」モントフォード卿がキーランに向き直って、いらだった声で訊いた。

「真面目な上の兄はこういう場所を好みません」キーランが淡々と答えた。

「ビジネスに関わることで彼の意見を聞きたかったんだが、きみの言うとおりだ。彼はこんな場所に来るような人間じゃない。では、きみたちは夜を楽しんでくれたまえ」モントフォード卿はキーランに会釈をすると、セレステにも小さくうなずきかけて立ち去った。

「澄ました野郎だ。大丈夫かい？」

セレステはいつの間にかキーランにもたれていたことに気づいた。彼の力強い体で支えてもらって、かろうじて立っている。「部屋の熱気で貧血になってしまったみたい」

「それに、顔見知りの相手に正体がばれるんじゃないかとひやひやしていたからね」皮肉な口調とは裏腹に、キーランが腕を回して彼女を支えた。「安心しろ。あいつは、きみが誰かまるで気づいちゃいなかった」

「いまのところはね」体をまっすぐに起こすと彼が手を離したので、セレステはほっとした。「もっと遊んでいきたいけれど、また顔を合わせてしまう前に帰ったほうがよさそうだわ」

「やたらと気取っていたな」キーランがもう一度モントフォード卿を見ると、軽食が用意してある部屋の入り口で年配の男と話していた。

セレステは少し安堵して、キーランと一緒に玄関ホールへ向かった。そこで背後を何度も気にしながら待っていると、従僕が預けた外套とマントを取ってきてキーランに渡した。彼が外套の袖に腕を通しながら訊く。「悪名高い夜のロンドンに初めて繰りだした感想は?」

「まだ胸がどきどきしているわ」セレステは驚きとともに認めた。「しかも、怖かったせいだけじゃなく、興奮もしたから」マントをまといながら続ける。

「きみはうまく溶けこんでいたよ。雌ライオンより勇敢だった」輝くような、いかにも放蕩者らしいキーランの笑みに、セレステの脈は速くなった。

彼の褒め言葉をそのまま受け取ってはだめだと思うのに、ベルベットでくるまれたように気持ちよくてうっとりしてしまう。「びくびくしているって、みんなにわかってしまったんじゃないかしら」

「もしかしたら、最初のうちはそう思われていたかもしれないが、それは当然のことだ。でもきみは気を取り直して、ご馳走を食べるように夜を楽しんだ」

ふたりは通りに出た。セレステはまだ賭博場の混沌とした喧騒の中に身を置いていたかったが、今後のために今夜は帰らなければならない。モントフォード卿に見つからずにすめば、また夜の冒険に出かける機会はある。キーランと一緒に。

鼓動がさらに速まった。

とにかくいまは冷静でいなければならないとセレステは自分に言い聞かせたが、ふと何かが引っかかった。「フィンが来ているって教えてくれなかったわね」

「フィンがぼくたちに気づかなかったから、言う必要はないと思ったんだ」

「そういう情報は隠さずに教えてほしいわ」セレステはむっとした。「いままで、さんざんそういう扱いをされてきたのよ。〝おまえは面倒なことに関わる必要はない〟って」

「わかったよ。これからは隠さない」

セレステは辻馬車を止めるキーランをちらりと見た。彼はひと晩じゅう、彼女を気遣ってくれた。これまで誰も——家族でさえ——彼女が言うことになど耳を傾けてくれなかったのに、ハンサムな放蕩者は聞いてくれた。予想もしていなかったから、余計にうれしかった。メレンゲをひと口食べたとき、舌の上であっという間に消えてしまう代わりに深い味わいが広がったかのようだ。

縁石に寄せて止まった辻馬車に、キーランが手を貸して彼女を乗りこませた。手袋をはめていなかったので、じかに肌が触れあってセレステはぶるりと震えた。

今度の馬車は行きに乗ったものより室内が広く、キーランが男性にしか許されない無頓着さで手足を投げだして座っても、膝はぶつからなかった。

「前もっていろいろ考えるのは好きじゃないんだが、この件に関しては計画的に進める必要がある。ぼくが改心したとみんなに思わせることができるかどうかは、きみの手にかかっているんだ」

セレステは膝の上で組んでいる自分の両手を見おろした。その手が彼のむきだしの上腕に巻きついているところが思い浮かび、あわてて頭を振る。「評判がいいけれど誰でも行ける場所をもう選んであるわ。そこに行ったら、あなたをある人に紹介するつもり。すべてうまく運んで、あなたがまっとうな紳士の役をちゃんと演じてくれれば――」

「〝役を演じる〟なんてわざわざ言わなくてもいいじゃないか」キーランが苦い顔をする。

「あなただって、自分が改心したと〝思わせる〟って言ったわよね」

キーランの楽しそうな笑い声にすっぽり包みこまれたような快感に身を震わせながらも、セレステはそれを隠して彼と一緒に笑った。

「では将軍、作戦の説明を続けてくれ」

「引きあわせようと考えているのは少人数の催しを主催している人で、あなたの分の招待状を手に入れるためよ。その催しにわたしと連れだって出席すれば、社交界はあなたをまっとうな紳士と認めるわ」

「実際は紳士とはほど遠いと、きみもぼくも承知しているとしてもね」キーランが皮肉な口調でつけ加える。

「そうかしら?」セレステは片眉を上げ、彼のいぶかしげな表情を見て説明した。

「〈ジェンキンズ〉で見ていたのよ。あなたがあの若者に何をしてあげたか」

それを聞いて、キーランが用心深い表情を浮かべる。「別に、あれはなんでもない」

「そんなことないわ。あなたは彼が連れの女性の前で面目を失うのを防いであげたのよ。その結果、彼女のことも守ってあげた。だから賭けに参加しなかったんでしょう?」セレステは言いながら確信した。「持っていたお金をすべてあげてしまったから」

キーランが前かがみになって否定するように指を振ったので、セレステは驚いた。「ちょっとした気まぐれにすぎない。親切だなんて、勘違いしないでくれ。ぼくは根っからの遊び人で、自分のことしか考えられないろくでなしだ」

「どうして自分を悪く見せようとするの?」セレステは好奇心ともどかしさに駆られ、気がつくと無理やり称賛を受け取らせようとするかのように身を乗りだしていた。

「ずっとこの役を演じてきたんだ」ゆっくりと言うキーランの表情は皮肉に満ちている。「長男以外の息子には〝何も考えていない〟とか〝お気楽〟って言葉がお似合いなのさ」

「長男以外の息子」セレステは繰り返し、誰が彼をそう呼んだのかすぐにわかった。「あなたのご家族は間違っているわ」

キーランは引っぱたかれたようにのけぞった。「家族の話なんかしていない」

「でも合っているでしょう?」彼が頑固に黙っているので、セレステは向かいの席に移って、彼の隣に無理やり座った。「ウィングレイヴ・ハウスへ行ったときのことを覚えているわ。

お母さまとお話ししていると、あなたが部屋に入ってきたの。それなのに、お母さまは声をかけようとしなかった。頬へのキスを受け入れただけで、あなたがそこにいないみたいに話し続けていたわ。でもそのあとサイモンが入ってきたら、一緒に画家のアトリエに行ってほしいと誘ったのよ。あなたには何も言わなかったのに」

「きみはつまらないことを驚くほどよく覚えているな」

「つまらないことじゃないわ」セレステは陰になった彼の顔を見つめた。「全然違う。だってあなたがアトリエまでつき添おうかと申しでたとき、お母さまはこう返したのよ。〝あそこにはワインもなければオペラの踊り子もいないのよ、キーラン。あなたみたいな子が興味を持つようなところではないの〟って」

キーランが、誰にもわからないくらいかすかに身を縮めた。だが母親の残酷な言葉に彼が反応し、たじろいだのはたしかだった。かつてウィングレイヴ・ハウスの居間でたじろいだのと同じように。

セレステは胸の痛みを覚え、キーランの手を取った。その手は彼女の手よりはるかに大きいが、まるでミケランジェロのダビデ像の手のように美しい。別のとき、別の場所でなら、何時間でも眺めていられると思うくらいに。

「父が成功してからというもの、わたしはずっと箱の中に押しこめられてきた」セレステは静かに話し始めた。「キルバーン家の名誉の守護者セレステ、非の打ちどころのない立派なレディ、セレステとして。箱の中にいるのって本当に疲れるの。わたしが何者なのか、わたしが何になりたいと思っているのか、誰も訊いてくれない。誰もわたしをちゃんと見てくれない」せきたてられるように、先を続ける。「でもわたしはあなたを見ている。あなたは親切で寛大な男性よ。わたしの意見なんてどうでもいいかもしれないけれど、あなたを見ていてそう思ったわ」

セレステはキーランの手を握った。最初、彼は反応しなかったが、しばらくしてそっと握り返した。

それから馬車の中には沈黙が流れ、セレステは彼と身を寄せあって手まで握っていることを急に意識した。キーランが彼女の唇に視線を落とす。セレステは彼の目に浮かぶ切迫した表情や力の入った顎の線に釘づけになった。

馬車の中という温かく狭い空間で、セレステは急に息が吸えなくなった。キーランの呼吸も少し乱れている。彼が体を起こすと、触れあっている手や脚から緊張が伝わってきた。

「きみはあっちの座席に戻ったほうがいい」

「そうね。そのとおりだと思う。一緒に座っていたらきついもの」セレステはぎこちなく元の席に戻ったが、張りつめた雰囲気は緩まなかった。そんな空気にとうとう耐えられなくなり、セレステは大きすぎる声で言った。「次に行く場所はあなたに選んでほしいわ。夜のロンドンに関するわたしの知識はほとんど……」

「通りすがりの傍観者並みだね」セレステが顔をしかめると、キーランは笑った。「別に恥ずかしいことじゃないよ、スウィートハート。きみは大切に守られて育ってきたんだ」

「ずっとそうだったわけじゃないわ」セレステは言わずにいられなかった。「ある意味、わたしはあなたよりこの街の暗い部分を知っているのよ」

「もう一度そういう場所を見たいと思ったことは？」キーランが純粋に好奇心に駆られた様子で尋ねた。

「慈善活動のときに見ているわ。でもラトクリフに関して言えば、母が死んだ少しあとに行ってみたの」セレステは窓の外に目を向けた。暗い通りが後ろに流れていくが、いま見えているのはウエスト・エンド地区だ。ウエスト・エンドと波止場近くの貧民街では、潜む危険は比べ物にならない。東ロンドンの住民のほとんどは真面目に働く家族だが、弱者から搾取する質の悪い者たちもいる。母が死んだあとにそこへ戻ったときは、なるべく簡素な服装で昼のうちに行き、つき添いの従僕にもお仕着せではなく普段着ているものを身につけるよう、前もって言い含めておいた。

「教養学校から戻ってすぐの頃にも、昔住んでいた場所を見に行ったことがあるの。安アパートの最上階にあるものすごく狭い部屋で、夏はとんでもなく暑いくせに冬は凍えるほど寒かった。行ったときにはもう別の家族が住んでいて——女の人と小さい子が三人いたんだけれど、部屋を見せてほしいって言ったら頭がおかしいんじゃないかという目を向けられたわ。それでも入れてもらえて、わたしは幽霊になった気分で部屋の中を見てまわった。記憶の中を歩きまわる幽霊よ。山のような繕いものの上に身をかがめている母の幻が見えた。そんな生活が母の美しさを奪ったの」

「きみがお母さんに似ているなら、とても美しい女性だったに違いない」

セレステは顔が熱くなった。キーランは女性が喜ぶようなことを無意識に言っているだけで、本気で受け取るべきではないのにうれしく思わずにはいられない。

「あの屋根裏部屋から脱出できたら、何もかもよくなるだろうってずっと思っていた」セレステは次々に通り過ぎる街灯から伸びる光の筋を見つめながら続けた。「でも母はハンス・タウンで病気になって、死んでしまった。フランス製のレースがついたキャップも、アイルランド製のリネンのシーツも、セイロン産の紅茶も、王立内科医協会に所属する医者も、母を救えなかった」

セレステが視線を戻すと、キーランは向かいの座席からこちらをじっと見つめていた。

「母が死んでわかったの。いまの生活ははかない幻のようなものなんだって。だからあの日、心に誓った。いつか自分の人生を自分で決められるときが来たら、絶対にその機会をつかもうって」彼女は感情のこもらないうつろな笑い声を漏らした。「だけどそんな機会はなかったし、自分でつかみに行く勇気もなかった。いままでは」

「なるほど、それでこの取引なんだな。これだけは覚えておいてほしい。未知の経験がしたいと願うきみをだまして、無理やりやめさせるようなことはしないよ。ぼくたちはお互いを助けることで、自分が必要としているものを手に入れるんだ。ぼくのことは信用してくれていい」彼の真摯な言葉はセレステの心の奥にまっすぐ届いた。

キーランの言葉が思いのほか心の奥深くまで染みこんでいく。今夜はいろいろなことに驚かされたが、彼に与えられた驚きほど大きいものはない。

これまでセレステは、放蕩者、女たらし、遊び人という世間が作りあげたキーラン・ランサムの幻想に漠然とした恋心を抱いていたにすぎなかった。彼の名前はゴシップ紙をしょっちゅうにぎわせているが、たび重なる醜聞の主ということ以外は何も伝わってこない。でもキーランはそれだけの男性ではない。もっとずっと深みのある人間だ。細やかな感情を持ち、複雑で懐が深い。そんな彼がそばにいてくれたから、セレステは今夜こんなに遅くまで、目にするすべてに魅せられながら過ごせたのだ。

「きみにとって忘れがたい一夜になっていたらいいんだが」彼が照れたように言う。

「もちろん忘れがたい一夜だったわ」キーランとの待ちあわせ場所まで暗い通りを歩き、彼につき添われて〈ジェンキンズ〉に足を踏み入れ、女主人と言葉を交わし、上品なピケットとは違う賭けで初めて勝ったことを思いだすと、セレステは胸がいっぱいになった。キーランに見守られて賭けを楽しんだことを思いだすと。モントフォード卿に出くわすなどちょっと恐ろしい場面もあったけれど、それさえもいまは、ずっとあこがれてきた夢の実現にスリルというお楽しみを添えてくれたくらいにしか思えなかった。

キーランがいなければ、何もかもきっとこの半分もすばらしく感じられなかっただろう。彼はこれまでセレステが経験したことのないやり方で、自信と勇気を与えてくれた。そのことだけでも、醜聞になる危険を冒す価値はあった。

といっても、キーランとの関係は一時的なものだ。シーズンの終わりまで、あと二カ月もない。モントフォード卿に正式に求婚されるまで、あと二カ月。そのときが来たら、キーランとの取引は終わる。彼のためにはすでに、ふさわしいパーティへの招待状を手に入れる戦略を練ってあった。それらのパーティでセレステは花嫁候補の令嬢たちを紹介し、そのうちのひとりと彼は結婚する。

セレステとキーランは、それぞれ別の相手と結婚する運命なのだ。一緒にいられる時間は短い。だから自分の思うとおりに生きられる機会があるうちに、一秒も無駄にせず全力で楽しまなければならない。

けれどキーランが、楽しい時間を分かちあった喜びの笑みを光と影が重なりあう抒情的で端整な顔に浮かべるのを見ていると、セレステは不安に胸を締めつけられた。自分の心を守るために、もう少し理性を働かせなければならない。そしてそれは、社会的な評判を守るよりもずっと難しいことなのではないかという気がしてならなかった。心を守りきれなかったら、醜聞で傷つくよりはるかにつらい思いをすることになる。

8

キーランはリージェンツ・パークへ向かう足取りを緩めようとしたが、体が言うことを聞いてくれなかった。そんなふうに急ぐのは、何事にも無頓着な放蕩者の行動からはかけ離れている。それなのに、セレステが待っていると思うと足取りは速まるばかりだ。いやしくも放蕩者ならば朝は疲れきっているはずで、どこかへ急ぐなんてありえないというのに。

だが彼はいま、のろのろと歩いている人々や馬車をよけながらニュー・ロードを渡り、公園へと急いでいた。馬か馬車を使うこともできたが、そんなものに乗るより歩くほうが速いと思ったのだ。

セレステを〈ジェンキンズ〉に連れていってから、二日が経っていた。あのとき帰りの馬車の中で、キーランが改心した紳士としてデビューを飾る催しはすでに決めてあると彼女は言っていた。そして今朝、公園に来てほしいという手紙を彼は受け取った。

あわてて歩いたせいで服装が乱れていないか、気になって仕方なかった。セレステが紹介したいと言ってくれている人の前できちんとしていなくてはならないのは当然だが、もっと重要なのはセレステにどう思われるかだ。

キーランはいきなり立ち止まった。

「うわっ、なんだよ」彼の後ろにいた男が焦った声で言い、ぶつからないようによける。

「くたばれ」キーランは上の空で返した。

セレステと賭博場でたったひと晩過ごしただけで、もう目標を見失いかけている。彼にとって彼女はただの手段だ。申し分のない花嫁を得るために、申し分のない人々が集まる場所へ潜りこむための。〈ジェンキンズ〉のきらめくシャンデリアの下で花開いていくセレステを見るのは、どんな賭けよりも楽しかった。だが、そんなことは関係ない。あなたは親切で寛大な男性だと初めて言われたことも、彼女にちょっと触れられただけで体が一気に熱くなったことも、大した意味はない。

すべて、大きな目標の前では些細なことだ。ふたりの前には別々の道が延びている。それにキーランみたいな放蕩者が妹に言い寄るのを、ドムが快く思うはずがない。

とはいえ、いま何より重要なのはセレステとの約束の時間に遅れそうなことだ。キーランはリージェンツ・パークに急いで入っていくと、指定された場所へ向かった。

「くそっ、なんでこんなに明るいんだ」彼は悪態をついた。

池の水面(みなも)に陽光がきらきらと反射しているさまは、まるで誰かが金貨をまき散らしたかのようだ。頭の中に浮かんだその光景があまりにもすばらしくて、彼はこんなふうにありえない時間に公園へ来ている理由を忘れそうになった。だが、忘れるわけにはいかない。上品な人々にキーラン・ランサムは生き方を改めたのだと知らしめ、ふさわしい花嫁を手に入れるという理由を。

セレステがよこした短い手紙に書いてあったとおり、池のそばに大きなテントが設営されていたので、キーランは気持ちを引きしめてそこへ向かった。池の水面を滑るように進む水鳥を見つめている彼女が視界に入り、足を速める。

今日のセレステはこの前の煽情的なエメラルド色のドレスではなく、白いドレスの上にどこから見ても慎み深い淡い青色のウエストを絞った外套を重ねていた。黒髪のかつらはかぶらず、キャラメル色の頭には外套に合わせた淡い青色のリボンがついた麦藁帽子をのせている。キーランの視線は、彼女のあらわにされたうなじの曲線に釘づけになった。

今日の格好も二日前の夜と同じくらい魅力的で、サロメに変身した彼女にだけ惹かれるのならはるかにましだったと、キーランは思わずにいられなかった。サロメには、すべての男と多くの女性が魅力を感じるはずだ。

だが、これほど取り澄ました格好をしているセレステの首筋に鼻をすりつけたいと願うなんて、いい兆候とは思えない。

たったひと晩行動をともにして手を握っただけでこれほどまでに惹かれてしまうとは、困ったことになった。彼が結婚するためには、セレステと彼女の持つ伝手が不可欠であることを考えると、自分を抑える奇跡のような方法をなんとか見つけるしかない。

もちろん、セレステが危ないことに巻きこまれないようにするつもりだ。少なくとも……実際に危ない目にあわないよう守りはする。とはいえ、セレステのほうは危ないことをどうしても経験してみたいと思っているし、間違いなくキーランもそんな彼女を見てみたい。ただしセレステがどれだけ彼を理解し心を寄せてくれたかとか、ほんの一瞬にもかかわらず彼女に触れた感触がどれほどすばらしかったとか、そういうことについては忘れるしかない。

そんなことは無理だ。

見つめられていることに気づいたのか、セレステが振り返って手を振った。キーランは手を上げて応え、近づいていった。そばまで行くとメイドが一緒にいるのが見えたが、彼女はたくましい公園の管理人と熱心におしゃべりをしている。

「太陽がこんなに高い位置にある時間に、またしても出歩くことになるとはな。これが普通になってきていると思うと、少しぞっとする」

「太陽の光に慣れたほうがいいわ。これからあなたが仲間入りしようとしている上品な人たちは、太陽の光があるところでおつきあいをすることが多いから」

「なんてこった」彼は顔をしかめた。「こんな容赦ない光の下で、つがえる人間がいるなんて信じられない」

「目をつぶって、自分が果たさなければならない義務を思い浮かべてみて」セレステが彼をちらりと見る。「それにあなたは、太陽の下でも夜と同じくらいハンサムだわ」

キーランはうれしさで胸がいっぱいになり、口元に笑みが浮かぶのを抑えられなかった。もっと洗練された褒め言葉を言われたことはいくらでもあるが、彼女のまっすぐな言葉に胸が温かくなる。

「言っておくが、ぼくはこの件に本気で取り組んでいる」キーランはなんとか会話に集中しようとした。「この前きみと出かけたあと、夜の一〇時以降はどこにも行っていない。劇場にも、ちょっとした内輪の集まりにも」それに、誰ともベッドをともにしていない。

「尊い犠牲を払ったのね」そう言いながらも、彼女はおかしそうに唇をよじっている。

キーランは笑みを大きくした。セレステに楽しそうにからかわれると、なぜか胸が浮き立つ。

「それで、今日はどんな犠牲を払うことになるのかな？　そこの大きなテントを見るとなぜかぞっとする。なんていうか……あまりにも健全で」彼はぶるりと震えた。

「今日あそこで行われる催しは誰でも入場できるの。招待状がいらないから、あなたのデビューにぴったりでしょう。ただ、突撃する前に教えて。あなた、春先にくしゃみは出る？」

キーランは眉をひそめた。「謎かけでもしているつもりか？」

「質問に答えてちょうだい」

「丁子（チョウジ）でくしゃみが出ることはあるが、特に春先に出るってことはないな」

セレステはうなずいた。「それなら、この戦いに参加する資格があるわ」

「もう一度突破口へ突撃せよ、だな」キーランが差しだした腕に、セレステが手をかける。こんなふうに並んで歩くのはまだ三回目だというのに、あまりにも心地よかった。けれど、彼女と歩くことに慣れてはならないのだ。

テントに向かうふたりのあとを、セレステのメイドがかなり離れてついてくる。あたりには花の香りが満ちているが、香りはそこに向かう上品な年配の女性や着飾った若い男女からも漂ってきていた。振り返って驚いたようにキーランを見る者が何人もいて、憤慨した表情になる者もちらほらいる。

「だめよ」セレステが低い声で警告した。

「何がだめなんだ？」

「あの人たちに失礼な仕草をしたり、顔をしかめたり、それ以外にもあなたがいましたいと思っていることは、みんなだめ」

「わかっているさ」キーランはむっとして言ったあと、少し間を置いて続けた。「たしかにそういうことは考えたが、しなかったんだから努力していると思わないか？」

「そうね。悪の要素が少しだけ減ったのはすばらしいわ」

「ありがとう」

人々がキーランに近づかないよう慎重に距離を取っている中、テントの入り口に着くと、春先にくしゃみをしないかどうかセレステが訊いた理由がわかった。

テントの内側には〈一八一八年　リージェンツ・パーク園芸展〉という横断幕が掲げられ、端から端までずらりと並んだテーブルの上にさまざまな種類の植物が展示されている。小型の果樹や熱帯のヤシなどの大きな鉢植えは、地面に置かれていた。来場者たちの落ち着いた色合いの服とは対照的な色とりどりの花々が、豊かな香りを放って温かな雰囲気を醸しだしている。男も女もあちこちで足を止めては目の前の植物に見入っていて、その熱心な表情から、同じ熱意を持つ誰かと語りあいたくてうずうずしているのがわかった。

「乱痴気騒ぎとはほど遠いな」テントに入るとキーランは小声で言った。

「そんなものを期待していたの？」セレステが楽しそうに訊く。

「望むのはただだからね。さて、これからどうするんだい？」

「もちろん、展示されている植物を見るのよ。そして、みんなにわたしたちを見てもらうの。しばらく見てまわったら、ある男性に紹介するわ。今日はその人に会いに来たの。でも、まっすぐその人のところに行くのはまずいわ。あまりにもあからさまだもの」

セレステは人々とすれ違うたびに挨拶をした。その中の何人かとはキーランも顔見知りだったが、彼らの多くはこちらを見て衝撃を受けた表情になるか、キーランなど見なかったふりをした。けれど彼らの態度はそれほどあからさまではなかったし、ただ無視されるだけならいまの彼にとっては大したことではなかった。銃で撃たれたり鼻を殴りつけられたりすれば話は別だが。

テントの中は植物とそれを愛でる人間で息苦しいくらいだったが、誰もが期待にあふれ、礼節を守っている。

「床に唾を吐かないで。それに話している女性から誘いをかけられても、乗らないように」

セレステが小声で注意する。

「ぼくはそれほど見境がない男じゃない」キーランはむっとした。

セレステが眉を上げる。「劇場での武勇伝は読ませてもらったわ」

「ああ、そうだよな。ところで、いつどの劇場の武勇伝かな?」

セレステがあきれたように噴きだした。「もう、あなたって本当にしょうがない人ね」

「まるでそれがよくないことのように言うね」

「これから評判を改善していくつもりなら、よくないことだわ」セレステがつんとした口調で言う。

「この前〈ジェンキンズ〉から戻る馬車の中では、ぼくをわかってくれているような口振りだったのに、今日は世間のみんなと同じようにどうしようもない男だと言うんだな」キーランは軽い口調を装おうとしたが、傷ついていることが思わず出てしまった。

セレステが後悔したように彼を見る。「ごめんなさい。あなたは努力しているのに」

「ありがとう」キーランは胸をぎゅっとつかまれたような気がした。セレステが間違いを認めるとは思わなかったし、彼女が彼の気持ちを気にかけてくれることが自分にとって重要だということにも驚いた。

「ごきげんよう、ミス・キルバーン」銀髪の女性が通り過ぎるふたりに上品に声をかけてきた。女性から警戒するような視線を向けられたキーランは、セレステが怒るのを見たいがために思わせぶりなことを言いたい衝動に駆られた。

だが、実際にそんな真似をして自分とセレステの努力を無駄にするほど、彼はひねくれていない。

「ごきげんよう。すてきな日ですわね。お孫さんはお元気ですか?」

レディ・ニューステッドがうれしそうに笑う。「あの子ったら、もう字を覚えたのよ」

「たしかまだ二歳にもなっていませんよね」セレステが驚いてみせる。

「二歳と三カ月よ。母方の血が濃いんでしょうね」レディ・ニューステッドは誇らしげに告げたあと、ふたたびキーランに視線を向けた。

「レディ・ニューステッド、ミスター・キーラン・ランサムのことはご存じかもしれませんね。ウィングレイヴ伯爵のご子息です」

「お見知りおきを」キーランはお辞儀をした。

彼が優雅に振る舞えることに女性たちがかすかに驚いた様子を見せたので、キーランは目をぐるりと回したくなった。貴族の息子として、彼にも当然ダンスの教師がつけられていた。しかしキーランはそんな内心をおくびにも出さず、穏やかで愛想のいい表情を保った。

「完全に字を覚えたら、お孫さんには海賊サミュエルの本を与えてあげたらいいかもしれません。わくわくする冒険物語ですが、道徳的な教訓も含まれているんですよ」

彼から本を薦められたことにレディ・ニューステッドは驚きを隠しきれなかったものの、すぐににこやかな笑みを浮かべた。「まあ、面白そうね。孫の乳母に伝えておきますよ」

「それでは、園芸展を存分に楽しんでください」キーランはもう一度お辞儀をしたあと、セレステに促されて先に進んだ。

少し行ったところで、セレステが小声で褒める。「すばらしかったわ」

「さっきも言ったが、ぼくはそれほどどうしようもない人間じゃない」言葉とは裏腹に、キーランは彼女の褒め言葉に気をよくした。「それにしても、どうしてきみはぼくの悪行をそんなによく知っているんだ？　案外、ドムはおしゃべりだったんだな」

セレステはしばらく黙っていたが、やがて口を開いた。「新聞や雑誌で読んだのよ」

「ゴシップ専門のか？　どうしてそんなくだらないものを？」彼は眉を吊りあげた。

「前にも言ったけれど、あなたはわたしが望んでいる自由に満ちた生活を送っていたから」

彼女が足を止め、ピンクの花がいくつも咲いているバラの枝をしげしげと見つめた。

キーランは彼女の横顔を見つめた。「じゃあ、きみが興味があるのはぼく自身ではないんだな」

「そうは言っていないわ」セレステの唇の端が持ちあがるのを見て、キーランは親指の腹で彼女の笑みをたどって、唇や肌の柔らかさを確かめてみたくなった。

「わたしのセルシアーナを楽しんでくれているようだね」花の横に立っていたバラ色の頬の紳士が声をかけてきた。

「見事な花ですね、ヘンプノール卿」セレステが応じる。

それからヘンプノール卿は、充分な水はけを保つことの難しさや刈り込みに適切な時期など、バラの栽培について滔々と語った。キーランは熱心に耳を傾けているセレステの表情を懸命に真似たが、頭に浮かぶのはバラの花びらをきわめて創造的に用いていたオペラの踊り子のことばかりだった。

「ミスター・ランサム、われわれ園芸愛好家のための催しであなたを見かけるなんて、思いもよらなかった。あなたには退屈すぎてつまらなかったのでは」

「植物の世界には大いに想像力を刺激されます。

〈一輪だけになったおまえを放っておきはしない
茎の上で寂しげにしているおまえを
先に散った愛しき仲間は永遠の眠りについているから
おまえも手折られて、ともに眠るがいい〉」

「なんと、すばらしい詩だ」ハンプノール卿が感嘆する。

「その賛辞はトーマス・ムーアへどうぞ」キーランは自分が作った詩をここで披露するつもりはなかった。園芸展に集まっている人々は、彼が望む聴衆ではない。

「博識なんですな」ヘンプノール卿が感心したようにうなずいた。

「あなたが主催なさる音楽会に彼のような洗練された博識な男性が参加すれば、会はますます盛り上がることでしょう」セレステはそう言ったあとつけ加えた。「たしか、音楽会は来週でしたよね？」

巧妙に持っていったな、ミス・キルバーン。キーランは彼女の脇を肘でつつき、にやりと笑いかけたくなるのを我慢した。

ヘンプノール卿がうなずく。「あなたの言うとおりだ。ぜひ音楽会にいらしてください、ミスター・ランサム」

「お招きいただき、ありがとうございます」キーランはふたたびお辞儀をした。「あなたも招待客の前で何かご披露なさるのですか？」

ヘンプノール卿がおかしそうに笑う。「風邪をひいたヤギのほうが、わたしよりいい声をしている」

「それではうかがうときに、ヤギのための薬をお持ちしましょう」

ヘンプノール卿がまた笑い、セレステも喜んでいるのがわかった。

「では、ミスター・ランサムに正式な招待状をお送りいただけるよう、わたしから秘書の方に彼の住所をお知らせしておきますわ。それではこれ以上ぐずぐずして次にお会いするまでにわたしたちの顔を見飽きられてしまっても困りますので、失礼いたします」

キーランはヘンプノール卿にお辞儀をして、セレステと一緒に先へ進んだ。

「ブラボー、さすが将軍だ。われわれの作戦は一歩前進した」

「子爵が主催する音楽界には、選り抜きの名家の評判のいい令嬢が大勢出席するのよ。でもあなた自身が動いて、勝手に誰かのところへ行ってはだめ。わたしが紹介するから。そうするのが大事なの」

「ふさわしい令嬢をひとりも見つけられないうちにシーズンの終わりが来て、ぼくたちの取引が終わってしまったら？」

セレステが苦笑いをする。「わたしがあなたの人となりを保証したうえ、その信じられないくらいハンサムな顔と詩作の能力があれば、あなたの訪問を喜んで受け入れてくれる令嬢がすぐに現れるはずよ」

「ぼくが信じられないくらいハンサムだって？」キーランは彼女の褒め言葉に気をよくして、ふんぞり返って歩いた。不本意な称賛だとしてもかまわない。「おや、顔が赤くなっているようだが」

「ここが暑いせいよ」セレステが喉に手を当てると、彼は首に添う長い指から目が離せなくなった。

「池のそばでレモネードを売っていたな。処女の豊潤な血でないことはわかっているが、それを飲みに行こう」

ふたりがテントの出口に向かうと、相変わらずハンサムなモントフォード卿が立ちふさがった。キーランにややそっけなく感じられる会釈をした。次にセレステに向き直ると、打って変わったように満面の笑みを見せる。

「ミス・キルバーン」彼はよどみなく声をかけ、差しだされた彼女の手を取ってお辞儀をした。「ここできみに会えるとは運がいい」

「ごきげんよう、モントフォード卿。ミスター・キーラン・ランサムのことはご存じよね」セレステの声から彼への好意は感じられないが、それなりに親しい間柄であることがキーランに伝わった。

すぐにセレステがしまったという表情を浮かべる。

おそらくキーランとモントフォード卿が最近顔を合わせたのは賭博場の〈ジェンキンズ〉で、セレステもその場にいたからだろう。そのとき、彼女はサロメだったが。

「〈ジェンキンズ〉で顔を合わせたことがある」キーランはわざと無頓着に賭博場の名前を出した。「だがそういう不埒な場所の話は、ミス・キルバーンの前ではよそう。これほどすばらしい園芸展に来ているんだ。いまは植物にすべての注意を向けるべきじゃないかな」

モントフォード卿は一瞬怪訝な顔をしたが、キーランは当然のことだとばかりに笑みを浮かべ、愛想よくうなずいた。するとモントフォード卿も、テント内の植物や花を熱心に見てまわるべきだと半ば納得したかのように、笑顔を作ってうなずき返した。こんなふうに明るい態度で圧をかけて相手を納得させるやり方を、キーランはフィンから学んだ。フィンはこの卓越した技をロンドンじゅうの賭博場で用いている。

そのとき、キーランの腕にセレステの手がのっていることを、モントフォード卿が見とがめた。とたんに表情が険しくなり、彼女と目を合わせる。

セレステの体がほんのわずかにこわばった。

「ミスター・ランサムとは家族ぐるみで親しくさせていただいているの」セレステは大したことではないかのようにさりげなく言ったが、おそらくわざとそうしたのだろう。

「ああ、なるほど。わたしもキルバーン家の人たちとはよく一緒に食事をさせてもらっている」モントフォード卿はキーランに感じよく言ったあと、セレステに向き直った。「この前、母とお茶を飲んだときのことを覚えているかい？　きみがレモンビスケットをとても気に入っていたから、うちの料理人からきみのところの料理人に作り方を教えさせようと母が言っていたよ」

「まあ、うれしい」セレステは明るく返したが、その目は笑っていなかった。

キーランの背筋を緊張が這いあがり、彼女を守りたいという気持ちがこみあげてきた。伯爵が彼女を威嚇している様子はないものの、彼の前だとセレステはいつものはつらつとした感じが少しもない。

「今度の水曜日、きみとお父上で夕食に来てくれるんだよね？」モントフォード卿が訊く。

「父は何を置いてもうかがうと思います」

モントフォード卿がにっこりした。「よかった。では食事の締めくくりにレモンビスケットを出すよう言っておくよ」

「ありがとうございます」

「ではミスター・ランサム、また会えてよかった」小さく会釈したモントフォード卿の表情からは、言葉以上の含みがあるようには感じられなかった。それから彼は去っていった。

キーランとセレステは黙ったまま、しばらくそこに立っていた。彼女はぴくりとも動かず、口を開く様子もない。

「大丈夫かい？」キーランは心配になって声をかけた。

「レモネードが飲みたいわ」セレステの声はしゃがれていた。

キーランはセレステをエスコートして外へ出ると、すぐにレモネードを買いに行き、ふたりはそれぞれのカップを手に池を見つめた。子どもが水面におもちゃの船を浮かべようとしているが、船首に石をのせると言い張るため何度やっても沈んでしまう。空はこの時期のロンドンではよく見られる薄い灰色に変わっていて、ひんやりとした風がセレステの帽子のリボンを吹きあげた。

「ぼくと取引をしたとき、求婚者がいるとは言っていなかったね」キーランはレモネードを飲んだあと、口を開いた。

「大したことではなかったから」セレステはぼんやりとした口調で返したが、すぐにもっと力をこめて続けた。「いいえ、そうではないわね。モントフォード卿がわたしの未来なの。だから人生が、園芸展やぱさぱさのレモンビスケットを気に入ったふりをしなくてはならない彼のお母さまとのお茶会で埋め尽くされる前に、本当にしたいことをしてみたかった」

「婚約しているのか？」

セレステは一瞬間を置いてから答えた。「いいえ、まだよ」

「だが、もうすぐそうなる」キーランは胸の中に冷たい塊ができるのを感じた。

「シーズンが終わる頃、モントフォード卿から正式に求婚されるはずだと父に言われたわ」

「彼のことが好きなのか？」セレステがもうすぐ婚約することに驚きはない。だが、その事実を気に入るかどうかは別の話だった。

「わたしの気持ちより、父の気持ちのほうが大事だから」彼女の声からは感情が抜け落ちている。「父はわたしに伯爵の妻になってもらいたがっている。そして、いずれ侯爵夫人の称号を得ることを望んでいるの」

「なるほど」キーランは胸の中の奇妙な感覚を抑えようと手でこすった。「どうしてぼくと取引をしたとき、期限を設けたんだい？」

セレステは明るさのまるでない短い笑いを漏らすと、キーランに向き直って激しい口調でまくしたてた。「あなたならわかるはずよ。もしわたしが伯爵を拒否したら、成金のキルバーン家は上流社会で受け入れてもらえなくなる。わたしたちはいつだって、社交界の片隅に置いてもらっていることを感謝していなければならないの。醜聞なんてもってのほか。だからドムがウィラを捨てたいま、わたしはこれまで以上に完璧な令嬢として振る舞わなければならなくなった」

「きみがすべての重荷を背負うことになったんだな」キーランは拳を握った。「ハンス・タウンまで走っていって、きみにすべての責任を負わせるのは公平じゃないと、ネッドとドミニク・キルバーンを怒鳴りつけてやりたいよ」

「世の中は、公平かどうかなんてこととは関係なく動いているのよ」セレステは疲れたように言った。「本当は何を望んでいようと、わたしは伯爵と結婚する。それはどうしようもないことなの。社交界でわたしが果たすべき役割は、琥珀の中に閉じこめられた虫のように永遠に変わらない。完璧な妻、偉大な男たちの母、誰かの夢が実現するよう陰で支える者となるのがわたしの役割なのよ」

「だからきみは、ロンドンのいかがわしい楽しみを経験したかったんだね。まだそれができるうちに」キーランは指を絡めあわせて彼女としっかり手をつなぎたかった。家族に孤独を味わわされている彼女に、思っているほどひとりぼっちではないのだと伝えたくて。

セレステがこわばった笑みを作る。「あなたは最高の案内役だったわ。意味のない買い物三昧や、退屈な朝の訪問よりはるかに楽しかった」

キーランは彼女と向きあった。「もし本当に欲しいものをひとつだけ手に入れられるとしたら、何がいい？　正直に答えてほしい」彼女が口を開きかけて、また閉じる。「ひとつだけ知っておいてほしいのは、ぼくにはいつだって正直になってくれていいってことだ」

セレステは彼を信頼できないかもしれないし、そもそもそんな気がないのかもしれない。だが、キーランは彼女に信じてほしかった。心から。

セレステがようやく口を開いた。「わたしがラトクリフに行ったと知ったとき、父は激怒したわ。わたしたちには昔住んでいた場所に二度と関わってほしくないと思っているのよ。あんな場所で暮らしていたと知られたら、上流階級の人々はなおさらわたしたちを劣った存在のように扱うから」

「自分たちが持っている富は清廉潔白なものみたいな顔をしているんだ、やつらは」

セレステはゆがんだ笑みを浮かべた。「父はわたしたちに、あなたたちの一員になってほしいと望んでいるの。慈善団体を立ちあげてラトクリフの人たちの生活を改善するために彼らとともに活動したいと言ったら、有無を言わさず禁止されたわ。もっと上品な慈善活動だけしていればいい、わたしが汗水垂らして働くことはないって」

セレステは続けた。「でももし教師と教科書と石板を用意してラトクリフの人たちに——大人にも子どもにも——字を教えられたら、彼らはもっと報酬のいい仕事につくことができる。まともな家に住んで、質の悪い人たちにつけこまれないかいつもびくびくしていなくてすむ。あそこの人たちがいいように利用されるのを、数えきれないほど目にしてきたわ。契約書が読めないまま署名するから、報酬の上前をはねられてしまうの。子どもたちは親から続く貧困の輪から抜けだせない。わたしも一一歳になるまで字が読めなかったわ。父が倉庫を貸すことで財を成して家庭教師をつけてくれなかったら、いまでも読めなかったでしょうね。出来高払いの仕事にありつくのがやっとで、その日暮らしをしていたはずよ」

進まなかった分かれ道の幻がセレステの顔に影を落とし、キーランは彼女がなっていたかもしれない絶望した若い女性を思って胸が痛んだ。

「もう誰にもそんな境遇に陥ってほしくないわ。ラトクリフの人たちのほとんどは、わたしのような幸運に恵まれないまま一生を終える。それなのに彼らを助けたいっていうわたしの夢は、決して実現することがないのよ」

悲しそうにあきらめをにじませる彼女の声と表情に、キーランは胸をつかれた。

「ああ、愛しい人、本当に悪かった」キーランはひりつく喉から声を絞りだした。

「あなたが謝ることは何もないわ」セレステは小さく笑った。「前は泣くこともあったけれど、泣いても頭が痛くなるだけで何も変わらないとわかったの。あなたは、家族の仕打ちに泣いたりすることなんてないんでしょうね」セレステがからかうように彼を見る。

今度はキーランが明るさのまるでない笑い声をあげる番だった。「ぼくの場合、涙であろうとそうでなかろうと、あからさまに感情を見せれば、アキスミンスター絨毯(じゅうたん)についた泥みたいに扱われるだけだ。まず非難され、そのあと速やかに排除される」

彼に触れて慰めたいとでもいうように、セレステが手を持ちあげる。キーランは期待に息をのんで待ったものの、彼女はそのまま手をおろし、互いへの理解を深めたふたりは新たな目で見つめあった。

「ところで、息苦しい人生のいい口直しになりそうなパーティがあるんだが、どうかな？」キーランはテントを示しながら、〝息苦しい人生〟という言葉を口にした。

セレステの目に輝きが戻るのを見て、彼はうれしくなった。セレステが意気込んで問いかける。「どんな口直し？　今度こそヴォクスホール・ガーデンズかしら？」

「もっといいところで、もっと自由な場所だ。でもきみを驚かせたいから、いまは教えない。ぼくを信用してくれるかい？　いや、返事はしなくていい。信用できないと言われたら、心の中の紳士の部分ががっかりするし、信用すると言われたら放蕩者の部分が失望する」

「じゃあ、あなたを信用するわ――それなりにね」彼女の笑みは心からのもので、園芸展に来ていた人々に向けられたものとはまるで違った。

「うまくバランスを取ったな」セレステが放つ喜びは、酒を飲んだような酩酊をキーランにもたらした。いや、酒よりもっと中毒性があるかもしれない。なぜなら彼女の微笑みはいくらでも欲しくて、きりがないからだ。

セレステがぼくのものだったら、どうだろう。毎日、毎晩、こんなふうに彼女を笑わせられたら？

そんな考えがふと頭に浮かんで、キーランはびくりとした。

いや、だめだ、だめだ、だめだ。あわててその危険な考えを押し戻す。たとえ彼を好きになってくれることがあったとしても、セレステはすでに別の男と婚約しているも同然の身だ。彼女は絶対に手に入らない。だからせめて、それが可能なあいだは、自分にできる限りの喜びを与えてやりたい。

9

翌日、セレステはようやく慈善バザーのための服の仕分けを手伝うことができた。ブラックメア卿の屋敷の舞踏室には彼女のほかに十数人もの女性が集まっていたが、いくつも並べられた長テーブルの上に洗濯はしてあるがややくたびれた衣類が山のように積みあげられていて、なかなか減らなかった。それでも貧しい人々のもとに暖かくて清潔な衣類を届けられるのだと思うと、セレステは苦にならなかった。

「繕いものをする母さんの手伝いをしたときのことを思いだすわ」セレステは友人のロザリンド・カルーに小声で言った。

「もっと声を潜めなくてはだめよ」にやりとして返すロザリンドのウェールズ訛りが音楽のように響く。「ここにいる上品な方々に、わたしたちが労働者階級の出だと知られるわけにはいかないでしょ。リディア・ハーンに何があったか聞いた？」

「それって聞いて楽しい話？」セレステはミス・ハドロックの洗練された若いレディのための教養学校で一緒だった穏やかな物腰の少女の姿を思いだした。この学校には商売や貿易で成りあがった家の娘たちが集まっていて、リディアもほかの生徒同様、イングランド内の選り抜きの名家で構成される世界に加わりたいと願い、努力していた。

「彼女のお母さまが先週出席した晩餐会で、いまでも自分で料理をしているとうっかり口にして、ほかの出席者にあきれられてしまったの」ロザリンドはペチコートを持ちあげてその状態を調べ、小さく舌打ちした。「それ以来、招待状がほとんど届かなくなったらしいわ」

「気の毒なリディア」セレステは悲しくなった。子ども用の上着の縫い目を調べてまだ使えそうだと確認し、足元に置いてある寄付に回す衣類用の大きな籠に入れる。

ロザリンドがかぶりを振りながら言った。「上流社会って、どこに危険が潜んでいるかわかったもんじゃないわね、まるで銅山の採掘現場みたい。その点、あなたはいいわよね、モントフォード卿に好かれて――」

「そうね。マントルピースの上に置いた観賞用の美しい花瓶みたいに好かれているわ」セレステは暗い表情で返した。「わたしは好きな場所へ持っていって、見せびらかして自慢できるものなの。今日もこのあと、彼と公園を歩くように命じられているのよ」

伯爵と会って儀礼的な会話を交わし、好意を持っているふりをしなくてはならないと思うと、セレステはいやでたまらなかった。それよりも、キーランが次はどこへ連れていってくれるのか、じっくり考えているほうがずっと楽しい。

「いま楽しそうに笑ったでしょう」ロザリンドがからかうように言った。「モントフォード卿と散歩しているところを思い浮かべたからではないわね」顔を近づけて友人をまじまじと見る。「そういうふうにうれしそうに顔を赤らめるのって、普通は恋人を思うときだもの。

伯爵のはずがないわ。ああいう当たりさわりのないブロンド男に興奮を覚えるって言うなら話は別だけど」

「伯爵のわけがないでしょ」セレステは言った。

「でも誰かを思い浮かべていたわよね。あら、もっと赤くなった。当たりってことね。誰なの？」

「特定の人じゃないわよ」セレステは言い張った。

けれども、園芸展を見てまわるキーランの姿が鮮明に思い浮かんで仕方がなかった。恐ろしいくらいハンサムで、植物と紳士淑女に囲まれて意外なほど行儀よく振る舞っていた。彼が会う人会う人を魅了したことは予想どおりとも言えるけれど、心から彼女を気にかけてくれたことには驚かされた。とりわけモントフォード卿との事情を明かしたときの反応に。

〝もし本当に欲しいものをひとつだけ手に入れられるとしたら、何がいい？　ひとつだけ知っておいてほしいのは、ぼくにはいつだって正直になってくれていいってことだ〟

ラトクリフのために活動したいという思いを打ち明けたことは後悔していないが、決して実現しないのだと思い知らされたときのつらい記憶がよみがえった。これまで誰も、セレステが何を望んでいるのか訊いてはくれなかった。二週間前の彼女なら、キーランのように信頼を差しだし、安心感を与えてくれる人はいなかった。キーランみたいな放蕩者がこれほど多くのものを与えてくれるなんて信じなかっただろう。だが彼は、世間に思われているよりはるかに多くのものを秘めた男性だった。彼女と同じように、家族に押しつけられた人格で生きることを余儀なくされていることを含めて。

彼の複雑な内面について考えているうち、セレステは落ち着かなくなった。知れば知るほど惹かれていくけれど、それはいいことではない。

気がつくと、セレステは自分の手のひらを撫でていた。何日も前のキーランの感触を追い求めるかのように。あんなふうに彼に触れるなんて、ばかな真似をした。以前はほんの少し味わえればいいと思っていたのに、いまはもっと欲しくてたまらなくなっている。後悔するべきなのに、どうしてもそんなふうには思えなかった。人生は思い出の積み重ねだ。そしてセレステはこの先の人生を思い出にすがって生きていくことになる。

シーズンの終わりまでには、モントフォード卿と婚約する。別の男性を思いながら結婚生活を営まなければならないなんて、悲劇以外の何物でもない。

とはいえ、伯爵の求婚を断ることはできない。そんな真似をすれば父が激怒するだけでなく、成金の娘に拒否されたことにモントフォード卿が激怒し、キルバーン一族は社交界から追放されるだろう。

彼の求婚は受け入れるしかない。でもそのときが来るまでは、味わえるだけの自由を味わうつもりだった。キーランと一緒に。

「アヘンを大量に吸ったみたいにぼうっと空(くう)を見つめている様子からして、特定の人じゃないって言葉は嘘に違いないわね」ロザリンドが淡々と言った。「いいのよ、セリー。その気になったら教えてくれれば。わたしがジャスティン・パウエルに恋をしたと思いこんでゴシック小説のヒロインよろしく振る舞っていたとき、あなたは辛抱強く見守ってくれたもの」

セレステの心に、ロザリンドに打ち明けてしまいたいという気持ちがむくむくとわきあがった。何かあったときにうまくごまかせるようドリーに少しだけ事情を説明しているものの、キーランとの取引は誰にも秘密にしている。けれど経験したばかりのわくわくする出来事を親友に話したいという誘惑は、抵抗できないほど大きかった。

「ちょっと外の空気が吸いたいわ」セレステはさりげなく言い、舞踏室から続くバルコニーへと、身振りでロザリンドを誘った。外に出てまわりに人影がないことを確認すると、万が一誰かがいた場合に備えて声を潜めながら、悪名高いランサム兄弟の末っ子との取引について説明した。話を聞いているうちに、ロザリンドが驚きに目を見開く。

セレステは急に不安に襲われた。ロザリンドに非難されるだろうか？　なんて自分勝手でばかな真似をしたのかと。ふたりともミス・ハドロックの授業がいやでたまらず、単なる飾り物で終わらない人生を求めたいという共通の思いから友情をはぐくんできた。ロザリンドに非難されたら、セレステは一番の親友を失うことになる。

「サロメですって？　あなた、自分でサロメって名乗ったの？」話を聞き終わったロザリンドがささやいた。

「違う名前を思いつくなら、教えてちょうだい」セレステはこわばった口調で返した。

「サロメは踊って男たちをひざまずかせたあげく、首まで差しださせたのよ。完璧じゃない」ロザリンドがにやりとする。

セレステはほっとして力を抜き、石の手すりにもたれた。「じゃあ、やめさせるつもりはないのね？　こんなの気違い沙汰だって言わない？」

ロザリンドはセレステを抱きしめた。

「世間はわたしたちに淑女らしく振る舞うことを期待しているわ。わたしたちは期待という目に見えない紐でがんじがらめになって、毎日を過ごしている。だからやりたいことができるめったにない機会は、絶対に逃してはだめなのよ。自分自身のために」ロザリンドが体を引いて、セレステと目を合わせる。「でも気をつけてね、セリー」

「今度は慎重になれって言うのね。さっきは男の首を落とせと勧めたのに」セレステは親友をからかった。

「男の首なんてどうでもいいわ。守らなければならないのは、あなたの心よ」

「キーラン・ランサムは第一級の放蕩者よ。わたしはばかじゃないから、心を差しだすつもりはないわ」

ロザリンドが唇の片端を持ちあげた。「心っていうのは厄介なものなの。差しだすつもりがなくても、勝手に出ていっちゃうんだから」

マントルピースの上の時計が鳴って、一一時を知らせた。いつものキーランなら、お気に入りの店でたっぷり夕食をとり、夜の冒険に備えている頃だ。だが今日は自宅の暖炉のそばで膝に本をのせ、そこに紙を置いてペンを走らせている。彼はペンを止め、ふさわしい言葉の組みあわせを探して考えをめぐらせた。〈彼女は臆病な温室の花たちのあいだを歩いていた〉という文章がすぐにおりてくる。キーランは不安定な紙の上に急いで書き留め、満足感とともに見おろした。

「いいね。机なんてなくても書き物はできる。そもそも机は過大評価されているんだ」フィンが部屋を横切りながら、ゆったりした口調で声をかけてきた。

「ぼくの場合、危険と隣りあわせのほうがいいものができるんだよ」キーランは書いたものを抱えこんで守りたいという衝動を抑えた。いまも詩を書いていることはフィンにだけは教えてあるが、身に染みついた隠す習慣にあらがうのは難しい。父とサイモンに破り捨てられ、キーランは多くの詩を失っていた。

フィンがぶらぶらと寄ってきて、後ろからのぞきこむ。「臆病な温室の花たちのあいだを、誰が歩いているんだ？」

「空想上の女神さ」キーランはさりげなく聞こえるように言った。

「特に誰かを思い浮かべたわけじゃないってことか？」兄が突っこんでくる。

「ひらめきはいろんなところからおりてくるが、特定の人間ってことはないな」

これまではそうだった。なぜなら、セレステ以外に彼の詩に命を吹きこんでくれる相手は誰もいなかったからだ。理由はわからないものの、彼女の名前と韻を踏んでいる言葉や、彼女の目の色を表すのにぴったりなたとえを見つけたくなる。望まない婚約と楽しそうにしているとき、セレステの目には無数の星のきらめきが宿る。

結婚について話していたとき、そのきらめきが曇ったのを見て、キーランの胸はつぶれそうになった。彼女から輝きを奪うのは犯罪だ。

フィンが向かいの椅子に座った。「〈ジェンキンズ〉で、セレステ・キルバーンと何をしていた？」

キーランは驚いた。「一緒にいたのはセレステ・キルバーンじゃない」

フィンが片眉を上げる。そのちょっとした仕草が、驚くほど雄弁に兄の言いたいことを語っていた。フィンは言葉を使わずに言いたいことを人に伝えるすべに長けている。だがフィンが自分の考えや気持ちを人に伝えることはほとんどなく、それをしてもらえる数少ない相手のひとりであるキーランは、いつも妖精の王から魔法の贈り物を授けられるかのようにうやうやしい気持ちで受け取った。

「ぼくたちに気づいたのかどうか確信が持てなかったんだ。兄さんはこっちに来なかったから」

「ミス・キルバーンが変装していたから、近づかないほうがいいだろうと思った」

「どうしてミス・キルバーンだとわかったんだ？　ほかの人は誰も気づかなかったのに」

「いくつか手掛かりがあった」説明してほしいとキーランが身振りで促すと、フィンはさらに言った。「彼女の頭の掲げ方は独特なんだよ。ほかの誰とも違う。複雑な方程式を解こうとしているみたいだ」

キーランは椅子の背にもたれた。考えてみると、たしかにセレステにはまわりの状況を注意深く推し量っているようなところがある。そしてそれは、セレステが話してくれた彼女の家族が置かれている特殊な社会的立場を考えると、無理からぬことなのだと腑に落ちた。彼女はキーランが思ってもいなかったほど多くの制約に縛られながら、狭い道を踏み外さないように懸命に歩いている。

「どうして――」

キーランが話し始めたとき、部屋の扉が勢いよく開いた。足音がどすどすと近づいてきて、振り返るとドムがたくましい胸の前で腕組みをして立っていた。

「ぼくの妹と何をしているんだ?」ドムが詰問する。

「なんで――」キーランはさっとフィンを見た。「こいつに話したのか?」

フィンが火かき棒を取って暖炉の中の火をかきまぜる。「話してない」

「モントフォード卿がうちに来て、おまえとセレステが園芸展に来ていたと教えてくれたんだ。なんでそんなところにいたのか、さっさと説明しろ」ドムは歯を食いしばっている。

「おまえがロードス島の巨像みたいに突っ立ってぼくを見おろしているうちは、ひと言だってしゃべるつもりはない」キーランはほっとした。少なくともドムはサロメのことを知っているわけではないらしい。詩を書き留めた紙を本に挟んで横に置く。「ぼくは三人共通の問題を解決しようとしているだけだ」

「妹をエスコートすることで、どうして問題が解決する?」

「座るまで話はしないと言っているだろう」キーランはむっとして言い返した。

ドムはキーランをにらみながらテーブルまで行き、そこにあった椅子を葦でできているかのごとく軽々と持ちあげた。床に叩きつけるように置いて向きを変え、逆向きに座って椅子の背に腕を交差させてのせる。

「さあ、話せ」

「そんなにかっかしている意味がわからないな」フィンがつぶやく。「おまえだってぼくたちの妹と婚約していたのに、ぼくたちはそんなふうに怒り狂ったりしなかった。妹を捨てたときだって」

後悔し、傷ついているような表情がドムの顔をよぎる。「おまえたちも手を貸したじゃないか」

「そうするのが正しかったのか、いまは疑問に思っているよ」キーランは陰鬱な声で返した。

「それに、ぼくはいつだってウィラに対して誠実だった」

「捨てるまではな」フィンが訂正する。

「捨てるまでは」ドムが暗い声で言い直した。「出会ったときから、ウィラには誠実に接していた。だが、おまえは――」ドムはキーランに指を突きつけた。「ロンドン一節操のない男だ。節操って言葉の意味も知らないだろう。ほかの女とも楽しんでいるおまえに、セレステをもてあそばれたくない」

「ここ何週間かは、誰とも寝ていない」キーランは言い返したあと、実際にそうであることに気づいて愕然とした。もう二週間も何もせずひとりで家に帰っている。これはどういうことなのだろう？

キーランは立ちあがってウイスキーのデカンターが置いてある棚まで行き、三人分のグラスに注いだ。自分の分を一気にあおったあともう一杯注ぎ、兄とドムに向き直る。

「従僕みたいに、そっちまで運んでやるつもりはないからな」

ドムとフィンはすぐに立ちあがって近づいてきて、グラスを取った。三人はそれぞれのグラスを手に、待ち伏せを警戒する兵士のように用心深くほかのふたりをうかがった。

キーランは張りつめた沈黙を破った。「いずれにしても、セレステを誘惑しているわけじゃない。彼女は自分の意志で行動している。おまえやおまえの父親は彼女に自由を与えるつもりはないようだからな。そのうえ、モントフォード卿との結婚まで無理強いして」キーランはドムをにらんだ。

ドムの顔に純粋な驚きが浮かぶ。「無理強いだって？　あいつはモントフォード卿といるとき、いつも楽しそうにしているぞ」

「そうしなければならないからだ。おまえの父親は娘をまず伯爵夫人にし、ゆくゆくは侯爵夫人にするという壮大な計画を立てている。ネッド・キルバーンの大勝利ってわけさ。それにセレステがモントフォード卿の求婚を断ったら、おまえやおまえの父親はいま享受している社会的地位や名声を失う」キーランはうんざりして首を振った。「まるで中世の話だな」

いずれ侯爵になることが決まっている伯爵と比べたら、キーランなんて取るに足りない。貴族と言ってもしがない三男坊で、称号を継ぐことも先祖代々の土地を相続することもないのだから。

「くそっ」ドムが毒づいた。「もしあいつが守っているのがぼくの名声なら、かまうことはないんだ。ぼくにとってはどうでもいいものなんだから」

「おまえの父親は違うんだろうな」フィンが言い、ウイスキーをすすった。「父親がそういうものにこだわるなら、セレステはほかに選択肢はないと感じているはずだ」

ドムの肩が持ちあがったあと、力なく下がる。「ああ、たしかにそうだ。だがそれは、おまえが妹と一緒にいた理由にはならない」ドムはもう一度キーランに矛先を向けた。

「ぼくたちは全員結婚しなくちゃならない。それができなければ、全員が一セントももらえないんだ。だが、さんざんな評判のぼくたちと結婚しようと思う女性などいるはずがない。だから、セレステに手を貸してもらっている」

ドムがウイスキーをひと息で飲み干してグラスを叩きつけるようにテーブルに置き、キーランの顔に指を突きつけた。「それでも、セレステには近寄ってほしくない」

「おまえには関係ないことだ」キーランはきっぱりと言った。

ドムが威嚇するように距離を詰めても、キーランは引かなかった。

「一〇年間の友情をこんなことで終わらせるな」フィンが両手を掲げて、ふたりのあいだに割って入った。「いいか、ぼくはおまえたちの武装を解くための工兵だ。ふたりとも一歩下がれ。深呼吸をして、大人らしく冷静になるんだ」

ふたりはしばらくにらみあったあと部屋の両端に分かれ、キーランは兄の助言に従ってそこで懸命に息を整えた。両脇に下げた手が、自分でも意外なほどの怒りでかすかに震えている。だが、わけがわからなかった。彼とドムが衝突するのはよくあることだ。ふたりとも我が強く、自分の意見を譲らないからだ。数週間前にはナイフ投げ競争の結果をめぐって殴りあいになりかけたが、いまと同じようにフィンがあいだに入ってくれたので、すぐに三人で楽しく酒を飲み交わすことができた。

だが今回は、いっこうに怒りが引かず、宝物を守る竜のように獰猛な気持ちに駆られている。

この怒りは……セレステのためなのだろうか？　これだけ言っても、ドムは妹がどれだけ芯の強い女性なのか理解していない。自分は喉に刺さった魚の骨のように、家族は本当の彼女を見てくれないと打ち明けたセレステの姿が気になっているのだろうか？

セレステの戦いは、いまやキーランの戦いになっている。だから彼女が望むものをすべて手に入れられるよう、彼も全力を尽くすつもりだ。

「いいだろう。おまえが振る舞いに気をつけるというなら、セレステが手を貸すのを許そう」とうとうドムがこわばった表情で譲った。

キーランは悲しげな笑い声を漏らした。「セレステは誰にも許してもらう必要なんかない。意志のあるひとりの人間なんだから、彼女の選択は彼女自身のものであるべきだ」

「それならぼくは、今回はおまえの顔を撃たないことを選択してやろう」

「なんだと？　おまえは――」

「いい加減にしろ。大人らしく振る舞えと言っただろう」フィンが警告する。

「今回はどうやって自分の思いどおりにするつもりだ、フィン。ティーカップを叩きつけてやってもいいんだぞ」ドムが言い返した。

「そんなふうに暴力に頼らなくても、人を負かすのにもっと効果的な方法がある。ぼくはそれをすべて知っている」フィンは妙に楽しげに言った。

「ずるがしこいやつめ」ドムが毒づく。

「よくぞ言ってくれた」キーランはおかしくなって鼻を鳴らした。

一瞬の間を置いてドムが笑い声に聞こえなくもない音を爆発させ、すぐにフィンの低く落ち着いた笑い声も続いた。

これでドムとのあいだのわだかまりは解消されたが、今後セレステとの関係においては、これまでのような衝動的な行動は許されないとキーランはわかっていた。キーランにとって彼女はひらめきを与えてくれるミューズだが、セレステにとって彼は取るに足りない存在でしかない。しかも彼女は絶対にキーランのものにはならず、それどころか彼女自身のものですらないのだ。だがセレステは、他人のゲームの駒にされていい女性ではない。

少なくとも、いまのキーランには彼女のためにできることがある。次の夜の外出先はすでに決めてあったが、急に別の行き先がひらめいた。セレステが本当に望んでいる自由は与えてやれないものの、つかの間の喜びなら与えてやれる。それが自分にできる精一杯だ。

10

キーランとの取引をロザリンドに打ち明けた二日後の夜、セレステは暗闇を疾走する辻馬車の中で彼と向かいあっていた。〈ジェンキンズ〉に行ったときと同じ場所で待ちあわせたが、行き先はまだ知らされていない。

「今夜はどこへ行くの?」セレステはわくわくしながら訊いた。「びっくりさせたいから秘密だと言っていたけれど、もう我慢できないわ」

胸がどきどきしているのは行き先がわからないせいなのか、それとも向かいに座っている男性のせいなのか、セレステには定かではなかった。ロザリンドと話したあと、キーランに対する感情をもっと抑えなければならないと自分に言い聞かせている。それなのに彼を目の前にすると、このまま馬車でひと晩じゅう街を走り続けてもいいと思ってしまう。彼と一緒にいられるのなら。

「ごく内輪のパーティだよ」キーランの笑みから、すばらしく退廃的なパーティだとわかる。

「主催はオリヴァー・ロングブリッジ。彼のことは知っているんじゃないかな」

「ええ、知っているわ」ロングブリッジはアメリカ大陸の先住民ブラック・ウェスト族の父親と英国人の母親のもとに生まれ、相続と戦略的な投資の組みあわせによって財産を築いた。社交界では、優雅で洗練された嗜好を持つ先導者として認められている。「前にミスター・ロングブリッジが主催した集まりに行ったことがあるけれど、あなたが興味を持つようなものではなかったわ。ニーガス（ポートワインにレモンジュースとナツメグと砂糖を加え湯で割った温かい飲み物）が振る舞われてみんなでカドリールを踊るだけの、慎み深い催しだったもの」

キーランがにやりとするのを見て、セレステの胃は跳ねあがった。「たしかに、彼はそういうパーティも開いている。だが気が向くと、まったく趣の違うパーティを開くんだ」

セレステは眉を上げた。「続けて」

「これ以上説明したら、新鮮な驚きが損なわれてしまう。それではもったいないから、もう言わないよ」

「じらして楽しむなんて、腹が立つ人ね」セレステは怒ったふりをした。

「本当にじらしたいときは、こんなものじゃないさ」低くなった彼の声がセレステの肌を撫でる。

マントが急に暑く感じられて、セレステはほてった肌を冷やすために前を開いて夜気を入れた。ところが称賛するような視線を向けられ、涼しくなるどころではなかった。

「新しいドレスだね」

「〈ジェンキンズ〉で勝ったお金であつらえたの」セレステはブロンズ色のシルクのドレスを撫でた。エメラルド色のドレスとは違って夜の冒険用に仕立てたもので、体への密着度が増している。体に張りつくような生地をわざわざ選び、襟ぐりも姿勢を変えるときにちらりと胸元がのぞく程度ではなく、わざと見せつけるように深くくれていた。セレステはそのドレスにトパーズのペンダントとイヤリングを合わせ、ドリーが仕上げにきらきら光る金色の粒を髪にちりばめてくれた。

できることならセレステは、素性を隠すための濃い化粧なしでこういうドレスを着たかった。それでも、キーランから明らかに欲望をたたえた目を向けられるなら、変装も仕方がないと思えた。今夜の彼は前に言っていたとおり、目のまわりをコール墨で黒く縁取っていて、そのせいで謎めいて見える。

こんなふうにキーランに惹かれてしまうのは、厄介きわまりなかった。この気持ちが未来へつながることはないからだ。これまでは単に肉体的に惹かれているだけだと思うことができたけれど、いまでは魅力的な唇を重ねてほしいと願う以上の気持ちを彼に感じている。

どうすればいいのだろう？　セレステは指先で唇に触れながら、切なく考えた。

キーランにキスしてほしい。彼がどんな感触なのか、どんな味がするのか知りたい。ふんわりと柔らかいのか、荒々しくざらついた感じなのか、その両方がまじった感じなのか。

体が熱を帯び、気持ちを抑えようとしてもなかなかおさまってくれなかった。

手に入らないものに焦がれるより目の前の楽しみに集中するべきだと、セレステは今夜の冒険に無理やり気持ちを向けた。

「ミスター・ロングブリッジのパーティがどんなものなのか、ヒントだけでも出してもらえないかしら？」

「何も言うつもりはないよ。だが、きみのメイドがシルクの染み抜きの達人だったらいいな、とは思う。ドレスが少々汚れてしまう可能性があるからね」

「それじゃあまったくヒントになっていないわ」

キーランがにやりとする。

ヒントはもらえなかったけれど、彼の言葉にセレステの期待はさらに膨れあがった。いろいろな可能性が浮かんで胸は高鳴り、彼女がどんな選択をしようとキーランがそばで黙って見守り冒険をともにしてくれるのだと思うと、会場に着くのが待ちきれなかった。

辻馬車がメイフェアに入り、ミスター・ロングブリッジの印象的な屋敷の前で止まった。先に着いていた漆塗りの馬車から着飾った男女が三人降りてきて、玄関へと歩いていく。〈ジェンキンズ〉と同じく、建物の外見はごく普通だ。屋敷を普通と言えるのならば。

キーランとセレステも馬車を降り、玄関へ向かった。玄関の扉が開いて前にいる三人を迎え入れると、そこから夜の静けさを破る騒々しい音楽が漏れてきて、セレステの心臓は期待に跳ねあがった。この先どんな未来が待っていようと、これからの人生がどれほど制限されたものになろうと、少なくとも今夜の思い出が残るのだ。

三人に続いて、キーランとセレステも玄関ホールに足を踏み入れた。すぐそばの大理石の胸像に女性の下着が引っかかっていたが、そんなものは目に入っていないとばかりに冷静な表情で、従僕がセレステのマントとキーランの外套を受け取る。

女性がひとり、男性を追いかけて玄関ホールを走り抜けていった。ふたりは裸足(はだし)で、げらげら笑いながらつるつるした床の上で何度も足を滑らせている。

ふたりにぶつからないようにセレステがあとずさると、かたくて温かい壁にぶつかった。バランスを失ってふらついた彼女を、伸びてきた腕が抱いて支えてくれる。

「大丈夫か？」キーランが耳元でささやいた。

セレステは彼の息が吹きかかるのを感じて、ゆっくりと目を閉じた。この前はこうして身を寄せあい、手を握りあったのだと思うと、もっと触れてほしいという気持ちがこみあげる。

「ランサムじゃないか！　いったい誰が、手のつけようがない放蕩者のおまえをわたしの屋敷に入れたんだ？　そいつらを首にしたらいいのか、給料を上げてやったらいいのか、迷うところだな」突然、声が響いた。

セレステが目を開けると、ミスター・ロングブリッジが近づいてくるところだった。普段、社交界の催しで会うときは魅力的な紳士という雰囲気なのに、今夜の彼はいかにも危険そうに見える。クラヴァットを外して――あるいは最初からしていないのか――喉元の褐色の肌をあらわにし、ジャケットの代わりに繊細な刺繍を施したローブをはためかせている。片手に琥珀色の液体が入ったグラスを持ち、もう一方の指のあいだに両切りの煙草を挟んでいた。

「やあ、ロングブリッジ。外壁から煮たてたコールタールでも流さなければ、ぼくを遠ざけることなんかできないさ」自分を侮辱した男に、キーランが驚くほど温かい声で応える。

「では家政婦長に、今度からコールタールを煮たてておくように言っておこう」ミスター・

ロングブリッジがセレステに目を向ける。

セレステはいつも彼と会ったときにするように膝を曲げてお辞儀をするべきか迷ったが、変装中であることや時間と場所を考え、堅苦しい挨拶はしないことにした。代わりに彼の手からグラスを取ってひと口飲み、口の中に広がって喉を温めるスモーキーなフレーバーを味わった。そのあと東ロンドン訛りで名乗る。「サロメよ」

屋敷の主人はのけぞって大笑いした。「ようこそ、サロメ。なんでも好きなことをしてくれてかまいませんよ。関係者がみな楽しい思いをしている限りは」

「心しておくわ」セレステは正体を見破られなかったことにほっとした。

「ここにいるならず者なら、どんなことでも喜んでするでしょう」ミスター・ロングブリッジがキーランのほうを向いて、片眉を上げる。「ところで、あの甲冑（かっちゅう）は返したのか？」

「持ち主の家の玄関前の階段に置いてきたよ。股袋（コッドピース）以外はもとどおりの状態で」キーランが目を輝かせて返す。

セレステは指先で口を押さえて噴きだしそうになるのをこらえたが、夜の冒険は自分を解放するためのものだと思い直し、レディにあるまじき大声で笑った。「その話をぜひ聞かせてほしいわ」

「それは別の機会に」キーランが言う。「今夜はロングブリッジのもてなしの限界に挑戦しよう」

セレステはミスター・ロングブリッジにグラスを返そうとしたが、手を振って押しとどめられた。「そのまま召しあがってください。貯蔵庫にまだたっぷりありますから。といってもランサムなら飲み干してしまうでしょうがね。では、おふたりとも楽しんで」

煙草をくわえたままぶらぶらと歩み去るミスター・ロングブリッジのもとへ、すぐに女性が近づいてきて腰に腕を回した。彼の低い笑い声がセレステとキーランの耳に届いた。

「ロングブリッジは最高の男だ」キーランは彼女を連れて湾曲した階段を上がりながら言った。「ただしぼくがそう言っていたことは、彼には秘密にしてくれ。さもないと、この屋敷を出入り禁止になってしまう」

「二週間前に開かれたアシュフォード伯爵の晩餐会で向かいの席に座っていたのと同じ男性とは、とても思えないわ。彼のマナーは最高に洗練されていて、伯爵でさえ見劣りがするくらいだったのに」

「誰でも見かけどおりじゃないのさ」階段を上がりきるとデカンターとグラスが置かれたサイドボードがあり、キーランはセレステのグラスに注ぎ足したあと、自分にも酒を注いだ。

「たしかにそうね」セレステは彼とグラスを打ちあわせ、ふたたび酒をすすって手足に痺れが広がるのを楽しんだ。

「自分が人に酒を控えろと言うなんて信じられないが、飲む量には気をつけてほしい。ロングブリッジは双方が合意しない行為は行わないように客に求めているが、抑えがきかなくなってやりすぎる者たちもいるから」

「わたしはいつ、守りたいと思ってもらえるほどの好印象をあなたに与えたのかしら。そんなふうに顔をしかめないで。とっても……光栄だと思っているんだから」

「きみのことは信用しているが、ほかのやつらが信じられないんだ」

セレステは妹が兄にするように彼の頬をやさしく叩いたが、手袋をはめていない素手に当たる髭の剃り跡のある肌の感触は、兄に対するのとはほど遠い感情を呼び起こした。キーランも凍りついたように動きを止め、黒く縁取られた目が熱を帯びる。セレステは自分を解放しようという先ほどの決意にもかかわらず、あわてて手を引いた。指先を握りこんだのは髭の感触を忘れたくないからなのか、消したいからなのか、自分でもわからなかった。

ふたりともそれぞれのグラスをゆっくり傾けた。キーランは上着の内ポケットから煙草を出し、付属の火打石で火をつけて吸い始めたが、彼女のほうに煙を吐かないように気を遣っている。深みのある香りがふたりを包んだ。

セレステは彼を見つめずにはいられなかった。父や兄でさえ煙草を吸うときは別の部屋へ行くので、男性が目の前で煙草を吸っているのを見るのは初めてだった。

キーランが煙草を差しだす。

セレステは慎重に受け取って口にくわえ、英国一世慣れた女性になった気分で煙草を吸った。

とたんに激しく咳きこんで、煙草をぽとりと落としてしまう。キーランがくすぶっている煙草の先をブーツの底で踏みながら、彼女の背中を叩いてくれた。

「ご……ごめんなさい」セレステはつかえながら謝った。

「ぼくが初めて吸ったときも、同じようになった。煙草はまた別の夜に挑戦したほうがいいかもしれないな」キーランが明るく励ます。

そこへ男性がふたり近づいてきた。ひとりは並外れた長身でがっちりとたくましい肩をしており、もうひとりはかなり細身で痩せた顔に淡い色の鋭い目をしている。すぐ近くまで来たとき、ふたりが手をつないでいるのに気づいた。ロザリンドでさえ人前で愛情を示すのは控えていることを考えると、恋人同士であることをまったく隠していないふたりの姿は、ミスター・ロングブリッジのパーティの寛容な雰囲気をまさに体現していると言えた。

「カーティス、ロウ」キーランが温かい声で呼びかけた。大柄なほうの男性に手を握られたキーランが顔をしかめて苦笑したことから、相当な握力だったのがわかる。

「やあ、ランサム」大柄な男性が返し、彼の連れは黙って会釈した。男性たちはセレステにも会釈をしたが、名前を訊こうとはしなかった。しかしそれは彼女を締めだしたいからではなく、守るためなのだと伝わった。

「テオに説得されて、今夜は仕事を休むことにしたんだ」痩せた男性が説明する。

「あれ以上書き続けたらウィルの目はつぶれて、手はすり減ってしまうだろうからな」大男がうなるように補足した。

「政治的主張なんていくらだって出てきて、きりがないからな。今夜は楽しむといい」キーランがふたりに笑みを向ける。

セレステは離れていくふたりを見送った。

「男同士で愛しあっていることにショックを受けたかい？」キーランがさりげなく質問した。
「世界はとても美しくて広いわ。あんなふうに愛情を向けられる相手がいてうらやましい」
キーランに笑みを向けられ、セレステは心臓がどきりとした。「さて、音楽が流れてくる場所へ行こうか」

セレステは彼の腕に手をかけ、ふたりはメロディーをたどって舞踏室に入っていった。天井には色つきのランタンが吊りさげられ、広い室内にはうっとりするほど親密な雰囲気が満ちている。演壇の上で八重奏団が奏でている曲は一度も聞いたことがなかったけれど、セレステは気がつくと爪先で拍子をとっていた。普段参加している舞踏会や催しと同じようにダンスフロアには人があふれていたが、彼らが踊っているダンスは彼女が見慣れているものと違った。

穏当に言えば〝親密〟な、ワルツとは比べものにならないくらいきわどいダンスだ。男女が濡れたシルクのように隙間なく張りつきながら、音楽に合わせて踊っている。男性同士、女性同士という組みあわせもちらほら見えた。

これは客たちが本当の自分をさらけだせるようにミスター・ロングブリッジが心を砕いているからこその光景で、セレステはこのような場所が存在することに感謝を覚えて胸が温かくなった。

「ロンドンで最高のオーケストラね」セレステは音楽に負けないよう声を張りあげ、すぐに曲に没頭して音に合わせて体を揺らした。

キーランが残りの酒を飲み干し、グラスを床に置いて手を差しだす。「ぼくと踊っていただけますか、サロメ？」

セレステはリンゴを差しだされたイヴのような気分で、手袋をはめていない彼の手を見つめた。

彼女もグラスを空け、キーランの手に指先をのせる。彼から気だるい空気が伝わってきて体の隅々まで広がり、ふたりは見つめあいながらダンスフロアへ向かった。

フロアに立って引き寄せられ、手を握られ腰に手を添えられると、セレステは全身で彼を意識した。これまでの人生で、いまほど生きていると実感したことはなかった。

曲が始まるとキーランが動きだし、彼女をリードして軽やかにフロアを移動した。セレステは声をあげて笑いたかった。ついにキーラン・ランサムと踊れたのだ。少女の頃からの空想が現実になった。

「初めて喜びを感じたときのことを覚えているかい？」

いきなり訊かれたので、セレステは驚いてキーランを見あげた。「なんのときですって？」

「何かを食べたときかな？　それとも触ったとき？　何かを見てぞくぞくしたとか？」彼にきつく抱き寄せられ、セレステは口の中がからからになった。

「まだよちよち歩きだった頃、母はわたしの手に布を巻いていたの。なんでも拾って口に入れてしまうから」セレステは手のひらを彼の広い背中に押し当てた。

キーランの唇が弧を描く。「楽しそうな話だな。続けて」

「ある日、母は忙しくてわたしの手に布を巻くのを忘れてしまったの。そして母がドムのために取っておいた飴玉を見つけたわたしは、もちろんそれを口に放りこんだ。すぐに気づいた母に取りあげられてしまったけれど、あんなにうっとりするような甘さにはそれきり出会ったことがないわ。空がぱっと明るくなって、そこにぐんぐんのぼっていくような気がしたものよ。ねえ、もっと卑猥な話じゃなくてがっかりしたんじゃない?」セレステは苦笑して様子をうかがったが、彼は退屈どころかとても楽しそうにしている。

「どんな喜びも、喜びであることに変わりはない」キーランが腕の中で彼女をくるりと回すと、セレステの心臓もくるりと回った。ふたたび向きあった彼の目は、熱をはらんで強い光を放っていた。「どんなふうに見つけたものでも、与えられたものでも、ぼくが喜びを笑うことは絶対にない」

「あなたならそうでしょうね」セレステは彼の言った喜びという言葉の響きが気に入った。一過性の即物的なものではなく、もっと深い感覚を表しているように聞こえる。こういう男性と——彼と——喜びを分かちあうのは、すばらしい経験に違いない。

セレステの肌の上に欲望がさざめくように広がり、やがて体の奥のひそやかな場所にとどまった。

「そうすることで誰かが傷ついたりしなければ、いつでもどこでも喜びを追求していいはずだ。次にまた出会える保証なんてないんだから」キーランが低い声で言う。

「だから、あなたはそんなに熱心に喜びを追求しているの?」セレステは息をのんで問いかけた。

しばらく沈黙したあと、キーランが口を開く。「他人に幸せにしてもらおうなんて思ったら、結局は失望することになる」

「それで自ら幸せを追い求めているのね。賢明だと思うわ」セレステには彼の気持ちがよくわかった。

キーランが眉をひそめる。「賢明だなんて、そんなんじゃない」

「じゃあ別の言葉にするわね」褒められるのをこんなにもいやがる様子に、セレステは彼の複雑な心の内を垣間見た気がした。感情を見せることを禁じられていた少年時代のキーランが思い浮かんで、胸が痛くなる。誰もが彼には与えられる資格がないと考えている慰めを自分の力で手に入れている孤独な放蕩者を思って、胸が締めつけられた。

「衝動的。あるいは奔放ってところだな」キーランが皮肉っぽく言う。

「あなたはそういうふうに人に見られたいのかもしれないわね。でもわたしは、あなたが思いやりのある人だとわかる場面を目撃している。わたしとの取引だって、適当にこなすこともできたはずよ。わたしが置かれている状況を聞いてなんとも思わなかったのなら、ヴォクスホールみたいな場所に連れていってお茶を濁せばよかったんですもの。それなのにあなたはこの特別なパーティに連れてきてくれた。ロンドンのほかの場所では経験できないパーティに。あなたはわたしが必要としているものを考えて、与えてくれている。それはあなたがやさしい人だからよ、キーラン」

ふたりはぴったりと体を合わせたままダンスを続けていた。こんなにもどきどきしているのに、故郷に戻ったような安らぎを覚えているのが不思議だった。

「褒められるほどのことは何もしていない」口調はそっけないけれど、キーランの目を見れば褒められて喜んでいるのがわかる。

「この先もあなたは、わたしの言うことにことごとく反対するんでしょうね。誰かに〝扱いづらい〟って言われたことはない？」

「〝偏屈な頑固野郎〟とはしょっちゅう言われるよ」

「それじゃあ今度上品な集まりに参加するときは、あなたにそう呼びかけるように努力するわ。〝ビスケットを取ってくださる、偏屈な頑固野郎さん？〟って」

成熟した男らしさと少年っぽさが入りまじった彼の笑みに、セレステは体が熱くなった。けれど心臓がどきどきして鳴りやまないのは、彼女を支えているキーランの絶妙な距離感のせいだった。彼女をしっかり抱き寄せたいという気持ちと、彼女には自分で立つ力があるという信頼を、キーランは同時に感じさせてくれている。

「こことは違う、いかがわしくない場所へ行ったとき、きみをサロメと呼んでしまわないか心配だな」キーランは目を半分閉じたような気だるい表情になっている。

「それだけは絶対にやめて」セレステはぞっとした。

「ああ、わかっている。ただ、きみとの取引の中で気づいたことがあるんだ」彼が声を潜める。「サロメは変装じゃない」

「でも、わたしの正体を見抜いた人はいないわ」彼にくるりと回されながら、セレステは指摘した。

「ぼくが言いたいのは、サロメは化粧と挑発的なドレスだけで作られたものではないってことさ」キーランがにやりとして、彼女の体に張りついているブロンズ色のドレスを見おろす。「言っておくが、挑発的なドレスは大好きだよ。だがサロメ、いまぼくが見ているのはきみ自身だ。彼女はきみの一部なんだよ。向こう見ずで大胆、ちょっぴりみだらで、自分という人間を完全に把握している。サロメがしゃべる声の中にもきみが聞こえる。ラトクリフで育ったきみが。お父さんはそんなものは消してしまいたいと考えているようだが、そういう部分もきみを作りあげている大切な一部なんだ。いままでもすべてがきみの中にあったのに、表に出せる場がなかった。ようやくきみはサロメを解き放ったんだ」

セレステは呆然とキーランの言葉を聞いていた。

キーランがしっかり支えてくれていなければ、彼女の内面を鋭く洞察した衝撃的な言葉によろめいていただろう。

本当にそうなのだろうか？　いつもと違う化粧をし、体の線をあらわにするドレスを着て、生まれ育った町の訛りでしゃべる。これはただ役を演じているのではなく、自分の中にいる別の自分が表に出てくるのを許しているだけなのだろうか？

「あなたに対する評価を変えたわ」セレステが新たに提示された可能性にめまいを覚えながら言うと、キーランは好奇心に駆られたような表情になった。「あなたは他人にやさしいうえ、鋭い洞察力がある。そんなあなたを評価しない人間は大ばか者よ」

「そしてきみはばかじゃない」キーランがやさしく言う。

わたしはばかよ。あなたと一緒にいるときのわたしは。

ダンスで回されたせいではなく、長身の引きしまった体を押しつけられているせいで、セレステは頭がくらくらしていた。これまでキーランと舞踏会で踊る機会があったとしても、こんなふうにまとっている服だけを挟んで体を押しつけあうことはできなかった。シルクとウールが分厚すぎるようにも薄すぎるようにも思える。彼の腿はしっかりとかたく、胴は揺るぎなく、その体が発散する熱は彼女にまで伝わってくる。

セレステは彼の肩に手をのせ、上質なウールの上着の下に感じる筋肉の感触を楽しんだ。顔が近くにあるのでキーランの瞳孔が広がっているのが見え、息遣いがわずかに速くなっているのもわかる。彼の視線がセレステの唇におりて、そのまま動かない。

ラトクリフで育つということは、人生における厳しい現実が常に身近にあるということだ。セレステはそこで残酷なものも美しいものも目にしてきたが、気絶するという贅沢に見舞われたことはなかった。ラトクリフではいつでも全力で頭を働かせていなければならなかったからだ。それなのに、全身に欲望をにじませるキーランを前にして自分も熱に侵されていくのを感じていると、セレステは気絶したいという衝動に負けそうになった。

そう、欲しかったのはこれよ。セレステはなんとしても経験したいと思っているキスを求めて、顔を上げた。

　そのとき、不意に音楽のテンポが変わって、ゆったりとした官能的な雰囲気から駆りたてるような速いリズムになる。出だしを聞くなりほかの踊り手たちが手を打ち鳴らし、歓声をあげて踊りだした。

　キーランはぴんと背筋を伸ばして正気に返ったかのように額に皺を寄せ、通常よりかなり荒っぽいカントリーダンスに興じてものすごい速さで回っている踊り手たちを見つめている。背の高い踊り手が小さなパートナーを持ちあげて振りまわし、あたりに笑い声が響いた。女性たちのスカートが広がって足首とふくらはぎが見えると、笑い声はさらに大きくなった。

　気がつくと、セレステも回っていた。キーランも彼女のウエストに腕を巻きつけ、一緒に回っている。セレステは笑った。夢の世界にいるみたいに、光と色が彼女のまわりで筋になっている。こんなふうに振りまわされるのは子どもの頃に兄にされて以来で、大人になったいまは無礼講のパーティでキーラン・ランサムに回されている。

　キーランが彼女を床におろすと、ふたりは手をつないで踊り続けた。

　そこへ砂色の髪をしたまあまあ魅力的な男性がキーランの後ろに現れた。笑顔でキーランの肩を叩き、無言のまま問いかけるようにセレステを示す。名前も知らないその男性は、彼女と踊りたがっているようだ。

　キーランが問いかけるようにセレステを見たので、パートナーを変えるべきか彼女は思案した。キーランと踊るのは最高の気分だが、彼が言ったとおり彼女はサロメでもあるのなら、その部分をとことん追求してみるべきだろう。いずれモントフォード卿の所有物となったら、こうして自由を謳歌できる機会は二度となくなるのだから。

セレステなら自分の求めているものをちゃんと見つけることができると、キーランは信じてくれている。そして彼女自身も、自分を信頼できるようにならなければならない。

セレステはうなずいて同意した。キーランが彼女を譲ると、男性の笑みが大きくなった。

キーランが会釈をして下がる前に、新しいパートナーは彼女をもう回し始めていた。

やがてセレステはキーランを見失った。ダンスの速いリズムと動きの中で、彼の行方を追うのは不可能だった。

「ぼくはローレンスだ」音楽に負けないように、男性が大声で名乗る。

「わたしはサロメよ」セレステは、その名前を口にすると力がわきあがるのを感じた。

「きみみたいに目を奪われる女性は初めてだよ、サロメ。その笑い方に心をつかまれた」

セレステが笑ってみせると、彼もうれしそうに笑い返した。このとんでもない冒険を企てたときに望んでいたとおりの展開で、セレステは初めて飴を食べたときと同じ気分になった。

それなのに……。

ローレンスと踊っていても、キーランの腕の中で感じたような幸福感は得られなかった。

ローレンスは充分に魅力的な男性だし、ダンスの腕も申し分ない。それに彼女を見つめる目に関心をたたえながらも、いきなりキスをしたり体に触れたりしてくることはなかった。

とはいえ彼はキーランではない。彼を見るのはガーゼを何枚も通して太陽を見るようなもの。明るいと言えば明るいけれど、輝きが弱く危険な感じはほとんどしない。セレステは火傷(やけど)させられたいのだ。心と体に熱い痕跡を残してほしかった。

曲が終わるとセレステはすぐにキーランを探し、ワイングラスを片手に部屋の隅に立っているのを発見した。

キーランは彼女を見つめていた。

セレステはローレンスに会釈して踊ってくれた礼を伝えたが、そのあいだもずっとキーランを意識していて、すぐに彼のもとへ向かった。今夜の冒険は、心を解放して自分の望みに従うためのもの。そして彼女の心は、決して手に入ることのない男性を求めていた。

11

キーランは近づいてくるセレステを見つめていた。さまざまな色や動きであふれる舞踏室には、普段の彼なら注意を引かれるであろうものがいくつもある。しかし、いま目に映るのはセレステだけだった。

歩き方が急に変わったわけではない。腰の揺れ方は以前から魅力的だし、背筋がぴんと伸びているところも、自信にあふれた女性らしく張った胸もこれまでと同じだ。それなのに、いまのセレステにはどこか以前とは違うところがある。持っている勇気を前面に出し、差しだされるすべてを貪欲に味わいながら、さらに多くを求めている。

キーランはそれを与える男になりたかった。砂色の髪をしたまぬけがダンスフロアで割りこんできたとき、キーランは思わず握ってしまった拳を意識して緩め、ここに来たのはセレステが楽しむためなのだと自分に言い聞かせなくてはならなかった。彼女が別の男と踊ることを望むのなら、邪魔をしてはならない。それに砂色の髪のまぬけがいてくれて助かったとも言える。

もしいなければ、キーランはセレステにキスをしてしまったかもしれない。キスだけではない、彼女のすべてを自分のものにしたかった。抱きしめて隅々まで体を重ねあわせ、彼女の中に入りたかった。

別の男と踊るセレステから離れることで、キーランはそれをせずにすんだ。普段はほとんど耳を傾けることのない理性の声が彼女が誰なのかを、どうして距離を取らなければならないのかを思いだせと促す。

「そんなふうにひとりで立っていてはだめよ。あなたみたいに上手に踊れる男性は特にね」いつの間にかそばに来ていた紫色のドレスの女がささやいた。見ると、寝室で大いに創造性を発揮することで知られている未亡人、ミセス・コクランだった。キーランは彼女と深い関係になったことはないが、そうなる可能性は常にふたりのあいだに存在していた。

ゆったりとした官能的な調べに合わせてさっきよりも多くの男女が揺れているダンスフロアに、ミセス・コクランが誘うような視線を向ける。

「ダンスの相手を探しているなら、あちらにいるふたりから選べばいい」キーランは部屋の反対側からこちらを見つめているかくしゃくとした銀髪の紳士と、やはり彼女を見ているルビー色のベルベットのドレスをまとった女性に、ミセス・コクランの注意を向けさせた。

未亡人が残念そうににっこりする。「わかったわ、ランサム。じゃあ、また別の機会に」

彼女は銀髪の男性とルビー色のベルベットのドレスの女性の両方に合図をしながら、ダンスフロアへ向かった。

すると未亡人のその後を見届ける間もなく、セレステが彼の前に立った。うっすらと汗をかいた肌はつややかに輝いていて、キーランは肩から首にかけての魅力的な曲線に舌を這わせて塩味を舐め取りたくなった。

　彼女と距離を取るという決意が一瞬で消えてしまう。

「ダンスにはもう飽きたのか？」

「もっと別のことも経験してみたくなって」

「じゃあ、こっちだ」キーランは腕を差しだし、セレステがいそいそとそこに手をのせるのを見て顔をほころばせた。舞踏室を出てほの暗い廊下を進み、キスをしたり互いの体をまさぐったりしている何組もの男女の横を通り過ぎていく。彼らの様子は、客が仮面をつけて官能的な衝動に身をまかせる〈リリー・クラブ〉ほどあけすけではないものの、情熱的なキスをしているし体をまさぐる手には遠慮がない。

　キーランは夢中になって絡みあっている男女から目をそらせずにいるセレステに、視線を向けた。彼女が無意識に鎖骨に指先を這わせていたのにあおられ、キーランは思わずうなり声を漏らしそうになってしまった。

　セレステと取引をしてからというもの、キーランは女性と過ごしておらず、そのつけを払わされていた。いまの彼は牝馬（ひんば）のにおいを嗅いだ牡馬（ぼば）のように発情し、欲望にとらわれている。まわりじゅうが欲望に忠実に行動しているのに、彼は欲求不満に苦しみつつ慎み深く振る舞うしかないとは皮肉なものだ。

　セレステがここの様子にショックを受けたり居心地が悪そうな様子を見せたりしたら、すぐに連れてでるつもりだった。

　だがとんでもないことに、彼女はすっかり魅入られているようだ。

　キーランはロングブリッジ邸の内部を熟知していたので、セレステを連れて裏の階段をおり、一階の食堂へ行った。そこにも大勢の客がいて、椅子や誰かの膝の上に傍若無人に座り、テーブルに並べられた宝石のように見える砂糖がけの果物やケーキ、チーズの薄切りを添えた肉、牡蠣（かき）などのご馳走を食べたり食べさせあったりしている。ほとんど服を着ていない女性がテーブルの真ん中にのっていて、食事をしている人々の口にブドウの実を押しこんでいた。

「古代ローマさながらの食卓ね」セレステは部屋を一周しながら感想を述べた。

「彼が読んでいるのは大プリニウスじゃないがね」キーランは一番奥の席に座る若い男を顎で示した。若者が広げた本を読みあげるのを、多くの客が聞き入っている。

「〝彼は唇を重ねて口を開いた。脚のあいだに手を深く侵入させ、彼を求めて夏の嵐のように濡れそぼっている部分を発見する〟」

　セレステが驚いたように噴きだした。「レディ・オブ・デュビアス・クオリティの『ならず者との夜』じゃない」

　今度は、キーランが驚いて笑いを漏らした。「彼女の本を読んでいるんだな」

「あなたは読んでいないの？」セレステが片眉を上げる。

「読みこみすぎてぼろぼろになってしまったから、何冊も買い直さなくてはならなかったよ」

朗読していた男が隣に座っている女性に本を渡し、女性が次の文を読んだあと反対隣の男に本を渡す。そうして次々に受け渡されていった本は、キーランとセレステの向かいの女性のところまでたどり着いた。

女性が座ったまま振り返って、セレステに本を振ってみせる。「次をお願い」

セレステはどうすればいいかわからず、目を見開いて本を見つめた。

「いやなら断ればいい。読むのは義務じゃないんだから」キーランがささやく。

セレステがためらった末に手を振って本を退けると、彼は息を吐いた。彼女には望まないことをしてほしくなかった。こうして夜の外出をしているのはセレステが楽しむためで、もし彼女が――。

「〝彼の唇がわたしの首筋を滑りおりていった〟」セレステの柔らかい声が響く。「〝ときどき小さく噛んだり、ちろりと舌で舐めたりしながら喉のつけ根のくぼみまでたどり着いたときには、わたしの体は欲望で燃えあがりそうになっていた〟」

キーランは驚いてセレステを見つめた。彼女は本を読んでいるのではない。暗唱しているのだ。

彼に見つめられているのに気づいて、セレステが口の端を持ちあげる。食堂じゅうの客がいぶかるように彼女を見て、本を暗記しているのだと気づくと楽しそうな表情になった。

セレステが微笑みながら、テーブルのまわりをゆったりした足取りで回っていく。その声はどんどん自信を得て大きくなっていった。「〝薄い下着しかまとっていない胸に、彼の手が焼けつくように熱い。乳首をひねられて走った快感に、わたしは思わずあえいだ。そのあいだも彼のもう片方の手は、脚のあいだで春に咲く花のようにつややかにほころんだ花びらを愛撫している〟」

セレステは足を止め、男性の手からグラスを取ってワインをひと口飲んだあと、グラスを返した。彼は驚愕した表情を浮かべているが、キーランの顔にもいま同じ表情が張りついているに違いない。

いや、いまキーランの中で荒れ狂っている感情は、驚愕などという言葉では言い表せなかった。セレステの口から次々に卑猥な言葉が紡がれるのを聞いて、信じられないほど興奮していた。しかも彼女はそれらの言葉を暗記しているのだと思うと、下腹部がかつてないほどかたくそそり立った。ここに集まっている人々には男が興奮している姿など見慣れた光景だが、セレステにそんなところは見せたくない。

キーランは両手を組み、さりげなく股間の前に置いた。盛り上がりを完全に隠せてはいないものの、彼女にどれほど興奮させられているかをそのまま見られるよりはましだ。

セレステはみんなが彼女を見つめ熱心に耳を傾けていることを意識しながら、テーブルのまわりを歩き続けた。「〝彼が待ちきれないようにスカートを大きな手でたくしあげ脚のあいだにひざまずくと、わたしは自分の中の最も官能的な衝動に身を委ね、売春婦のようにうめいた〟」

セレステが別の客の皿からサクランボを取って、口に放りこむ。「〝彼は悪魔のような笑みを浮かべてわたしの秘めやかな部分に顔を寄せ、舌を伸ばしてひと舐めした。わたしは皿の上のご馳走のように自分をさらけだし、それを貪る彼の頬はすぐに蜜で濡れた〟」

セレステが別の客のグラスを取って、喉を潤す。堂々とした彼女に、キーランを含め誰もが魅了されていた。大胆で自信にあふれたサロメとして彼女がしゃべるのを聞き、その姿を見つめるのは、大いなる苦しみだった。いや、あれはただのサロメではない。セレステでもある。

いまキーランが望んでいるのは、彼女をどこか暗い場所へ連れていって、首筋に歯を立て、彼女の中に身を埋めることだけだった。

だが、彼女を手に入れることはできない。だから別のことを考えろ。なんでもかまわない。冷めたミルク粥をシャツの背中にかけられるところでもいい。

「〝わたしを激しい絶頂に三度導いたあと、彼はペニスを取りだし――〟」

「すばらしい朗読だった、サロメ」これ以上拷問のような時間に耐えられず、キーランは彼女の腕を取ってテーブルから離れた。「だが、まだまだ見るべきものがあるし、きみがあまりにも魅力的すぎて、みんな夕食を食べられなくなっている」

不意を突かれたセレステは食堂から連れだされるあいだ、口をきけないでいた。「ちょうど一番いいところだったのに」

「それは悪かった。だがあそこでやめてもらわないと、ぼくがみんなの前で醜態をさらしてしまいそうだったのでね」キーランは廊下を進み、羽目を外している客の横を通り過ぎながら、屋敷の裏側のテラスに向かった。「これまでぼくは、みんなの前で喜んで醜態をさらしてきた。だが、きみの前でそうする心の準備はできていない」

「威厳を保ちたいから？」

「威厳なんてもうほとんど残っていないよ」

テラスに出ると前方に広々とした庭が広がっていて、そこでも乱痴気騒ぎが繰り広げられていた。生垣のまわりで追いかけっこをしている人々や、噴水に入ってはしゃいでいる六人ほどの客が見える。暖かい空気を、キーランは大きく吸いこんだ。体の中でくすぶっている熱を鎮められるくらい冷たい空気のほうがよかったが、仕方がない。

「わたしも仲間に入りたいわ」セレステが噴水の中で水をかけあっている男女を、うらやましそうに見た。

「きみは好きなことをしていいんだよ」キーランはテラスを囲む石の手すりに肘をのせ、実際とは裏腹にリラックスしているような姿勢を取った。

セレステが自分の顔を示す。「お化粧が落ちちゃうもの。ここでは不埒なことがいろいろ行われているけれど、品行方正な処女のわたしが来ていたなんて知られたら、そのすべてを吹き飛ばす醜聞になってしまう」

「いかがわしい小説を暗唱できる処女だがね」

セレステは謎めいた笑みを浮かべた。「男性だけが矛盾するいろいろな面を持っているわけではないのよ」

「男というのは、自分たちだけが複雑な人間性を持っていると信じたいものなんだ。本当は女性と比べたら、ぼくたちなんてはいはいしている赤ん坊みたいなものさ。ばぶばぶ言いながら、おしめを汚さないように祈ることしかできない」

セレステの楽しそうな笑い声に、キーランのクラヴァットに覆われたうなじの毛が逆立った。「あなたって面白い言葉の使い方をするのね」

キーランはうれしさで胸がいっぱいになった。これまでも言葉の操り方に長けていると言われてきたが、セレステからの称賛は段違いにうれしかった。

「あなたは誘惑の達人として、いろいろな技を身につけているんでしょうね」

「口先だけでうまいことを言うのは簡単だ。だが途中で中身がないことがばれたら、なんの意味もなくなってしまう。言葉より過去の愛人たちがどれだけ満足していたかで、男の能力はわかるんだ」

セレステがふたたび首に手をやり、撫でおろす。それを見て彼がどれほど欲情するか、まるで気づいていないらしい。

キーランは彼女と過ごす時間が終わってほしくなかった。そして、このあと彼が計画している予定外の外出で、彼女に少しでも幸せを感じてもらえるよう願った。

眼下ではふざけあいが続いていて、噴水の中の人数が増えている。肌が透けて見える黄色いドレスの女性が馬に乗って庭を駆けまわったあと、階段からテラスに上がり、両開きの扉を抜けて屋敷の中に入っていった。

キーランはセレステの手を取って、室内へ戻った。居間をのぞくとソファの上でカーティスとロウが絡みあい、穏やかながらも情熱的にキスを交わしていた。ふたりの邪魔をしたくなくて、キーランは彼女を連れて隣の部屋に向かった。

手をつないで廊下を進んでいると、大声で騒ぎながらサッカーボールを蹴りあっている集団が近づいてきたので、キーランはアルコーブに入って彼らをやり過ごすことにした。

先にセレステを背中から入れたあと、彼女を隠すように廊下に背を向けて立つ。すると集団の中のふたりが、どちらが失敗したかで言いあいを始めた。

「夜が更けるにつれて、雰囲気が乱れてきているな」振り返ってどんどん声が高くなるふたりの様子を確認し、キーランはセレステにささやいた。「そろそろきみを家に連れて帰ったほうがよさそうだ」

「いやよ。お願い。たしかに騒々しい雰囲気だけれど、何も感じないところにいるより混乱の中に身を置いていたいの」

キーランはセレステを見おろした。ふたりの体は数センチしか離れておらず、彼女の首のつけ根の脈打っている部分が見えるし、顔に息が吹きかかるのを感じる。バラ色に上気した頬はすぐ近くにあるし、大きく見開いた彼女の目の森のような色合いの虹彩は、見つめていると吸いこまれそうだった。狭いアルコーブの中の空気は張りつめていて、欲望で息苦しいほどだ。セレステが舌で唇を湿らせる。

キーランは激しい欲望に襲われ、膝から崩れ落ちそうになった。彼女を求める気持ちが高まって、ふたりがちょうど入れる狭い空間が世界のすべてになる。

こんなことをしてはだめだ。彼は自分に言い聞かせたが、言い争っていた集団が行ってしまっても体は動かなかった。

「つまり、いまきみは混乱しているということなのか？」

「ええ、いい意味でね」セレステはささやいた。「あなたはわたしにいろいろ経験させてくれたけれど、ひとつだけまだ経験していないことがあるわ」

「なんだい？」キーランは問いかける自分の声が体に反響するのを感じた。

セレステがふたたび唇を湿らせるのを見て、彼は必死にうめき声を抑えた。「わたしは一度も誘惑されたことがないの」

キーランはわきあがる切迫した欲望に目をつぶった。「一度も？」

「そんな機会があったと思う？　貞淑な令嬢というのは信じられないくらい清らかな生活を送っているものなのよ。放蕩者と違って」セレステがかすれた声で返し、まつげ越しに彼を見あげる。

「たしかにぼくは放蕩者だ」キーランは低く笑ったが、まったく楽しくはなかった。こんなふうにセレステが欲しくてたまらないときに、ユーモアを発揮できない。彼女と過ごせば過ごすほど、欲望は高まるばかりだった。しかも一緒にいないときでさえ、彼女が欲しいのだ。ノートにも頭の中にも体にも、セレステを詠んだ詩があふれている。「きみが求めているものを、どうしてぼくが与えられると思う？　きみは別の男のものになる運命だと、ふたりともわかっているのに」

「自分の体で何をしようと、それはわたしが決めることよ」彼女の目が燃えあがる。「今回サロメになってみて、そのことを学んだわ。もうすぐわたしは、自分の行動を自分で決められなくなる。でもいまは……いまはまだ、わたしはわたしでいられる。そしてわたしが望んでいるのは、誘惑されること。わたしはあなたに誘惑されたいの」

「そいつはどう考えてもまずい」

セレステが傷ついた表情を浮かべてうつむいた。「わたしが欲しくないのね」

「そうじゃない」キーランは彼女の顎をそっと持ちあげ、目を合わせた。「きみを誘惑したいと心から思っている。だがぼくが望むことは、どれもこれも賢明とは言えないんだ」

少しでも触れたり味わったりすれば、もっと欲しくなってしまう。絶対に。

「わたしたちふたりで賢明じゃなくなればいいわ」キーランが黙ったまま動かないので、セレステはためらいがちに言葉を継いだ。「それがいやなら、実際にはしなくてもいいのよ。わたしを誘惑するとしたらどんなふうにするか、語って聞かせて。それすらいやだと言うなら、いますぐこのアルコーブから出て、わたしたちのあいだには欲望なんて存在しないふりをしましょう」

そんなことができるだろうかと、キーランは自問した。何もせずに立ち去って、二度とこれほど激しい思いにとらわれることなく生きていく。想像するだけで胸にぽっかり穴が開いたような気がして、セレステのいない人生の虚しさに打ちのめされた。これからは、彼女の存在や微笑みや活力に触れずに生きていかなければならないのだ。

セレステの言うとおりにするのは、あまりにも身勝手だろうか？　キーランはそうだと思いながらも、こうしてふたりきりで向きあって嘘偽りのない素直な欲望をたたえた彼女に見つめられていると、そんなことはどうでもいい気がした。

セレステは絶対に彼のものにはならない。だがいまだけは、ふたりがともに求めているものを自分は与えることができる。

12

キーランの目の色が濃くなった。コール墨で縁取られたその目は、真夜中の空のように底が知れない。セレステは瞳の奥深くをうっとりと見つめた。放蕩者に子どもっぽいあこがれを抱いていただけだったのが、ひとりの女性として目の前の男性を求めるようになり、彼女の体は欲望に燃えあがっている。セレステはこの複雑な男性を求めていた。

「もちろんぼくはきみが欲しいよ、愛しい人。それを証明させてくれるかい？」キーランが低くしゃがれた声で言う。

「お願い、わたしに証明してみせて」彼の言葉が頭の中をぐるぐる回り、セレステはぼんやりしてきた。

キーランが濃い眉を片方持ちあげる。緊張をはらんだ間が空き、やっぱり気が変わったと彼が言いだすのではないかとセレステは怖くなった。だがキーランはすぐに壁の両側に手をついて、彼女を閉じこめた。

キーランの熱のこもった視線が、愛撫のように感じられる。「もしきみを誘惑するとしたら、ぼくは最初に何をすると思う？」

「キスかしら？」そうであってほしいと願いながら、セレステは答えた。

「それは誘惑の先にあるもので、キスの前には長い道のりがある。ぼくはまず、きみの首にどれだけ魅了されているかを伝えることから始めるだろう」

「首ですって？」セレステは急にその部分を意識して、首のつけ根のくぼみに触れた。

それを見て、キーランがうめく。「きみの魅力的な首にかじりつきたい。歯を当てて肌に沈め、舌を這わせて味わうんだ。両手で喉を押さえたまま、じっくりきみを貪りたい」

思わずすすり泣くような声が漏れ、セレステは壁に置かれたままの彼の手を切ない気持ちで見つめ、言ったとおりにしてほしいと無言で訴えた。それなのにキーランはまったく手を動かそうとしなかった。

「口で言うだけ？　それとも本当にしてくれるの？」

「いいかい、ゆっくりじらす時間があってこそいい誘惑なんだ。戯れの時間が期待を高めてくれる。それが喜びの一部になるのさ」このままでは体が燃え尽きてしまうとセレステが確信したとき、キーランが先を続けた。「ただし、きみに何をしたいかじっくり聞かせたあと、唇を軽く、ごく軽く喉に触れさせて、滑らせていく。吐息のようにそっと、だが確実にきみがぼくの息を感じ取れるように。次に舌を出して、先端だけをきみの肌に当てる」

セレステは目を閉じて、彼が描写する光景を思い浮かべた。「ああ、いいわ」

「そのまま上に向かって、耳の下まで行ったところで歯を当てて滑らせる。もしかしたら軽く嚙んでみるかもしれないな。きみはもどかしさにうめくだろう。もっと嚙んでほしくて」

「それからキスをするの？」セレステはうまく息が吸えなかった。

キーランの低い笑い声が脚のあいだに響く。「いや、まだだよ。きみがのけぞって首筋をあらわにしたら、親指で鎖骨をたどったあと胸元まで撫でおろす。きみの胸は期待で痛いほど高まっているはずだ。だが、すぐには触れない。いましているように、のけぞってすべてを差しだしているきみを、じっくり目で堪能する」

セレステは自分を見おろして、彼が言ったとおりに体をのけぞらせているのに気づいた。胸を突きだして、ドレスの前が彼の胸板にいまにも触れそうになっている。そんな状態に満足できるはずがなかった。

「わたし、あなたに触れてほしいのかも」彼にささやく。

キーランの目の色がさらに濃くなった。「じゃあ、触れてあげよう。手ではなく口でね。ドレスの生地を押しあげている胸の先端にたどり着くまで、唇をおろしていく。きみはすぐに耐えられなくなって、ぼくの顔を引き寄せて胸に押しつけるだろう。そうなって初めて、ぼくは手を使う。胸を撫でて、乳首をつまむんだ」

「ああ、もっと続けて」セレステはささやいた。

「今度はスカートの下に手を入れて、脚を撫であげる」キーランはベルベットのように滑らかな声で続けた。「手のひらで肌の感触を余すところなく味わいながらね。それから、どうすると思う？」

「どうするの？」セレステは息を吸った。高まった欲望で頭がくらくらして、言葉がうまく出てこない。

「きみの甘く秘めやかな場所まで行く」

セレステは息をのんだ。

「あからさまなことを言って、驚かせてしまったかな？」キーランがささやく。

「いいえ……」セレステはごくりとつばをのみこんだ。「もっと言ってほしいわ。あなたがみだらなことを言うのを聞きたい」

彼がうなるように言った。「きみは最高だな」

「ふしだらだから？」セレステは彼とこんな会話をしていることに戸惑いながらも、喜びがこみあげた。

「なぜなら、きみがきみだからだ」キーランが彼女の首筋をついばんだ。「きみのあそこは、もう濡れているんだろう？　ぼくがきみのために熱くなっているように、きみもぼくのために熱くなり、濡れているはずだ」

セレステの口から弱々しい声が漏れた。どうして彼はこんなことができるのだろう？　どうして言葉だけで相手を燃えあがらせることができるの？

「キーラン」セレステは懇願した。

「なんだい？」彼がうなるように応じる。

「あなたにキスがしたい。言葉だけでなく、実際に唇と唇を合わせて」

キーランが息を吸いこむと、鼻の穴が広がった。さっき彼女がレディ・オブ・デュビアス・クオリティの本を暗唱したとき、彼は欲望をかきたてられていた。だがいまのキーランは彼女を頭から食べてしまいそうに見えて、セレステはそれがうれしかった。

「そうなるのだけは避けなくてはならないと、自分に言い聞かせていたんだ」

「つまり、キスしてほしくないのね？」そうだという返事が返ってくるのを恐れつつ、セレステは言った。キーランに連れていってもらった夜の冒険では、いろいろな経験をした。でもこんなふうに彼女を目覚めさせ、生きていると実感させてくれるのは彼だけだ。賭博場も羽目を外したパーティも楽しかったけれど、キーランこそ彼女が求めている経験なのだ。

「どれほどどきみとキスしたいことか」低く響く彼の声が、言葉を届けるというより彼女の肌を振動させながら広がっていく。

セレステの胸に、わくわくして幸せな気持ちがわきあがった。だが、キーランは動こうとしなかった。その気はあっても、ふたりで火遊びをするかどうかは彼女に委ねているのだ。

セレステは彼の髪に手を差し入れると、顔を上に向けて伸びあがった。キーランが顔を傾けて口元を近づけ、彼女があいだを詰めて唇を押し当てる。

やっとだわ。キーランはセレステが好きに動けるように主導権を譲ってくれた。セレステはキスについては本で何度も読んでいたが、いざ現実になると本の描写はすべて頭から吹き飛んでしまった。彼の唇は柔らかいけれどしっかりした感触で、何十年でも重ねていたいほど心地いい。キスを続ければ続けるほど、もっとしていたくなる。

唇の合わせ目を舌先でなぞると、キーランがうなり声をあげて口を開き、彼女を迎え入れた。ふたりの舌が絡みあい、その熱くて滑らかな感触にセレステは身を震わせた。彼はワインと煙草と砂糖の味がして、この日のために生まれてきたかのようにキスに没頭している。いまこの瞬間はセレステが世界の中心で彼女しか見えていないのだと、キーランは唇を通して伝えてきた。

セレステは彼にしがみつき、すべてをさらけだして無限の喜びを貪った。

それなのにキーランはまだ両手を壁から離していない。

もっと触れてほしくて、セレステは体を押しつけた。彼の体はがっちりとかたく、男性らしい魅力にあふれている。彼女の女らしい柔らかさとは対照的だ。腰を合わせると、彼のかたくなったものが腹部に当たり、セレステは思わず小さく声をあげた。

キーランが性急に深めたキスに、彼女も切迫感に駆られて応える。セレステは自由の限界を試すがごとき無謀な喜びにとらわれた。冒険をともにしているのがキーランであることが、喜びをさらに輝かしいものにする。セレステは何年も前に初めて会ったときから、彼を求めていた。そして彼女は、あこがれの目でキーランを見ているだけだった少女から大きく成長した。自分のことも彼のことも、前よりずっとわかっている。

「わたしに触って」唇を合わせたまま、あえぐように言う。「お願い……触ってほしいの」

キーランはうなり声とともに壁から手を離し、彼女の喉を片手でつかんだ。

もう一方の手で胸を包み、しゃがれた声を押しだす。「ああ、セレステ」

布地越しにもかかわらず、彼の手は熱かった。触れられたところから快感が走って、脚のあいだに集まる。セレステはキーランの下でじっとしていられなくなり、身じろぎして体を反らした。彼の巧みな指先がドレスの襟ぐりの内側に潜りこんできて、胸の先端に触れる。セレステは思わず声をあげたが、先端をつままれるとさらに高い声が出て、駆け抜ける快感に頭が真っ白になった。

「キーラン」セレステはあえいだ。

彼の体はかたく張りつめていて、力が緩む様子はない。「もっとしてもいいかい?」

「ええ、お願い」

キーランはすぐに空いているほうの手でスカートをたくしあげると、熱い手のひらを脚に置いた。薄いストッキングの上から撫でたあと、手を上へと滑らせる。途中でガーターのリボンをもてあそんだりしながら、とうとうむきだしになった腿までたどり着いた。

これまでは彼女自身しか触れたことのないその場所に初めて他人が触れ、しかもそれがキーランだということにセレステは大きな喜びを覚えた。彼が意外なほどかたい指先で、羽根のように軽く肌を撫でる。

キーランはセレステの首の曲線にふたたび顔を埋めた。「きみに触れたい。きみのあそこに。許してくれるかい?」

セレステは脚を開いた。彼になんでも差しだしたかった。

「口に出して言ってくれ」

「あなたに触ってほしい。わたしの……あそこに」

彼女の許しを得て、キーランがうなり声を返す。

そしてさっき言ったとおりに、彼女の秘めやかな部分に到達するまで手を滑らせていった。セレステはその感触にびくりとしたものの、キーランを押しのけたりはせず、それどころか彼の手に自らを押しつけた。

「ああ、くそっ。きみはなんて美しいんだ」キーランが柔らかいひだのあいだに沈めた指の少しざらつく感触を、セレステは気に入った。そこをたどる動きは熟練し、自信に満ちている。かたい芽のまわりをそっとなぞられると、セレステは快感のあまり思わず声をあげた。快感がどんどん高まり、すべてを包みこんでいく。

セレステは絶頂に達した。あまりの激しさにのけぞりながら、ぶるぶる震える体で彼にしがみついた。キーランは彼女を支えながらも、愛撫する手は止めずに何度も絶頂へと押しあげた。

しばらくして、ようやく彼が手の動きを止め、なだめるように脚のあいだを覆った。絶頂の余韻で力が入らず抱きついているセレステに、言葉にならない称賛をささやき続ける。

「わたしもあなたにしてあげたい」セレステはキーランの腕の中でつぶやき、彼の引きしまった腹部を撫でおろした。

キーランが残念そうに笑いながら、彼女の手を止める。「そうしてもらいたいのはやまやまだが、遠慮させてもらうよ」

「どうして？」セレステはがっかりした。ほかの愛人たちと違って経験のない彼女の申し出など、受け入れる気にならないのも無理はない。

「なぜなら」キーランは彼女としっかり目を合わせた。「もしいまきみに触れられたら、その感触を忘れられなくなるからだ。きみを忘れられないまま、この先ずっと生きていかなければならなくなる」

セレステはその言葉がうれしくてにっこりしたが、彼が目を伏せて彼女の愛液で濡れた指先を舐めると、笑みを消した。

キーランが彼女の手首を取って、繊細に脈打っている部分に唇をつける。反対の手にも同じようにした。「ありがとう」

「お礼を言うべきなのはわたしのほうじゃないかしら」セレステはスカートをやさしくおろしている彼に言った。

「きみはすばらしい贈り物をくれた。その体と、ぼくに対する信頼を」彼の目には温かい表情が浮かんでいたが、唇の両端は下がっている。「これからもずっと大切にするよ。どちらも二度と受け取ることができないものだから」

セレステは理由を訊かなかった。彼女が別の男性と婚約しているも同然なのは、変えようのない事実なのだ。その男性に対して愛情の欠片すらないとしても。いまキーランと進んでいるこの危険な道をすぐにでも引き返したほうが賢明なのは明らかだ。こうしてたった一度、手で喜びを与えられただけで、すでに彼を忘れられなくなっている。キーランが言ったように、進み続ければ彼を求める気持ちが募るだけだ。

「家まで送るよ」キーランは体を引いたが、寄りかかっていた壁から身を起こす彼女の腰に添えた手は、しばらく離そうとしなかった。

セレステはまっすぐに立ったが、胸の中は重苦しいままだった。このすばらしい夜とそれが意味するものが、終わろうとしている。「三日後にまた会えるわね、ヘンプノール卿の音楽会で」

「その前にちょっとした外出をしようと言ったら、いやかい？」キーランが意外なほど照れた様子で訊く。「取引とは関係のない外出だ。ぼくの評判を改めるための慎み深い催しでも、きみが冒険するための破廉恥な場所でもなく」

「いやじゃないわ。どこに行くの？」セレステは取引に縛られずに彼と過ごせる機会に飛びついた。

「今回も秘密だ。出かけるのは昼間で、服装は簡素なほうがいいだろう。おしゃれな新しい服ではなく古いものを着てきてくれ」

セレステは眉を上げた。「どこなのかしら。興味をそそられるわ。ドリーにあげるつもりだったドレスがあるから、それならちょうどいいかもしれない」

「いいね。いつもの場所で待ちあわせよう。そこからすぐのところなんだ」キーランはかがみこんで唇を合わせたが、軽い感じで始まったキスはあっという間に熱を帯びて激しくなった。両手で彼女の頭を抱えこみ、舌を絡めてくる。

セレステは何度も強烈な絶頂に達したばかりだというのに、またしても欲望が息を吹き返し、キーランの肩につかまってむしゃぶりつくようにキスを返した。

彼がうめいて、もがくように口を離す。額を合わせてきたので、荒い息がセレステの顔に吹きかかった。セレステは満たされない思いが膨れあがるのを感じたが、キーランのほうも自らの欲望と戦っているようだ。

「早く帰らなくては。そうしないと自分を抑えられなくなって、きみをこのまま壁に押しつけて抱いてしまう」

「それはなかなかすてきな考えね」

キーランが悲しげな笑い声を漏らした。「すてきだからこそ、そんなことがあってはならないんだ」セレステは、今度こそ完全に体を離した彼を引き止めたいという圧倒的な衝動に、必死であらがった。キーランが残念そうな低い声で告げる。「さあ、帰る時間だ」


セレステはその晩、キーランが与えてくれた喜びの余韻がまだ体に残っていて、とても眠れそうになかった。そこでパーティから戻ったあとは、ベッドに横たわって天蓋を見あげながら、その夜に経験した輝かしい瞬間をひとつひとつ思いだした。彼女がどれだけ想像力を働かせても思いつきもしない経験をたくさんしたが、キーランと過ごしたアルコーブでの出来事には遠くおよばなかった。

胸に枕を抱えてみたけれど、キーランと抱きあったときの感触とはまるで違った。この先あれほど輝かしい瞬間を経験することが、ふたたびあるとは思えない。

もし……キーランが求婚してくれたらどうなるだろう？　彼とした秘密の取引を、みんなに認めてもらえる本物の関係に変えることができたら？

そんなことを考えだすとますます眠れなくなり、セレステは寝室のカーテンの下がうっすら明るくなるまで、その可能性について考え続けた。ドリーはまだ寝かせてあげたかったので、装飾の少ない朝用のドレスにひとりで着替え、足音を忍ばせて階下へおりる。

ところが食堂には、髭を剃って身支度を整えた父がすでに座っていたので、セレステは少し驚いた。同じように驚いている表情からして、父も娘と顔を合わせると思っていなかったのは明らかだ。

「今朝は早いな、セレステ」一番奥の席から父が声をかけてきた。その前にはコーヒーの入ったカップと新聞がひと山置かれている。

「早起きしたい気分だったから」セレステはサイドボードまで行って紅茶をカップに注ぎ、トーストとマーマレードも取って父の隣に座った。

「まともな若いレディは早起きなんかしないものだぞ」父が警告する。

父は娘がそんなことも知らないと思っているのだろうか。彼女の毎日をがんじがらめにしている、無数の規則を知らないと。

セレステはトーストをちびちびとかじり、迷いつつ父を見た。「ねえ、お父さん」

「なんだ？」父は新聞から目も上げずに応じた。

セレステは紅茶を飲んで、震えを鎮めた。「伯爵の代わりに、次男や三男と結婚するというのはどうかしら？」

「何が言いたい？」父が『タイムズ』紙を脇に置く。

「ちょっと思ったの」セレステは磁器製の受け皿の金色の縁に指を滑らせた。「貴族であれば、長男以外の息子からの求婚でもいいんじゃないかって。それでもわたしたちが求める人脈は得られるのだから」

「そんなことで頭を悩ませる必要はない。モントフォード卿が求婚してくださるのだからな。あの方は次男以下などではないし、伯爵で、侯爵の跡継ぎだ」

「その前に別の男性が現れたら？　モントフォード卿ほど爵位は高くないかもしれないけれど、上流社会で認められている良家の出身なら……」

「おまえは別の男にも気を持たせているのか？」父は険しい表情になり、娘に口を開く間を与えず言葉を継いだ。「おまえはモントフォード卿と約束を交わしている。すでに婚約しているも同然なんだ。もしおまえがどこぞの次男以下の男のためにモントフォード卿を袖にしても許されると思っているなら、大きな間違いだぞ。モントフォード卿はもてあそばれたと非難するだろうし、そうなったらキルバーン家の人間はメイフェアのどの屋敷にも受け入れてもらえなくなる。客間どころか馬屋からも締めだされるだろう」

「全部わたし次第だっていうのね」セレステは陰鬱な声で言った。自分に課せられた重荷がのしかかって、息が苦しくなり体から力が抜けていく。

父に手を取られて、セレステは顔を上げた。父は頑固な表情を浮かべているが、そこにやさしさがないわけではない。

「おまえはいい人生を送れるよ、セレステ。おれが請けあう。何ひとつ欠けているもののない人生だ」

生きる目的は？　愛情や親しみ、互いに対する思いやりは？

けれど、セレステは何も言わなかった。手を離してふたたび新聞を持った父に笑みを向け、紅茶をすすっただけだ。やがて父は、コーヒーを飲み終えて立ちあがった。

「いい子でいてくれ」父は娘の額にキスを落とすと、食堂から出ていった。

セレステは紅茶が冷めていくのもかまわず、じっと座っていた。さっきまで感じていなかった疲労が、骨の髄まで染み通っている。このままテーブルに頭をのせて、眠ってしまえそうだった。だが眠っても、この先の人生を自分で選択することが許されないという現実は変わらない。彼女の運命はもう決まっていて、そこに自分が望むものは何ひとつ含まれていないのだ。

逃げたいという気にもならないほど疲れていた。沈みこむように椅子に座って、細かい雨がガラスを叩いていることにも気づかないまま、ぼんやりと窓の外を見つめる。

従僕が銀のトレイにのせた手紙を運んできた。

「お嬢さま宛です。使いの者が返事を待つと言っています」

「ありがとう、チャールズ」こんな早朝に手紙が届けられたということは、昨日の夜遅くか今朝一番に書かれたものに違いない。きっとロザリンドからだろう。

手紙を開いたとたん、セレステの心臓がどきりと跳ねて、さっきまでの疲労が吹き飛んだ。

〈待ちきれない。待ちあわせを朝九時にしないか？　しつこい男と思われない程度にはぼくは魅力的だと信じている〉

署名はないけれど誰が書いたものかすぐにわかり、セレステは文字を親指でなぞった。

「使いの者に、行きますと伝えてちょうだい」無表情で返事を待っていたチャールズに、セレステは言った。「それからお駄賃として一シリング渡してね。朝食のあとで返すわ」

「かしこまりました、お嬢さま」従僕はお辞儀をして、部屋から出ていった。

セレステはトーストを食べ、急いで紅茶を飲み干した。キーランが彼女をどこに連れていくつもりか知らないが、すきっ腹で行くのがいいはずがない。幸い父の姿はなく、レディらしくないとがめられる恐れはなかったので、朝食を終えた彼女は一段抜かしで階段を上がって自分の部屋に戻った。

ベルを鳴らすと、すぐにドリーが現れた。身支度は整えているものの、目をこすっている。

「このあと九時にミスター・ランサムと会うわ」セレステは前置きなしでいきなり伝えた。

「まあ！　朝九時なんて誰も出歩いていませんよ」ドリーがぶつぶつ言う。

さっきまでの倦怠感(けんたいかん)は完全に消えている。一転して体じゅうに活力がみなぎっていたセレステは力強い足取りで衣装だんすまで行くと、開け放って一番古くて目立たないドレスを探した。「今日のわたしたちは世間のみんなとは違うのよ」

時間が早すぎるうえ天気もよくないので、セレステがキーランとの待ちあわせ場所に着いたとき、あたりには誰もいなかった。

通りの角で街灯に寄りかかって立っている彼を見つけると喜びが一気にこみあげ、懸命に抑えようとしても心臓が言うことを聞いてくれなかった。セレステはドリーを連れ、にこにこしながら彼に近づいた。キーランはくすんだ焦げ茶と茶色の服を着ていて、おしゃれというより実用的だ。それなのに体を起こして近づいてくる彼は、やはりとんでもなくハンサムだった。

ほんの数時間前、キーランはセレステに喜びを与えてくれた。アルコーブでの一瞬一瞬を彼女は楽しんだが、いま太陽の下で見る彼も、指についた愛液を舐めたときと同じくらい罪深く見える。あんなふうに触れあうことは二度とないとキーランは言ったけれど、もしかしたら気が変わったのかもしれない。

「これから行くのは、きみが想像しているような不埒な場所じゃないよ」キーランはいたずらっぽい表情でにやりとしたあと、声をたてて笑った。「がっかりした顔だな」

「出かけていく価値のある場所だといいけれど」彼にまた触れてもらいたくて仕方がないのだと認めたくなくて、セレステはぴしゃりと返した。破廉恥な女になってしまったと思いつつ、そんな自分を気に入っている。

「ぼくもそう思っているよ」キーランは誰にも見られていないかどうか左右を見渡して確認し、待たせていた辻馬車にセレステとドリーを乗せた。馬車が走りだすと、彼は言った。

「どこに向かっているか教えるつもりはないが、そのうちわかってくると思うよ」

セレステは好奇心をそそられて、熱心に外を眺めた。馬車は東に向かっているようだ。やがて建物が密集してきて、外観も古びてくたびれた感じになってきた。通りにいる人々の数も増え、着ている服や話す言葉の訛りがなじみのあるものになる。川から漂ってくる鼻を刺すにおいを嗅ぐと、セレステは背筋を伸ばした。

辻馬車が彼女のよく知っている通りで止まる。

「ここならよく知っているわ。ラトクリフに連れてきたのね」セレステに顔を向けられても、彼は慎重に表情を変えないようにしている。

キーランは彼女の反応を測りかねているのか、なかなか表情を崩さない。「そうだ」

「でも……なぜ？」窓の外に目を向けたセレステは、かつて住んでいたぼろぼろの建物を見つけた。いま見ると、記憶より古くて狭くてみすぼらしい。首を伸ばすと、当時の自宅の窓も見えた。窓の外にあった植木鉢はなくなり、代わりに張られたロープに明らかに子ども用とわかる小さな下着がずらりと干してあった。

「きみはここに来ることを禁じられている」振り返ったセレステの表情を推し量りながら、キーランは続けた。「ここに住む人たちを助けることも。だが、それがきみのやりたいことなんだろう？」彼女がうなずくのを確認して、さらに続ける。「だったら、いまここから最初の一歩を踏みだせばいい」

セレステは呆然と彼を見つめた。「いまここで、慈善事業を立ちあげろというの？」

「そうは言わない。でももう、計画は立てているんじゃないのか？　それを実行に移せばいい。きみは有能な女性だ」話しているキーランの頬がかすかに赤くなっていることに、セレステは気づいた。

急に目の前が開けた気がして、喜びがあふれるのを感じつつも、セレステはそれを口にすることはできなかった。「父はきっと気に入らないわ」

「やりたくなければ、何もせずに帰ってもいい」キーランはセレステの手を握った。「だが、もしこれが本当にきみが望んでいることなら、ラトクリフの人たちのために役に立ちたいと心から望んでいるなら、父親の言いなりになって引き下がっていいのか？　いまのきみは何もかも父親のために行動しているが、ここでは自分が望むことをすればいい。ぼくたちできみの夢を実現させよう」

〝ぼくたちで〟とキーランは言った。彼も協力してくれるつもりなのだ。

セレステは涙がこぼれそうになり、目をしばたたいた。心臓が激しく打っている。「こんな贈り物をくれた人は、いままでいなかったわ」

「それはまわりのやつらが悪いんだ。きみには望むものを手に入れる権利がある。すべてを。どんなものでも」

ドリーが馬車から降りるのが視界に入ったが、セレステはキーランから視線をそらさなかった。自分のしたことがどんな反応を引きだすのかまだ不安らしく、キーランは彼女をじっと見つめている。

セレステは彼に飛びついて肩に両腕を回し、顔や髪にキスの雨を降らせた。

「喜んでもらえたと思っていいのかな」キーランが笑いながら彼女のウエストに手を置く。

「簡単にはいかないわ。父をごまかすための言い訳が必要になる」セレステはキスの合間に言った。

「不安かい？」

「ええ」彼女は認めた。「あなたの言うとおり、わたしは父のために自分を犠牲にして尽くしてきた。でも父の社会的地位を上げるために何もかも差しだすことを期待されても困るわ。ばれたら激怒されるでしょうけれど、わたしは父の娘で、同じくらい頑固なの。父がどうやり返してくるのかわからなくてやみくもに恐れていたとはいえ、サロメになってみて、思っていたよりも自分が強いんだってわかったわ」セレステの頭はさまざまな計画やアイデア、これから必要になるものでいっぱいだった。

「忘れないでくれ。ぼくもここにいることを。怠惰な放蕩者でも何かの役に立つはずさ。さあ、馬車を降りてやるべきことに取りかかろう」キーランは唇を合わせながら言い、彼女をそっと座席に押し戻した。

ふたりは身なりを整えると、キーランが先に降りてセレステに手を貸した。ふたりが泥だらけの歩道に立ったとたん、御者は馬車を出した。ウエスト・エンドの御者がラトクリフからそそくさと去っていったことを、セレステは責められなかった。ここでは馬車を使うような裕福な人間は見つからないからだ。けれどもかつて住んでいた建物に向き直ったときには、セレステの頭からすでに馬車のことは消えていた。

幼児を抱いた白髪まじりの女性が近づいてくる。「セレステ？ セレステかい？」

「そうよ、スーザン」セレステはかつての隣人に笑みを向け、幼児の素足を揺らした。「この子は？」

「フレディ。わたしの孫だよ」スーザンが誇らしげに言った。名前を呼ばれたフレディが、祖母の肩に顔を押しつける。スーザンは笑ったあと、キーランに警戒の視線を向けた。

「はじめまして、スーザン。セレステの友人のキーランといいます」キーランは丁寧に言って会釈をした。

「はじめまして」スーザンが会釈を返し、セレステに目を向ける。「戻ってくるなんて思わなかった。もう何年も経っているのに」

「ここで育ったのよ。ラトクリフはこれからもわたしの一部であり続けるわ」セレステは気がつくと昔の訛りで話していた。「それでね、いまはラトクリフに住む人たちの生活をよくするための活動を計画しているの。読み書きを学べるようにしたいと思って」

「それはいいね」スーザンの表情が明るくなる。「ここには字が読めない人たちが多いから。だけど、どういうふうにやるんだい？」

「詳しいことはこれから考えるわ。でもその前にここの人たちと話して、それが本当に彼らの望むことなのか確認したいの。ラトクリフに住む人たちのための計画なんだから、みんなの希望を取り入れないと」

スーザンはうれしそうに返した。「意見を聞きたいなら、わたしだってたっぷりあるよ。うちへおいで。そこで話せばいい」そう言ってアパートの前の階段をのぼりだした。

「行こうか」キーランが手を差しだす。

セレステはその手を取って、息を吐いた。感謝の念と、自分を誇らしく思う気持ちがこみあげてくる。階段を一段上がるごとに、期待が高まった。ようやく夢を実現させられるときが来たのだ。セレステは計画を実行に移す力を持ちあわせていたけれど、キーランは彼女をここに連れてくることでそれを悟らせ、ラトクリフが彼女にとってどんなに意味のある場所なのかを思いださせた。

だが喜びの底には、暗く救いのない現実が横たわっていた。ラトクリフのための活動は、モントフォード卿と結婚したあとも続けられるかもしれない。けれどもキーランと過ごすこのすばらしい時間は、いずれなくなってしまうのだ。

13

二週間前、もし誰かに、自分が自発的に酒も飲まずに朝九時に起床し、ロンドンでもとりわけ貧しい地区にある家でぼろぼろの椅子に座って、救済団体を立ちあげる計画をひたすら書き留めることになると言われたら、ばかばかしすぎて笑う気にもなれなかっただろう。

だがキーランは、昨日の朝から昼過ぎまでの時間をそのとおりのことをして過ごした。ミセス・スーザン・ヴィアーという女性とセレステがスーザンの狭い家で話しあっているあいだ、彼は自ら申しでてその内容を書き留めた。話しあいに先だって、セレステはラトクリフで読み書きを教えるという考えに対する意見を聞くために多くの住民たちを集めた。

セレステは誰もが言いたいことを言えるように気を配り、議論を円滑に進め、すべての意見を検討した。そして問題に対する解決方法を導きだし、実現があまりにも難しい場合は別の選択肢を提示した。

キーランは、娘にとってこれほど大きな意味を持つことを認めようとしないネッド・キルバーンに腹が立った。

キーランはただ、セレステ自身に自分はどんなことができるのかを見せてやりたかった。

彼にはセレステの夢を実現してやる力はないが、彼女が自分の手で夢を実現させるほうがはるかに意味があり、はるかにすばらしいことに思えた。

ラトクリフの住民との話しあいが終わったとき、セレステの目には自信と熱意がみなぎっていた。そしてラトクリフでは馬車が拾えないからと歩き始めたその足取りは、決然としていた。

「すぐにノースフィールド公爵夫人と連絡を取るわ」セレステは道の真ん中に止まっている荷馬車をよけながら、きっぱりと言った。「あの方はイースト・エンドに女の子のための学校を作る活動ですばらしい成果を上げているから、わたしたちにもきっと喜んで教科書とペンを寄付してくださるわ」

「ぼくはアシュフォード伯爵と親交がある。彼の奥方は〈ザ・ホークス・アイ〉を経営しているから、お話の本やなんかを提供してくれるだろう」

セレステが突然足を止め、思いつめたような表情でキーランのほうを向いた。「もう一度言うわ——本当にありがとう」

「これからあれこれ働くのは、きみやスーザンを始めとしたラトクリフの人たちだ。ぼくはただつき添いとして座っていただけさ」

「あなたはそれ以上のことをしてくれたわ」セレステは大勢の人が行き交う通りを見渡したあと、彼の頬にキスをした。「あなたは彼らを助け、わたしに大きな喜びをもたらしてくれた」

キーランはまぶしい太陽の光を浴びて酔ったような気分だった。頭がくらくらして、自分の体から光が放たれている気がする。この感覚はなんなのだろう？　よくわからないままなんとか平静を装って、口を開く。「そう言ってもらえてよかった」

だが、クラーケンウェルの路上でぐずぐずしている時間はない。セレステが彼の腕を取ると、ふたりは西に向かった。そして馬車が拾えるところまで来たので、キーランは馬車を止めて彼女を家まで送った。

翌日、キーランは鏡を見つめ、すでに完璧に結ばれているとしか思えない真っ白なクラヴァットを従者が整え、しみひとつない白いベストに糸くずがついていないか調べるのを見守った。

「いつも気に入っておられるものと比べると、ずいぶんおとなしい組みあわせですね」キーランが着ている暗緑色の上着の肩から小さなごみを払いながら、ウェシャムが言った。

「状況に応じて、変えなければならないこともある」キーランはいつも着ている服がしまってある棚に目をやった。そこにはさまざまな生地や色のベストや上着があるが、今日の午後に彼が加わることになる高尚な嗜好を持つ人々には受け入れられないだろう。

「そわそわしていらっしゃいますね」袖口を調整しながらウェシャムが言う。

「ぼくは大人だ、大人の男がそわそわすることはない。大人の場合、〝ちょっと落ち着かない〟と言うんだ」

「旦那さまがちょっと落ち着かないせいで、わたしの仕事がやりにくいのですが」

「わかったよ」自分の気分を従者にぶつけても意味はない。だが彼女に喜びを与えたときのことや、ラトクリフで幸せそうにしていた姿を思いだすと、これからセレステに会うと考えるだけで身も心も落ち着かなかった。

彼女の前で、どうして世慣れて洗練された放蕩者を演じられるだろう？　キーランの口にはまだセレステの味が残り、手には感触が焼きついているというのに。そして彼女の喜びは、彼にも喜びをもたらす。

そのことが、キーランは死ぬほど怖かった。

なぜならセレステは絶対に手に入らない女性だからだ。彼女に手を出すことは許されない。だから離れているべきなのに、すでにそうできなくなっている。キーランはなんとしても彼女から離れる方法を見つけなければならなかった。

午後の約束も、言い訳を作って断るべきだった。そもそも何時間も尻が痺れるまで座ってモーツァルトを聴くなんて、楽しみでもなんでもない。とはいえキーランがセレステと取引をしたのは、社交界の人々に彼が伴侶としてふさわしい独身男性だと知らしめるためだ。そして今日、彼女が望ましい令嬢たちに引きあわせてくれることになっている。そこでうまく立ちまわれれば、後日その女性の家を訪問し、やがては求婚までたどり着けるだろう。

キーランは顔をしかめた。望ましい令嬢になど会いたくない。音楽会が楽しみなのは、セレステに会えるからだ。

いったい自分はどうしてしまったのだろう？

「支度ができました」ウェシャムがそう言って後ろに下がり、キーランを眺めて満足そうにうなずく。「きっと大勢の望ましいご令嬢の目を引きつけるに違いありません。そこまで望ましいとは言えないご令嬢の目も」

フィンが拳で戸枠を叩き、頭だけ部屋に入れた。シャツとブリーチズしか身につけておらず、足には何も履いていない。「もうウェシャムは空いたか？　ドムとクラブで四時に会うことになっているんだ」

従者が問いかけるような目を向けてきたので、キーランは兄のほうへ行くよう身振りで促した。

「では、髭剃りに必要なものを用意してまいります」ウェシャムが部屋を出ていった。

フィンが顎に手を滑らせる。「くそっ、けっこううまく剃れたと思ったのにな」

「ウェシャムの判断を信用しないと、後悔することになる」キーランは言い、寝室の机に近づいた。机の上には本やフールスキャップ紙が散乱し、あちこちにペンが転がっている。その惨状の一番上にのっているのは、セレステからの手紙だった。

〈音楽会では、評判のいい社交界デビューしたての令嬢を少なくとも三人は紹介するつもりよ。残念ながら、誰もレディ・オブ・デュビアス・クオリティの本を朗読したり、噴水ではしゃいだりはしないけれど、ケーキはあるはず。Cより〉

キーランは力強い筆記体に指を滑らせ、紙の上に身をかがめているセレステを想像した。

彼女が頰に落ちた後れ毛を無意識に払っても、すぐにまた落ちてくる場面を。

そんな彼女の後ろに立ってうなじにキスができるなら、何を差しだしても惜しくない。

「いったいなぜおまえがまともな紳士のふりをしているのか、想像もつかないな」フィンの声でキーランはわれに返った。「ひょっとして宝石店に盗みに入るつもりだから、客のふりをする必要があるとか」

「銀行だよ。あんまり派手な格好をしていると、金庫室に入れてもらえない」

フィンが戸枠にもたれて腕組みをする。「それで、こんな真っ昼間に、そんなくそ真面目な格好でどこへ行くんだ？」

「ヘンプノール卿が主催する音楽会さ」ウェシャムが完璧に整えてくれたクラヴァットを、キーランはいじくった。「セレステが招待状を手に入れてくれて、現地で待ちあわせている。そこに集まってくる母親たちに娘の結婚相手としてふさわしいと思ってもらえるよう、慎み深い格好をしなくちゃならないんだ」

フィンは黙って聞いていた。

「なんだよ」キーランは兄に向き直った。

「何も言ってない」

「そんなふうに意味ありげに黙っているときは、たいてい何か言いたいことがあるだろう」

キーランはフィンをにらんだ。

「ミス・ランサムとはこれまで何回出かけた？」

「一回だけだ」キーランは袖口を引っ張りながら答えた。ふたたび黙りこんだフィンに見つめられて、キーランはうなった。「昼間のまっとうな催しに一回。夜に二回。あとは昨日ちょっとした用事で一回」

「おまえに説教しても無駄なことはわかっている」フィンは体を起こしながら言った。「だが、慎重になれと助言はしておくよ、キーラン」

「いつだって慎重だと言ったところで、ふたりとも嘘だってわかっているよな」

「セレステ・キルバーンと一緒のときは、いつもの放蕩ぶりをくれぐれも発揮しないでくれよ。彼女に対して責任があるんだからな」フィンが穏やかに諭す。

キーランは兄に歩み寄った。「充分に承知しているよ」

だからこそ、彼女への欲望になんとか屈せずにいられるのだ。セレステとのとんでもなく熱いキスを交わしたことは、フィンに知らせる必要はない。彼女と分かちあった情熱はいまも体の中でくすぶっていて、指先には秘めやかな場所のシルクのような感触が残っている。

どんなに兄と仲がよかろうと、セレステ・キルバーンを求める気持ちをフィンに打ち明けるつもりはなかった。

「出かける時間だ」キーランは兄の返事を待たずに部屋を出た。

三〇分後、キーランはグリーン・ストリートにあるヘンプノール卿の屋敷の前に降りたち、彼の前を通り過ぎて屋敷に入っていく優雅な人々に笑みを作って挨拶を続けていた。到着した客の中にはいぶかしげな表情を浮かべる者もいたが、多くの客は礼儀正しく会釈を返してきた。それでも、テムズ川が決壊してメイフェアのこの通りまでごみを運んできたことが信じられないとでもいうように、彼を驚愕の目で見る人間がいるのはたしかだった。

キーランはため息をつきたいのをこらえた。そう簡単に周囲の評価が変わるはずがない。ヘンプノール卿が従僕に彼を追い払わせなかったことに感謝すべきだ。

それでもあと一五分のうちにセレステが現れなければ、近くの酒場で癒しを求めることになるだろう。これほど長く酒を飲まないのは初めてかもしれない。一杯飲めば、このいたたまれなさもやわらぐはずだ。

「お待たせしてしまったかしら？」セレステが急ぎ足で近づいてきた。

クリーム色のリボンで縁取りをしたサフラン色の美しいドレスを着た彼女を見て、キーランは胸が締めつけられたが、すぐに自嘲するような笑みを浮かべてみせた。「ぼくが悪いんだ。早く着きすぎてしまってね――なんとも信じられないことに」

「まあ、それは大変だったわね」セレステの唇がぴくりと動く。「ぞっとするようなことをしてしまった埋めあわせをしたほうがいいわ。たとえば、教会の祭壇の前で酔っ払って気を失うとか」

「次にぼくがするべきことは、それだな」

セレステが微笑みながら彼を見あげると、その瞬間を狙ったようにいまいましい太陽が雲の後ろから顔を出し、彼女の顔を金色の光で照らす。キーランは自然すらも味方してくれないのだと確信して、歯を食いしばった。

「さっそくノースフィールド公爵夫人からご連絡をいただいたの」セレステがうれしそうに報告する。「教科書を最低五ダースは寄付するとおっしゃってくださったわ。レディ・アシュフォードもチョークやインクや羽根ペンを寄付するという手紙をくださって。夢だった計画が本当に実現するのね、キーラン」彼はセレステの満面の笑みにうっとりした。

「来週、またラトクリフへ行くことにしよう。お父さんには怪しまれずに行けそうかい？」

「なんとかするわ」セレステはきっぱりと言い、キーランの背後にある優雅な屋敷の扉に視線を移した。「とりあえずいまは、ヘンプノール卿のお屋敷に入りましょう」

「招待状は持ってきた。見せろと言われても大丈夫なようにね」玄関に近づきながら、キーランは告げた。

「ここに来ていることで、従僕は招待客だと判断するわ」玄関ホールに入ると、進みでてお辞儀をしてきた従僕に、セレステはうなずいた。「人数を絞った催しだから、招待されていないのに入りこもうとする人はめったにいないの」

「ぼくみたいな不心得者が入れるようにしてくれて、ありがとう」お辞儀をした彼の横を侯爵夫妻が通り過ぎていく。そのときふたりが会釈をしていったことに、キーランは驚いた。いない者として扱われないのは、なんて新鮮なのだろう。

ふたりはほかの客に続いて廊下を進んだ。廊下は高価で洗練された品々と、裕福で洗練された人々であふれている。

「こんにちは、ミセス・ラプリー」真珠のネックレスをつけた赤い頰の女性に、セレステが声をかけた。「こちらはミスター・キーラン・ランサム。家族の友人ですの」

「はじめまして、マダム」キーランはお辞儀をした。

「ミスター・ランサム」ミセス・ラプリーは上品に返事をしたが、値踏みされているのをキーランは感じた。ただし、その視線に性的な関心は含まれていない。

誰かを追い越すたびにセレステはキーランを紹介し、その際には必ず彼が家族の友人だと伝えるか、伯爵の息子だとさりげなく強調した。すると相手の怪しむような表情が一転して彼への関心をたたえたものに変わった。

ところが、不意にキーランは足を止めた。母と一番上の兄に行き会ったのだ。ふたりとも彼の背中にいきなりトンボの羽でも生えたかのように、呆然と見つめている。

「母さん、サイモン」キーランは無表情で挨拶した。

「レディ・ウィングレイヴ、グレヴィル卿」セレステが膝を曲げてお辞儀をする。

母はまだ戸惑った様子でキーランを見ているが、サイモンは気を取り直して言った。「この催しには招待状がないと入れないはずだ」

セレステがキーランの兄の失礼な発言に驚いた顔をして、音をたてずに鋭く息を吸う。だがキーランは、兄らしい言葉だと受け止めた。

「招待状ならある。ヘンプノール卿から直接いただいた」招待状を出して兄に見せる。

「それは……驚いたわね」伯爵夫人が目をしばたたいた。

こういう扱いには慣れているはずなのに、キーランはなぜか傷ついていた。切りつけられたような痛みを胸に感じて、唇をきつく引き結んで声をあげないようにこらえる。傷ついたことを知られたくなかった。

「先日の園芸展で、ヘンプノール卿はキーラン――いえ、ミスター・ランサムの博識ぶりに大変感銘を受けておられました」セレステの口調は丁寧だが、険しさが潜んでいる。「あちこちへ出かけるたびに彼を高く評価してくださる方が増えているんですよ。とはいえ彼のよさはもちろんご家族が一番わかっていらっしゃいますよね」セレステが浮かべた笑みは友好的というより挑発的で、母と兄はすっかり気圧されて黙りこんでしまった。

「そろそろ音楽会が始まりますので失礼します」セレステはぴしゃりと締めくくった。

キーランはふたりに声が届かないところまで来てからささやいた。「みんなの前できみにキスをすることはできないが、したくてたまらないよ」

セレステは振り返って顔をしかめた。「あなたは、あのふたりと顔は似ているけれど、それ以外は似ていなくてよかったわ」

「いままで、ぼくの味方をしてくれる人は誰もいなかった」キーランは喉が締めつけられて、咳払いをした。

「あなたの場合もわたしの場合も、血がつながっている人たちが一番わたしたちを理解してくれないのは、なぜなのかしらね？」

「世界には皮肉がはびこっているからね。今度はぼくがお礼を言う番だ」キーランは彼女の手に自分の手を重ね、キスをしたいと心から願った。

「あなたはもっといい扱いを受けるべき人よ。わたしたちふたりともだわ」セレステが頬を赤くして主張する。

広々とした広間に入ると、中央に美しいピアノが置かれていた。その前にはまだ演奏者の姿はなく、そばにある椅子三脚と譜面台も空いている。ピアノを取り囲むように半円形に作られた観客席の大部分がすでに埋まっていたため、キーランは部屋の後方へセレステを連れていき、立っている人々と一緒に聴くことにした。ワインのグラスをのせたトレイを持った従僕が通ったので、すかさずふたつ取ったが、セレステに上品な仕草で断られてしまった。

となれば、二杯とも自分で飲むしかない。間の抜けたことになったものだと思いながらまず一杯飲み干し、別の従僕に空いたグラスを渡して二杯目をゆっくり飲む。

キーランは驚くほど質のいいブルゴーニュワインをすすりつつ部屋を見渡し、よく知っている顔やおぼろげに見覚えのある顔を見つけた。誰も彼も上品できちんとしていて、扇であおいだりおしゃべりをしたりしながら演奏が始まるのを待っている。セレステは何度か誰かに笑みを向けたり通りかかった人に挨拶をしたりして、そのたびに彼を紹介した。

「演奏が終わったら、花嫁にふさわしいご令嬢を何人か紹介するわ」

セレステにそう言われ、キーランは胃の中のワインが突然酢に変わったような気がした。今日の目的はもちろん、いま彼女が言ったとおり、花嫁候補を紹介してもらうことだ。だが、どの令嬢もセレステほど魅力的には思えなかった。誰もセレステみたいな生命力や、辛辣で鋭敏な頭脳や、世界を変えたいという情熱を持っていないからだ。

礼儀正しい拍手の中、四人の演奏者が部屋の中央へ出てきてそれぞれの席に座った。次にヘンプノール卿が自分ほど寛大な男はいないと信じきった顔で聴衆の前に進みでるのを、ふたりは立ったまま見守った。

「みなさん、ようこそおいでくださいました」ヘンプノール卿が両手を動かして、拍手を鎮める。「今日の演目はわたしが選んだのですが、きっとみなさんにも喜んでいただけると確信しています。わたしからのご挨拶はこれくらいにして、さっそく演奏を始めてもらいましょう」彼が目で合図をすると、ピアノの演奏者が両手を持ちあげた。

ヘンプノール卿が聴衆の視界から消え、音楽会が始まった。

キーランは劇場やオペラにはよく行くものの、そういう場所では席の周辺という狭い範囲にばかり気を取られているため舞台上にはほとんど注意を向けておらず、おまけ同然の音楽にはなおさら興味がなかった。だがいまは、音楽から彼の関心をそらすものは何もない。

キーランが知っている曲といえば、卑猥なものか酒場で歌われるようなものだけだったので、四人の演奏者が明るく軽やかな調べを奏でだすと虚を突かれた。出だしは勇ましい雰囲気だったが、やがて柔らかく流れるような調べに変わる。それは幸せの源に手を伸ばそうとするような、胸が痛くなるほどのやさしさに満ちていた。人生における光と影を意識させ、認められたいという焦がれるような思いを呼び起こすその調べに、胸の奥が震える。

キーランの頬を温かいものが伝った。手でそれを払うと、指先が濡れた。

信じがたいことに、彼は泣いていた。

まるで作曲家が、キーランの奥深くにずっと隠されていた部分を音楽にしたようだった。かつて無邪気に世間にさらしていた部分を。その頃は衝動に駆りたてられるままに詩を書き、愚かにも得意になって両親に見せた。

両親はそれをくしゃくしゃに丸めて床に捨てた。べそをかいたキーランを父は揺さぶった。「男が泣くんじゃない」父が吐き捨てるようにそう言ったあと、母は息子を落ち着かせるために部屋へ追いたてた。

キーランは母と兄を目で探した。幸い、ふたりは椅子に座っていて、演奏の途中で泣きだした彼が見える位置にはいなかった。

次にセレステを見ると、ありがたいことに彼が感動して涙を流したことには気づいていないようだった。キーランは世慣れた放蕩者の外見の下にばかみたいにやさしい心を隠していることを、誰にも知られたくなかった。

ほっとして、こっそり涙をぬぐう。

ところがその動きにセレステが気づいて、興味を引かれたような視線を向けてきたので、キーランはすばやく行動した。

彼女に身を寄せ、フルートの調べに合わせてささやく。「〝ぼくの演奏を聞いてくれ。ほらほら、なんていい男。笛に合わせてさあ鳴いて。病気の子羊みたいにメエメエと〟」

鼻を鳴らしたセレステを、座っている老婦人が振り返ってにらんだ。そこでセレステはキーランをにらんだが、目には楽しそうな光が躍っている。

「〝ぼくはヴァイオリンもうまいんだよ〟」キーランは今度はヴァイオリンの調べに合わせてささやいた。「〝ヒーホーヒーホー。かゆくてかゆくて止められない。シラミにたかられているせいさ〟」

セレステはぱっと口に手を当てたが、指のあいだから忍び笑いが漏れてしまった。

「しいっ！」老婦人にすかさず注意される。

セレステは口から手を外し、年上の女性に謝罪の笑みを向けた。女性がふんと息を吸って、顔を前に戻した。

「もうやめて。そうでないとふたりともつまみだされて、わたしの努力が無駄になってしまうわ」

「申し訳ない。心からお詫びするよ」けれどもセレステはおかしそうに目を輝かせていたので、キーランはほっと息を吐いた。彼が音楽に心を揺さぶられていたことに、彼女は気づいていない。どうやらうまくごまかせたらしい。助かった。

「どこでそんな歌を聞いたの？」彼女が尋ねる。

キーランは肩をすくめた。「いま適当に作った」

セレステは驚いた様子でもっと詳しく知りたそうにしていたが、さっきの老婦人が会場の静寂を守る使命を自ら担ったらしく、ふたたびふたりに険しい視線を向けた。

おかげで静かに演奏を聴く以外にすることがなくなり、キーランは音楽から気持ちをそらそうと、いまセレステに聞かせたようなばかばかしい歌を頭の中で作った。また感情をあらわにして、恥ずかしい思いをするのはいやだった。

　セレステが彼を肘でつつき、頭を傾けて座っているある人物を示す。彼女の視線を追うと、灰色がかった金髪の中年女性が椅子の上で小さく振り向いて、キーランを見ている。

　おそらく、彼を愛人としてどうか値踏みしているのだろう。別に珍しいことではない。しかしそのあと、彼女が隣に座っている若い女性をつついた。どうやらキーランを見るように促しているらしく、ふたりの顔はよく似ており、若い女性が中年の女性と血がつながっているのは明らかだ。

「レディ・コーントンは娘の相手としてあなたがお気に召したみたいよ」セレステが彼の耳元でささやく。「上々の滑り出しね。ミス・ゴスウィックの持参金は八〇〇〇ポンドだけれど、それより重要なのは彼女ほど申し分のない令嬢はロンドンじゅう探してもいないってことよ。ご家族の評判にも傷ひとつないから、あなたの目的にぴったり。音楽会が終わったらすぐに紹介するわ」

「ありがとう」キーランは静かに礼を言い、ミス・ゴスウィックとその母親に会釈をした。

　だがなぜか気分がどんどんふさいでいき、そもそも今日ここへ来たのは若い女性と引きあわせてもらうためなのだと自分に言い聞かせても、いっこうに気持ちは晴れなかった。セレステに別の女性を――彼が結婚するかもしれない女性を――紹介させるのだと思うと、胃がずしりと重くなった。

　だが、こんな気分になる原因がなんであろうと、それに屈してはならない。家族に突きつけられた最後通牒は変わらない。もしフィンとドムが結婚相手を見つけ、自分だけが結婚しなかったら、ふたりから相続財産を奪うことになるのだ。そんな重荷には耐えられない。

音楽会が終わったら、レディ・コーントンとミス・ゴスウィックに会って精一杯感じよく振る舞う。それが自分のすべきことだ。

気がつくとキーランは、ふたたび音楽に耳を傾けているセレステを見つめていた。彼女のうなじの曲線は相変わらず魅力的だが、それよりも重要なのは、セレステが彼を母と兄からかばってくれたことだ。頭の中ではまだ彼女の言葉が響いていた。〝あなたはもっといい扱いを受けるべき人よ〟

自分にはどんな扱いがふさわしいのかはわからない。だが、望んでいるものは手が届かないところにある。

14

見間違いではない。ベートーベンが演奏されているあいだ、キーランは涙を流していた。

それを見て、セレステも泣きそうになった。大人の男性が泣くところはほとんど見たことがない。母が死んだときに、父が心をさらけだす瞬間を目撃してしまったことがあるくらいだ。ドムは泣かない。絶対に。

それなのに、なんらかの理由で涙を流したキーランを、セレステは慰めたくてたまらなくなった。

そして彼の手を握ろうと手を伸ばしかけたとき、突然キーランがばかげた歌を歌いだしたのだ。おかしな歌詞に思わず気をそらされてしまったが、きっとそれが狙いだったのだろう。涙を見てしまったことを、本人に伝えるべきだろうか？　心が動かされたことを恥じる必要はないと言おうか？　彼は泣いていたことを否定し、見間違いだと主張するだろうか？

男性というのはプライドの高い奇妙な生き物だ。けれども考えてみれば、感情をあらわにする男性に対して、人々が立ちあがって拍手を送るわけではないのもたしかだ。

セレステは音楽会が終わるまでどうするか迷っていたが、やはりこんなふうに大勢の人がいる場所では本音を言いあえないと判断した。そしてレディ・コーントンとミス・ゴスウィックが立ちあがってほかの人々と合流するのを見て、自分がやらなければならないことを思いだした。

「わたしが義務を果たさなかったとは、絶対に言わせないわ。さあ、やるべきことをしに行くわよ」

セレステは意気込んで口にしたものの、キーランを連れてレディ・コーントンのもとへ向かう足取りは石のように重かった。母娘（おやこ）は寄り添って立ち、社交に励むほかの人々を眺めている。キーランが彼女に近づいたのはそもそもこれが目的で、セレステと一緒に過ごしたいからではないと肝に銘じておかなくてはならない。キーランは義務を果たしてくれたのだから、結婚相手を探す彼に手を貸さないというのはありえない。たとえそれが、どれほど苦々しく感じられても。

「レディ・コーントン、ミス・ゴスウィック」セレステは母娘のところまで行くと声をかけ、腰を折ってお辞儀をした。「家族ぐるみの友人であるミスター・キーラン・ランサムをご紹介させていただいてよろしいですか？」

「あら、もしかしてウィングレイヴ伯爵のご子息かしら？」レディ・コーントンは怪しむ様子を見せず、興味を引かれたように言った。

「そうです」キーランが彼女の手を取ってお辞儀をする。「三人いるうちの一番下ですが、上のふたりは最高の息子を作るための予行練習でした」

レディ・コーントンは笑い、ミス・ゴスウィックは母親がそうするのを確かめてからくすくす笑った。

「音楽会はいかがでしたか、ミスター・ランサム？」レディ・コーントンが質問する。

「感動しました」

セレステはキーランを見て演奏中に感情をあふれさせた痕跡を探したが、彼の目はその口調と同じくらい乾いていた。

キーランが歌ったおかしな歌を思いだして、セレステは唇の端を持ちあげた。彼が即興で歌詞を作ったことに驚くべきではなかった。彼は遊び心のある頭のいい男性で、ときどきひどく詩的なことを言うのだから。

思い返してみると、〈キャットンズ〉で初めて会ったとき、彼は小さなノートを持っていて、そこには何か書きつけられていた。キーランが彼女の父親のようにその日にすべきことを一覧にして書き留めておく性質とは思えない。だとしたら何を書いていたのだろう？

こんなふうにキーランのことばかり考えて、執着するのはやめなければ。ラトクリフへ連れていってくれたのは、ただ単に彼女が行きたがっていたからだ。彼のキスの味や感触を、首に唇をつけられたときに走った感覚を、秘めやかな場所にうやうやしくも巧みに触れたときの手つきを忘れなければならない。欲望に駆られた彼の目が真夜中のように暗く陰ることも、辛辣なウィットに富み、ときに気まぐれだったり寛大だったり意外なほど傷つきやすかったりするところも。キーランは別の女性のものになる運命なのだ。

「申し訳ありませんが、ちょっと失礼しますね」セレステは急に目頭が熱くなるのを感じた。「お話ししたい方が見えた気がしますので」

そして膝を曲げてお辞儀をすると、急いでその場から離れた。行くあてても、誰かに会うあてもなかった。キーランがミス・ゴスウィックに関心を持っていることをまわりに知らせるために、自分がその場からいなくなることだけが目的だった。

歓談している客たちのあいだを縫って進み、屋敷の裏側にあるテラスへ向かう。しばらくひとりになれば頭が冷えて、気持ちも落ち着くに違いない。

テラスに着くとそこにも数人の客がいて、小さな輪を作って今夜の演目について語りあったり、当然のことながら噂話に興じたりしていた。知りあいもいたけれど、いま彼らにまざっておしゃべりをするのは精神的に負担が大きい。セレステはひとりで手すりのほうに向かった。

ヘンプノール卿の屋敷の庭は美しく手入れされていたが、セレステの好みからするとやや整然としすぎている。ラトクリフに住んでいるときは、母と一緒に狭い窓台に植木鉢を並べて世話をしていた。母はひびの入った窓台で気を遣いながら植物を育てるのではなく、のびのびと庭仕事が楽しめる自分だけの庭を持つことを夢見ていたものの、ついにそこから脱出してハンス・タウンに引っ越すと、庭の手入れは使用人にまかせろと言って父が譲らなかった。

「また彼と一緒なんだね」聞き慣れた声が背後から響いた。

セレステが振り向くと、普段は愛想のいい表情を浮かべているモントフォード卿が不快そうに額に皺を寄せていた。

「ごきげんよう、モントフォード卿。いらしていたんですね」

「前の約束が長引いて、演奏が始まってから来たんだ。きみがランサムと一緒にいるのを見るのは二度目だね」

「音楽会の演目はどれもすてきでしたわ」セレステは庭に視線を向けて言った。「わたしの趣味がみなさんほど洗練されていないのはわかっています。でも、きれいな旋律に心が癒されました」

「ミス・キルバーン。セレステ。質問に答えてくれないか？」モントフォード卿がふたりのあいだの距離を詰める。

「質問されていたとは気づきませんでした。ただ事実を述べただけなのかと」

彼が顎に力を入れ、歯を嚙みしめる。「またお得意のユーモアかな？」

「自分の意見や信条を持つことをそう言うのなら、そうですね。はっきりおっしゃってください。あなたは何をお知りになりたいんですか？」これまでにないほどいらだって、セレステは庭を見つめ続けた。

「彼はきみに対してなんらかの心づもりがあるのか？」

「彼とは家族ぐるみのおつきあいをしています」セレステはこわばった口調で説明した。「ですからミスター・ランサムとは、下心があるのではないかと疑わずに一緒に外出できると考えています」

ほんの二日前の晩にキーランにキスをされ、スカートの下に手を入れられたことは、もちろん言うつもりはなかった。

モントフォード卿が口を開き、そのまま閉じる。忍耐力をかき集めるように息を吸っている姿に、セレステのいらだちはさらに高まった。〝大人の対応〟をされるのは気に入らない。

しばらくしてようやく怒りを抑えた彼は、寛大でやさしげな笑みを浮かべた。「家族のためにミスター・ランサムと友好的な関係を続けたいというなら、邪魔をするつもりはない。それに正直言って、男性が女性と純粋に友情に基づいた関係でいられるなんてすばらしいことだと思う。クラブに行って男同士で話しているだけでは生きていけないからね。しかも男同士の会話じゃわくわくするものがない」

「そんなことにならないように、女性が存在していて幸運でしたわね」

モントフォード卿は面白い冗談を聞いたかのように笑った。「そのとおりだよ。嫉妬に駆られてしまったわたしを許してほしい。きみを自分のものにしたいあまり、ほかの男がみな敵に見えてしまうんだ」

「わたし以上にわたしの幸せを気にかけている人はいませんので、ご安心ください」自ら幸せを追求しなかったら、まったく達成感を得られない娯楽に明け暮れる人生を送り、セレステの行動も発言もなんの意味も持たなかっただろう。

「うっかり忘れるところだった」モントフォード卿が明るい声で言った。「金曜日に両親と夕食をともにしてほしい。七時ではどうかな？」

モントフォード卿は提案ではなく要求をしたのだと、セレステは理解していた。まだ結婚してもいないのに、彼女の時間は彼のものなのだ。

そのとき、キーランが近づいてくるのが見えた。非の打ちどころのない洗練された仕草でモントフォード卿に会釈したけれど、目に敵意を浮かべているようにも見える。

「また会うとは奇遇だな、ランサム」

「まったくだ」

セレステは唇をきつく結んだ。

「さて」モントフォード卿はしばらく沈黙したあと、先を続けた。「わたしはハーズレー侯爵が主催する舞踏会へ向かう前に、夕食をとらなければならない。少人数の催しなんだが、侯爵にぜひにと誘われてね。そこでも会えるかな、ランサム？」

「いや、今夜は劇場へ行く予定なんだ」

「そうか、それは残念だな」

キーランはあいまいに返したが、モントフォード卿が黙ったまま視線をそらさないので、当惑した表情で問いかけた。「夕食をとりに行くんじゃなかったのか？」

「ああ、そうだ。もちろん行くとも」モントフォード卿は言い、セレステの手をいつもより長々と握って時間をかけてお辞儀をしたあと、去っていった。

キーランとふたりだけになると、セレステはようやく思いきり顔をしかめることを自分に許した。

「やつの関心をそらす方法はないのか？」キーランがセレステを見つめながら訊く。

「わたしの家族が社交界から締めだされずにすむ方法はないわね」セレステは暗い気分で返した。

「八方塞がりだな」キーランの表情も彼女と同じくらい暗い。「ドムときみのお父さんが、何もかもきみに背負わせるのをやめてくれるといいんだが」

セレステの中にあった怒りが消え、空虚な気分だけが残る。片方の目の奥に鈍い痛みを感じた。「まったくだわ。でも、いまの状況を変えられる方法が何ひとつ思い浮かばないの。どうにもならないのよ」

「ぼくにその力があったら、なんとかしてあげるんだが」キーランが真剣な表情で言う。

その言葉だけで満足しなければならないのに、セレステはさらに多くを求めていた。彼女の言葉に耳を傾け、自分なりの考えや感情があるひとりの人間として扱ってくれるキーランと、もっと一緒にいたい。

「レディ・コーントンと娘さんとはどうなったの？　お宅にうかがえることになった？」

自分たちがここへ来た理由を自分に思いださせるためにセレステが質問すると、キーランは急に話題を変えられてかすかに顔をしかめた。

「あの人たちが太った仔牛（こうし）を殺してぼくを歓迎することはない。また別の催しで会えることを楽しみにしているとレディ・コーントンが言って、娘もそれに賛同した」

「彼女たちはすぐに、あなたが従僕に名刺を預けていくことを期待するようになるわ」キーランがミス・ゴスウィックに求愛することをレディ・コーントンが積極的に歓迎したわけではないと知って喜ぶべきではないのに、セレステはうれしい気持ちを抑えられなかった。

「じゃあそうなるまでのあいだ、ぼくたちは夜の冒険を楽しもう」キーランが笑顔で言う。

セレステの頭からモントフォード卿とミス・ゴスウィックの姿が消えて興奮がわきあがり、未来に待ち受けているつらい現実を弾き飛ばした。「今度もどこへ行くかは秘密なの？」

「今夜は劇場だ」

セレステの興奮がわずかにしぼむ。「劇場なら行ったことがあるわ」

「今夜行く劇場は違う」キーランは彼女にしか聞こえないように声を潜めた。「服装はいつも社交界の催しに行くときの感じでいい。だがサロメに変身するのに必要な道具はすべて持ってきてくれ。ついてきてくれる友人はいるかい？」

「今度の冒険には友人も一緒に行けるの？」セレステの興味が膨れあがる。

「最初だけね。舞台が終わったら、その人とは別れてぼくたちだけで第二部に進む」

「楽しみだわ」セレステの胸は期待ではちきれそうだった。

「ああ、期待していてくれ」謎めいた笑みを浮かべるキーランから、彼女は目をそらせなかった。

最後のお辞儀をしているレディ・マーウッドによる最新公演の出演者たちに、セレステは拍手を送った。終わったばかりの公演は信じられないくらいすばらしくて、インペリアル劇場に来たのは破廉恥な冒険を楽しむためであることを危うく忘れるところだった。レディ・マーウッドの脚本の出来がいかによかったかを如実に示している。なぜなら舞台の終了後に第二部へ向かうと聞かされて以来、セレステは興奮を抑えきれないでいたからだ。

「すばらしかったわね」隣でロザリンドも夢中になって拍手をしている。「盗賊がお姫さまに、最後のダイヤモンドが塵(ちり)となるまできみを愛すと言ったときは……」ロザリンドはため息をついた。「今夜は誘ってくれてありがとう」

「わたしのほうこそ一緒に来てくれて感謝しているわ。ひとりで来るのは、父が絶対に許さなかったはずだもの」

「破廉恥な冒険の一部になれる機会に、抵抗できるはずがないでしょう？」ロザリンドが目を輝かせた。

観客が劇場の外に向かい始め、セレステとロザリンドもその流れに加わる。

「これからどうするの？」ロザリンドがささやいた。

「キーランからは、ロビーで待っていてほしいと言われているの。それ以上はわたしもさっぱり。でも小さいとはいえ旅行鞄(かばん)を持っている女性なんてほかにはいないから、ちょっと居心地が悪かったわ」それでも公演のあいだは、劇場で鞄を預かってもらえた。一ポンドという気前のいい心づけを渡したおかげで、問題なく特別なサービスを受けられた。

「舞台に関わっている人たちは不可解な行動なんて見慣れているでしょうから、気にしていないわよ」ロザリンドが階段をおりながら言う。

階段は人であふれ、今夜の変化に富んだ舞台について口々に話す声でにぎやかだ。歌や曲芸だけでなく、文字の書かれたカードをついて言葉を作れるように仕込まれた鳥まで登場した。圧巻だったのは音楽道化劇(ブルレッタ)で、哀愁が漂う喜劇オペラは必見だ。

公演中にも何度もしたように、セレステはキーランを探して群衆を見渡した。一階席に派手な格好の若者たちと座っている彼の黒っぽい髪が見えたような気がしたが、瞬きをすると消えていた。ドムの姿もとらえたと思ったけれど、やはり人ごみにまぎれてしまった。

セレステとロザリンドはロビーに着くと、出口に向かう人々をよけるために脇へ寄った。

「それにしても、公演のあとに待ちあわせるなんて奇妙よね」ロザリンドが口を開く。

「彼がどんな計画を立てているのか、まったくわからないの。そもそも劇場に来させられた理由もわからないんだから」

「あなたのミスター・ランサムは謎めいた人だわ」

「わたしのミスター・ランサムじゃないわよ。彼は誰のものでもない」セレステは次々に通り過ぎていく人々から目を離さなかった。

「いまはね。でもあなたの計画がうまくいったら、いずれ誰かのものになる」

セレステは鼻を鳴らした。「男性は結婚しても、誰のものにもならないのよ。女性の場合は違うけれど」

「夫を持つつもりがなくてよかったわ」

あの男性の集団の中にいるのはキーランだろうか？　いや、違う。少し似ているだけだ。こんなふうに待っているのは耐えがたい。これから何が起こるのかわからないからなおさらだ。キーランのことだから、とんでもない体験を用意しているのは間違いない。

「あれは彼かしら？　ダビデ像みたいにハンサムね」

セレステはもう何度もキーランを見ているのに、そのたびに衝撃を感じた。彼の姿を確認したとたんに胃がひっくり返り、めまいを覚える。彼は人ごみの中から突然現れて、ふたりに近づいてきた。音楽会のときの控えめな服装と違って、全面に刺繍を施した金のベストに見事な仕立ての赤ワイン色のベルベットの上着を合わせている。黒曜石の鏡のように輝く黒いブーツの中にたくしこまれた鹿革のブリーチズは腿にぴったり張りついていて、セレステはその下の筋肉の動きに目を奪われた。

髪型も少し違っていた。音楽会のときはつややかに整えられていたけれど、いまは巻き毛を奔放に遊ばせていて、セレステは指を通してその感触を確かめたくなった。ミスター・ロングブリッジのパーティでキスをしたときに知った彼の髪の柔らかさを思いだし、セレステはあわてて頭から振り払った。

今日の彼は目のまわりを黒く縁取っていないが、そういうものは少人数の集まりにこそふさわしい。

キーランはセレステとロザリンドの前に立って、いたずらっぽい笑みを浮かべた。

「友人のロザリンド・カルーよ。ロザリンド、こちらはミスター・キーラン・ランサム」

「ミス・カルー、あなたのご協力に感謝します」そう言って、彼はお辞儀をした。

「セレステのためならなんでもしますわ、ミスター・ランサム。必要であれば、アリバイを提供してもかまいません」

キーランは笑みを大きくした。「あなたはすてきな方だ、ミス・カルー」

「ええ、知っています」ロザリンドがきびきびした口調で返す。

「教養学校にいた頃、ロザリンドは規則を破るようにしょっちゅうわたしをけしかけていたのよ」

「わたしの記憶では、夜中にベッドを抜けだして池で泳ごうと言いだしたのはあなたのほうよ。それに、ミス・ハドストックの鍵を拝借して彼女のシェリー酒を盗もうってそそのかしたのは誰？　翌朝、前庭の芝生の上でふたりして寝こけているところを見つかっちゃったのよね」

「つまり、きみの不品行には前歴があったんだな」キーランがおかしそうにセレステを見た。

「残念だよ。きみに新たな扉を開いてあげたのは、てっきりぼくだと思っていたのに。だが今夜の冒険は、ふたりで協力しなくてはならない」

彼は、ほとんど人がいなくなったロビーに目をやった。残っているのは酔っ払って支えあいながらよろよろと出口に向かう男性ふたり組と、プログラムやオレンジの皮などの床に落ちたごみを片づけている従業員三人だけだ。「あれはちゃんと持ってきてくれたかい？」

「取ってくるわ」セレステは係員にふたたび気前のいい心づけを渡し、すぐに鞄を持って戻った。そこにはサロメに変身するための道具が入っている。キーランは女性に荷物を持たせて自分が手ぶらなのは男の沽券に関わると主張し、彼女から鞄を奪った。

セレステの変装道具を手に、三人は馬車や辻馬車に乗りこむ人々の群れに加わった。キーランが辻馬車を呼び、扉を開けてロザリンドを乗りこませる。

「ひとりで大丈夫？」セレステは友人に声をかけた。

「男兄弟がいるから、拳の使い方なら心得ているわ。男性の急所もわかっているし」

馬車の扉を閉めながら、キーランはうめいた。「妹が獰猛に殴りかかってくるところを想像してしまったよ。おやすみ、ミス・カルー」

「おやすみなさい、ミスター・ランサム。楽しんでね、セレステ」ロザリンドは窓から顔を出して、意味ありげに眉を上下させる。キーランが側面を拳で叩いて合図をすると、馬車が動きだした。

「劇場が閉まるわ。ということは、わたしたちは別の場所へ移動するのね」振り返って、がっちりした男が扉を閉め鍵をかけているのを見て、セレステは言った。

「そうだ、違う場所に行く。だがそれはここだ」

セレステは首を横に振った。「通りかかる人々に謎かけをするスフィンクスみたいね」

「答えはすぐそこにある。さあ、行こう」劇場の横に回ったキーランを、セレステは小走りに追った。建物の脇の路地に入ったところで彼女が足を緩めたことに気づき、キーランが声をかける。「この道でいいんだ。そのまま進んで」

彼は大股でどんどん路地の奥へと入っていった。

傍若無人に振る舞う濃い茶色の髪の放蕩者にぶつぶつ文句を言いながら、セレステは急いであとを追った。その路地はきれいとは言えず、あちこちに木箱が散乱し、水たまりが鈍い光を放っている。キーランを見るとすでに足を止めていて、彼の前にあるこれといって特徴のない扉の上には〝出演者、スタッフ用通用口〟という目立たない標識が掲げられていた。

扉を叩くキーランの顔からは何も読み取れない。ところがノックの仕方は普通ではなかった。トン、トトン、トン、トン、という奇妙なリズムが響く。

扉が開くと、そこには舞台衣装を着たままの踊り子の女性が立っていた。その背後からにぎやかに流れてくるヴァイオリンと太鼓の音には、笑い声がまじっている。踊り子はキーランを見たあと、セレステに目を向けて眉を上げた。

「ぼくの連れだ、ロッティ」

「いつものタイプとは違うわね」

「今日はわたしが彼のタイプなの」

ロッティがのけぞって笑った。「いいわ。入って。ちょうど始めたところよ」

「ミスター・ロングブリッジのところと同じようなパーティ?」セレステはキーランに訊いた。

彼がにやりとする。「ここのパーティと同じものは、ロンドンのどこを探してもないよ。ロッティが言ったとおり、ぼくたちの冒険は始まったところだ」

「そうだといいけれど」まだサロメに変身していないセレステは落ち着かなかった。誰かに素性を知られたら、大変なことになる。

「さあ、門を抜けて天国、あるいは地獄へ行こう」

「どっちに行くの？」セレステは好奇心と興奮に駆られて質問した。

「どちらでも、お好きなほうへどうぞ」扉を押さえているキーランは、彼女を罪に誘いこむ悪魔のようだ。けれど、セレステはどんな罰が待っていようと気にならなかった。それが彼女自身の選択なら、そしてキーランが横にいてくれるのなら、どんな結果にも立ち向かえる。

15

セレステが中に入ると、舞台の大道具がそびえるように立っていた。まさに暗黒街の洞窟のようだ。キーランのいたずらっぽい笑みにいざなわれ、さらに奥へと足を踏み入れる。

さまざまな可能性がセレステの頭をよぎった。観客が帰ったあとの劇場で、いったい何をするのだろう？

「こっちだ」キーランに案内されながら、所狭しと置かれた風景の書き割りや、衣装であふれる迷路のような薄暗い舞台袖を通り抜ける。音楽や笑い声が聞こえた気がして舞台にちらりと目をやったが、厚い幕にさえぎられていて何も見えなかった。「気をつけて。つまずいたり、道に迷ったりしやすい場所だから」

謎めいた迷宮をさらに進んでいくと、毛布や大きな酒瓶を運んでいる数人とすれ違い、やがてドアがずらりと並ぶ長い廊下に出た。キーランがそのうちのひとつをノックし、返事がないのを確認してからドアを開けた。狭い部屋には化粧台と鏡が並んでいる。隅にはスカーフのかかった寝椅子が置かれ、衣装掛けには色とりどりの衣装が吊るされ、その隣の棚にはさまざまな時代のかつらをつけたマネキンの頭が並んでいた。靴やストッキング、安物の装飾品や羽根や花がそこらじゅうに散乱し、鉄製のフライパンまで落ちているが、それを使うためのコンロはどこにも見当たらない。脱ぎ捨てられた衣装の山の上に、三匹の猫がのんびりと寝転んでいた。

室内には舞台用の化粧品と香水のにおいが充満し、その中にかすかに汗のにおいもまじっていた。

「ここで女優たちが衣装に着替えるのね？」セレステは尋ね、キーランのあとに続いておそるおそる足を踏み入れた。

「そして公演後には、ファンをここへ迎え入れる」彼は化粧台の脇にセレステの鞄を置いた。「サロメに変装する場所としては充分だろう。自分でできるかい？　それともロッティに手伝ってもらおうか？」

「ひとりで着替えられるドレスを持ってきたわ」

「じゃあ、思いのままに変身するといい」キーランはそう言うと、廊下へ出てドアを閉めた。

彼のもとへ行き、今夜は何をするつもりなのか確かめたくてたまらなかったが、楽屋の中をあちこち見てみたいという誘惑にはあらがえなかった。ラトクリフにいた頃、下の階にポリーというダンスホールの踊り子が住んでいた。ポリーは夜の仕事を終えて帰宅すると、自分の部屋の床にセレステを座らせ、のんびりとくつろぐことが多かった。ポリーは自分の職場をあまり気に入っていないようだったが、まだ幼かったセレステにはとても魅惑的に思えたものだ。

けれどインペリアル劇場の演者ともなれば、ずいぶんと違うだろう。たしかに楽屋は雑然としていて、窮屈に感じる。舞台に上がる支度をする女性たちであふれ返っていれば、なおさらそうに違いない。それでもセレステは大いに興味を引かれた。ここは女優や踊り子が舞台に上がるための準備をする場所なのだ。

そしてキーランが言っていたように、〝ファンを迎え入れる〟場所でもある。

セレステは寝椅子のほうにちらりと目をやった。張り地がいくぶん色あせ、かなりすり切れている。おそらく、多くの恋人たちがあの寝椅子の上でともに過ごしたのだろう。

着替え中もそばにいてほしいとキーランに言うところを想像し、セレステの頬はかっと熱くなった。彼を寝椅子に座らせ、着ているものを一枚ずつ脱いでいく。その様子を見つめている彼の目に欲望の影がよぎる。ついに一糸まとわぬ姿になると、セレステは脚を広げて彼にまたがり……。

ドアをノックする音がした。「準備はできたかい?」キーランの声だ。「こっちはもうすぐ始まりそうだ」

「すぐに行くわ」セレステは返事をし、危険なほどみだらな妄想から意識を引き戻した。

いままでは手際よくサロメに変身できるようになっていたセレステは、二〇分後にドアを開け、廊下の壁に寄りかかっていたキーランを見つけた。彼女が姿を現すと、キーランは壁から身を離し、顔をほころばせた。「いよいよサロメのおでましだな」

「サロメを気に入っているのは、こういう慎みのない服装をしているからでしょう」

彼の笑みがさらに大きくなる。「その破廉恥なドレスももちろん大好きだが、きみはサロメになるとき、本来の自分になる。だから彼女に会えるのがうれしくてたまらないのさ」

頬紅をつけるまでもなく、彼女の頬がヒナゲシのように赤く染まった。キーランの言葉が胸に響いた。もしかするとサロメこそが本来の自分で、やむなく隠してきた自分の一部を表現しているのかもしれない。

舞台のほうから、ふたたび音楽とにぎやかな笑い声やおしゃべりが聞こえてきた。「今夜の冒険の第二部の幕が開いたようね」

「仲間に入れてもらおう」キーランは腕を差しだす代わりに、彼女の手を取って指を絡めた。じかに手のひらが触れあった瞬間、セレステの全身に熱い稲妻が走り、二〇人あまりの集団が酒盛りをしている舞台にたどり着いたときには、体が熱くほてり、頭はくらくらしていた。

キーランと一緒に舞台へ上がると、大きな歓声で迎えられた。舞台衣装からドレスやゆったりとしたローブに着替えた踊り子や女優のほかに、今夜は出演していなかった女性たちもいた。ほとんどの男性は上着を脱ぎ、クラヴァットを外しているが、ターバンのように頭にシルクを巻いている男性もひとりいた。

彼らは舞台のあちこちに散乱している枕にもたれ、浮かれ騒いでいた。一本の長いパイプを回し飲みしている四人組。ケルト風の小太鼓を叩いている男性を伴い、ヴァイオリンを弾きながらグループからグループへと歩きまわっている女性。ワインの入った大瓶が手から手へと惜しみなく渡され、持参したスケッチブックにどんちゃん騒ぎの様子をせっせとスケッチしている者も何人かいる。

「みんな、こちらはサロメだ」キーランは探検で手に入れた宝物のように彼女を紹介した。

またしても歓声があがり、セレステは小さくお辞儀をしたが、こんなに自由な考えの人たちの前で礼儀正しく挨拶するのはばかげている気がした。

「おい、ロッティ」そばかす顔の男性が陽気に叫んだ。「きみとサロメは姉妹みたいにそっくりだな」

クッションにもたれていたロッティは、男性の言葉に反応して立ちあがると、ふらつく足取りでこちらに近づいてきた。そして、セレステをじっと見つめた。まるで曇った鏡をのぞきこむかのように。ロッティの髪はセレステのかつらと同じ色合いで、身長と体型もよく似ている。さらに、化粧を施したセレステの顔は、ロッティの顔立ちとそっくりだった。

ロッティはセレステの腰に腕を回し、やさしい声で言った。「舞台役者になろうと思ったことはある？　姉妹劇を上演したらひと儲けできるかもしれないわよ。そうなったら、信奉者たちが自宅に殺到し、ドアを粉々に叩き壊すでしょうね」

「あなたは唯一無二の存在だわ、ロッティ」セレステは控えめに言った。

ロッティは笑い声をたてた。「ええ、そのとおりよ。でもふたりなら、いいものがもっとよくなるわ。ぜひ考えておいてね、お嬢さん」彼女はセレステの頬にキスをした。「やだ、自分自身にキスをしたのは生まれて初めてよ」

「夢が叶ったわね」青い服を着た顔色の悪い女性が声を張りあげた。

ロッティは下品な手振りをしてみせ、クッションの上に戻った。

「この人たちは何者なの？」セレステは小声でキーランに尋ねた。

「舞台役者もいれば、詩人や芸術家や作曲家もいる。たとえば、珊瑚(さんご)色のドレスを着たあの女性は、才能あふれる彫刻家だ。中にはぼくのような怠け者もいるが、みな何かしらの才能と型にはまらない発想を持っている。月に一度、無人になった劇場に集まり、こうして更けゆく夜を過ごすんだ」

「隅っこでぐずぐずしてないで、あなたたちもパーティに参加しなさいよ」ロッティがセレステとキーランに向かって叫んだ。

「準備はいいかい？」キーランが目にいたずらっぽい光を浮かべて尋ねる。ところが威勢のいいその口調の奥に、どことなく緊張の気配を感じた。彼はいったい何を不安がっているのだろう？

「準備ならとっくにできているわ」セレステは答えた。「期待で胸がどきどきする」

キーランがウインクをした――信じられないことに、そんな些細な仕草で太陽の光が差しこんだかのように彼女の下腹部が熱を帯びた。ふたりは、ほかの人たちと一緒に座った。セレステはくつろいだ姿勢で枕の上に腰かけ、キーランは猫のように手足を伸ばした。ワインが注がれると、笑い声と話し声がさらに大きくなった。意外にもキーランが勧められたパイプを断ったので、セレステもそれに倣った。

「つまらない大人になってしまったのか、ランサム？」柄入りのスカーフを巻いた男性がひやかした。

「ミューズ（文芸や学術をつかさどる九人の姉妹神）の心を動かすのに詩人へシオドスよろしく月桂樹の杖を――もとい、パイプを必要としない者もいるのさ、ダーウェン」キーランはさらりと言った。

仲間の何人かがはやしたてる。ダーウェンも一緒に笑ったが、顎を引きつらせていた。

「決闘だ、決闘だ」誰かが叫んだ。

「決闘しろ！」野次馬たちが繰り返す。

セレステは心配になり、キーランを見つめた。「ここで本当に決闘をするの？」

「きみが思っているような決闘はしないよ。でも――」彼は嬉々として言った。「みんなの期待には応えなければならないようだ」キーランは彼女の手にキスをした。彼の唇が肌に触れた瞬間、セレステの胃が跳ねあがった。キーランの目にふたたび不安がよぎったが、その理由を尋ねる間もなく不安の色はすっと消え、彼は立ちあがった。

ダーウェンも立ちあがり、キーランとともに舞台の中央へ出ると、クッションや枕がどけられ、ふたりのために場所が空けられた。キーランが上着を脱いで無造作に脇へ放ると、ダーウェンも歩きだし、ふたりはお互いのまわりを回った。

何が起ころうとしているのかわからないので、セレステはふたりを見つめることしかできなかった。

「どっちが先攻？」ゆったりとした黄色いドレスを着た黒人の美しい女性が尋ねた。

キーランは相手をからかうように頭を下げた。「お先にどうぞ。お手並みを拝見させていただくよ、ダーウェン」

ダーウェンは咳払いすると、腰に片手を当て、もう一方の手を天に向かって上げ、ポーズを取った。

「〈インクのように輝く漆黒の空
地上にいるわたしは顔を上げる
頭(こうべ)を垂れ、吐息をつき、肩をすぼめていたら
永遠の夜がその優雅さを失ってしまう〉」

仲間たちが礼儀正しく拍手をしたので、セレステも目をぱちくりさせながらそれに加わった。これは詩の決闘なの？

キーランも拍手に加わったが、拍子抜けしたような表情をしている。「まずまずの出来だな、ダーウェン」

「まずまずだと？」相手の男性が顔を紅潮させた。「きみはもっとうまくやれるのか？」

キーランはくつろいだ姿勢になり、低い声を響かせて詩を詠み始めた。

「〈時の大航海で迷い
海を漂い、水平線に目を向ける
星々が白日に消えても
冷たい船首に鎖でつながれたまま

幾度胸に問いかけても、真実はただひとつ——
あなたという星がわたしを導いてくれる〉」

みな拍手喝采したが、セレステは呆然とキーランを見つめることしかできなかった。

彼は……詩人だったのだ。

キーランが秘密にしていることや、まだ知らない一面がたくさんあるとしても、これはまったく予想外の驚きだった。けれど、いかにも彼らしい気がした。あれほど深い感情の持ち主なのだから、少し考えれば詩人だとわかりそうなものだ。放蕩生活を送る中で、快楽と興奮を追い求めてさまざまな経験をした結果、詩を詠むようになったのかもしれない。

黄色いドレスの女性が立ちあがり、キーランともうひとりの詩人のもとへつかつかと歩み寄る。彼女がダーウェンの頭に手をかざすと、観客から控えめな拍手が起こった。次いでキーランの頭に手をかざすと、観客は盛大に拍手をし、口笛を吹いた。

キーランが勝ったのだ。

ダーウェンは少しむっとした様子だったが、しぶしぶながらもキーランに拍手を送った。ふたりは握手をすると、それぞれのクッションの上に戻った。

会話と音楽がふたたび始まったとき、セレステは手足を伸ばしているキーランのほうを向いた。「詩の才能があることを、あなたのご家族は知っているの？」

「フィンは知っている」キーランはワインをひと口飲んでから答えた。「それからウィラと、家族ではないが、ドムも。だが、サイモンと両親には隠している」彼は用心深い目で、セレステの反応をうかがった。

「恥ずかしがらなくてもいいのに」

「恥ずかしいから隠しているわけじゃない」彼は抑えた口調で続けた。「自分のこういう一面は、信頼できる人にしか話さないことにしている。信頼していいと思えた人にしか」

「つまり彼らのことは信頼しているのね？」セレステは尋ね、どんちゃん騒ぎをしている人たちにちらりと目をやった。

「彼らはありのままのぼくを受け入れてくれるからね」キーランはなおも用心深い目でセレステを見つめている。「きみはどうかな？」

だから今夜、彼はセレステをここへ連れてきたのだ――自分のこういう一面を見せるために。それはキーランにとって、とてつもなく無防備な行いなのだと気づき、彼女は胸がいっぱいになった。

「わたしを信頼してくれてありがとう」キーランの頰を撫でると、彼は感謝に満ちた温かい目でセレステの手に頰を寄せた。「自分の詩を出版しようと思ったことはないの？」

キーランは小さく苦笑し、クッションにもたれた。「こんなわけのわからないものに、誰が金を払うっていうんだ？」

「わけのわからないものなんかじゃないわ」セレステはきっぱりと言った。「すばらしい詩よ。そうでないと言う人がいたら、わたしの怒りを買う羽目になるでしょうね」セレステは威嚇するように拳を振りあげてみせた。

「ぼくの詩を読んでみたいと思う人がいると、本気で信じているのか？」キーランは柄にもなく気恥ずかしそうに尋ねた。

「ええ」セレステは熱意のこもった口調で答えた。「とにかく、書きためた作品を詩集にして、発売することを考えてみて」

「ああ」彼がしばらく考えこんだあと、小声で言った。「ありがとう」

興奮と、彼が渇望していたかもしれないものを与えられたという誇らしさがないまぜになり、ぞくぞくするような感覚がセレステの全身を駆けめぐった。

それでも、彼はセレステのものではないし、これからそうなることもない。そのことを忘れてはいけない。

「ところで〝あなたという星〟って誰のことなの？」自らの立場を自分に言い聞かせるために尋ねる。「恋人？」

「ぼくは想像力がたくましいのさ」キーランが苦笑を浮かべる。

セレステの口から思わず吐息が漏れた。「想像力がとっても豊かなのね」

それにしても——自分のために詩を詠んでもらうのはどんな感じなのだろう？　自分について詠った詩を。

「キーラン・ランサム」セレステは物思いにふけったまま言った。「もうひとりのバイロンね」

彼が目をぐるりと回した。「あんな気取った自己陶酔野郎を引き合いに出すのはやめてくれ。そのうえあの男は、このぼくでさえ非難したくなるような放蕩者なんだぞ」

「はじめましてだね、サロメ」茶色の髪が薄くなりかけたハンサムな男性に声をかけられて、セレステの思考はさえぎられた。

「ええ、ここに来るのは初めてなの」彼女は正直に答えた。

「なんと、ヴァージンか！」男性は仲間たちに向かって大声で言った。「では、仲間入りの儀式を行わねばな」

「彼女にかまうな、ハイド」キーランがたしなめた。「望まないことをする必要はない」

「仲間入りの儀式って？」セレステは尋ねた。

「わたしたちと一緒に踊るのよ」ロッティが説明した。

「ダンスならできるわ」セレステは間髪いれずに答えた。ミスター・ロングブリッジのパーティでは、かなりきわどいダンスも経験している。

くすくす笑いが起こったが、セレステは平静を装った。

「いつものダンスとは違うんだ」キーランが言った。

「いいわ、見せてあげる」ロッティは楽器を持っている人たちに向かって指をぱちんと鳴らした。「何か踊れる曲をお願い」

ヴァイオリン奏者がにやりと笑い、テンポの速い曲を演奏し始めると、太鼓奏者もそれに合わせて心躍るリズムを刻みだした。

ロッティが立ちあがると、三人の女性たちとひとりの男性も加わった。彼女がそれぞれにうなずき、みんなで踊りだす。その夜に行われたどの余興よりもみだらなダンスで、彼らは脚をあらわにし、腰をくねらせた。けれども、それほど驚きはしなかった。

ところが、そのうちに踊り手たちが服を脱ぎ始めた。ひとりの女性が思わせぶりに手袋を外して舞台に投げ捨てると、ロッティともうひとりの踊り手はロングドレスの留め具を緩めて、シュミーズと素肌をちらりと見せた。さらにもうひとりの女性はガーターを外し、歓声をあげている観客に向かって投げた。

男性もベストを脱ぎ、クラヴァットを投げ捨てた。それが、茶色の髪が薄くなりかけたハンサムな男性の肩に落ちる。

セレステは驚きと喜びの入りまじった思いで彼らを見つめた。踊り手たちは天啓を受けたかのような表情を浮かべている。観客がうっとりと見つめる中、彼らは着ているものを脱ぐ側でありながら、驚くべき強さをたたえていた。

キーランもダンスを眺めているが、そこまで心を動かされた様子はない。どうやらセレステの反応のほうに興味があるらしく、彼女と踊り手たちを交互にちらちら見ている。セレステがショックを受けると予想していたのだろうが、ふたりが見てきたもの、してきたことを考えれば、この程度でショックを受けるはずがなかった。

本当にもう心残りはない？　キーランと一緒にいられる時間は限られていた。彼は見事に社交界に食いこみ、上流階級の人々に受け入れられ始めている。セレステの心は沈んだ。キーランが彼女を必要としなくなる日は、それほど遠くないだろう。そのうえ……社交シーズンも終わりに近づいている。まもなくモントフォード卿から結婚を申しこまれるだろう。そうなれば、さらに束縛され、窮屈な生活を強いられることになる。

自分を表現したり、はらはらしたり、意欲をかきたてられたりする経験を楽しむ機会は、あと何回あるだろう？

セレステが踊り手たちに視線を戻すと、彼らは体を揺すりながらくるくる回り、観客たちを虜（とりこ）にしていた。

サロメならどうするだろう？

セレステは思い直す前に立ちあがり、室内履きを脱ぎ捨てて踊り手たちに加わった。目をぎゅっと閉じる。誰も――特にキーランを見ないようにして、音楽の魔法にかかる。一瞬、手足がこわばり、言うことを聞かなくなった。けれどもメロディーとリズムに意識を集中するうちに、体が揺れ始めた。自分が山麓の王国の魅惑的な女王になったところを想像してみる。音楽に合わせて体を動かすと、肌の下で何かが煮えたぎっているような魅惑的な感覚に包まれた。

目を開けると、飲み騒いでいた人たちがこちらを見ていたので一瞬うろたえたが、セレステは自意識を追い払った。ほかの踊り手たちが彼女を取り囲み、一緒に踊ろうと誘う。セレステはその瞬間、ギリシャ神話に登場するマイナス（酒神バッカスの信女。〝わめきたてる者〟が語源）のように熱狂し、自分を縛りつけていた礼儀作法から解放された。

こちらを見ている人の中で、彼女のことを心から気にかけているのはキーランだけだ。セレステが動くたびに彼の目が熱を帯び、彼女は自分の中に力がみなぎるのを感じた。身をかがめてスカートの裾をつかむと、音楽に合わせて揺らしながら脚をさらけだした。

心臓が高鳴った。心の片隅で〝淑女は脚を見せてはならない〟と警告を発する声が聞こえたが、メロディーにかき消された。ガーターに触れたときには内なる警告はすでに鳴りやみ、太鼓の音と自分の鼓動以外は何も聞こえなくなっていた。セレステはガーターを外し、放り投げた。

キーランが空中でそれをつかみ取り、唇に押し当てた。

観客たちから称賛の声があがる。

自分の力に夢中になったセレステは、片方のストッキングをおろして蹴り飛ばすと、もう一方のガーターとストッキングも同じようにした。音楽に合わせてスカートを揺らすたびに、むきだしの脚に生地が触れ、空気が素肌を撫でる。まだドロワーズをはいているのですべてをあらわにしたわけではないものの、初対面の人たちのみならず、キーランにも自分をさらけだしているのだと思うと、全身が燃えるように熱くなった。

とはいえ、ほかの踊り手たちと同じくらい大胆になれるだろうか？　男性のシャツはなくなっているし、ロッティはシュミーズ姿になり、薄手の生地越しに乳房が透けて見えている。やがてもうひとりの女性が肩のブローチを外した。次の瞬間、生地が落ちて胸が完全にあらわになる。

セレステの手がドレスの留め具に触れた。できるの？　本当に？

そのとき、音楽がぱたりとやんだ。観客たちは不満の声をあげたが、演奏者たちはすまなそうに微笑んだ。

「おれたちにもちょっと飲ませてくれ」太鼓奏者が言い訳をすると、誰かが彼に枕を投げつけた。

男性が演奏者たちのためにワインを運んできた。踊り手たちはといえば、服を拾い集める者もいれば、ドレスがはだけたままの者もいる。ロッティはシュミーズ姿のままクッションの山にもたれかかり、三人の男性に囲まれて、紅潮した顔に得意げな表情を浮かべている。

セレステは脱ぎ捨てたストッキングと片方のガーターを拾いあげ、キーランがくつろいでいるクッションに戻った。彼の隣に腰をおろすと、黒い目で熱っぽく見つめられた。

「ガーターを返して」セレステは臆面もなく言い、片手を差しだした。

「これはぼくに与えられた賞品だ」彼が自分の胸をぽんと叩く。

「あなたは賞品をもらえるようなことを何かしたかしら？」セレステは言い返した。

「きみを舞台から引きずりおろして、隅の暗がりで力ずくで奪わなかったことは、評価に値するだろう」

「男性って獣のように振る舞わなかっただけで、自分が勝者になったと思いこむのね。おめでたいわ、あなたがしたのは最低限のことにすぎないのに」心臓が激しく脈打っていたが、セレステは笑みを浮かべた。

ない」

「正直に言うと」キーランが低く響く声で言った。「きみと最大限のことをしたくてたまら

「わたしと一緒にしたいことがあるの?」荒い息を鎮めることができないまま、セレステは問いかけた。

キーランが上体を起こして近づいてきたので、ワインの香りがする熱い息がセレステの頰にかかった。「ああ、たくさんあるよ。あんなこともこんなこともしたい。しかも、ぼくたちはそういうことをするべきではないと自分自身を説得できずに困っている」

16

キーランはこちらを見つめ返すセレステの深遠なまなざしに引きこまれた。はしばみ色の瞳には興奮だけでなく、彼に対する支持が浮かんでいる。最大の秘密を明かしたキーランを、セレステは受け入れてくれただけではなく、あるがままの彼を称賛してくれた。

彼女への欲望で体が痛いほどこわばっているにもかかわらず、柔らかなぬくもりが胸に押し寄せた。セレステに言ったことは本当だった――なぜ互いに離れていなければならないのか、なぜ惹かれあう気持ちに屈してはならないのかを思いだせないほど、彼女が欲しくてたまらない。

セレステの唇が開き、首筋の脈打つ部分が激しく動いた。さっきまで踊っていたせいもあるだろうが、それ以上にキーランの言葉で息遣いが荒くなっているようだ。

彼女が首筋を指先でなぞるのを見て、キーランはうなった。「いつまでもそんなふうに触れ続けられたら、気が狂いそうだ」

「詩人は狂気を歓迎するものだと思っていたけれど」セレステがかすれた声で言った。「そんなものの手を借りなくても、もう充分に奮いたっているよ」

彼女はちらりと視線を落とし、ブリーチズの中で男性の象徴が張りつめているのを見て取ると、さらに目を見開いた。彼女に欲情していないふりをするのは無意味だし、それに自分が彼に何をしたのか知ったセレステは、どことなくうれしそうに見えた。

「きみが踊るのを見ていたら」キーランはつぶやいた。「すっかり理性を失ってしまった」

「むきだしの脚以上のものだって見たことがあるでしょう」

「いままで見てきたものなんかどうでもいい」キーランはさらに身を寄せ、ふたりの距離を数センチまで縮めた。「きみが自分を解放するのを見ていたんだ。心から楽しんでいる姿を見られてうれしかった」

キーランは周囲で繰り広げられているお祭り騒ぎには目もくれなかった。ふたたび音楽が始まった。あとでヴァイオリン奏者のオーパルと太鼓奏者のヘンリーに、少なくとも一ポンドずつ渡さなければ。セレステが服をすべて脱いでしまう前に演奏をやめてほしいという無言の要求を聞き入れてくれたからだ。もしかすると、セレステは大勢の前で裸になる覚悟ができていたのかもしれないが、キーランのほうはまったく準備ができていなかった。

いまこの瞬間まで、これほど誰かを求めたことはなかった。セレステへの渇望に支配され、全身が自分のものではなくなってしまったかのようだ。いまや鼓動は欲望で、肺は激しい欲求だった。体のあらゆる部分が敏感になり、彼女の体の隅々まで意識してしまう――頬に浮かぶ玉の汗や大きく開かれた目を。

「そろそろ帰る時間じゃないかしら」セレステが低くかすれた声で言った。

落胆と安堵が同時にこみあげた。キーランはまだこの夜を終わらせたくなかったが、どちらかが後悔するようなことをしてしまう前に終わらせたほうがいい。普段は刹那的に生きているので、後悔などとは無縁だ。しかしいまは、彼女のことを考えなければならない。

「きみの好きなようにするといい」キーランは答えた。

「楽屋へ連れていって」セレステが立ちあがり、素足を室内履きに滑りこませた。

問いかけではなく指示を出したことに、彼女は自分で気づいているのだろうか？　彼女の高飛車な一面にキーランは気をそそられた。

舞台をおりて楽屋へ向かうセレステの腰の揺れに目が釘づけだったせいで、浮かれ騒いでいる仲間たちに、彼は挨拶もしなかった。廊下は影に覆われていたが、キーランは迷わず彼女のあとを追った。まるで彼女が詩に詠った星であるかのように。

予知能力を自分の才能のひとつとして数えたことはなかったが、ひょっとしたらアイルランドの先祖の中に、骨と星で未来を予言した占い師がいたのかもしれない。そうでなければ、セレステがその名の意味する〝天空人〟のように彼を導いてくれると、どうして知ることができただろう？　行き先はわからなかったけれど、キーランはこの旅を喜んで受け入れることにした。

セレステは楽屋に足を踏み入れたが、開いたドアから数歩離れたところでじっと立っている。キーランはドア枠に寄りかかり、ブーツを履いた足を交差させた。

「ドレスを脱ぐのに、あなたの手を貸してもらわないと」彼女がかすれ声で言った。

それは嘘だとふたりともわかっていた。

いいのか？　いけないことではないのか？　それでも彼女が欲しくてたまらないし、セレステも彼を求めている。この瞬間、それ以上に大切なものは何もなかった。

キーランは葛藤した――情熱に身をまかせるべきか、このまま立ち去るべきか。ふたりで過ごせる時間は残りわずかだ。キーランは身勝手になり、与えられたチャンスをつかむことにした。それでもセレステに多くのものを与えることはできるだろう。かまうものか、情熱の炎を燃やしてすべてを捧げよう。彼女が望むものをすべて与えるのだ。

キーランがまっすぐに立ち、ドアを閉めて鍵をかけてから近づくと、彼女の息遣いが浅く速くなった。セレステが向きを変え、ドレスの身頃の脇に並んでいる留め具を見せた瞬間、彼の呼吸も浅く速くなった。キーランは留め具を外し、あらわになったコルセットに指先でそっと触れた。

「ああ、女性たちはこういう窮屈な下着をつける必要などないのに」彼はつぶやいた。「きみの肌に触れたい」

「わたしもそうしてほしいわ」

ついに最後の留め具が外れると、セレステは彼から少し離れてドレスを脱ぎ、コルセットとシュミーズとドロワーズだけの姿になった。乳房がコルセットからあふれそうになっている。シュミーズの薄い生地は障壁の役割をいっさい果たしておらず、思う存分に彼女を眺めることができた。

セレステは隠しようのない欲望を浮かべてキーランを見つめている。彼の下腹部は鉄のようにかたくなり、息遣いが荒くなった。

セレステが一歩近づいてきた。自分でも驚いたことに、キーランは思わずあとずさった。彼女は眉をひそめ、ふたたび前に出た。またしても体が勝手にあとずさりしたが、ふくらはぎが寝椅子にぶつかり、その場で立ちすくんだ。

「あなたは……」彼女が唇を舐めた。その仕草を見て、キーランの全身に熱が駆けめぐった。「わたしが欲しくないの？」

「ああ、かわいい人」キーランはかすれた声で言った。「きみが欲しくてたまらないよ。目がくらみそうなほどだ。だが……」自分は本当に一線を越えるつもりだったのか？　この状況から見て、たぶんそうなのだろう。「その前に話しあう必要がある」

「話しあう？」セレステは目をしばたたいた。「レディ・オブ・デュビアス・クオリティの本では、事前に話しあいなんてしていなかったけれど」

「これは現実の世界だ。現実の世界では、相手の望んでいることを容易に推測することはできない。会話をしなければ無理だ」

彼女が両手を腰に当てる。その仕草が、胸を前に突きだすという非常にまずい効果をもたらした。あの美しい乳房に触れたくてたまらないのに、いったいどうやって理性を保てばいいのだろう？

「そういうことなら、話しあいましょう」セレステが言った。

「まず最初に」手を伸ばせば触れられる距離に半裸の女性がいる状況で、キーランはできるだけ無表情を装って切りだした。「きみは本当にこれを望んでいるんだな？　ぼくと親密になりたいという言葉を聞いておきたい」

「ええ、なりたいわ」セレステは即答した。「ええと……あなたはどうなの？」

「きみを求める以上に誰かを求めたことなど、覚えている限り一度もないよ」キーランはざらついた声で言った。欲望がどんなものかは知っているが、こんな気持ちは初めてだ。彼女の中に自らを沈めてひとつになりたいという、身を焦がすような渇望を覚えるのは。

セレステがうれしそうに頬を紅潮させ、赤みが鼻梁にまで広がった。しかし、なぜか口調はきびきびしていた。「妊娠を防ぐための基本的な知識はあるのよね」キーランがうなずくと、彼女は続けた。「それなら、わたしたちは安全に欲望を満たすことができるわ。それがわたしたちの望みでしょう」

「きみの未来の夫の望みはどうなる？」

セレステは表情を曇らせた。「今日のことは、彼にはなんの影響もおよぼさないわ。いい、わたしの体だもの。わたしの好きなようにしていいはずよ」さらに強い口調でつけ加える。「それに、処女でなくたって結婚はできるわ。男性はいつもそうでしょう」

「こんなことは言いたくないが、同じではないんだ。ひどい話とはいえ、女性は男とは違う道徳的規範を守らなければならないのが現実だ」

「そんな規範は受け入れられないわ」セレステは言い返した。「ラトクリフにいたときでさえ、自分で何かを選択することは許されなかった。でもこれは――」手を振って自分の半裸の姿を示し、さらに言った。「とりあえずいまは、自分で選択している。この先どんなことがあろうと、わたしは今夜、自分の体を思いのままにして、本当の喜びを知りたいの。そして、わたしは自分のためにあなたを選ぶわ」

「今夜のきみは快楽主義のサロメだからか」セレステに対する欲望と渇望が、キーランの全身を駆けめぐった。

「サロメはわたしで、わたしはサロメだからよ」セレステは言葉を返した。「彼女はいつでもわたしの中にいるの。そしていまはもう、わたしのあらゆる部分に宿すことができる」

「よかった」キーランは切迫した低い声で言った。「きみが本当の自分から離れて生きずにすむならうれしいよ」

「少なくとも今夜は」彼女は顎をつんと高く上げた。「もう充分に話しあったわよね。あなたはわたしと夜をともにしたいの？　それともしたくないの？」

キーランの頭の中では警告する声が響いているにもかかわらず、興奮で体に震えが走った。

「もっとまっとうな男だったら、ノーと言うんだろうな」

「まっとうな男性なんて求めていないわ」セレステは皮肉っぽく言った。「わたしはあなたが欲しいの」

「一本取られたよ」キーランはお辞儀をしたが、身を起こしたときには紳士的な態度は完全にはがれ落ちていた。「さあ、後ろを向いてくれ、シュミーズを脱がせてあげよう。こういうことをするなら、中途半端はだめだ。つまり、きみの裸が見たい。いますぐに」

鼓動が速くなり、セレステはいまにも気絶しそうだったが、必死に意識にしがみつき、キーランに背中を向けた。

彼は手早く紐を緩めてシュミーズを脱がせると、すぐさま脇へ投げ捨て、セレステの体を回転させて自分のほうへ向かせた。セレステは両腕を彼の肩に回すと、唇を重ねた。決して上品なキスではなく、もっと扇情的で情熱的で巧みな口づけだったが、キーランは気にする様子もなく、取り憑かれたように応えた。まもなくふたりはリズムをつかみ、貪るように与えたり奪ったりした。舌で舌を撫でられ、彼女がはやる気持ちで口を開くと、キーランは奥底から響くような動物じみた声で応じた。

彼の両手がセレステの背中から腰の曲線へと滑りおりていく。片方の手のひらが乳房を見つけると、愛撫によって鋭い快感がわき起こり、セレステは彼の口の中にあえぎ声を漏らした。

「くそっ、なんてことだ」キーランは悪態をついた。「きみはすごく気持ちがいい」

「全身であなたを感じたいわ」セレステは息を弾ませて言った。自分の腰を彼の腰に密着させると、鹿革のブリーチズが肌に触れるのを感じ、興奮にあえいだ。キーランは服を着たままなのに、セレステは一糸まとわぬ姿だ。その官能的な対比に彼女はめまいを覚えた。「全部欲しいの」

「焦らないで、ひとつずつ順番にだ」

「なぜそんなに冷静でいられるの？」

「心の中では大暴れしているよ」くすくす笑う声が、セレステにはベルベットのように感じられた。「そしてここは、大火事だ」キーランが彼女の手を取り、張りつめた下腹部の膨らみに押しつけた。

「ああ」セレステは興奮して言った。「これがかの有名なペニスね。噂はかねがね聞いていたわ」品定めするように握りしめてみると、彼がうなり声を発した。

「ぼくのペニスの噂かな？　それとも一般的なペニスの？」のんきな言葉とは裏腹に、彼の声は低くかすれていた。

「もちろん、あなたのよ」セレステは撫でながら、鹿革越しに形と大きさを確かめた。「ゴシップ紙によく書かれていたわ。愛人たちがあなたをめぐって争っているって。あなたの何が彼女たちをそれほど夢中にさせるのかしらって何年も不思議に思っていたけれど、いまその理由がわかったような気がする」

「触れただけでそんなに感動するなら、これが別の場所に入るところを想像してごらん」

「まあ」セレステは手を引っこめた。キーランはどうやってこれを彼女の中におさめるつもりなのだろう？　痛くないのだろうか？

「落ち着いてくれ、かわいい人」彼はセレステのこわばった顎を撫でた。「初めてなんだろう？　きみの好きなだけ時間をかけて、ゆっくり進めよう」

セレステは首をすくめた。「このことについては、本でいろいろと読んだわ」

「本で読むのと実際にするのは、全然違うよ」キーランがやさしく答えた。「ぼくの願いは、きみを楽しませることだ」

「あなたならきっとそうしてくれるでしょうね」キーランを求めて体が震えていたが、彼のやさしさと忍耐強さが心をなごませてくれた。「わたしの願いも、あなたを楽しませることよ」

「これからきみがぼくとすることに、おかしなところはまったくない。きみが何を妄想していようと、どんなに気持ちよくなろうと、それはすばらしいことだ」彼は身をかがめ、セレステに甘いキスをした。「ここは安全で神聖な場所だ。ぼくと一緒に自分を解放するといい」

「でも……少し怖いわ」セレステは震えながら、彼の胸に額を押し当てた。「痛みを恐れているわけじゃなくて、完全に自分を解放したら、どんなふうになってしまうのかわからなくて怖いの」

「きみが堕落するというなら、ぼくが受け止めると誓う。だが、そんなことになりはしないよ。きみは高みにのぼりつめるんだ」

セレステは胸がいっぱいになり、体を引いて彼を見つめた。「あなたを信じるわ」

「さあ……これがふたりの一夜になるなら、存分に味わおう」キーランはセレステの手首を握り、寝椅子へと導いた。「いいかい?」

「あなたの望みどおりにして」セレステは小声で言った。

「信頼してくれ、かわいい人。ぼくは多くのことを望んでいるが、その都度きみに許可を求めるつもりだ」彼はそう言いながら、セレステをやさしく促し、寝椅子にあおむけに寝かせた。「きみのことを心ゆくまで眺めたい。かまわないかな？」

「ええ」セレステは答えた。

キーランは望みどおりのことができるように後ろへ下がると、焼けつくようなまなざしで彼女の裸体を見つめた。セレステはとっさに体を隠しそうとした――体は成熟しているけれど、ドリー以外の誰かに裸を見せたことなどなかったからだ。でも同時に、彼に見てもらいたくてたまらなかった。まるで崇拝の対象でありながら退廃の象徴でもあるかのようなまなざしで見つめられると、セレステの胸は高鳴り、下腹部が熱く潤った。

キーランが膝をついた。

「知っているかい？」彼は荒々しい声で言った。「こんなふうにきみを眺めるのを、ぼくがどれほど待ち望んでいたかを？」

セレステは首を振った。興奮のあまり口もきけない。

「ずっとずっと前からだ」そう言いながら彼は身をかがめ、セレステの肌にもう少しで触れそうな距離まで唇を近づけた。「頭も体もきみを隅々まで味わいたいという欲望の虜になっている。そしてこの首……なんて美しい首なんだ……」

唇で喉をなぞられ、セレステは身震いした。

「この首に噛みつきたい」キーランは低く響く声で言った。「きみを組み敷いて何度もきみを満たしたい。けだもののようにきみに印をつけたい」

キーランの歯がやさしく肌に食いこみ、快楽という句読点となった瞬間、セレステは大きなあえぎ声をあげた。同時に彼の両手がセレステのおなかと乳房を愛撫し、ヒップをかすめた。全身に彼を感じ、体の隅々まで快感が押し寄せてくる。寝椅子の布地に背中をこすられ、ざらついた感触がさらに興奮を高めていく。

セレステは唇と歯で動きを封じられ、キーランの体の下で両脚を動かして身もだえした。高まる欲望からどうにか解放されたくて、片手で彼の肩にしがみつくと、痛いほどうずいている腿の合わせ目にもう一方の手を伸ばした。

「ぼくがしてあげよう」彼が肌に向かって低い声で言った。

「ええ……お願い……」セレステはどうにか息を吐いた。

彼女の手に代わってキーランの手がひだのまわりから内側へと愛撫を始めると、セレステは背中を弓なりに反らした。鋭い快感が全身を駆け抜ける——以前から自分で触れる行為は楽しんでいたけれど、ふたたび彼に触れられ、恍惚感がいっそう高まった。最初のうち彼はやさしく触れ、それからゆっくりと時間をかけて無上の喜びを引きだそうとした。キーランは親指で円を描くように敏感な突起を愛撫しながら、ほかの指で入り口をなぞった。やがて一本の指を奥に沈められた瞬間、セレステは小さな悲鳴をあげた。

「やりすぎたか？」彼は動きを止め、かすれる声で言った。

「いいわ……とっても気持ちいい」

「これはどうかな」キーランは荒々しい声で言うと、彼女の中に指を突き入れたり引き抜いたりして、ある場所を見つけた——彼の指が突き入れられるたび、セレステは強烈な快感に襲われる場所を。「きみにもっと与えたい。ぼくを受け入れる準備をしてもらうために」

「そうして」セレステは求めた。

キーランは指をもう一本差し入れてひだの内側を広げると、二本の指を突き入れながら、敏感な突起にも親指で甘美な刺激を与え続けた。

解放の瞬間が近づいていた。手を伸ばせばつかめそうなほどすぐ近くに。

「自分を解き放つんだ、かわいい人」キーランは彼女の肌に歯を立てながら促した。「ぼくを使って、高みにのぼりつめるんだ」

セレステは彼の手の動きに合わせて腰を揺らし、やがて息をのむような歓喜の瞬間を迎えた。彼の執拗な手が生みだした快感に喜悦の声をあげ、体を弓のように反らす。

キーランが彼女の首に添えていた手を緩め、嚙んだ場所を舐めた。「美しい、なんて美しい人なんだ。だが、もっと欲しいはずだ。きみが望むものを与えてあげよう。どんなことでも、ありとあらゆることを」

「ありとあらゆること?」セレステは顔を上げた。

キーランはみだらな笑みを浮かべた。セレステの望むものを与えたくてたまらないと言いたげに。「きみが求めていることを教えてくれ」

彼女はとっさに否定しようとして、特に何もないと言いかけた。今夜はすでに、信じられないほど大胆なことをいろいろした。もっと大胆になれるの？　彼に勧められたように、自分を解放することができるだろうか？

きっとできる、キーランとなら。

「ミスター・ロングブリッジのパーティで、わたしが暗唱したのは」セレステはささやくように言った。「レディ・オブ・デュビアス・クオリティの本の中で、男性が……女性の性器に口づけをする場面なの」

キーランの笑みが獰猛さを帯びた。「きみもそれを望んでいるわけだな」セレステがうなずくと、彼は言った。「自分の口で言ってくれ、その言葉を聞かせてほしい」

「あなたに……」セレステはごくりと生唾をのんだ。「わたしのあそこを舐めてほしい」

キーランの顔から笑みが消え、激しい渇望の色が浮かぶと、セレステの心臓の鼓動が速くなった。彼は熱いキスをしながら、セレステを寝椅子のクッションに両手で押さえつけた。

次の瞬間、キーランの姿が視界から消えたかと思うと、彼はセレステの首筋にキスをし——いったん間を置いてもう一度首を噛んでから——下のほうへ唇を這わせた。そのあとしばらく乳房にとどまり、先端を順に吸ったり舌でもてあそんだりしたあと、さらに下へおりていった。

彼の唇が下腹部の丸みをかすめたとき、セレステははっと息をのんだ。彼が腿のつけ根にキスをした。最初は外側に、そこからだんだん合わせ目のほうへと近づいていく。

キーランの動きが急に止まったので、セレステは足元を見おろした。脚のあいだに彼の両肩があり、視線が自分の性器に注がれているのを見て、胸の中で興奮と羞恥心とがせめぎあう。

レディ・オブ・デュビアス・クオリティの本に出てくる男性はそんなことはせず、すぐさま相手の女性の性器を舐め始めたはずだ。

「何か……まずいことでも？」

「完璧だよ」キーランはセレステから目を離さなかった。「こんなふうにきみを見られるのが一度きりなら、すべてを記憶にとどめておきたいんだ。きみの姿を目に焼きつけておくよ。そうすれば、目を閉じるたびに思い浮かべられる。熱く濡れた美しいきみの性器を」

「キーラン」セレステは甘い声を漏らした。彼は美しい言葉で表現できる人なのに、あえて下品な言葉を使うことでセレステを誘惑しているのだ。

「でも眺める時間のあとは」彼は低い声で言った。「行動する時間だ」

キーランが顔を下げ、彼女の中を舌で探ったり、一心不乱に味わったりしだすと、セレステはあえぎ声をあげた。口で触れられるのは不思議な感覚だった。敏感な突起に吸いつかれ、思わず寝椅子の背もたれをつかむ。舌で突起を刺激されながら、ひだの内側を指で愛撫されると、背もたれをつかむ手にさらに力がこもった。

キーランは口で彼女をもてあそび、荒々しく喜びを与えている。セレステは目を開けているのもやっとだったが、彼の姿に見とれた。キーランはまだ上着もベストもクラヴァットも身につけたままで、セレステの空想を実現することに夢中になっている。

本で読んだり空想したりしていたよりも、はるかにすばらしい。これは現実に起こっていることなのだ。キーランもセレステの体も想像の産物ではない。絶頂の瞬間も生々しかった。爆発的な快感に貫かれ、彼女の体は粉々に砕け散った。

高みにのぼりつめたら彼は動きを止めるだろうと思っていたが、キーランは容赦しなかった。彼女の秘所を舌と指でなおも攻めたて、やがてセレステはもう一度、さらにもう一度絶頂を迎えた。

「キーラン」セレステは息をあえがせて言った。「もうやめて」

彼はすぐに願いを聞き入れ、興奮に顔を輝かせてセレステを見あげた。「なぜだい、かわいい人？」

「あなたをもっとよく見せて」セレステは快楽に酔いしれながら、呂律の回らない口調で要求した。

キーランは後ろに下がると、乱暴に上着をはぎ取り、続いてクラヴァットとベストとシャツも脱いだ。セレステの上に覆いかぶさってきたときは、上半身裸になっていた。

セレステは貪るように彼の体に視線をさまよわせた。隆々とした胸、分厚い肩、割れ目のある腹部、どこも申し分なく引きしまっている。カールした濃い茶色の胸毛に思わず指を絡め、からかうように軽く引っ張った。

もう一方の手で、ブリーチズの中ではちきれそうになっているものを撫でてみる。

キーランは頭を後ろに傾け、うめき声を発した。「予想しておくべきだったよ。ミス・セレステ・キルバーンがこれほどみだらな女性だということを」

「そのとおりよ」セレステはつぶやいた。

「いまからきみを奪いたい」キーランはかすれる声で言った。「いいかい？」

セレステはぎゅっと目を閉じ、甘美で危険な言葉に身をまかせた。これこそが、この数年間求めていたものだ。心と体と欲望を、自らの意思で、自らの望む相手に捧げること。

「ええ」セレステはため息まじりに言った。さらに力をこめてもう一度言う。「ええ」

キーランが床に膝をついたままブリーチズの留め具をむしるように外し、高ぶったものを解放するのをセレステは貪るように見つめた。こっそり手に入れた官能小説の挿絵をのぞけば、屹立したペニスを目にするのは初めてだ。彼が片手でそそり立ったものを包みこむ様子と先端の湿り気を見て、はやる気持ちとかすかな不安を覚え、セレステは思わずすすり泣くような声を漏らした。

「最初は少し痛みを感じるかもしれない」キーランは低い声で言い、セレステの体を支えた。「痛みが長引かないように最善を尽くすよ」

「あなたにまかせるわ、キーラン」彼の目を見つめて言った。

キーランは低く喉を鳴らし、セレステの開いた脚のあいだに身を置いた。そしてかたくなったものの先端を彼女の入り口に当てて動きを止めた。ふたりは大きくあえいだ。世界が一変する直前というのは、こんな感じなのだろうか？　少し怖さを感じたものの、変化をずっと望んでいたのはセレステ自身だ。

てしまう。

「しっかりつかまって」キーランはかすれた声で言った。

彼の両肩をつかみ、両脚を腰に巻きつけた。自分の体が震えているせいか、つるつる滑ってしまう。

「キスしてくれ」彼が要求する。

セレステは頭を持ちあげ、唇を重ねた。その瞬間、キーランが腰を突きだし、彼女の中に身を沈めた。

痛みのあまり、セレステの口から思わず小さな悲鳴が漏れた。しかしキーランが引き抜こうとしたので、セレステは彼にしがみついた。

「離れないで」セレステはささやいた。「このままで少し待ってほしいの」

「痛むんだろう？　実は、いままで一度も……」キーランは息を吐いた。「処女としたことがないんだ。きみを気持ちよくしてあげられていないんだとしたら、死ぬほど悔しいよ」

「まあ、キーラン。そうだったの」突然こみあげてきた涙をセレステは瞬きで抑えた。率直な告白と彼女を喜ばせたいという気持ちに胸を打たれる。「たぶん……このまま続けられると思うわ」

「こんなふうに？」キーランは言いながら、いったん腰を引き、もう一度ゆっくりと突きだした。

セレステは快感に全身を貫かれた。「ええ、そんなふうに」

「それじゃあ、これはどうだい？　これは？」問いかけるたびに彼は腰を突き入れ、そのたびにセレステの快感は増していった。

「いいわ」彼女はあえいだ。

キーランはペースを上げていった。全身がこわばり、顔を満足げにゆがめている。彼が一心不乱に快楽にふけっているさまを眺めるのはいいものだ。口を大きく開け、はあはあと息を切らし、濃い色のまつげに縁取られた目を細めている。

しばらくすると、キーランはふたりのあいだに片手を差し入れ、腰の動きに合わせて彼女の歓喜の突起を愛撫し始めた。ふたたび絶頂を迎えることなどありえないと思っていたのに、セレステはまたしても高みにのぼりつめた。鋭い快感に貫かれ、全身で彼を締めつけ、思わず生々しい声を何度もあげた。

キーランの腰の動きがどんどん速まっていく。見おろすと、彼の屹立したものが、セレステの体から引きだされたり突き入れられたりしている魅惑的な光景が見えた。

やがてキーランは自分自身を引き抜くと、それを握って上下に二度手を動かし、セレステのおなかへと精を放った。

彼はセレステに覆いかぶさったまま、ともに息をあえがせながら余韻に浸った。ふたりの目が合った。彼の瞳に影のようなものがよぎったのは、セレステの茫然自失(ぼうぜんじしつ)の状態を映しだしているせいだろう。満たされて体がぐったりしているのに、心臓は激しく高鳴っている。

レディ・オブ・デュビアス・クオリティの本から、男女の営みについての心得をすべて教わっていたわけではなかったのだ。たしかに、もっと動物的な性質や物理的な面は理解していたし、ずっと求めていた肉体的な快楽を得られた。

だけど事後のこの時間は……キーランと見つめあいながら、体が結ばれたことで心まで通いあったかのような……この親密さは予想していなかった。こんな感情を覚えるなんて間違っている。

なぜなら今夜何が起こったにせよ、ふたりはこれまでどおりの関係を続けなければならないからだ。互いにとって有益な取引をした単なる友人同士として。キーランは禁断の自由な世界を見る機会を彼女に与え、セレステのほうは……彼の花嫁探しを手伝うことになっている。

どうにかしてキーランにふさわしい女性たちを紹介し、彼がその中からひとりを選び、片手を差しだして求婚するのを笑顔で見守らなければならないのだ。それどころか彼の結婚式に出席しなくてはならないかもしれない。別の女性との結婚式に。

その日、セレステのほうもすでにモントフォード伯爵夫人になっている可能性がある。

セレステは体を重ねあわせた男性の顔を見あげた。彼のおかげで初体験は特別なものになった。そこには快楽よりもっと意義深いものがあり、彼が与えてくれたものを思うと、やさしい気持ちが胸にこみあげた。それなのに彼はほかの誰かと結婚してしまう……。

ああ、どうしよう。彼の結婚式を思い浮かべた瞬間、祭壇の前に立つキーランの隣にいるのは、セレステ自身だった。

それは決してありえないことだ。

あとで無事に自分のベッドへ戻ってから、心をずたずたに引き裂こうとするこの感情に浸るのはかまわない。でもいまはとにかく、いつもの服に着替え、化粧を落とし、家に帰らなければならない。

セレステが行動を起こす前に、キーランが放り捨てたクラヴァットをつかみ、彼女のおなかをきれいに拭いてくれた。糊のきいた生地が少しひりひりしたけれど、彼の思いやりがありがたかった。彼は汚れた布を上着のポケットに入れると、ブリーチズをはき、留め具を締め直した。

残りの服もさっと身につけ、セレステにも服を着るよう促すだろうと思った。ところが彼は寝椅子にいるセレステの隣に横たわり、腕に抱き寄せたのだ。すり寄ってきた彼女の頭のてっぺんに、キスをする。

セレステの胸は甘い痛みにかすかにうずいた。

「痛かったかい?」キーランが彼女の髪に向かってささやく。

「少しだけ」セレステは正直に答えた。「でも、それだけの価値があったわ」

「だとしたらよかった」

「あなたはとても上手なのね」汗が冷え始めた体に隙間風が当たり、セレステは身を震わせた。

「練習の賜物(たまもの)だよ」キーランが脱ぎ捨てられたショールを手に取り、彼女の体にかけた。絹のように滑らかな生地が肌の上を滑る。

「でも処女とは初めてだったのよね」セレステは言った。

「ああ、そうなんだ」キーランがおどけた調子で返す。

セレステは体の位置をずらし、彼を見あげた。「初体験をこんなにすばらしいものにしてくれると知ったら、ロンドンじゅうの処女たちの半分が押し寄せて、あなたの家のドアを叩き壊すでしょうね」

軽口を叩いているほうが安全だ。心から望んでいることを――キーランのすばらしさがわかったこと、彼のいない人生を考えただけでもぞっとすること、この先ずっと今夜のことを、彼のことを夢見て過ごすだろうということを口にするよりは。

「そんなことになったら大家のおかみさんがいい顔をしないだろうな。ぼくの技術にそれほどの需要があると請けあってくれるのは光栄だが、ほかの人たちに手ほどきをする事業に参入するつもりはないよ」

「でも、わたしには手ほどきしてくれたわ」セレステは言い、彫刻のように美しい彼の上半身を撫でさすった。

「きみはあらゆる点において例外だからね」キーランがその手をつかまえて唇を押し当ててきたので、セレステは胸が締めつけられた。

「このことを詩に書いてもらえないかしら？」セレステは小声で尋ねた。

「もうここにあるよ」彼が胸をとんとんと叩いた。「だが紙に書き留めるつもりはない――ぼくたちふたりだけのものだ」小声で言い添えた。「きみのことを書いた詩は」

「本当に？」セレステはあんぐりと口を開けた。「きっと品行方正ぶった若い女性についての風刺詩に違いないわ。〝退屈な〟と韻を踏んでいる箇所がたくさんあるんでしょう」

彼は眉をひそめた。「そんな詩じゃない」

「それなら教えて」心外だと言いたげに彼が黙ったので、セレステは言った。「ぜひ聞きたいわ」

キーランは咳払いをすると、詩を詠んだ。

「〈彼女は温室の気弱な花々の中をさまよい歩く
花々はしおれ、色あせ、くすんでいく
彼女を手なずけたと思いながらもおびえ
秘めた情熱に恐れおののく
孤独な生贄は、震えながら、愛を捧げながら、わたしの中で鼓動している
死とは楽園を意味するのだ〉」

キーランをじっと見つめると、彼の顔から胸へと赤みが広がっていった。

「園芸展で過ごした午後のことね」セレステはため息をついた。キーランがうなずいたので、セレステは彼の顔を両手で包みこんだ。「いままで宝石やドレスや誰もが欲しがるような豪華なものを贈られたことはあるけれど、こんなにすてきな詩を贈られたのは初めてよ。ありがとう、キーラン」

キスをすると、彼は唇を重ねたまま微笑んだ。「きみが望むのなら、なんでも与えてあげ

よう、かわいい人」

その言葉に嘘はなかった。キーランは本気でそう信じているのだ。けれども、セレステが本当に欲しいものを彼は決して与えてくれないし、決して与えることはできない。

17

セレステの着替えを手伝い、自分も着替えをすませ、彼女をいつもの待ちあわせ場所まで送っていくのは、キーランにとってこの二七年間で最もつらいことだった。本当に必要とし、強く求めていたのは、彼女を自分の部屋へ連れて帰り、ベッドでひと晩じゅう体を重ねることだ。その代わりに、ひとりきりでからっぽの腕にうずきを感じながら何時間も眠れずに過ごし、明け方になってようやく眠りに落ちた。

夕方頃に目を覚まし、うつぶせになってセレステの体を手探りしたが、かたわらにあるのはいっそう空虚な空間だった。隣の枕に手を滑らせ、彼女がここにいるところを想像した。枕に広がる琥珀色の髪、眠たそうだが欲望を宿したなまめかしい目で、彼に手を伸ばしてくる姿を。

ああ、ふたりの相性がすごくいいことがわかって、これからどうすればいいだろう？　セレステは人柄がよく、率直で、柔軟で、情熱的だ。彼女に喜びを与えるのは名誉なことだった。二度とその名誉を授かることはできないが。

昨夜の最大のリスクは、自分が詩人だという事実を明らかにしたことだ。セレステの反応不安は彼女には隠していた自分の重要な一面を見せるべきだと思ったし、不安は杞憂に終わった。彼女がくれた喜びの表情と称賛の言葉は、人生の最悪の日々においても慰めとなるだろう。

早くも頭の中に、セレステの新しい詩が浮かびかけている。彼女の瞳に浮かぶ多彩な色をどう表現すればいいだろう？　どんな言葉を使えばいい？

まったく、別の女性と約束していた一四行詩を作らなければならないのに。

キーランは寝返りを打ち、うめき声をあげながら両手で顔を覆った。

「具合でも悪いのか？」フィンの声がして、兄が寝室に入ってきた。身支度の途中だったのか、ブリーチズとシャツだけを身につけ、その上に黒のガウンをはおっている。

「ノックをしない兄さんにうんざりしているだけだよ」そう答え、指のあいだから兄を見た。「いま何時だ？」

「そろそろ起きて、一緒に乗馬へ出かける時間だ」兄が片方のブーツを投げつけてきたが、運よく顔に当たる前につかんだ。

キーランは体を起こすと、無精髭の生えた顎を手のひらでさすった。「気は進まないが、ロットン・ロウへ行くべきだな」

「あそこではスピードを出せないぞ」フィンは反対し、炉棚の時計にちらりと目をやった。午後五時一五分前を指している。「しかも、この時間だ」

「スピードを出すのが目的じゃない」キーランは床に脱ぎ捨てたシャツを拾いあげ、それを着てから立ちあがった。「人に見られるために行くんだよ。さんざんな評判を改め続けなければならないとすれば――それは兄さんにとっても必要なことだろう――社交界の人たちが集まる時間に、馬に乗ってゆったりと上品にロットン・ロウを曲がってみせるのも、計画遂行の一環だと思うが」

くそっ、本当は計画を遂行などしたくないのに。花嫁候補に出会いたいとは思わないし、セレステ以外の女に求婚すると考えただけで胃がむかむかする。しかし、彼女はあのいまわしいモントフォード伯爵と結婚することになっている。

昨夜、体を重ねたあとでセレステを抱きしめながら、いまいましいモントフォードの代わりに自分が彼女に求婚してもよいかと切りだしそうになった。考えてみれば、モントフォードは伯爵だ。たしかにキーランは伯爵家の三男で自分の称号は持っていないが、この家柄にだって価値はあるはずだ。

しかし、モントフォードはいずれ侯爵になる。そうなると、伯爵家の末息子よりもはるかに地位が上になる。たとえキーランが実入りのいい職についたとしても、モントフォード家ほどの財産や領地を手に入れることはできないだろう。さらに、モントフォードからの求婚を断れば、キルバーン家の社会的地位が危うくなるとセレステが言っていた。

彼女の今後の婚約に大きく関わる以上、やはりセレステに求婚することはできない。つまり、どんなに気が進まなくてもほかの女性を探して妻にする以外に選択の余地はないということだ。家族から最後通牒を突きつけられたのだから。

キーランの苦しい胸の内になどまったく気づかないまま、フィンは大きなため息をついた。「どうしても行かないとだめか？」

「父さんに勘当されてもいいのか？」キーランは言い返した。フィンが返事をしないので、キーランは無愛想に言った。「着替えるんだ、見苦しくない身なりをしてくれ」

三〇分後、キーランとフィンは馬にまたがり、ゆっくりとロットン・ロウを進んでいた。キーランは普段、午後五時から七時のあいだはこの場所を避けている。馬に乗りたいときはハムステッド・ヒースへ行き、馬を思う存分走らせるほうが好きだし、そうしたい衝動に駆られた。

「ここじゃ襲歩（ギャロップ）では走らせられないな」キーランは隣で馬に乗っているフィンに向かってつぶやいた。キーランの馬はドルシネアという黒い牝馬で、荒野を駆け抜けるのが何よりも好きなのだ。ドルシネアが地平線に向かって駆けだそうとしたので手綱を引いて制止すると、馬はいらだたしげに鼻を鳴らした。無蓋馬車や、スピードや体力よりも見栄えを重視して繁殖された牛のあいだを縫うようにしてドルシネアを誘導した。

「人に見られるためにここへ来ようと言ったのはおまえなのに、それじゃあ目的が台なしじゃないか」灰色の去勢馬にまたがったフィンが言う。「酔っ払った彗星（すいせい）みたいなスピードで駆け抜けたら、まともに見てもらえやしないぞ」

「背に腹は代えられないな」キーランはつぶやいた。

「こんにちは、ミスター・ランサム」赤ら顔の紳士が、すれ違いざまに馬上から声をかけてきた。フィンに対しては少しよそよそしい口調で言う。「そちらのミスター・ランサムも」

「ヘンプノール卿」キーランは応じ、帽子のつばに軽く触れて挨拶した。

「いまのは誰だ？」男性が通り過ぎたあと、フィンは尋ねた。

「セレステが――いや、ミス・キルバーンが園芸展で紹介してくれた紳士で、彼の屋敷で開かれた音楽会に招待してもらった」

フィンは眉を吊りあげたが、堅苦しい行事についてそれ以上詳しく尋ねてこなかったので助かった。あの日のことを口にしただけで、インペリアル劇場の楽屋でセレステを腕に抱きながら、彼女のために詩を詠んだことを思いだしたからだ。彼女の柔らかなぬくもりをいまだに感じることができる。刺激的で甘美な味も覚えているし、詩集を出版することを彼に勧めたときの熱心な表情もありありと目に浮かんでくる。

誇らしさが胸にこみあげた。彼女の初体験をすばらしいものにしたかったし、その役目を無事に果たすことができてほっとした。情事の相手を喜ばせる努力は常にしているが、セレステに対してはいっそう心を尽くした。彼女の幸せを守るためなら、自分が血を流して抜け殻になろうとかまわなかった。

一度きりの関係でも充分だと思ったとは、なんて愚かだったのだろう。

「こんにちは、ミスター・ランサム」ふたり組の婦人が馬車から手を振ってきた。

「レディ・コーントン、ミス・ゴスウィック」キーランはすれ違いざまに小さくお辞儀をしてから、兄を一瞥して噛みつくように言った。「なんだよ？」

「おまえの評判を魔法のように一変させるとは、ミス・キルバーンは妖精の血を引いているに違いない。賭博場へ連れていったら、幸運を呼びこんでくれるかもしれないな」

「兄さんはただでさえ、ブラックジャックで大勝しているじゃないか」キーランは不機嫌に言った。「腕がいいなら運は必要ないだろう」

フィンは肩をすくめた。「ぼくが得意だということはそれだけ難しいというわけだ」

その点について兄と議論したかったが、平常心を失っていてそれどころではなかった。

「ともかく、ミス・キルバーンはおまえの社会的地位に驚くべき変化をもたらしてくれたわけだ」フィンはつぶやいた。

「そのようだな」キーランは馬車から手を振ってきた年配の男性と妻と娘の三人組に会釈した。音楽会で顔を合わせたような気はするが、確信が持てなかった。上流階級の一族はみなよく似ているせいだ——みな血色が悪く、同じ血統で必要以上に繁殖し、自分たちの交友関係にしか目を向けようとしない視野の狭い連中。

娘が結婚適齢期らしいから、彼らと会話をしておくべきなのかもしれない。しかしキーランはその考えを追い払った。

「ぼくもミス・キルバーンに面倒を見てもらおうかな」フィンが考えこむような顔で言う。

「いまのおまえと同じような取引をして」

「黙れ」キーランは怒鳴り声で言った。

フィンのかすかな眉の動きが、図書室に山と積まれた本以上のことを伝えていた。

「ぼくが言いたいのは」キーランは冷静さを取り戻して言った。「彼女は兄さんとまでそんな取引をする必要はないってことだ。兄さんが社交界に仲間入りするためには何か別の方法があるはずだ」

夜中にセレステをロンドンの悪名高い場所へ連れていく必要のない方法が。彼女が自由奔放なサロメに変装して、フィンと何時間も一緒に過ごさなくてもいい方法が。

キーランが思わず手綱を強く引くと、ドルシネアがまたしてもいらだたしげに鼻を鳴らした。「失礼、お嬢さん」そう言って、馬の首を軽く叩いてなだめる。

「心配するな、キーラン」フィンは冷静に言った。「ぼくがミス・キルバーンに特別な感情を抱く可能性は一〇〇〇にひとつもない。おまえと違って」

キーランは懸命に手綱を緩めようとした。くそっ、ドルシネアが前脚を跳ねあげるほど強く手綱を引きたくなるのはなぜなんだ。

馬の脇腹を蹴って全速力で走り去りたくてたまらなかった。ロットン・ロウで彼を見つめる多くの人の目と、兄の鋭い観察眼から遠ざかりたかった。

「くだらない」即座に言ったが、フィンには心を見抜かれただろうか？　キーランの心臓が肋骨（ろっこつ）の中で激しく鼓動し、息ができなくなりそうだった。なぜなら、フィンの言うとおり……セレステに特別な感情を抱いているからだ。

「たしかに、ぼくはいつもくだらないことばかり言っているが」フィンはにこやかに認めた。「いまは違うぞ」

「ドムには何も言うなよ」キーランは警告の視線を投げた。

「言うなって、何を？」

「ええと……」キーランはドルシネアを誘導し、道の真ん中で馬を止めて話しこんでいる集団をよけた。なんとか適切な言葉を探そうとする。セレステへの気持ちを表現し、同時に彼女を守れる言葉を。「ぼくが彼女を大事に思っていることをだよ」

「やっぱりそうか」フィンが得意げに言う。「鎌をかけてみたんだが、まんまと引っかかったな」

キーランは悪態をついた。「兄さんが寝ているあいだに、髪に糖蜜をかけてやる」

「話をはぐらかしても無駄だぞ。おまえはミス・キルバーンに惹かれているわけだな」

「おい、声を落としてくれ」キーランはバルーシュ型馬車に乗っている母親とふたりの娘に向かって微笑みながら、こわばった口調で言った。その娘たちとの出会いの機会が台なしになることはなんとも思わないが、セレステを余計な詮索の目から守らなければならない。

ドルシネアを道路脇の静かな場所へと移動させ、兄がついてくるのを待った。フィンが近くまで来ると、キーランは低い声で言った。「ぼくがミス・キルバーンをどう思おうと関係ない。彼女はもうじき別の男と結婚するんだから」

「キスはしたのか？」

口を開いたら多くを語りすぎてしまいそうだったので、キーランは黙ってうなずいた。セレステとキス以上の関係になったことを兄に打ち明けるつもりはない。くそっ、あれは信じられないほどすばらしかった。数多くの官能的な出会いの中でも、最も特別な経験だった。

フィンが小声で何やらつぶやいた。

「なんだ？」キーランは尋ねた。

「おまえはばか者だと言ったのさ」兄は返した。「おまけにひどい女たらしだ」

「どちらも自分でつけたあだ名だよ」キーランは言った。どう考えても、セレステに手を出すべきではなかった。おそらくお互いのために。だが、彼女にあれほど大きな喜びを与え、彼自身も幸せな気持ちになれたのに、どうして後悔できるだろう？

キーランは悪態をつくと、いらいらするほどゆっくりと馬を歩かせた。兄も歩調を合わせた。ふたりとも黙ったまま乗馬を続けていると、すれ違う人々がキーランに挨拶したり、いままでにはなかった関心を示していく。

「どんな気持ちだ？」フィンは尋ねた。

「役を演じているみたいだよ」キーランは答えた。「いまや彼らは、ぼくのことを注目に値する人間だと思っているようだが、それはうわべだけの変化にすぎない。中身は何も変わっていない」

「ぼくが訊きたいのは」兄はさらに言った。「誰かを大事に思うっていうのはどんな気持ちかってことだ」

フィンにちらりと目をやると、兄は物思いにふけっていた。キーランと同じくフィンも特定の愛人を作ったことはないが、彼と違うのは、兄はそこまでの放蕩者ではなく、情事にふけるよりも賭博場を好むということだ。たしかに、一緒に暮らしている家へ帰ったときに兄が女性をもてなしているのを何度か見かけたことがあるものの、相手が同じ女性だったことはほとんどない。

「そうだな……新しい感覚だよ」しばらくしてキーランは答えた。「経験がないから刺激が強すぎて、自分の行動の何もかもが間違っている気がしてならない。この分野について教えてくれる人が誰もいなかったからな。父さんと母さんが専門家でないことは明らかだし」

「力になれたらいいんだが」フィンは顔をゆがめて言った。「ぼくはステーキを切る仕事を課せられたスプーンくらい役立たずだ」

「それは詩も同じだ」キーランはつぶやいた。「詩にはさまざまな感情が表現されている。だが言葉というのは、単刀直入であいまいさがない。言外に存在し、どんなに凝った構成でも表現しきれない深遠な意味まで伝わるかどうかは定かではない。誰かの顔に笑みが浮かぶのを見るために生きているという美辞麗句を連ねることはできても、その笑顔を見た瞬間に、胸に光の花が咲くのを実際に経験してみると、詩はただの空虚な音節でしかないんだ」

「まったく困ったもんだな」一瞬の間を置いて、フィンが言った。

「そうなんだよ、兄さん、まったくそのとおりだ」乗や馬車に乗っている人々を見まわしたが、キーランに興味を持っている人はもういないようだった。「人に見られるのはたくさんだ。兄さんがよければ、そろそろ引きあげよう」

「よかった」兄は安堵の表情を浮かべて言った。「こんな社交儀礼はうんざりだ。景気づけに強い酒をたっぷり飲まないと」

ふたりはすぐにヘンリエッタ通りへ戻った。家に足を踏み入れたとき、見慣れない筆跡でキーランの名前が記された封筒がドアの下から滑りこませてあることに気づいた。

「裁判所からの召喚状か？」フィンはキーランのそばを通り過ぎ、ウイスキーを取りに行きながら尋ねた。

キーランは封緘紙を破り、中身に目を通した。「招待状だ」

「父親認知訴訟か？」兄はふたり分のウイスキーを注ぎながら訊いた。

「ばか言うな、舞踊会だよ」招待状を読み、キーランは眉を吊りあげた。「グレイランド公爵夫妻がふた晩、ぼくと一緒に楽しみたいそうだ」

「かなり評判の舞踏会じゃないか」フィンはグラスを手渡しながら言った。「ぼくのようなならず者でさえ耳にしたことがあるぞ。公爵の舞踏会に招待されるとはお手柄だな、キーラン。ミス・キルバーンは本当におまえの評判に奇跡を起こしたわけだ。乾杯」

兄がグラスの縁をキーランのグラスに軽くぶつけたあと、ふたりは口をつけた。ウイスキーが喉を焼きながら入ってきても、まだ寒気がした。

「シーズン中の社交行事に招待されたばかりだというのに、やけに陰気な顔だな」フィンが言った。「おまえは成功したんだぞ、キーラン。舞踏会に出席する母親たちはおまえが立派な紳士だと知り、自分の娘を訪問してほしいと意気込むはずだ」

「そうだな」キーランはウイスキーを飲み干し、もう一杯注いだ。しかしいくら飲んでも気分は晴れなかった。「花嫁探しは順調に進んでいる。つまり、セレステの助けはもう必要なくなるということだ」

ウイスキーが鉛のように胃にもたれていた。初めからセレステと過ごす時間は期限つきだとわかっていたが、その期限は遅くなるだろうと思っていたし、そうなることをキーランは望んでいた。

そのときドアをノックする音がした。フィンが動く素振りを見せないので、キーランが応対に出た。

「お嬢さまからお返事をいただいてくるように言われています」使いの少年はそう言って、折りたたまれたメモを差しだした。

酒を飲んでも晴れなかった気分が、セレステの筆跡を目にしたとたんに高揚した。少年から手紙を受け取り、すばやく目を通す。

〈うちの屋敷から三ブロック離れたところにある公園で会いましょう。明日の午後二時でどう？　戦略会議よ！〉

「必ず行くと伝えてくれ」キーランは即座に答えた。お礼に硬貨を渡すと、使いの少年は階段を駆けおりた。彼がドアをばたんと閉めて出ていったとき、明日セレステに会う理由がないことを思いだした。フィンが言ったように、彼女は自分の仕事を見事にやり遂げた。社交界の集まりに一緒に連れていってもらったり、若い女性を紹介してもらったりする必要はもうないのだ。

だが、そのことをどうやってセレステに伝えればいい？　面と向かって話すならまだしも、手紙で伝えるなんてできるはずがない。何が起きたかセレステに伝えなければならないというのに、どうしても気が進まなかった。

18

午前中の時間をモントフォード卿に奪われているこの状況で、午後に会おうとキーランに提案したのは賢明ではなかったかもしれない。伯爵の強い勧めで、セレステは彼の母親と午前中を過ごしていた。とはいえ、もう少しあとまで待つことは考えられなかった。キーランの評判を回復するための次の段階について話しあうべき重要な情報を得たからだ。もちろん、なるべく早く彼に会う必要がある。

けれど、それだけではないと自分でもよくわかっていた。息が苦しくなるほど心がはやるのは、キーランのそばにいられる機会を心待ちにしているからだ。楽屋での、あの忘れられない逢瀬（おうせ）から一日半が過ぎた。かなりの時間が経っているのに、彼の体の重みや自分の中に迎え入れた感覚がいまだに残っている。セレステは体と心に残る快感の余韻に身を震わせた。彼のまなざし、彼の触れ方……それらが、セレステ自身が何を求めているのか気づかせてくれた。

「それで、いつになるのですか？」レディ・ストレットンの声が聞こえた。

セレステがはっと物思いから覚め、目をしばたたくと、侯爵夫人の上品な応接間がはっきりと見えるようになった。モントフォード卿がヨーロッパ大陸巡遊旅行(グランドツアー)から戻ってまもなく描かれた肖像画も。肖像画の中の伯爵は、ギリシャの遺跡から盗んできたという台座つきの骨壺(こつつぼ)のそばに立っている。

ということは、彼は盗みを働いたことを自慢に思っているのだ。

「失礼しました、奥さま」セレステは濃すぎる紅茶をひと口飲み、気を取り直した。「いつになるのかって、何がですか?」

「あなたとヒューの婚約発表に決まっているでしょう」レディ・ストレットンは、セレステが教養学校の教師から叱られたような気分になる舌打ちをした。

「お答えしかねますわ、奥さま。まだ正式に申しこまれたわけではありませんから」セレステは最も恐れていた話題を避けるために、食べる気がしないぱさぱさのレモンビスケットをかじった。でももしかしたら、事態がうまく運ぶかもしれない。焼きすぎのビスケットの欠片をどうにかのみこみ、にこやかに言った。「クリスマス頃に発表したらとてもすてきでしょうね。あるいは、次の社交シーズンが始まったときにでも。それで遅すぎなければ」

「どれも気に入らないわ。あとでヒューと相談してみます」

「おまかせします、奥さま」ああ、いきなり立ちあがって紅茶がのっている華奢(きやしゃ)なテーブルをひっくり返し、この応接間から逃げだせたらいいのに。

しかしセレステは、レディ・ストレットンが身持ちの悪い使用人を解雇したという話を一時間も聞かされたあと、ようやく解放され、帰宅した。

ドレスを着替える時間もそこそこに、外へ出て公園へと急いだ。

「お嬢さま、もっとゆっくり歩いてください！」

セレステはドリーがついてこられるように歩く速度を落としたが、見苦しいといくら自分に言い聞かせても、急がずにはいられなかった。

数週間前にロンドンじゅうの不道徳な場所へ連れていってほしいとキーランに提案したときは、最大の危険が追いはぎやいかさま賭博ではなく、自分の心が危険にさらされることだとは思ってもみなかった。

心を奪われてはいけないと自分に言い聞かせるのは別にかまわないし、威勢のいいことを言うのも勝手だが、頭のてっぺんにやさしくキスをされても何も感じないと考えていたなんて思いあがりもいいところだった。肉体的な快感もすばらしかったけれど、そのあとの彼のやさしさがセレステの体の隅々まで染み渡っていた。

ドリーと一緒に公園の端にたどり着くと、セレステはスカートを撫でつけ、メイドのほうを向いた。「わたしはどんなふうに見える？」

「息を切らして恋人に会いに行く女性に見えます」ドリーはあっさりと言い放った。

セレステははっと身をかたくした。ドリーのことは、あらゆる秘密を打ち明けられるよき相談相手だと思っていたけれど、インペリアル劇場の楽屋で起こったことはいっさい話していなかった。

「ですがご安心ください、お嬢さま」メイドはなだめるような口調で言った。セレステの帽子のリボンをあれこれいじり、顎の蝶結びを整える。「わたし以外は誰も知りませんし、わたしは誰にも秘密を漏らしません。自分の妹にも」

「使用人は噂話が大好きだと思っていたけれど」

ドリーは舌打ちをした。「噂話が大好きなのは否定しません。でもわたしが目を光らせていながら、女主人が戯れの恋を楽しんでいるという噂が流れたりしたら、もう誰もわたしを雇ってはくれないでしょう。それが本音です」

「わたしだけでなく、自分自身も守っているわけね」セレステは言った。

「あら、わたしはお嬢さまを心から大切に思っていますよ」メイドは笑顔で答えた。「でも、わたし抜きで誰かとふたりきりになるときは、自分自身で気を配らなければいけませんよ」

セレステは不安を覚え、ドリーの手を握った。「このことは誰にも知られたくないの」懇願するような声で言った。

「ご安心ください、お嬢さま」メイドはやさしい目つきで言った。「わたしは決して口外しません」

「ありがとう」感謝と安堵の気持ちがこみあげ、セレステはレティキュールの中をごそごそと探った。

ドリーは片手で制した。「お金なんて必要ありません。その代わりに、お嬢さまがあのクリーム色のリボンがついた黄色いドレスに飽きたとき――」

「あなたにあげるわ」セレステは約束した。口止め料がドレス一枚なら安いものだ。それでキーランとの秘密が守られるのなら、贅沢なドレスをすべて差しだしてもいいくらいだった。

「屋敷に戻ったら、すぐにあげる」

「ミスター・ランサムがいらっしゃいましたよ」ドリーはセレステの背後に目をやった。

「まあ、なんてすてきなんでしょう」

セレステが振り返ると、キーランが公園の向こう側から入ってくるのが見えた。山高の灰色のビーバーハットをかぶり、赤茶色の外套に金色のベスト、淡い黄褐色のブリーチズという格好がとても端正に見える。少し離れたところからでも思わず視線を引き寄せられ、セレステは息をのんだ。彼が洗練されたナイフのように優美に動く様子を眺めるはいいものだった。

「あれほど魅力的な男性に屈したからって、誰が責めるでしょう？」メイドは感嘆した。

「屈したわけではないわ」セレステは指摘した。「わたしが望んだものを、彼が与えてくれたの」

「心の広い方なんですね」ドリーはくすくす笑いを漏らした。「あら、わたしを追い払う必要はありませんよ、お嬢さま。わたしには意中の相手がいますから。でもやっぱりハンサムな男性は目の保養になりますね」

キーランはまだセレステに気づいていないらしく、足を止めてベンチに腰をおろした。しかしじっとしていられないのか、片脚を揺すりながらあたりを見まわしている。

「あなたの好きな人は誰なの？」彼のもとへ向かいながら、ドリーに尋ねる。

「わたしの未来の恋人は、妹が仕えている屋敷のご長男の従者です。名前はミスター・ベッドワース。ジョン・ベッドワースです」いつもは落ち着いているドリーがはしゃいだ声を出した。

「土曜日は休暇を取って、妹さんに会いに行ってきたらいいわ」セレステは言った。「ミスター・ベッドワースとばったり出くわすかもしれないし」

「ありがとうございます、お嬢さま」メイドは嬉々として答えた。「そういうことでしたら、わたしはお嬢さまとミスター・ランサムからかなり離れたところで待っています。少しのあいだ、ふたりきりでどこかへ行かれても気づかないかもしれません」

「それはいいこととは思えないわ」セレステはキーランに近づきながら小声で言った。ふたりきりの時間を作ったら、休暇で陸に上がった船乗りのように、彼をつかまえて激しく唇を奪ってしまいそうな気がしたからだ。

キーランはセレステを見つけると、さっと立ちあがった。彼はどこかぎこちない動きで、改まったお辞儀をした。口説き落とした女とみなし、セレステへの興味を失ってしまったのだろうか？

しかしふたりの視線が合ったとき、彼の目にはあのやさしさと喜びが浮かんでいた。会えたことを心からうれしく思っているのだとわかり、セレステの不安は解けた。

「ミス・キルバーン」キーランが礼儀正しく言った。

「ミスター・ランサム」セレステがベンチの端に座ると、彼も隣に腰をおろした。彼が適切な距離を保っているので、なんだか不思議な感じがした。前回会ったとき、彼はセレステの体に信じられないようなことをしたからだ。指と口と……ペニスを使って。

顔と同じくらい、体のほかの部分もかっと熱くなった。

「外は暑いね」キーランはぼそりと言った。

あれから父とは朝食と夕食をとり、ドムも一度だけ同席した——彼はセレステのことならなんでもお見通しなのだ——けれど、家族にはうまく隠し通した。

「ええ、夏はすぐそこまで近づいているし、暑くなったら、みんな田舎へ避暑に行くのでしょうね」つまらない会話に、内心で顔をしかめた。ほんの二日足らず前には、彼はセレステの中にいたのに。

ドリーが目立たないように公園の反対側にあるベンチへ移動し、セレステとキーランに背を向けた。

今度の土曜日だけでは足りない。ドリーには毎週土曜日に休暇を与えるべきだ。

「考えてみたんだが——」キーランが切りだした。

同時にセレステも口を開いた。「考えてみたんだけれど——」

「きみから先にどうぞ」彼が促す。

「いいえ、あなたのほうが先だったわ」

キーランの唇がぴくりと動いた。「お互いに気兼ねするのはやめよう。さあ、言いたいことを言ってくれ」

セレステはなぜか喉の渇きを覚え、咳払いをした。「明日の夜、グレイランド公爵夫妻の舞踏会があるの。社交シーズンで最も華々しい行事よ。あなたはヘンプノール卿の音楽会に出席するところまで来たわけだから、そろそろ招待を受けられるのではないかと思って」

「ありがとう」キーランは言い、ややぶっきらぼうな口調でつけ加えた。「その招待状ならもう受け取ったよ」

セレステはしばらく彼を見つめることしかできなかった。ぽかんとした表情になり、頭も真っ白だ。キーランが不安そうな目で見つめ返してきたので、セレステはつくり笑いを浮かべ、努めて明るい口調で言った。「それはすばらしいわ」

「昨日届いたんだ」彼は次に言うべき言葉を探しているようだ。

しかし、セレステがここで落ちあおうという手紙を送り、彼が応じたのも昨日だった。わけがわからない。彼にはもうセレステは必要ないはずだ。

そうだとしたら、ふたりの取引を継続する必要もなくなったわけだ。日中に一緒に外出するのはもうおしまい。真夜中の冒険も。

これですべておしまいなの？　いままでふたりで築いてきたものが、すべて失われてしまったような気がした。

石臼をのみこんだとばかりに、セレステはみぞおちに片手を押し当てた。顔にも目にもショックの色が浮かんでいるはずだが、彼に見せるわけにはいかなかった。

なんとか立ちあがって微笑むと、キーランも立ちあがった。

「そろそろ行かないと」セレステは明るい声で言った。「マダム・ジャクリーンの店で、舞踏会に着ていくドレスの最後の仮縫いをする予定なの」

仮縫いはひどく退屈なものだが、いまこの瞬間は溺れる者は藁をもつかむ心境で、とにかく何かにすがりたかった。

「ぼくにはまだきみが必要だ」キーランが衝動的に口にした。彼女が目をしばたたくと、あわてたように言った。「ひとつの舞踏会に招待されたからといって、ぼくの評判が完全に回復したわけじゃない。根強い不信感をやわらげるために、もうしばらくきみと一緒にいる姿を見せる必要があると思うんだ」

「そうね」セレステは安堵のあまり、足元がふらついた。さっきまで無味乾燥だった太陽の光が、いまはすべてを温かな金色に染めている。「評判はすぐに完全に回復できるものではないわ。いまは回復への過程をたどっているところだもの」

「せめてこの社交シーズンが終わるまで。それ以上は無理だとしても」キーランは神妙な顔でうなずいた。

セレステの胃がまた重く沈んだ。レディ・ストレットンが正式にセレステに結婚を申しこむようモントフォード卿に勧めている以上、最善を望んだとしても、残された時間は社交シーズンが終わるまでの一カ月間しかない。

でもひとまず、数週間はあるということだ。どんな未来が待ち受けていようと、セレステにはキーランと過ごした短い時間が残る。彼が花嫁を見つけたら、傷ついた心を癒すのに何年もかかるだろうし、モントフォード卿に自由を奪われてしまうだろうけれど。

　奇妙なのは、あとになって本当の痛みを知ることになるはずの傷を自分自身に負わせようとしていることだ。そしてもっと奇妙なのは、そうなることがわかっていながら、思いとどまらなかったことだ。セレステは自分が不幸を楽しむ種類の人間だと思ったことは一度もないが、いまはこうして不幸の中へ真っ逆さまに飛びこもうとしている。

「ぼくとも一曲踊ってもらえるかい？」キーランが尋ねた。

「もちろん。でも――」セレステは言い添えた。「ロングブリッジ邸で踊ったのと同じようなダンスはできないわよ」残念ながら。

「気絶した招待客の意識を回復させるために、箱いっぱいの気つけ薬が必要になるよ」セレステはなんとか笑おうとしたが、つかの間の貴重な時間は長くは続かなかった。

「こんにちは、ミスター・ランサム」ドリーが駆け寄ってきた。「申し訳ありません、お嬢さま、そろそろ仕立屋の予約が……」

「試着室に隠れている別のならず者に会わせるために、彼女を急かしているのかな？」キーランは尋ねた。

「お嬢さまが知っているならず者は、あなただけです」

「ドリー！」セレステは思わず叫んだが、キーランは笑いをこらえている。

　メイドは当惑したふりをしてぼそりと謝った。「失礼しました」

「それじゃあ、明日の夜に」セレステは言った。

「早くも期待が高まっているよ」キーランはセレステの手の上に身をかがめた。彼の目にいたずらっぽい光が宿ったのをセレステは見逃さなかった。

その瞬間、セレステの体が反応すると同時に、胸が張り裂けそうになった。少なくとも、もうしばらくはふたりで過ごせる。この魔法はいずれ解けてしまうけれど、もうしばらくはこのままでいられる。セレステはそのことに感謝した。

「どうしてぼくが舞踏会なんかに行かなくちゃならないんだ」フィンは不平を漏らしたが、貸し馬車は揺れながら、乗客を降ろすのを待つ馬車の列の先頭へ徐々に近づいていく。

「どうしてって」キーランは言った。「ぼくたちに突きつけられた最後通牒の条件がはっきりしているからだ。兄さんとぼくとドムが三人とも結婚しない限り、ぼくたちの懐には一銭も入らない。そしてぼくの勘違いでなければ、賭博場で伝票を渡されるみたいに、花嫁候補の女性が配られることはないはずだ」

「そいつはありがたい」兄はつぶやいた。「でなければ、ぼくは行くのをやめただろうからな。おい、夜泣きしている赤ん坊みたいにそわそわ体を動かすのはやめろ」

「まるで赤ん坊をあやした経験があるみたいな口振りだな。ましてや夜泣きをしている赤ん坊を」兄の言葉に耳を貸さず、キーランは濃い灰色の外套の袖を払った。今夜外出する前に、従者が身なりをきちんと整えてくれたというのに。それでもなぜか皮膚の下がむずむずして、じっとしているのはほとんど不可能に思えた。

昨日の午後、セレステと別れてからずっと気分が落ち着かず、不安でたまらなかった。不安になる理由はないのだ。あの取引をできるだけ長く継続しようとふたりの意見が一致したのだから。

だが、それだけでは足りなかった。キーランはもっと多くのことを求めていた。公式の社交行事や、お忍びの夜の冒険以上のことを。まるで翼を授かったかのように、自分の中で変化が起きていて、警戒心を抱きつつも自らそこへ向かって進んでいた。天に舞いあがるにせよ、太陽に近づきすぎてしまうにせよ。

せめて今夜はセレステに会い、ダンスをしようと心に決めていた。

「緊張しているのか？」フィンが尋ねた。

「緊張する理由がない」

「強いて言えば」兄は間延びした口調で言った。「おまえが最後に立派な舞踏会に出席したのは、何年も前だってことだ。ぼくの記憶が正しければ、おまえは決闘用の拳銃でシャンデリアを撃ったあげく、その舞踏会の主催者に屋敷からつまみだされた。天井にばかでかい穴を開けてな」

「ぼくが引き金を引いた瞬間に、どこかの気取り屋がぶつかってきたから狙いが外れただけさ」キーランはふくれっ面で言った。「そしてその気取り屋というのは、兄さんだけどな」

どうやらフィンは最後の言葉を聞き流すことにしたようだ。「社交界の連中に一挙一動を監視されているような舞踏会に行くんだ、少しばかり不安になるのも当然だな」

「別に不安は感じていない」ほかの招待客の前で改心したように見せなければならないものの、適度に虚勢を張り、愛想を振りまけばなんとかなるだろう。それよりも、今夜セレステに会えると知っているから、こんなにも胸が高鳴り、ついそわそわと体を動かしたくなってしまうのだ。

ふたりの関係が変わったからだ。いまでは彼女の味を知っている。快感を与えたら、どんなふうにしがみついてくるのか。絶頂を迎えたとき、どんな声をあげるのか。そして彼女が踊る姿を知っている。キーランはそのすべてを手に入れたかった。彼女のすべてが欲しくてたまらなかった。韻と比喩が次々と浮かび、ノートは新しい詩でいっぱいになっていた。

とうとう貸し馬車が止まり、従僕がドアを開けた。キーランとフィンは馬車から降りると、上品に着飾った人々がメイフェアにあるグレイランド公爵夫妻の大邸宅に入るのを待つ列に加わった。

「本当にぼくも招待されているんだろうな?」フィンは尋ねた。

「閣下がランサム兄弟のひとりを望んだら、もうひとりおまけがついてくるのさ」

「ここで何をしているのかと何人に訊かれるか、賭けてみるか?」

キーランは鼻を鳴らした。「兄さんと賭けをするなんて大ばか者のすることだ」

ついにふたりは屋敷に足を踏み入れ、舞踏室へ続く階段をのぼった。セレステが言っていたとおり、盛大なパーティだ。招待客の多くがキーランに気づき始めたのは幸先がいいのか、あるいは混乱を引き起こしているのかわからなかった。

キーランは招待客を見まわした。熱心に見つめてくる上品な母親たちを素通りし、セレステを探したが見つからない。

「くそっ」キーランはつぶやいた。そしてもっと大きな声でフィンに言った。「酒が飲みたい」

「その言葉をぼくの墓石に刻んでくれ」兄は応じた。「ワインを配っている使用人が見当たらないな」

キーランはため息をついた。「パンチならあるぞ」

ふたりはパンチボウルを目指して部屋の奥へと進んでいった。舞踏室の片側に招待客たちが集まっていたので、ふたり並んでそちらへ向かう。キーランはセレステのことで頭がいっぱいで、自分に向けられている興味津々の視線にはほとんど気づかなかった。今夜は出席すると言っていたが、彼女の身に何かあったのだろうか。もしかしたら体調を崩したのかもしれない。あるいは、ここへ来る途中で馬車の車輪が外れて助けを求めているのかもしれない。もしそうなら、すぐにここを離れて彼女がいると思われる道を突き止めなければならない。

「あなたにお会いできてうれしいわ、ミスター・ランサム」象牙色のシルクのドレスを着た中年の女性が声をかけてきた。

「レディ・パースロー」音楽会でセレステから紹介されたことを思いだし、キーランはお辞儀をした。「兄を紹介してもよろしいですか？　ミスター・フィン・ランサムです」

フィンもお辞儀をすると、レディ・パースローは女王のような態度でうなずき、隣にいるブルネットの若い女性にちらりと目をやった。長身で、くっきりした目鼻立ちと、いっそうくっきりした目をしている。「娘のミス・タビサ・シートンです」

「ごきげんよう」お辞儀をした兄弟に、ミス・シートンはそっけない口調で応じた。

「ちょっと失礼、挨拶しておきたい友人が見えたので」レディ・パースローは言った。

「わたしも一緒に」ミス・シートンは申しでた。

「いいえ、あなたはミスター・ランサム兄弟とお話を続けて」娘にそう言い残し、レディ・パースローは人ごみにまぎれた。

ミス・シートンはつまらなそうな表情を浮かべ、室内を見まわした。「公爵は図書室をお持ちだと思いますか？　単なるお飾りではなく本物の図書室を？」

「招待客といるよりも本を読んでいるほうがいいと？」フィンは尋ねた。

「わたしの考えでは」彼女は淡々とした口振りで言った。「本には実際の知識が含まれているけれど、ここに出席している多くの方はそうではないので」

「ぼくもほとんど知識はないな」フィンは明るく答えた。

「でも、もしかしたら」ミス・シートンはフィンをじっと見た。「ウィリアム・マークロフト卿をご紹介くだされば、有能な方だと証明できるかもしれませんよ。彼は今夜、ここに来ているらしいので。スターリング協会の会長をご存じですか？」

キーランは兄と顔を見合わせた。「ふたりとも知らないようだ」

「そうですか」ミス・シートンはあきらめたような顔で言った。「おふたりのような洒落た紳士が、イングランドで最も高い評価を受けている知的な団体に通じていらっしゃるはずがありませんね。わたしは失礼します。お互いに話し相手として役に立たないことがおわかりでしょうから」彼女はお辞儀をして立ち去った。

フィンはふうっと息を吐いた。「なんてことだ、ミス・シートンはるつぼのような人だ。ドムと完璧にお似合いじゃないか」

「兄さんとではなく？」キーランは眉を吊りあげて尋ねた。

「ぼくには不屈の精神はないよ」兄はにやりと笑って言った。「おまえだってまだ求婚する相手が決まっているわけじゃないんだし、ミス・シートンのすることに無関心でいられる最高の夫になれるかもしれないぞ」

「考えておくよ」しかし実際は、ミス・シートンにはまったく興味がなかった。セレステにしか興味がわかない。

その瞬間、キーランははたと気づいた。ロンドンで最も結婚相手にふさわしい女性たちに囲まれながら、これからの人生を一緒に過ごしたいと思える相手はただひとりだけだと。拳銃の台尻で頭を殴られたような衝撃を受けてよろめいた。

なんてことだ、セレステにすっかり心を奪われている。胸が痛むほどに。どの顔も見る気になれないのは、セレステの顔ではないからだ。誰と話しても無意味な音にしか聞こえないのは、セレステの話し声ではないからだ。彼女のいない瞬間は、喜びも目的もない。

「さてと、あのパンチをもらおうか」フィンはじれったそうに言った。「それともワインの貯蔵室の鍵をこじ開けるべきか？」

そのとき、セレステが舞踏室の入り口に姿を現し、キーランははらわたがぎゅっと締めつけられるのを感じた。彼女の友人のミス・カルーにはほとんど目もくれなかった。彼の目にはセレステしか映らなかった。

今夜の彼女は、蔓草（つるくさ）模様の金の刺繍が施された明るい深緑色のドレスを着ていた。結いあげた髪には、紐に通した金色のシルクの葉が編みこまれている。その姿は春そのもので、冬の霜から新しい草木が顔を出すように、彼女を称える詩が頭の中を駆けめぐった。

胸に愛の花が咲き、その蔓が全身に伸び広がっていく。めまいがした。ぐるぐる回る世界の中で、キーランをしっかりつかまえているのは彼女だった。

セレステを自分のものにしたい――世界じゅうの人々の目の前で。狂ったように快楽を追い求めることに人生の大半を費やしてきたが、セレステとともにいることが最大の喜びだと理解した。ぴたりと寄り添い、あの笑顔を見て、あの笑い声を聞き、彼女が新しい経験をしたときには、喜ぶ姿を眺めていたい。

もしかしたら……もしかしたら……セレステを自分のものにできるかもしれない。朝も夜も、何日も何年も、ふたりで一緒にいられると思うと、喜びで胸がいっぱいになった――この先ずっと一緒に。ただし障害がある。とてつもなく大きな障害だ。だが、互いの気持ちが通じあえば、解決策は見つかるだろう。そのとき世界はふたりのものになり、寄り添いながらともに歩んでいける。彼女の人生の旅をそばで支える幸運な男になるのだ。

「なんてこった」フィンはつぶやいた。「妹を見つめるおまえの顔をドムが見たら……」

「黙れ、フィン」上の空で言った。

キーランはためらうことなくセレステに近づいていった。少し離れているせいで、彼女の姿がよく見えなかったからだ。彼女がどこにいようと、自分がそばにいるべきだ。

19

ロザリンドが何か言っていた。公爵家の舞踏室でどれだけ多くの人がごった返しているかとか、今夜のために呼ばれたオーケストラがすばらしいとか。けれども、セレステの耳には入らなかった。キーランがこちらへ向かってくるのが見えたからだ。

彼は情熱と決意を目に浮かべ、人工的な光が闇を貫くように人ごみの中を突き進んでいる。彼が一歩ずつ近づくたびに、セレステの鼓動もどんどん速くなり、自分の動悸の音がすばらしいオーケストラの低音を担っているに違いないと思った。

「屋内花火の演出も待ち遠しいわ」ロザリンドが陽気な口調で言った。

「ええ、わたしもよ」近づいてくるキーランだけに注意を向けたまま、セレステは答えた。

ロザリンドはくすりと笑い、かぶりを振った。「ミスター・ランサムがこっちに来るのね。わたしはカードルームへ行って、めかしこんだ紳士を何人かカモにしてくるわ」

ひとりになり、身動きひとつせずに息を潜めていると、キーランが目の前にやってきた。彼が無駄のない動きでお辞儀をし、セレステも礼儀正しく膝を曲げてお辞儀をする。周囲の景色がふっと消えて影に包まれたような気がした。セレステは彼しか目に入らなかった。

「ミスター・ランサム」セレステはささやくように言った。

「ミス・キルバーン」彼の低く響く声が、セレステの体を震わせる。

「夜を楽しんでいらっしゃるかしら？」彼の腕に飛びこんで唇を重ねるのではなく、やっとの思いで礼儀正しく空虚な言葉を口にした。

「さっきまでは楽しめなかったが」彼は言った。「いまは楽しんでいるよ。だが、このあとはもっと楽しい夜になるだろう」

「なぜ？」

「なぜなら」キーランが身を乗りだし、低い声で言った。「サロメとの新たな冒険が待っているからだ」

彼女は興奮で手足がかっと熱くなった。彼の熱っぽいまなざしが何かを予兆しているとすれば、セレステはふたたびむきだしの肌に触れられる感触を知るだろう。彼の腕の中で横たわり、抱きしめられたくて体がうずいた。

「彼女とはいつもの時間に、いつもの場所で会うのかしら？」

「ああ。彼女はそう簡単には忘れられない夜を過ごすことになるだろう」

「どこへ――」

「ミス・キルバーン」礼儀正しく呼びかける男性の声がした。「ランサム」

セレステはいらだちのあまりモントフォード卿を怒鳴りつけたい衝動を抑えた。彼は期待に満ちた表情で、うれしそうにセレステを見つめていた。「こんばんは、モントフォード卿」

「次のダンスを約束したはずだ」伯爵が片手を差しだしたとき、オーケストラがワルツの演奏を始めた。

そんな約束はしていないが、大勢の招待客が見ている前でそう言うのはひどく失礼なことだった。それに、今夜の残りの時間をキーランと一緒に過ごせるのであれば、モントフォード卿と一曲踊ったところで大した問題ではないだろう。

キーランがモントフォード卿をにらみつけていたので、セレステは目で語りかけ、彼がモントフォード卿の顔に拳をめりこませるのをどうにか未然に防いだ。キーランはひどく葛藤していたようだったけれど。

「ありがとうございます、モントフォード卿」セレステは彼の手の上に自分の手を置いた。

伯爵と一緒にダンスフロアへ出ると、ほかの踊り手たちとともに位置についた。モントフォード卿は磨かれた石のようにつややかな顔色をしている。もしかするとその表情の下では、彼女がキーランと一緒にいたことに腹を立てているのかもしれない。伯爵をなだめる方法を見つけなければならない。

ダンスが始まり、セレステは機械的にステップを踏んだ。モントフォード卿の腕に抱かれてもまったく何も感じなかったので、踊りながらぼんやりと考えた。今夜、キーランはどこへ連れていってくれるのだろう？　賭博場と自由奔放な秘密のパーティ、劇場で開かれた自由な考えを持つ人たちの集まりにはすでに出かけた。キーランには観光客向けの場所だと言われたけれど、セレステは本当はヴォクスホール・ガーデンズを見てみたかった。でも心から望んでいるのは、できればベッドがある場所で彼とふたりきりになり、じっくり時間をかけて互いの体を探りあうことだ。さらに夢見ているのは、キーランが詩を朗読するのを聴くことで、彼は裸のまま――。

「そろそろ正式に婚約してもいい頃だ」モントフォード卿がにこやかに言った。

思いがけない発言にセレステはぎくりとした。「えっ？」

「きみが訪れたあと両親と話しあって、いまが絶好のタイミングだということで意見が一致した」

「社交シーズンが終わるまで待つという話だったでしょう」パニックでうなじが粟立つ。まだ心の準備ができていなかった。あと数週間は、キーランと過ごせるはずだったのに。

「きみを待たせても仕方がないだろう」彼はやさしい笑みを浮かべて答えた。

「わたしは……」どうしたらモントフォード卿を思いとどまらせることができるだろう？彼の将来の妻として前に進めるはずがない。なぜなら彼のことが好きではないし、ましてや愛してなどいないからだ。

それどころか、ほかの男性を愛している。

キーランを。

その事実が波のようにセレステの胸に押し寄せた。ずっと前から彼のことは好きだったけれど、少女が淡い恋心を抱くのと違い、大人の女性としてキーランを深く愛しているのだ。彼はセレステの人生に喜びをもたらし、どんなことでもできるという揺るぎない自信を与えてくれた。そして、セレステは彼を信じた。彼のおかげでそう思えるようになったのだ。キーランをこんなにも愛しているのに、自分自身を別の男性に縛りつけることがどうしてできるだろう？

その事実に気づいて胸が熱くなった。キーランに自分の気持ちを伝えなければと思い、舞踏室を見まわして彼の姿を探した。

「ぼくは知っているんだ、サロメ」モントフォード卿は低い声で言った。

セレステは目をぱちくりさせた。「なんですって？」

「きみは知恵の回る女性だが、ぼくもそうでね」彼は言った。「真実を暴くのはそれほど難しくなかったよ、うちの使用人にきみを尾行させるだけでよかった」

「申し訳ありません」伯爵が何を言っているのか理解しようとした。「いったいなんのお話ですか？」

一瞬、モントフォード卿の顔からうわべの表情がはがれ落ち、怒りにゆがむ本性が現れた。しかしその表情はすっと消え、すぐにふたたび魅力的な伯爵に戻った。

「きみがランサムとロンドンじゅうをはしゃぎまわっていたことだ」彼は説明した。「変装し、サロメと名乗り、破廉恥きわまりない行いをしていただろう」

セレステはよろめいたが、伯爵にまっすぐに起こされた。いままで経験したことのない恐怖に襲われ、全身が冷たくなる。最悪の事態が起きた。一巻の終わりだ。招待客でいっぱいの舞踏室の真ん中で、最悪のシナリオが頭を駆けめぐる。

何か逃げ道があるはず。

「お金ならあるわ」セレステはすかさず言った。「あなたが要求した金額を用意します」

モントフォード卿は失望の色を浮かべ、セレステを見た。「ぼくのことを脅迫などという卑しい手段に出るような人間だと思っているのか？」

「それじゃあ何が目的なの？」セレステはパニックに陥って尋ねた。

「それは」彼は踊りながら、セレステをターンさせて言った。「きみの体面を保つためだよ」

「そんなこと、あなたに頼んでいないわ」セレステは言い返した。

「それはそうだが」モントフォード卿は悪びれずに言った。「この件にはぼくが介入するべきだと思ってね。きみは破滅への道を歩んでいた。そうなるのを防ぐのが紳士のするべきことだ。取り返しのつかないことが起こる前にぼくが介入したほうがいい。そこで提案だ」

「はっきり言って」セレステは語気鋭く返した。

彼はしっかり練りあげたスピーチでもするように、はきはきした口調で言った。「きみは弟のほうのミスター・ランサムとただちに関係を断つこと。ぼくは明日、きみのお父さんと話して婚約を正式なものにする。婚約期間を短くして、婚姻予告が公示された直後に結婚すればいい。それから」愉快そうに喉を鳴らして笑った。「母はきちんと結婚式の計画を立てたいそうだ。ぼくたちの結婚式を心待ちにしているんだ。母の楽しみを奪うような真似はしたくない」

セレステは手を引き離そうとしたが、彼に強く握られていた。舞踏会の最中にひどい騒ぎを起こしたくなければ、踊り続けるしかない。

「あなたとは結婚しないわ」セレステはきっぱりと言った。

モントフォード卿はセレステを哀れむように微笑んだ。「ランサムがきみと結婚すると思っているのか？　立派な女性と結婚しなければ彼が勘当されるという話は誰もが知っていることだ。きみがぼくとの結婚を拒んだら、この調査結果を公表せざるを得なくなる。きみたち家族は下町出身という汚点を消そうと必死に努力してきたのに、真の紳士のひと言ですべてが水の泡になるんだ。自分の家族がそんな目にあうことをきみだって望んではいないだろう？」

「やめてください」セレステは懇願した。絶望的な状況に吐き気がこみあげてくる。ようやくキーランへの愛に気づいたというのに、モントフォード卿のブーツのかかとで踏みつけられ、いまはそんな場合ではなかった。

彼はやさしい表情でセレステを見つめた。「助けを求めてランサムのもとへ駆けこみ、彼がほんの少しでもぼくを脅そうものなら、ロンドンじゅうのゴシップ紙宛に手紙が郵送される。ぼくがなんらかの危害を加えられたら、すでに書いてあるその手紙を送るように指示しているからね。結果は目に見えている——きみの評判は地に落ち、ランサムはきみと結婚できなくなる。ぼく以外は誰もきみを手に入れようとしないだろう。母はきみへの支援をやめ、きみの家族の不安定な社会的地位はめちゃくちゃになるというわけだ」

「あなたが望めば、どんな女性でも手に入れられるでしょう」セレステは必死に食いさがった。

「ぼくはきみに狙いを定めたんだ。欲しいものは必ず手に入れる主義でね。もっとも――」彼が辛辣な口調で言い添える。「ぼくのすることは、まぎれもなくきみのためになる。そんな無礼な顔をせず、少しくらい感謝してもらいたいものだな」

セレステの喉に苦いものがこみあげ、モントフォード卿の腹を殴ってやりたい衝動に駆られた。怒りがふつふつとわきあがってくる。セレステを支配し、思いのままに操れると思いこんでいる男がここにもいたのだ。

「わたしは処女ではないわ」セレステはそっけなく言った。彼女を支配することをあきらめさせる材料を必死に探す。

一瞬、モントフォード卿のステップがもたついたが、すぐに体勢を立て直し、ダンスを続行した。「かまわないさ。結婚式の日にきみの腹が大きくなっていない限り、すべてはぼくの思惑どおりに進む」

「知らなかったわ」セレステは低い声で言った。「愚かなことに、あなたのことは人畜無害な人だと思っていたから。でも、本当はろくでもないやつだったのね」

モントフォード卿は顔をしかめた。「言葉に気をつけるんだ、ミス・キルバーン。ぼくの未来の花嫁が、そんな乱暴な言葉遣いをするのを許すわけにはいかない」

「あら、ごめんなさい」セレステは目をぱちぱちさせて言った。「このろくでなし」

「ぼくを怒らせて婚約を破棄させようとしても無駄だぞ」

どうすればいいだろう？　この危機的状況から抜けだす方法が何かあるはずだ。でもどうやって？　モントフォード卿にまんまと罠にかけられた。伯爵はキーランの将来とセレステの家族の運命を引き換えに、自分の要求を通そうとしているのだ。

時間だ。とにかく時間が必要だ。「一週間待って。一週間待ってくれたら結論を出すわ」

彼が眉を吊りあげる。「きみはこれを交渉と勘違いしているようだな」

「わたしにアメリカへ逃げられたくなかったら」セレステは嚙みつくように言った。「結論を出すまで一週間待って」モントフォード卿が鋭い目で見おろしてきたので、セレステもにらみ返すと、やがて彼は息を吐いた。

「好きにすればいい。だが、この取引から逃げようとしても無駄だぞ。きみはぼくと結婚することになるんだ、ミス・キルバーン。きみの無分別な行動によって家族にもたらした損害をぼくが埋めあわせてやろう」

セレステは相手を見くだした口振りに激しい怒りを覚えたが、はらわたの煮えくり返る思いで彼をにらみつけることしかできなかった。

ようやく曲が終わった。最後の音が消えるか消えないかのうちに、セレステはダンスフロアから足早に立ち去った。礼儀知らずだという印象を周囲に与えようとかまわなかった。頭蓋骨に鉤爪（かぎづめ）を立てられたかのように頭がずきずきしたが、痛みをこらえてキーランを探した。何が起こっているか彼に伝え、注意するように言わなければならない。

キーランがふたりの母親と社交界にデビューしたての三人の令嬢に囲まれて楽しげにおし

ゃべりをしているのが見え、セレステは足を止めた。年配の女性たちは物欲しげな顔をしないようにしていて、娘たちは扇で自分をあおぎながらキーランに媚を売るような視線を送っている。

モントフォード卿に脅迫されたことをキーランに話せば、彼は非合法化された決闘を避け、意識がなくなるまでモントフォード卿を殴るかもしれない。流血沙汰になる可能性さえある。キーランは情熱的で血気盛んな男性だ。紳士的に解決することはないだろう。そうなれば、彼を立派な紳士にするためのさまざまな努力が水の泡になってしまう。

キーランはすべてをあきらめざるを得なくなるだろう。フィンとセレステの兄も。彼女が人の支配を受けずに自分自身に責任を持ちたいと願ったがために、彼らの人生を台なしにするわけにはいかない。

セレステはキーランを失おうとしていた。絶望のあまり、自分自身まで見失いかけている。恐ろしい現実に直面し、孤独感に襲われ、自分がちっぽけで無力な存在に思えた。涙があふれてきたが、舞踏室の真ん中で泣きじゃくるわけにはいかないので、何度も瞬きをして涙をこらえた。

「セレステ？」ロザリンドの心配そうな顔が視界に入ってきた。「何かあったの？　どうしたの？」

「帰らないと」セレステはかすれた声で言った。

「そうね」友人は言った。「さあ、わたしにもたれかかって、外まで連れていってあげるわ」

「ありがとう」セレステは答えた。「わたしなら大丈夫よ」

ロザリンドと一緒に舞踏室をあとにしながら、自分の言葉が本当だったらいいのにと思った。とにかく無事に馬車に戻ることさえできれば、自分のまわりの世界が崩壊しようとかまわない。

馬車に乗りこむと、セレステはようやく涙を流した。しかし、泣き疲れたあとにしばしば得られる心の平安は訪れなかった。それどころか、錆(さ)びた針金の束のように神経がささくれだち、張りつめている。無感覚になりたかったけれど、苦しみと怒りがどんどん押し寄せ、溺れてしまいそうだった。この状況から抜けだす道はなく、不幸のどん底に突き落とされるのをただ見ていることしかできなかった。

20

キーランがグレイランド公爵夫妻の舞踏会をあとにしてから二時間が経過し、いまは馬をつけた馬車のかたわらでじりじりしながら待っていた。馬の頭絡を持ったまま、セレステが近づいてくる気配がないかと暗がりをのぞきこむ。彼女を誘ったのはその場の思いつきだったが、メイフェアを出てから計画を立てた。

丸ひと晩、馬車を借りることにしたのだ。ハムステッド・ヒースまで自ら馬車を走らせ、そこで好きなだけセレステと時間を過ごすつもりだった。馬車の中にはパンとチーズとアップルケーキとワインをたっぷり詰めたバスケットと、毛布も用意してある。

真夜中のピクニックはこれまでにした冒険ほど刺激的ではないものの、はやる気持ちが手足まで伝わり、手のひらは汗ばんでいた。月明かりに照らされた荒野にセレステを連れだし、期限つきの取引以上の関係を望んでいると伝えるのだ。もっと持続的な――永遠に続く関係を望んでいると。

「なんてことだ」キーランは信じられない思いでつぶやいた。まさか自分の人生がこんな段階に到達するとは思ってもみなかった。ましてや残りの日々をともに過ごしたいと思える相手に出会えるとは。しかし、これこそまさに求めていることだ――セレステとともに人生を歩むこと。恐ろしくもあり、すばらしくもある。

気取り屋のモントフォードと踊ったあと、セレステが舞踏会から姿を消したので心配したが、おそらく自宅へ戻ってサロメに変装し、今夜の支度をしているのだろう。

キーランは深呼吸をして息を整えた。思い違いかもしれないが――そうでないことを願っている――彼女のほうもキーランを愛しているような気がする。だからきっと、ふたりは似合いだとどうにか説得できるはずだ。

とはいえ、伯爵との問題が解決されるわけではないし、彼女の父親もモントフォードと娘を結婚させようと意気込んでいるようだ。セレステや彼女の家族に取り返しのつかない被害を与えず、ネッド・キルバーンの怒りを買うことも回避しつつ、婚約を解消する方法が何かあるはずだ。それがどんな方法なのか思いつかないのが頭の痛いところだが。

時計が午前〇時一五分を告げると、不安で首筋がぞわっとした。もしかして……彼女は来ないのか？　新たな冒険を心待ちにしているように見えたのに。

そのとき、一ブロック先にマントを着たふたり連れの女性が現れ、まっすぐこちらへ向かってきたのでキーランは安堵の吐息をついた。ふたりが近くまで来ると、キーランは眉をひそめた。セレステがマントの下に着ていたのは舞踏会のときと同じドレスで、ランプの光に照らされた彼女の顔には、サロメの化粧が施されていなかった。

皮肉か軽口でも言ってやろうかと思った。彼が息を弾ませながらこの遠出を待ちわびていたことを悟られないような言葉を。しかし、キーランの前で立ち止まった彼女の目が苦痛に満ちているのを見て、すべての言葉が涸れてなくなった。恐怖が手足に広がっていく。

すぐさまセレステの手を取り、物陰へと導いた。ドリーが通りで見張っている中、近くの家の馬屋へ連れこみ、セレステを引き寄せた。彼女はためらうことなくキーランの腕の中に入って、ぴったりと身を寄せた。彼女の体の震えがこちらにも伝わってくる。

「どうしたんだい、かわいい人？」キーランはセレステの頭のてっぺんにささやきかけた。彼女を守りたいという感情が皮膚の下でどくどくと脈打っている。キーランにとって彼女はかけがえのない存在で、危険から守るためならなんでもするつもりだった。「ぼくが助けになろう」

「無理よ。誰にもできないわ」震えが止まり、セレステはあとずさりした。不安に襲われ、キーランは寒気を覚えた。ふたたび抱きしめようとすると、その手を彼女はやんわりと避けた。

「ぼくが何かしてしまったのか」キーランは口を開いた。「もしきみを傷つけるようなことをしたのなら――」

「あなたのせいではないわ」セレステはうわずった声で言った。「でも……わたしたちの取引は終わりにしなければならないの。夜の外出もすぐにやめないと。社交行事にあなたを連れていくことも……どのみち、わたしはもう必要ないでしょうけれど」

「インペリアル劇場へ行った夜のことは」自己嫌悪が胸にこみあげ、キーランは言った。

「やりすぎだった」

「ふたりとも、ああなることを望んだのよ。後悔はしていないわ」

安堵で彼の気分はほぐれたが、それでもセレステはキーランの目を見ようとしない。「何があったのか、とにかく話してくれ。一緒に立ち向かう方法が見つかるはずだ」

セレステはしばらく無言だった。心がどこか遠くへ行ってしまったかのようだ。彼には触れられない場所へ。「モントフォード卿にばれてしまったの。サロメのことも、わたしが彼女だということも。すぐにやめないと暴露するって言われたわ」

キーランはいままでに経験したことのない激しい怒りがわきあがるのを感じた。痛めつけ、めちゃくちゃにしてやりたい衝動で血がどくどく脈打った。

「モントフォードの野郎を叩きのめしてやる」キーランは声を荒らげた。

「彼に危害を加えたら」セレステは疲労のにじむ重々しい声で言った。「醜聞が広まって、あなたの評判が地に落ちてしまう。誰も自分の娘をあなたと結婚させたがらなくなるわ。あなたが結婚しなければ、あなただけでなく、ドムとフィンにまで影響がおよぶのよ」

こんな勝ち目のない状況に彼らを追いこんだ互いの家族がいまいましかった。だが解決策はあるはずだ。ふたりが自由になり、楽園のような人生を送れる解決策が。

「結婚しよう」キーランは彼女の冷たい両手を取って言った。セレステが見あげてきたので、切羽詰まった表情で粘り強く続けた。「そうすれば問題はすべて解決するだろう。ぼくには立派な花嫁が必要だし、きみも結婚すれば、脅迫してくるろくでなしから身を守れる。それに……ぼくはきみが好きだ、セレステ」ついに言いたかった言葉があふれだし、喉がひりひりした。「きみはぼくにとってかけがえのない存在だ。この先もずっと、ぼくはきみのものでいたい。きみは幸せになるべきだ。そのためならなんでもするよ」

荒い息を吸いこむと、キーランの体が震えた。「セレステ、きみを愛し……」

「やめて」セレステは泣きながら、両手を引き離した。「お願いだから、その言葉を言わないで」

「きみは同じ気持ちではないということか」キーランはしゃがれた声で言った。彼の心の中で何かがしぼんだ。

「わたしの気持ちは関係ないわ」セレステはかろうじて聞き取れるくらいの低い声で言った。「それはできないの。もしモントフォード卿から逃れるためにあなたと結婚すれば、彼はわたしがこれまでにしてきたことをゴシップ紙に洗いざらい暴露するわ。結婚しようとしまいと、わたしは立派な女性ではなくなり、あなたのご家族の最後通牒の条件を満たすことはできない。あなたは勘当されて一文なしになってしまう」

「金なんかどうでもいい」キーランは噛みつくように言った。

「ドムはどうなるの？」セレステは言い返した。「フィンは？　自分たちが欲しいものを手に入れるために、彼らを貧しい生活に追いやることが許されると思う？」彼女は首を横に振った。「わたしにはできないわ」

引き離された手に痛みは感じなかった。しかし、彼女の顔に浮かぶみじめさと悲痛なあきらめの表情を見て、キーランはがっくりと膝をつきそうになった。

あんなにいやがっていた箱の中に、セレステはまた押しこまれてしまった。セレステにとって大きな意味を持つ自立心は、彼女以外の者の手によって引き裂かれてしまうだろう。彼女が大切にしていたものが一夜にして消え去ったのだ。

キーランはポケットを探って数枚の硬貨を取りだし、彼女の手のひらに押しつけた。「いまはこれしかないが、もっと用意できる。受け取ってくれ。今夜出発する船の切符を取って、とにかく逃げるんだ。できるだけ遠くへ」セレステを失うことにはなるが、彼女が求めていた自由を得られるのなら、それでよしとしなければならない。

「そんなに簡単な話ではないのよ」彼女が手を引き離したので、硬貨はキーランの手に残された。「わたしの身に降りかかることで、家族の評判まで汚される。わたしが逃げれば、兄と父が醜聞の報いを受けることになるわ」

あたりに夜が広がっていた。遠くのほうで、大きな荷車が通り過ぎる音や、酔った若者たちが爆笑しながら、夜遊びから千鳥足で帰っていく音が聞こえる。ごくありふれたロンドンの夜だった。セレステが苦悩し、それを止めることのできない無力さにキーランもまた苦しんでいることに誰も気づかない。ふたりは暗闇の中で熱く燃えていた。

「何か手を打たないと」キーランはざらついた声で言った。

彼女は首を横に振り、あとずさりしながら通りへ戻り始めた。「奔放なキーラン・ランサムといえど、これに逆らうことはできないわ」

キーランは離れていくセレステの姿を見つめながら、引き止めてこの腕の中にかくまい、夜闇へ逃げこみたいと思った。しかし、モントフォードがかけた罠から彼女を救いだすすべがない。

あのゲス野郎め。キーランの体じゅうに暴力への衝動が渦巻いた。これほどまでに誰かを痛めつけてやりたいと思ったのは初めてだ。

「せめて家まで送らせてくれ」大したことはできないが、何かせずにはいられなかった。

彼女は首を振り、なおもあとずさりしている。「ふたりで分かちあったものは、わたしの残りの人生の支えになってくれるわ。さようなら、キーラン」

セレステは向きを変えようとしたが、一瞬ためらってからキーランの胸に飛びこんだ。彼女の唇がキーランの唇をふさぎ、狂おしいほど情熱的にキスをする。

つかの間、セレステを腕に抱きしめ、その感触を味わったが、彼女は体を引き離して走り去ってしまった。

馬屋にひとり残され、キーランは胸が張り裂けんばかりの思いで暗がりを見つめた。可能性に満ち、期待に邪魔されることのない真夜中過ぎは、以前は一番好きな時間だった。ロンドンの善良な市民がベッドで心地よく眠っているとき、彼は最も自分らしくなれた。その可能性をセレステにも教えたら、彼女は待ってましたとばかりにその機会をとらえ、本来の姿を見つけて花開いた。セレステがそのことに気づくのをそばで見ていられたのは幸運だった。少なくとも、あの夜のひとときはふたりのものだった。

しかしいまは……虚しさしか感じなかった。

キーランはいつもどおりの生活を送る気になれなかった。何に対しても興味を持てず、自分の部屋をうろついていたかと思えば、急に拳闘学校へ行き、運悪く対戦した相手にひたすら拳を叩きこんだりして過ごした。激しい殴りあいをしても、腕の痛みすらろくに感じなかった。

しかしセレステを失ってから三日目の夜、フィンが寝室に現れ、黒い夜会服をキーランに投げつけた。

「父さんからの命令だ、劇場に出向くぞ」兄が告げた。「頼むから、風呂に入って着替えてくれ」

「言いなりになるのはごめんだ」キーランは夜会服を両手で丸めた。「今夜であれ、ほかの夜であれ」

「おまえの気持ちなんか、父さんの要求にはなんの影響力もない」フィンは言った。「自ら進んでぼくと一緒にインペリアル劇場へ行くか、父さんの屈強な従僕たちに引きずられて行くかのどちらかだ」

そんなふうに脅されたらどうしようもなかった。キーランは不機嫌に小さく悪態をつくと、しぶしぶながら身ぎれいにして夜会服に着替えた。劇場へ向かう馬車の中では、ふたりとも無言だった。

この前インペリアル劇場を訪れたときは、キーランはほとんど上の空で公演を眺めていた。その日の夜に、人生の隠れた一面をセレステに見せることにわくわくし、一階席でさまざまな思いをめぐらせていた。しかし同時に不安も覚えていたのは、詩を書いているという秘密を明かすつもりだったからだ。あの夜、セレステが受け入れてくれるなんて、自分勝手な妄想の中でさえ期待していなかった。ましてや、彼女と体を重ねるとは思ってもみなかったし、それによって自分がどう変わるのかも予想していなかった。そして、失ったものの大きさを思い知らされるということも。

セレステがいないとすべてが色を失い、味気なく感じられた。最後に食事をしたのも、ぐっすり眠ったのもいつだったか思いだせない。いまの自分は、中身のない骨組みにすぎなかった。

「メロドラマが始まってもいないのに、もう悲惨な顔になっているぞ」座席について公演が始まるのを待つあいだに、フィンが小声で言った。「父さんと母さんのために孝行息子を演じるには、無理にでも幸せそうな顔を作って、彼らの求める立派な息子らしく振る舞わないと」

キーランはだらしない姿勢のまま、前の席に座っている両親をちらりと見た。ふたりは手すりの前に座り、劇場を訪れた有力者たちを観察している。相変わらず父と母のあいだには距離があり、会話もいっさいない。母がキーランに鋭い視線を向けてきたのでしぶしぶ背筋を伸ばすと、母は満足げにうなずいた。

キーランはいらいらしながら、英国社会における上流階級の人たちでいっぱいのほかのボックス席に目をやった。これといって関心を引かれるものもないまま、劇場内に視線をさまよわせる。ボックス席はいつものように、気取った若者やめかし屋や高級娼婦（しょうふ）、次から次へと刺激的な体験を求めている放蕩者たちであふれていた。何人かと目が合い、仲間に加わるようキーランに手を振ってきた。

たとえ今夜、家族と一緒にいる義務がなかったとしても、賭博場で賭けをしたり、乱痴気騒ぎのパーティに参加したりするのになんの意味があるだろう？ セレステの唇を味わえないなら、なんのためにほかの誰かとキスをするのか。なんのために彼女ではない誰かに触れる必要があるのだろう？

キーランは不機嫌な顔でボックス席から階段状の席へと視線を移した。専用のボックス席を確保するほどの名声や財力はないが、暮らし向きのいい人たち向けの席で、羽振りのいい銀行家や醸造者、その妻と子どもたちが座っている。彼らの中には上流階級に仲間入りできるほど莫大（ばくだい）な財産を持っている者がいて、キーランも何人かは見覚えがあった。〈ジェンキンズ〉で見かけたことのある男、音楽会で見かけた夫婦、それから――。

「くそっ」キーランはうなった。

セレステがいた。彼女はミス・カルーと並んで座り、舞台を見ながら会話をしているようだ。

広い劇場の反対側にいても、彼女の目の下には睡眠不足による隈ができていて、ほんの数日で頬がこけたのがわかった。刺激的な場所に身を置いているにもかかわらず、気だるげに扇であおぎ、うつろな目をしている。誰も彼女のことを気にかけてやらないのか？　休息と栄養が必要なのは一目瞭然だというのに。

「よせ」フィンは注意し、キーランの肩に重い手を置いた。

キーランは視線を落とし、自分が立ちあがって彼女のもとへ行こうとしていたことに気づいた。

「どうしても――」

「ふたりのあいだに何があったにせよ」兄がキーランの耳元で言った。「一緒にいるところを見られていい状況ではないだろう。まったく、そんな目で彼女を見るなよ」

その瞬間、セレステが彼の視線に気づいた。彼女は頬を赤く染め、背筋をぴんと伸ばした。その瞳が熱望をたたえているのを見て、キーランは心をかき乱された。さらに、顔に浮かぶ悲しみに気づき、がっくりとくずおれそうになる。

するとセレステが横を向いて何やらつぶやき、友人が心配そうな表情を浮かべた。ふたりは立ちあがり、座席の列の前を歩いて通路へ出た。セレステが一瞬立ち止まってキーランを見る。涙をこらえているのか、胸が上下している。まもなくミス・カルーが彼女を連れだした。

「ここにいろ」フィンは張りつめた声で忠告し、あざができるほど強く肩をつかんでキーランが座席から離れないようにした。

走って彼女を追いかけたい衝動に駆られ、両脚が燃えるように熱くなったものの、キーランはその場にとどまった。フィンがばか力を出したこともあるが、壊れて使いものにならなくなった血まみれの心の破片以外に、セレステに与えられるものが何もなかったからだ。

重い足音が廊下から聞こえたが、セレステは書斎の暖炉のそばから動かなかった。徐々に近づいてきた足音は部屋に入ってくると、ウイスキーがしまってある磨きあげられたマホガニーの戸棚へ向かった。

セレステは黙ったまま、暖炉の燃えさしを火かき棒でかきまぜた。炎が勢いを増し、室内が明るくなる。

「うわっ、セレステか」部屋の向こう側から、ドムが驚きの声をあげた。「危うく卒中を起こすところだったじゃないか」

「酒場で乱闘騒ぎを起こしたって動じないくせに」セレステはそっけなく言った。「妹の姿を見たくらいで怖がるなんてどうかと思うわ。わたしにも一杯もらえる？」兄がウイスキーのたっぷり入ったタンブラーを持って近づいてきたので、セレステは言った。

「いつから蒸留酒を飲むようになったんだ？」そう問いかけたにもかかわらず、ドムは言われたとおりセレステのためにグラスにウイスキーを注ぎ、彼女がぐったりと座っている肘掛け椅子まで運んできてくれた。

「あら、わたしは何年も前からお父さんのウイスキーをこっそり飲んでいたわ」セレステは言い、グラスを受け取った。「兄さんが家に帰ってこないから、見たことがないだけよ」

セレステはウイスキーをひと口飲み、喉が焼ける感覚に身をまかせたが、強い酒でさえ体を温める役にはほとんど立たなかったし、暖炉の炎も寒気を追い払ってはくれなかった。ロザリンドに送ってもらい、劇場から帰ってきてもなお、寒さがつきまとっていた……あれは今夜のことなの？　数時間前ではなく、何十年も前の出来事のような気がする。

「おまえを苦しめているのはどこのどいつだ？」ドムは尋ねた。「名前を教えてくれたら、ぼくがばらばらに切り刻んでミンチにしてやる」

セレステはつい頬が緩みそうになった。身近にいる男性たちはみな、肉体的な暴力ですべての問題を解決できると信じているようだ。

「落ち着いて、ドム」セレステはなだめた。「兄さんにできることは何もないわ」

「だが、どこかのゲス野郎がおまえを苦しめているんだろう」ドムは険しい顔で言った。

「このまま放っておくわけにはいかない」

「放っておいてもらうしかないのよ」

ドムは低くうなったが、セレステは身じろぎもせずに兄を見つめた。やがて彼は折れ、絨毯の上に腰をおろした。ラトクリフで過ごした日々とほとんど変わっていない兄の様子を見て、セレステは思わず微笑んだ。身につけているものはすべてサヴィル・ロウで仕立てたものだし、下町訛りもそれほどきつくなくなったけれど、兄には昔から野生じみたところがあり、それは育った場所のせいではない。ドムは根っからの野生動物で、それはこれからも変わらないのだろう。

ウィラがいなくなったいまはなおさら。

息を吸いこむと、兄の服と髪にまとわりついた夜気と煙草ときつい酒のにおいがした。目頭が熱くなる——キーランとの夜の外出で知った香りだ。ロンドンという街のあちこちで知った自由奔放な秘密の場所は、短いあいだだったけれどセレステの王国だった。

今後ああいう場所に行くことはないだろう。もう二度とキーランとふたりきりになれないのと同じように。何か不道徳なことをするときに秘密めいた笑みを交わすこともないし、彼を味わったり、触れられたりすることもない。あの喜びを知らずにいたほうがましだったのだろうか？　それともあの喜びを経験したあとで失ったからこそ、こんなにも胸が苦しいのだろうか？

三日前の夜、キーランはセレステへの気持ちを打ち明けようとした。その言葉を聞いたときに一瞬感じた高揚感は消え去り、すさまじい心の痛みに取って代わられた。今夜、劇場の反対側にいた彼と見つめあうと、さらに事態は悪化した。渇望をむきだしにしたまなざしを向けられ、息ができなくなり、心がずたずたに引き裂かれた。

セレステはもう一杯ウイスキーを飲んだが、それでも悲しみをやわらげることはできなかった。ドムも陰気な顔をしてちびちび飲んでいる。どうやら自分のみじめな状況についてくよくよ考えているようだ。

「これがキルバーン家の最盛期なのかもしれないわね」セレステは皮肉な口調で言った。

「父さんがよく言っていたよな、鈍感になれば幸せになれるって」ドムはそう言って、暖炉の炎を見つめた。「ラトクリフから抜けだし、立派な家を手に入れ、きちんとした身なりができればそれでいいとぼくたちは思っていた」

「鹿肉を食べて、こっそり手に入れたフランスワインを飲めればそれで充分なのにね」

兄はグラスの底を見つめ、鼻で笑った。「鈍感になったところで何が手に入った？　母さんは死んだし、ぼくはウィラにとってふさわしい男にはなれなかった。嫌われて当然だ。そして、おまえは港湾労働者みたいにウイスキーをあおっている」ドムはしばらく沈黙したあと、ふたたび口を開いた。「教えろよ、誰が――」

「もういいの。でも、ありがとう」セレステは兄の険しい横顔を見た。歳月を経るにしたがって、兄の顔はより鋭さと力強さを増している。セレステは昔から、兄が少しだけ怖かった。七歳という年齢の差に、セレステには完全に理解することのできない人生が含まれているような気がしたのだ。兄の目の奥にも影が潜んでいて、この家にいないときはいつも何をしているのだろうと不思議に思うばかりだった。

それにもかかわらず、いや、もしかするとだからこそ、兄への愛情は、胸に巣くう鋭い痛みのようなものだった。ウィラと別れて以来ずっと絶望を身にまとっている兄の様子を見ると、よりいっそう胸が痛むのはそのせいだ。

「ハンス・タウンに来る前のことを覚えている？」セレステは尋ねた。「わたしが六歳か七歳のとき、青いサテンのリボンを見つけて髪に結んでいたの。しばらくして、そのリボンを誰かに盗まれて、泣きながら帰ってきたでしょう」

「誰に盗まれたのか、おまえは言わなかったな」

「わたしが告げ口したら、兄さんは彼らを聖ダンスタン教会の尖塔に串刺しにしていたでしょう。兄さんは近所の家のドアを片っ端から力いっぱい叩いて、犯人探しをしていたから」

「あのブロックの住人はみんな、恐怖のあまり小便をちびっていたな」ドムは暗い顔をしたまま、くすりと笑った。「ぼくのポケットの中は、みんなが投げつけてきたボタンや安物の飾りやらでいっぱいになった」

「ラトクリフの復讐者の怒りを鎮めるために投げたのよね」

「結局、犯人は見つからなかったが、誰かが玄関口にそのリボンを置いていった。それをおまえに返したよな」

「まだ持っているわ」セレステは打ち明けた。「お父さんがお母さんの誕生日に贈った櫛と一緒に箱にしまってある」

兄がうなずき、悲しげに小さく微笑んだので、セレステの心臓が喉の奥につかえた。

キーランを自分のものにすることはできないから、彼のいない人生に耐えなければならない——ドムを守るために。兄がずっとセレステを守ってくれているように。けれども、毒のある棘が刺さっているかのごとく、わだかまりが胸につかえていた。同意もないままに、セレステは家族の社会的地位を守る責任を負わされた。ドムがお粗末な判断力でウィラを捨てたせいで、セレステが犠牲を払うはめになったのだ。

どう考えても公平ではない。とはいえ、そもそも誰が公平を約束してくれただろう？

「乾杯しましょう」セレステはグラスを持ちあげた。

ドムは怪訝そうにセレステを見た。「何に乾杯するんだ？」

「兄さんとわたしに。物質的に欲しいものはすべて手に入るようになったとも言えるのに、わたしたちはまだ苦しんでいる。しかも、重荷を分かちあうこともできず、互いにひとりで苦悩している」

ドムはグラスを掲げて言った。「ぼくたちに乾杯、呪われたキルバーン兄妹に」

ふたりは黙ってウイスキーを飲んだ。

21

ヘンプノール卿の食堂での会話は、テーブルに配られたスパークリングワインのように弾んでいた。招待客には、ヨーロッパ大陸から呼び寄せた料理人が用意した豪華な食事が振る舞われた。侯爵家の令嬢が好奇と興味の入りまじった視線を投げてくるのにキーランは気づいていた。

彼は一カ月前なら用意されなかったはずの席に座り、家族が切望したとおり立派な上流階級の人々に囲まれていた。歓迎を受けているのだから、達成感を覚えるべきだ。

「雷鳥を味わっていないようね、ミスター・キルバーン」ミセス・カドリーが隣の席から声をかけてきた。彼女はほとんど手つかずのキーランの皿に目をやっている。

キーランは反論の言葉をのみこんだ――自分にも母親がいるのだから、いちいち食べろと言われる筋合いはないのでどうぞおかまいなく。

「おいしそうですね」キーランはうわべだけ礼儀正しく言った。「でも昼食を食べすぎてしまったもので、残念ながらこの豪華な食事を楽しむだけの食欲があまりなくて」

まったく、自分の卑屈な言葉遣いに吐き気がする。

それに、なぜここはこんなにまぶしいのだろう？　ヘンプノール卿は蠟燭（ろうそく）がありあまっているのだろうか？　周囲の人々の顔が優雅な悪霊のように見えるということは、キーラン自身もおぞましく見えているに違いない。

「ディナーのあとは」パーティの主催者が告げた。「さらに大きなパーティが開かれます。音楽とダンスを楽しむために、もっと多くの方をお招きしています。すばらしい夜になるでしょう」

「それは楽しみだ」キーランはつぶやいた。そのときに、新たに訪れた客の流れにまぎれて逃げだせるだろう。

セレステはいまどこにいるのだろう？　ああ、彼女のもとへ行きたくてたまらない。でもそれはできない。キーランは食事のあいだ、直接話しかけられない限りはほとんど誰とも口をきかず、物思いにふけっていた。セレステが彼の評判を回復させるためにしてくれた苦労が水の泡になるかもしれないが、彼女自身がみじめな思いをしているときに、そんなことはどうでもよかった。

モントフォード卿を気絶するまで殴ってやればいいのだが。報復には代償が伴うし、自分以外の者たちのことも考えなければならない。フィンとドムのことも。

くそっ、道徳的規範が物事を複雑にしているのだ。

ようやく食事の時間は終わったが、客の数がさらに増える予定のため、食後の両切りの煙草とブランデーは省略され、みな二階の応接間へ上がった。ヘンプノール卿の妻がピアノの前に座り、ほかの客たちが部屋のあちこちに配置されたソファに腰を落ち着けたとき、新たな客が徐々に入ってきた。

キーランはポートワインの入ったグラスを持って立ったまま、いつどうやって逃げだそうかと考えていた。ぼや騒ぎでも起こして、その混乱に乗じて抜けだせないだろうか。

そのときセレステが応接間に入ってきて、この場から逃走したいという思いはキーランの頭から吹き飛んだ。

劇場で見かけてからふた晩しか経っていないのに、彼女の顔色はさらに悪くなっていた。セレステは微笑みを浮かべながら部屋に入ってきたが、その笑みはインペリアル劇場の舞台で使われていた風景の書き割りのようだった。キーランの心を奪った活気にあふれた女性の面影はどこにもない。

部屋の向こう側にいるセレステがキーランの視線をとらえた。その瞬間、彼女は全身を震わせた。

一歩近づいたキーランに向かって、セレステが小さく首を振った。彼女がパーティで人から人へと歩きまわるのを見守る以外にすることはない。彼女が浮かない顔をしていることにほかの人たちは気づかないのだろうか？　どう見ても気づいていないらしい。誰ひとり心配そうな顔を見せず、気楽におしゃべりをしたり高笑いをしたりしている。なんということだ。

やはりさっさと立ち去るべきだ。ここに残ったところでなんの得にもならない。しかしキーランはその場にとどまり、温かさを確かめるすべのない遠い星を眺めるようにセレステを見つめた。

「ご招待いただきありがとうございます、閣下」セレステはそう言ったものの、心の中ではヘンプノール卿を罵っていた。彼はなんの気もなしにセレステをこの集まりに招いたのだろうが、いずれ招待客が見ている前で心がばらばらに壊れて醜態をさらし、笑いものになるかもしれない。

応接間のどこにいても、キーランの視線が自分に向けられているのを感じた。心のどこかで、自分以外の場所に目を向けてほしいと願っていたけれど——彼の目に切望の色が浮かんでいるのは誰の目にも明らかだ——それよりも、彼がそばにいること自体が拷問のようだった。すぐそばにいるのに部屋の端と端に隔てられているのは、ほっとすると同時に苦痛でもある。とはいえ劇場で見かけたときよりも距離は近づいた——六〇メートルから、六メートルへ。

そのときモントフォード卿が応接間に入ってきて、セレステの胃に酸っぱいものがこみあげた。彼がヘンプノール卿に何か言うと、年配の男性はぱっと顔を輝かせた。モントフォード卿は口がうまく、自分に有利になるように状況を操る方法を心得ている。もちろん、彼がセレステに言ったのは明らかな脅迫だが、自分の目的を達するためなら彼女のことなどどうでもよかったのだろう。

モントフォード卿はヘンプノール卿にお辞儀をし、数人の客に挨拶をしたあと、セレステのもとへやってきた。彼に見つかることを予期しておくべきだった。

セレステは心配になってキーランに視線を投げた。彼は身じろぎもせずに、いまにも弓から放たれる矢のごとき視線を伯爵に向けている。

みんなが後悔するようなことをキーランがしないようひたすら祈った。

「言い逃れはもう聞かないぞ」モントフォード卿はセレステのそばに来ると、前置きなしに話し始めた。笑顔のまま、彼女だけに聞こえる低い声で言う。「これはきみのためを思ってやっていることだと理解するのに充分な時間があったはずだ」

「これのどこが？」セレステは努めて落ち着いた声で尋ねた。「これがあなたの思いやりだというの？　そんなことを頼んだ覚えはないわ」

モントフォード卿はいらだたしげに息を吐いた。「なるほど、きみは自分自身と家族の体面をひどく傷つける覚悟があるわけか。これ以上何を悩む必要がある？　こっちはすでに効果的な手を打ってあるんだ」

どういうことかと尋ねる間もなく、彼はヘンプノール卿に声をかけた。

「わたしから、そしてわたしの未来の妻に代わって、おもてなしに感謝いたします」

セレステは胃が沈みこむのを感じた。なんてばかなことを。このろくでなしは、とんでもないことをしてくれたようだ。

「未来の妻だって？」子爵は眉を上げてセレステを見ると、声をたてて笑った。「きみたちふたりが結婚するとは、まったくすばらしいことだ」

「どうされたの、閣下？」レディ・ヘンプノールがピアノの前から声をかけてきた。「モントフォード卿とミス・キルバーンは婚約していらっしゃるの？」

「ああ、そのようだよ。まったくの初耳だぞ、モントフォード卿」ヘンプノール卿はいたずらっぽくたしなめる口調で言った。

「わたしからの申しこみをたったいま受け入れてくれたんです」モントフォード卿は答え、愛情のこもったまなざしでセレステを見つめた。

セレステは怒りと絶望の入りまじった思いで彼をにらみ返した。気がつくと、次から次へと不幸の泥沼にはまっていくのはいったいなぜなの？

「おめでとう」子爵は氷のように冷たくなったセレステの両手を叩いた。彼が顔をしかめる。「おやおや、冷えきっているじゃないか。さあ、暖炉のそばへ行って、きみたちの結婚を祝して乾杯しよう」

セレステはモントフォード卿をにらみつけたが、ここで反論すれば、彼はこの場で秘密を暴露し、彼女を破滅に追いこむだろう。

「婚約」サーベルが空を切り裂くように、キーランの声が部屋の向こう側から聞こえた。彼は怒りに燃える目でセレステを見つめた。口元をきっと引き結び、拳を開いたり閉じたりしているせいで、手の甲の血管がくっきりと浮きでている。

なんとかしてキーランの怒りを抑えなければならない――彼自身のために。

恐怖でめまいを覚えながら、心の中で祈った。何もしないで、お願いだから。

「祝福してくれるだろうね、ランサム」モントフォード卿は愛想よく言ったが、目にはまぎれもなく敵意がこもっていた。

一瞬、キーランの目に怒りの炎が燃えあがった。彼が飛んできて、大理石の暖炉の炉棚にモントフォード卿の頭を叩きつけるのではないかとセレステは心配になった。ところがキーランは何も言わずに廊下へ向かった。彼はドア口で振り返ると、最後にもう一度だけセレステを焼けつくような目で見つめ、そして立ち去った。しばらくすると、玄関の扉がばたんと閉まる音がした。その音を聞き、セレステの心は打ち砕かれた。

室内が静まり返ったが、やがてモントフォード卿はおかしそうに言った。「どうやらランサムは、結婚制度にあまりよい感情を持っていないようだ」

どっと笑いが起こり、人々がふたりのまわりに集まってきた。セレステは喉にこみあげてくる苦いものをどうにかこらえながら、次から次へと声をかけてくる客から、近々予定されているふたりの結婚を祝福された。

22

「あの野郎、ぶっ殺してやる」キーランはドアをばたんと閉め、家の中に入るなり大声で怒鳴った。激しい怒りが全身を駆けめぐり、痛みを与えたいという欲求で両手がずきずきとうずいている。

「誰を殺すって?」フィンは尋ねた。シャツとブリーチズという格好で自分の寝室の入り口に立ち、濡れた布で首の後ろを拭いている。

「モントフォードだよ」キーランは吐き捨てるように言うと、足のせ台を蹴飛ばした。家具は部屋を横切って飛んでいき、壁にぶつかってへし折れた。

「たしかにあいつは堅物で、日曜の午後みたいに退屈な男だが、だからといって、おまえが殺人を犯して絞首刑になることはないだろう? それより、あの足のせ台は気に入っていたのに」

「こっちは家じゅうをめちゃくちゃにしてやりたい気分なんだ。それだけですんだことを、運がよかったと思ってくれ」

キーランは暖炉の前に立ち、モントフォードがセレステを脅迫したことをできるだけ簡潔に説明した。彼女と体の関係を持ったことは省いたが、それ以外は一部始終をありのままに伝えた。話すうちに、兄はだんだん静かになっていき、しまいには深刻な表情を浮かべてキーランをじっと見た。

フィンは壁にもたれ、手を口に当てた。「まったくひどい話だな」兄がつぶやく。「だが望みはない。ミス・キルバーンはあいつと結婚せざるを得ないだろう」

「あいつにセレステの選択の権利を奪わせるものか」キーランはこわばった声で言った。「絶対にそうはさせない」

フィンは目を細めた。「何か考えがあるのか？」

「詳細はこれから詰めなければならないが」キーランは険しい顔で言い添えた。「もしこの計画でうまくいくとしたら、ドムにすべてを打ち明ける必要がある」

兄は口笛を吹いた。「おまえがなんらかの形で妹と関わることを、あいつはあまり喜んでいなかった。自分で自分の首を絞めるようなものだぞ」

「そうかもしれない。だがそれでセレステを助けられるなら、いちかばちかやってみるよ」

相手が誰であろうとなんであろうと立ち向かうつもりだったし、どんな犠牲を払おうとかまわなかった。なんとしてもセレステを助けなければならない。ほかに取るべき道はなかった。

フィンは立ちあがると、足早に自分の寝室に入っていった。ふたたび姿を見せたとき、彼はベストに腕を通し、片手に上着を持っていた。キーランが怪訝な顔をすると、兄は説明した。「ドムが小指でおまえの内臓を取りださないように、誰かが押さえつけておく必要があるだろう」

キーランは感謝を示してうなずいた。兄が事実上の介添人の役目を果たしてくれるのはありがたかったので、フィンが身支度をしているあいだ、キーランは焦る気持ちを必死に抑えた。

フィンの支度が整うと、ふたりはともに暮らしている家を出発した。真夜中過ぎで、夜霧が立ちこめて歩道が滑りやすくなっている。しかしこの界隈の若者たちは家にこもっているらしく、辻馬車がかなりたくさん走っていたので、呼び止めるのにそれほど時間はかからなかった。

「どこへ行きましょう、旦那」御者が尋ねる。

「〈フォックスヘッド酒場〉へ」キーランは伝え、馬車に乗りこんだ。「わかるか？」

「ちょっとばかり柄の悪い場所ですよ、旦那」

だからこそ、ドムはなじみの店にしているのだ。〈フォックスヘッド酒場〉はラトクリフの波止場の近くにあるので、上流階級の息子が好むような洗練された豪華な社交場は好まないし、昔の自分を思いださせるのではないだろうか。昔は物事がもっと単純だったのかもしれない。

しかし辻馬車が川へ向かって南下するにつれ、濁った水のにおいで空気が重くなった。〈フォックスヘッド酒場〉がドムにとって避難場所なのだとしたら、自分たちは彼の神聖な場所を台なしにしようとしているのだとキーランは物思いにふけった。

このさびれた薄汚い町が誰かにとっての避難場所だとは考えにくいが、ドムにとってはそうなのだろう。ランサム家の兄弟とドミニク・キルバーンはまったく違う人生を歩んできた。それでも互いに惹かれあうのは、三人とも社交界にうまくなじめないからだろう。

そういえば、以前はよく三人で出入りしていた場所にドムはほとんど顔を出さなくなった。それどころか、あの結婚式以来、彼はめったに姿を見せない。ウィラを祭壇に置き去りにしたのはキーランとフィンのせいだと思っているのか、それとも別の理由があるのだろうか。

そのことはあとでじっくり考えればいい。いまはセレステを救うことに専念しなければならない。

「ここで待つのは勘弁してくださいよ、旦那方」馬車が目的地に到着すると、御者が言った。彼は戸口にだらしなく座っている三人組を一瞥した。三人組は鋭い目で馬車をじろじろと見ている。

「これでもだめか？」フィンは目立たないようにクラウン硬貨をちらりと見せて尋ねた。

「一ポンド紙幣を出されても、とっとと逃げだしたいですね。おやすみなさい、旦那方」御者は手綱を引くと、おんぼろの馬車が許す限りの猛スピードで走り去った。

「中に入ろう」キーランは言った。「急所を刺されるのはごめんだ」一刻も早くドムにすべてを明らかにしたかった。できるだけ早く友人にこの事態を知らせ、そうされても仕方のない殴打に耐えれば、それだけ早くセレステを救う計画を実行に移すことができる。

酒場の中は、みすぼらしい外観に比べればいくらか感じがよかった。ばか騒ぎをした夜でさえ、キーランとフィンはドムに同行して〈フォックスヘッド酒場〉に来たことはなかった。ばか騒ぎもあれば、乱痴気騒ぎもあったが。前世紀初頭からそこにありそうな重い梁が頭上に低く渡され、煙やほかの何かが漆喰の壁にしみを作っていた。無愛想な客たちは傷だらけの木のテーブル席に背中を丸めて座り、手には大きなジョッキを持っている。

その中でもいっそう無愛想なのは、ひとりで片隅に座っている肩幅の広い男だった。ドムは両手でそっとジョッキを包みこんでいる。友人が誰よりもジョッキを信頼しているように見え、キーランは嫉妬を覚えそうになった。

警戒しながらドムに近づくと、フィンもすぐ後ろからついてきた。

「もしうまくいかなかったら」フィンが小声で言った。「ぼくは窓から飛びだして逃げ帰るからな」

「兄は弟の面倒を見るものだろう」

「ぼくの弟は、負けるとわかっている勝負をするやつだから」

「兄さんがそばにいてくれるだけで安心なんだよ」キーランはぼやいた。

キーランとフィンがテーブルに近づくと、ドムが顔を上げ、眉間に皺を寄せた。挨拶か警告のようなうめき声を発したが、どちらなのか判別するのは難しかった。

「花嫁探しのために、どこかの紳士の尻を磨くことになっているんじゃないのか？」ドムは小ばかにしたような口調で言った。

「代わりにおまえの尻を拝ませてもらおうと思ってな」キーランは答えた。「ゆっくり話ができる個室はないのか?」

ドムは鼻を鳴らした。「ここは死体が保管されているような場所だぞ」

「では、ここに座らせてもらおう」フィンが言い、反対側の席に座ったので、キーランも隣に座った。オールド・ベイリー・ロードの絞首台に向かう者は、まさにこんな心境なのかもしれない。恐怖と、さっさとすませてしまいたいという不気味な感情が入りまじっていた。

酒場の主人がやってきて、注文も取らずにキーランとフィンの前にジョッキを叩きつけるように置くと、足音荒く立ち去った。

ジョッキの中の怪しげな液体を飲むか、ドムにすべてを白状するかで迷ったが、まずは危険度の低いほうを選んで飲み物に口をつけた。

いずれにせよ、この状況に対処する最善の方法は、単刀直入に切りだすことだ。

「ぼくはセレステに夢中だ」キーランはドムの目をまっすぐに見つめて言った。

言葉に出して言うのは恐ろしかったが、同時にすばらしさも感じた。

その言葉を口にしたとたん、まるで魔法の呪文を発したみたいに、心の中で渦巻いていたさまざまな感情が静まった。

一瞬、友人はじっとキーランを見つめた。ドムは顎を鉄のようにこわばらせ、口を開いたときには声も錆びついていた。「妹はどう思っている?」

「セレステもたぶん、ぼくに好意を抱いてくれている」キーランは答えたあと、勢いこんでつけ加えた。「そうであってほしいと心から願っている。だがたとえそうでなくても、彼女を救わなければならない。セレスティはいま厄介な問題を抱えている」

「どんな問題だ？」ドムは強い口調で訊くと、テーブル越しに手を伸ばしてキーランのクラヴァットをつかみ、相手の体重などもろともせずに大きく揺さぶった。「おまえのせいなんだろう？　違うのか？」

キーランも腕っぷしは強いほうだが、ドムはもっと力が強かった。ドムの手を首から引き離すのに、かなりの力が必要だった。

キーランは椅子に倒れこみ、息を吸いこんだとたん咳きこんだ。しかし、酒場の鼻をつくにおいと煙が新たな咳を引き起こした。フィンが手にジョッキを押しつけてきたので、キーランはおそるおそる喉を潤した。

どうやら臓器を滅多切りにされずに話ができそうだと感じられたところで、キーランはかすれた声で言った。「みんなのせいだよ。ぼく、おまえ、おまえの父親、みんなのせいだ。おまえの父親が家族の評判を保ち続ける責任をセレスティに負わせたことを知っているか？おまえが酒場で喧嘩していたときでさえ、セレスティはキルバーン家が社交界で受け入れられるように力を尽くしていたんだぞ」

「それは知らなかった」ドムは考えこみながら言った。「くそっ、知っていたら、あいつにそんな負担はかけなかったのに」

「彼女は長いあいだ檻に入れられていた」キーランはなおも話を続けた。「そこから自由になる必要があった。だから、花嫁候補と出会えそうな上品な集まりにぼくを連れていってもらう代わりに、ぼくがロンドンのちょっといかがわしい場所へ彼女を連れていくことを約束したんだ」

「おまえが、なんだと？」ドムは顔に青筋を立て、言葉の最後のほうはうなり声になった。「ぼくはセレステが望む人生を送る手助けをしただけだ」キーランは言い返した。「おまえとおまえの父親は、彼女を世間体に縛りつけていた。彼女は息が詰まりそうだったんだ」

ドムはせせら笑った。「なるほど、純粋に妹を助けるためだったと？」

「たしかに」キーランは正直に言った。「最初は自分のことしか考えていなかった。セレステはぼくが知る中で最も社交界での評判がいいから、花嫁探しに利用できたらと思ったんだ。それに、彼女を賭博場やロングブリッジ邸のパーティに連れていくくらいなら別にかまわないと思ったし、それほど面倒なことでもなかった。だが――」ドムがうなったが、キーランは腹を決めて話を続けた。「いまはそれがセレステにとってどういう意味を持つかを理解している。自分自身に責任を持ち、誰かが自分に代わって決断をくだすことがない人生がどんなものか知ってしまった。ドム、彼女は世間体という牢獄の外で生きられるようになったんだ。そして彼女が……」

喉が焼けるように熱くなって唾をごくりとのんだが、それは少し前にドムにクラヴァットをつかまれたからではなかった。彼女が〈ジェンキンズ〉で自信をつけたときの様子や、パーティで自由を謳歌している姿が脳裏に浮かんだからだ。

「幸せそうにしている様子は見ていて美しいものだったよ。彼女は美しかった。自由で勇ましく、ぼくは思わず心を奪われた。彼女を愛さずにはいられなかった。セレステがありのままの自分を解放するのを見ているのは、最高にすばらしかった」

ドムは口を引き結んだが、何も言わなかった。フィンも興味深げにキーランを見つめている。まるで狼が急に空を飛ぶ力を身につけた瞬間を目撃したかのごとく。実際、セレステといると、急上昇と急降下を繰り返しながら、空を飛んでいるような気分になれた。高くのぼれないことに比べれば、落ちることはそれほど怖くない。

キーランはテーブルに両手をつき、前に身を乗りだした。「だが、くそったれのモントフォード卿がセレステからすべてを奪い去ろうとしている。すぐに何か手を打たないと」

「泣きごとばかり口にするあの気取り屋のことは、前々から厄介だと思っていた」ドムは食いしばった歯のあいだから言った。

「あいつは彼女を脅迫して自分と結婚させようとしているんだ」キーランは説明した。「その夜遊びの証拠をつかんでいて、彼の妻になることに同意しなければ、彼女を破滅させるつもりだ。まったくとんでもない」頭の中に怒りと悲しみの靄がかかった状態で話を続ける。

「セレステはおまえを守るためにあいつの計画に従おうとしているんだ。ぼくとフィンのためにも。彼女の評判が落ちたら、ぼくたちにも影響がおよぶから。彼女のようにやさしい女性をそんな目にあわせるわけにはいかない」

罪悪感が襲ってきて胸をちくりと刺した。心ならずもセレステに他人の悪事の責任を負わせてしまった自分をふたたび呪った。

「くそっ」ドムは両手で髪をかきむしった。自責の念に駆られたらしく、顔をゆがめる。「知らなかったんだ。家族のためにセレステが犠牲を払っていたなんて」

「ぼくは彼女を愛している、ドム」キーランはかすれる声で言った。「だが、彼女が何より望んでいるのは自由になることだ。この件が片づいて、彼女がぼくに何も望まないなら、あきらめる。だがそれも彼女自身の選択でなければならない」

「モントフォードを殴り殺せないか？　こっそりと」ドムは低く響く声で言った。

「あいつは安全策を講じている。やつの身に何が起きようと、セレステを破滅に追いやる噂が流れることに変わりはない」

「くそっ」ドムは両手の拳を握ったり開いたりした。「妹を逃がすのはどうだ？　アメリカかオーストラリアに」

「その手も考えてみたが、結果は同じだ」

「モントフォードに先手を打たれているわけか」フィンは暗い顔で言った。「あのばか野郎がこれほどの戦略家だったとはな」

三人はしばらく沈黙し、脅迫といういまいましい問題について考えた。薄汚れた窓に雨がぱらぱら当たっていた。ほかの客たちは酒にのまれようとなおいっそうの努力を続けている。キーランも仲間に加わりたいところだったが、次に起こるべきことのために素面でいる必要があった。

「実は、ひとつ計画を立てている」キーランは沈黙を破った。ドムとフィンがこちらに目を向けたので、話を続ける。「その計画にはふたりの助けが必要だ。危険はあるにはあるが、もしうまくいったらセレステは自由になれる。好きなところへ行き、好きなことができるだろう」

キーランは荒い息を吸いこんだ。「セレステが思うままに生きられるのなら、ぼくから遠ざかっていく道にバラの花びらを撒き、一瞬の後悔もなく彼女を見送ろうと思う。死ぬほどつらいだろうが、セレステが幸せになれるのなら、どんなことでもするつもりだ」

23

セレステは物書き机の前に座って、美しい文字が印刷された招待状をじっと見つめ、その意味を理解しようとした。美しい筆記体の文字は読み取れるものの、その内容には困惑を覚えた。

〈ミスター・キーラン・ランサムよりご出席のお願い
五月一八日　月曜日　夜九時より　ウィングレイヴ伯爵夫妻邸にて
音楽とダンスと軽食をお楽しみください〉

その下に走り書きで、〈ぜひ来てほしい。損なわれたものが回復されるはずだ――K〉と記されていた。

どういうことだろう？　いまやキーランは社交行事を主催するまでになったのだ。セレステの努力によって、彼は劇的な変化を遂げた。達成感やうれしさを味わおうとしても、自分が置かれた状況に対する激しい怒りと、すべての自由を失った重苦しい悲しみが交互に襲ってくるばかりだ。どれだけ考えをめぐらせても、モントフォード卿の悪意に満ちた罠から抜けだす方法が見つからなかった。

寝室のドアがノックされ、父が顔をのぞかせた。セレステが持っているものとよく似た厚紙を振ってみせる。

「おまえのところにもこれが来たか?」父は尋ねた。

「ええ」でも、なぜなのかも、キーランが何を成し遂げようとしているのかも、見当がつかない。

「おれに必ず来てほしいと自筆のメッセージが添えられているんだが」父は困惑の表情を浮かべた。「いったいなんの用だろう?」

「さあ、わからないわ」それは本当だった。「お父さんは行くの?」

父が肩をすくめる。「そうだな。ランサム家がじきじきに招待してくれたのだから」一瞬の間を置いて彼は尋ねた。「モントフォード卿も来るのか?」

「何も聞いていないわ」三日前の夜、ヘンプノール卿の屋敷で起こった恐ろしい一件以来、伯爵は腹立たしいほど定期的に訪ねてくるようになった。有無を言わさず、ロットン・ロウでの乗馬や公園の散歩や〈ガンターズ〉への外出――セレステは〈キャットンズ〉で紅茶を飲むほうが好みだったが――に彼女を同行させた。

モントフォード卿はふたりの婚約の祝福を受け入れたが、セレステのほうは受け入れなかったし、反論もしていなかった。

一週間以内に一度目の婚姻予告が公示されると、彼が〈ガンターズ〉で言っていた。

「正式に婚約を発表するなら、ひと言相談してくれたらよかったのに」父は恨みがましい口調で言った。「上流階級の男は、まず父親に許しを得るものだと思っていた」

「自然の成り行きでそうなったのよ」かなり穏やかな言い回しだが、軽蔑している男から結婚するよう脅迫されているとは父には告白できなかった。

父はセレステに一歩近づいて言った。「ようやく結婚を申しこまれたんだから、もう少しうれしそうな顔をすると思っていたのに。おれたちはラトクリフ出身なのに、おまえは伯爵夫人の座を手に入れた。でかしたな、セレステ。母さんとおれの夢を、モントフォード卿が叶えてくれるんだ」

セレステは何も言わなかった。そうでなければ書き物机をひっくり返し、部屋の向こう側に投げつけてしまいそうだった。しかしそんなことをすれば説明を求められるだろうし、自分の置かれた状況を父に話せば、怒りと悲しみと自分自身の重みに耐えかねてすべてが崩壊してしまいそうだった。

「パーティには、一緒に馬車で行きましょう」セレステはようやく口にした。

「パーティ用のドレスはあるのか？」父は尋ねた。

「衣装だんすにあるもので充分よ」

「新しいドレスを新調しろ」彼はぶっきらぼうに言い、ポケットに両手を突っこんだ。「おれの娘は、貴族たちの中でも際立つ存在でなければならない」

「パーティは明日なのよ」セレステは念を押した。「そんな短時間で、マダム・ジャクリーンにドレスを一から仕立ててもらうのは難しいわ」それに、仮縫いをすると思うと疲労感に襲われた。仮縫いの過程を楽しめたためしはないが、いまは生地や装飾や、それ以外の瑣末な部分を考えるのには耐えられそうにない。

「追加料金を払えばいいだろう。金に糸目はつけない。うちの娘には最上のものが必要だ」父は皮膚のかたくなった手でセレステの頬を撫でた。もう何年も積荷の木箱を運んでいないが、仕事で荒れた手はいまも体の一部だし、これからもずっとそうだろう。

父は手をおろし、セレステの寝室から立ち去った。

ひとりになったとたん、平静を装った仮面を脱いだ。手で顔をさすってから、ふたたび招待状を手に取り、じっと見つめた。あと一日。キーランはなんらかの計画を行動に移したようだが、それがどんな計画なのか知らされていない。小さな可能性が胸の中に芽生えかけたものの、それが根づく前にセレステは引きむしった。ラトクリフにいた頃はよく、砂利や道路の割れ目から顔を出そうとしている小さなタンポポを根こそぎ引き抜いていた。そんな絶望的な場所で、懸命に花を咲かせようとしている姿を見るのが忍びなかった。そこでは枯れるか、通りすがりの人に踏みつけられるかのどちらかしかないからだ。

大きな危機に瀕しているのに、希望など持てるはずがなかった。

セレステと父、そして意外なことにドムも一緒にウィングレイヴ・ハウスへ向かうあいだ、不安と疑念が常にセレステの胸を占めていた。父と兄はもともと口数が少ないほうなので雑談はすぐに途絶え、道中は三人ともほとんど黙っていた。

「緊張する必要はないからな」ドムが沈黙を破った。

「なぜこの子が緊張するんだ？」父が不機嫌な声で言う。「セレステは一〇〇回近くも上流階級のパーティに出席しているんだぞ。いつも完璧な振る舞いをしている。そうだろう？」

完璧な振る舞いなんてうんざりだとセレステが言い返す前に、ドムが口を開いた。「上流階級の連中こそ、きちんと見張っておくべきなんだ」

すると驚いたことに、ドムは向かいの席から手を伸ばし、大きな手でセレステの手を包みこんだ。

「少しは信じろよ、セレステ」彼は小声で言った。

「信じるって何を？」セレステは尋ねた。

兄が父にちらりと目をやった。父はふたりをじっと見つめている。「誰かをだよ」それだけ言うと、ドムは深く座り直し、握っていたセレステの手を放した。

兄が何を言おうとしたのか、さまざまな可能性が頭の中を駆けめぐったが、セレステは新しいドレスの裾をいじって気をまぎらわせようとした。ばかげているのはわかっていたが、キーランのことを考えながらこのドレスを選んだ。彼のような官能主義者は、深緑がかったブルーの波紋柄のシルクが、蠟燭の光を受けて輝くさまを見て楽しむことがわかっていたからだ。けれども残念なことに、寝室を出る前に鏡に映る自分の姿を見たとき、鮮やかなドレスの色は、青ざめた顔色を明るく見せてはくれないことに気づいた。ドリーが目の下の隈をおしろいで精一杯隠してくれたものの、効果はほとんどない。

そうだ、楽観的に考えてみよう。もしかしたら、モントフォード卿も今夜のパーティに出席するかもしれない――キーランが招待するとは考えにくいけれど。彼はセレステのひどい顔色を見て、婚約などという茶番を終わらせようと思うのではないだろうか。いや、それはただの空想にすぎない。モントフォード卿はどういうわけか、自分がセレステに救いの手を差し伸べていると信じこみ、救済者を気取っている。セレステの憔悴した顔を見たら、自分が介入するべき新たな兆候だとみなすに違いない。

なんていまいましい男なの！　頭の中に暴力的なシーンが次々と浮かび、毎回、モントフォード卿がセレステの手によって陰惨な死を遂げるという結末を迎えた。けれど残念ながら、そんなシナリオを実行するわけにはいかなかった。セレステにできることといえば、今夜何が起こるにせよ、心が麻痺するほどワインがふんだんに用意されていることを祈るくらいだった。

馬車がウィングレイヴ・ハウスの前で止まった。まずセレステが馬車から降り、父と兄もそれに続いた。立派な大邸宅に入ると、父とドムは帽子と外套を従僕に預け、執事の案内で二階の大広間へ向かった。

セレステは階段をのぼりながら、よく磨きあげられた先祖伝来の豪華な調度品を見渡した。キーランが生まれた世界は想像を絶するほど贅沢だが、骨董品や肖像画は明らかに冷たい感じがして、あえて鑑賞者と距離を置こうとしているようにも見えた。

キーランが興奮や快楽をひたすら求めるのも無理はない。もし今夜、彼の両親が姿を見せたら、彼らがキーランの詩的な感情を抑えつけようとしてきたことを知ったいま、にらみつけずにいるのは至難の業だろう。

「準備はいいか、セレステ?」大広間に近づくと、兄は言った。話し声や音楽とともに、キーランの深みのある声も聞こえてきた。その声を耳にしたとたん、彼女の胃は飛びでそうになったが、手袋をはめた手をおなかに当ててどうにか鎮めようとした。

「いいわ、兄さん」セレステは答えた。

キルバーン家の三人はだだっ広い部屋に足を踏み入れた。そこは舞踏室ほど巨大ではないが、座席とピアノが用意され、数組の男女がガヴォットを踊るには充分な広さがある。

キーランの評判は明らかに回復していた。その証拠に、社交界の中でも立派な人たちが大勢集まっている。グレイランド公爵夫妻やヘンプノール卿のような高貴な家柄の人だけでなく、ミセス・ラブリーのような地主階級の人もいる。ミスター・ロングブリッジの姿もあったけれど、彼が催したあのパーティのときに比べ、今夜はかなりきちんとした身なりをしている。彼はセレステのほうを見たが、あの夜に会ったことを覚えていたとしても、そんな素振りはまったく見せなかった。

セレステの視線がそういった人たちを飛び越え、キーランを見つけだす。その姿を見たとたん、彼への愛情が一気にわきあがった。キーランは真夜中を思わせる漆黒の上着に、雪のように真っ白なクラヴァットとベストとブリーチズを合わせている。喉がひりひりするほどハンサムだった。キーランは彼の兄と父、さらにドアに背を向けている黒髪の女性と会話をしているが、セレステが部屋に入ると、会話の輪から離れてまっすぐにこちらへ向かってきた。

「ミスター・キルバーン、ドム」キーランはセレステから無理やり視線を引きはがし、彼女の父に軽くお辞儀をしてからドムと握手した。そのあと、セレステにお辞儀をして言った。

「ミス・キルバーン」

「キーラン」父は挨拶を返したが、その口調は少しそっけなかった。続いていくぶん態度をやわらげて言った。「最近は品行方正になったと聞いているよ」

「いまもそう努めているところです。ご親切な娘さんの取りなしがなかったら、ぼくの努力は無駄になっていたでしょう」

父はうなるような声を漏らし、ウィングレイヴ伯爵のもとへ向かった。伯爵もセレステの父を出迎えた。

「準備は万端だろうな?」ドムがキーランに尋ねる。

セレステは小声で口早に尋ねた。「何を企んでいるの?」

「ぼくは——」キーランが言いかけたとき、モントフォード卿が大広間の入り口に現れた。

キーランとドムがはっと身をこわばらせた。どうやらセレステが伯爵に脅迫されていることを、ドムも知っているようだ。兄がすぐさまモントフォード卿に飛びかかって床に押さえつけ、キーランが拳を浴びせなかったのは奇跡に近かった。

部屋に入ってきた伯爵はセレステがキーランとドムと一緒にいるのを見て独善的な表情を浮かべた。それは自分自身を、誰にも手出しができない勝利者だと信じている男の顔だった。けれどいまいましいことに、セレステには異を唱えることはできない。モントフォード卿の勝ちだ。

「おまえは酒でも飲んでてくれ」キーランは小声で言った。

「いやだね」ドムが言い返す。

「お願い、兄さん」セレステは低い声で諭した。「目に殺意が浮かんでいるわ。わたしのために兄さんが治安判事の前に連れていかれるなんていやよ」

「さあ行ってくれ、ドム」キーランはさらに言った。「準備は万端だ」

ドムは不満そうにうめいたが、その場から立ち去った。

「なんの準備？」セレステはキーランに問いかけた。

彼が答える前にモントフォード卿が気取った歩き方で近づいてきて、わがもの顔でセレステの手を自分の腕の下に差し入れた。キーランの顎が引きつる。

「もう来ていたんだね、愛しい人」モントフォード卿はにこやかに言った。「ぼくたちの結婚式にミスター・ランサムを招待していたのかな？」

「いいえ」セレステは即座に答えた。

「それならぼくから話そう。ランサム、もちろん出席してくれるだろうね。結婚式は朝に行うだろうから、きみには少し早すぎるかもしれないが、そのあとの会食ならなんとか出席できるだろう」

キーランの目に怒りが宿り、脇におろした両手が拳を作った。鋼のようにかたい口調で言う。「きみに会わせたい人がいるんだ、モントフォード卿」

伯爵は眉を吊りあげた。「本当か？　この部屋にいるのは知りあいばかりのはずだ。親しさの程度に差はあるが」彼は言い、お気に入りの牛を眺めるような目つきでセレステをちらりと見た。

セレステは歯を食いしばった。なぜ若い女性は公の場で怒りの声をあげることが許されないのだろう？

キーランは歯をむきだしにして笑みらしきものを作ったが、それは獲物の首をへし折る前に牙をむく肉食動物によく似ていた。「ああ、たしかにきみは彼女と面識があるかもしれない。だが、少しだけぼくにつきあってくれ。ミス・キルバーン、きみも一緒に」

キーランはモントフォード卿とセレステについてくるよう見振りで促すと、つかつかと大広間を横切り、彼の父と兄が話している黒髪の女性のもとへ向かった。後ろから見ると、その女性はセレステと同じくらいの身長で、体型もよく似ている。ブロンズ色のドレスは、上流階級の人たちが集まる場にしては少し体にぴったりしすぎていて、数人の紳士の視線を引き寄せるという効果をもたらしていた。

セレステとキーランとモントフォード卿がその女性に近づく様子は、招待客たちの注目を集めた。

キーランは女性に歩み寄り、咳払いをした。彼女が振り返った瞬間、セレステははっと息をのんだ。

インペリアル劇場の集まりに参加していたロッティだった。でも、なぜ彼女がここに？ロッティは、セレステとモントフォード卿に微笑みかけた。

セレステはおそるおそるキーランを見た。ロッティを招待するなんて、いったいどういうつもりなのだろう？

「モントフォード卿、ミス・キルバーン」キーランの目がきらりと光る。「ミス・サロメ・オキーフを紹介させてもらえるかな？　彼女はぼくの親しい友人で、最近ヨーロッパ大陸から戻ってきたんだ」

セレステはあっけに取られてキーランを見つめたが、頭の中で歯車が回りだした。

「ミス……なんだって？」モントフォード卿は吐き捨てるように言った。

「サロメ・オキーフよ」ロッティは名乗り、膝を曲げてお辞儀をした。声を低くして、セレステがサロメに変装していたときと同じ声の調子、同じ抑揚でしゃべっている。そういえばサロメに変装していたとき、ロッティと瓜ふたつだとみんなから言われたのだった。

希望が頭をもたげたが、それを受け入れるのは少し恐ろしくもあった。もしこの計画がうまくいかなかったら？

「でも、わたしたちは前に一度会っているわよね、モントフォード卿」ロッティは話を続けた。「もっと気ままな集まりだったけど。これ以上は言わぬが花ね。わたしが育った国では、行動規範が英国ほど厳しくなかったの」

セレステの胸に高揚感が広がった。できるだけ冷静を保って言った。「こちらでの生活は刺激が少なくて物足りなく感じるでしょうね、ミス・オキーフ」

ロッティは魅力的な笑い声をたてた。「ええ。でもミスター・ランサムが親切にエスコートしてくれるから、余計な詮索をされずに助かっているの。とはいえ」顔を紅潮させているモントフォード卿を見ながら言い添える。「中にはとても異質な場所に頻繁に出入りしている方もいて、そのことに驚いているわ」

「ぼくの家族にもミス・オキーフを紹介したんだ」キーランは滑らかな口調で説明した。「今夜、出席している方々にも」

「その中にはミセス・ラプリーも含まれているんでしょうね」セレステは笑みを浮かべて言った。ようやく自由になれそうな気がして、頭がくらくらする。

「ああ、もちろん」キーランは答えた。「あれほど尊敬を集めている人が噂話をすれば、すぐに社交界じゅうに広まるだろうね」だらしなく口を開けているモントフォード卿をまっすぐ見据える。「ミセス・ラプリーは、今夜ミス・キルバーンがミス・サロメ・オキーフに会ったことを間違いなく話すだろう、大勢の高貴な人たちの前で」

「ぼくたちもたしか劇場でお会いしましたよね、ミス・オキーフ」フィンが横から言い、ドムとともに前に進みでた。「彼はミスター・キルバーンです、覚えていますか？」

「わたしはよく劇場にいるんです」ロッティはそう言って、にやりとした。「そういえば、おふたりとお知りあいになれてうれしく思ったことを思いだしたわ。おふたりが面倒なことに巻きこまれないよう祈っています」

「大丈夫です、そんなことは一度もありませんから」ドムは答えた。

セレステはにやにや笑いを止められなかったが、そんなことはどうでもよかった。モントフォード卿がセレステはサロメだと非難できないように、キーランがうまく立ちまわってくれたのだ。何しろ、当のサロメが二メートルと離れていない場所にいるうえ、ロンドン社交界の有力者、公爵夫妻と伯爵夫妻、セレステの家族を含めて目撃者も大勢いる。

モントフォード卿の顔が赤から紫に変わり、どんどん血の気が引いていくさまをセレステは上機嫌で眺めた。

「申し訳ないが……」彼がもごもごとつぶやいた。「別の予定があることをすっかり失念していて……これで失礼する」

モントフォード卿はぎこちなくお辞儀をし、ドアへ向かった。

「その前に、ちょっといいかな」キーランは言い、伯爵のあとを追った。モントフォード卿の腕をつかんで、廊下へ連れだす。

セレステも周囲の人たちに口実をつぶやき、急いでキーランとモントフォード卿のあとを追った。廊下に出ると、キーランが伯爵を部屋に押しこむのが見え、何やら重たいものが家具にぶつかり、床に落ちる鈍い音が聞こえた。

次に何が起こるにせよ、自分もそこに加わるべきだ。セレステは小さな居間らしき部屋に駆けこんだ。するとモントフォード卿が絨毯の上で伸びていて、怖い形相をしたキーランが拳をかたく握りしめ、彼にのしかかっていた。

「もう終わりだ、モントフォード」キーランは冷酷な声で言った。「根も葉もない言いがかりをつけるのはよせ」

セレステの影がモントフォード卿の上に落ちると、彼はあわてふためいて彼女を見た。

「きみを助けようとしたんだ」伯爵はいかにも追いつめられ、傷ついたような口振りで言った。

「あなたの助けなど求めた覚えはないわ」セレステはぴしゃりと言い返した。さらに付け加える。「このろくでなし」

「ぼくは悪党かもしれないが」キーランは物憂げとも言える低い声で言った。「いままでは有力な友人がたくさんいる。気をつけないと、公爵や伯爵がおまえの人生をひどくつらいものにすることだってできるんだぞ」

キーランが一歩近づくと、モントフォード卿は蟹のように這ってあとずさりした。

「この策略を」キーランはゆったりとかまえて言った。「二度と繰り返すなよ。ミス・キルバーンに対しても、ほかの誰に対しても。わかったか？　いいな？」黙っているモントフォード卿に念を押す。

「ああ、わ、わかった」モントフォード卿はしどろもどろで答えた。

キーランは愉快そうに喉を鳴らして笑った。「まったく、悪ふざけはいただけないな、モントフォード。それはぼくの領分で、ぼくの得意技だ。おまえはただの素人だ」

「それからもうひとつ」セレステは身をかがめて言い添えた。「わたしたちの婚約は互いの合意の上で破棄したと公表すること。報復はしないこと。あからさまな無視はしないこと。わたし自身と父と兄に関する噂話や誹謗中傷はいっさいしないこと。いい？」

「ああ」伯爵は青ざめた顔で答えた。

「じゃあ」家族の安全を確保したことを確かめ、セレステは命じた。「出ていって」

モントフォード卿はあわてて立ちあがると、そそくさと部屋から出ていった。あわただしい足音が廊下を駆け抜け、階段をおり、玄関から出ていった。

セレステはキーランと向きあった。室内の明かりは暖炉の炎から放たれる光だけで、彼の片側が金色に輝き、もう片側は影を帯びている。セレステを見つめる彼の胸が上下していた。セレステの胸の中で何かを求める気持ちが駆けめぐったが、その感情を解き放つことができなかった。あまりに長いあいだ深刻な問題に苦しめられていたため、それが解消されたとたん、恐怖にも似た空虚感に襲われていたからだ。

この瞬間をどうして信じられるだろう？　どうしたら現実だと信じられる？　彼はセレステのほうに近づく素振りさえ見せないのに。

「きみを自由にするためにしたことだ」キーランが腹を決めたように低い声で言った。「それだけだ。きみがどんな選択をしようと、ぼくは尊重する。きみを自分のものにするために助けたわけじゃない」

「つまり」心臓がどきどきしていたが、セレステはおそるおそる尋ねた。「あなたはわたしが欲しくないということ？」

熱っぽい目で見つめられ、セレステは身を震わせた。

「きみが欲しいよ、セレステ」キーランはかすれる声で言った。「くそっ、どんなにきみを求めていることか」

鳥の群れが飛びたつように、胸の中で喜びがわきあがった。「わたしもあなたを求めているわ、キーラン」荒い息を吸いこみ、ありったけの勇気を奮い起こした。「あなたを愛しているの」

彼はつかつかと歩み寄り、セレステの顔を両手で包みこんだ。キーランに触れられる喜びに浸り、深みのある声を胸に刻んだ。「きみに出会うまで、ぼくはそれなりにいい人生を送っていると思っていた。自分の好きなことをし、誰のことも気にしなかった」

「なんだか魅力的に聞こえるわね」セレステはつぶやいた。

「ぼくもそう思っていたよ」彼が自嘲気味に言った。「家族から最後通牒を突きつけられたとき、自分の利益のためにこの状況をどうにかうまく利用できないかと考えた。ぼくの目的は、きみを利用して自分が欲しいものを手に入れることだった」

「あなたにとって、わたしは目的を達成する手段でしかないことはわかっていた。あなたに幻想を抱いていたわけではないわ」

「だが、ぼくのほうはきみに幻想を抱いていた。取り澄ましたお嬢さんがちょっぴり退屈していて、単調な日常から脱却したがっているのだろうと、誤った認識を抱いていたんだ。ぼくが愚かだったよ、セレステ」キーランはかすれた声で言った。「なぜならきみは……女性という枠組みの中に閉じこめられたハリケーンのような人だったからだ。何よりも強力な力を持っている。きみにせがまれてより広い世界へ連れだしたときは、まるで新しい宇宙の誕生を目にしたような気がしたものだ。ぼくはただその光景を目撃した幸運な男にすぎなかった。それでも、ぼくが言ったことは本気だ」厳粛な面持ちで彼女の目をのぞきこむ。「きみが自由を求めているなら、ぼくは身を引こう」

セレステは息を吸いこんだ。彼が重大な申し出をしたことに愕然とした。「あなたはどこへも行かない」セレステに触れている彼の手に顔を埋めた。「わたしはあなたを選ぶわ、この先もずっと」

キーランの全身に震えが走った。目を潤ませ、驚いたような笑みを口元に浮かべる。「きみと一緒にいると、ぼくのミューズは語りかけてくるだけでなく、歌ってくれるんだ。しかし、ぼくがひらめきを得るためにきみが存在しているわけではない。きみがのぼるべき高みに到達できるよう、ぼくもきみの情熱をかきたてたい。きみの旅に少しでも役に立てるなら本望だ。きみを愛しているから」

セレステの目から涙がとめどなく流れたが、彼は泣きやませようとはしなかった。「キーラン」

「セレステ」キーランは答えた。彼が口にすると、彼女の名前はまるで誓いの言葉のように響いた。「ぼくはきみを愛するために生まれてきたんだ」

「わたしと……」セレステは息を吸いこんだ。何かを恐れて躊躇するつもりはなかった。望むものはすぐそこにあるのだから。彼はこうしてここに一緒にいる。「わたしと結婚してくれる？」

「ああ、もちろんだ」キーランが目をきつく閉じ、震える息を体じゅうに行き渡らせるのを見て、彼女は高揚感で舞いあがりそうになった。

「でも条件があるの」セレステは言い添えた。

キーランが目を開け、深刻な顔つきになる。「言ってくれ」

「結婚するとしても……」開いた両手を胸に当て、手のひらで胸の高鳴りを感じた。「わたしは飼い慣らされて改心した放蕩者なんか求めていないの。わたしが欲しいのはあなたよ。わたしの奔放な詩人。あなたと一緒に冒険をして、手を取りあって世界を相手に戦いたいわ。ありとあらゆることを経験しましょう、ふたりで一緒に」

光り輝く彼の笑顔はひどく罪深かった。「ぼくもそうしたい」

「キーラン」セレステは切羽詰まった声で言った。

「なんだい？」

「キスして」

その瞬間、キーランの目に激しい喜びの炎が燃えあがった。セレステの頭を上げさせ、唇を重ねた。ふたりは長いあいだ否定されてきた欲望に駆られ、貪るようにキスをした。セレステは彼にしがみつき、まるでそうなることが運命だったように互いに力を満たしあった。彼女の体は熱く燃えあがり、ますます貪欲になっていく。

セレステは唇を離し、息をあえがせた。「せっかくあなたのおかげで醜聞を回避することができたのに、お互いの家族が廊下のすぐ先にいるところで愛を交わすのは賢明な判断とは言えないわね」

「ぼくたちはいつから賢くなったんだ?」彼がいたずらっぽく尋ねる。

「それもそうね」

「でも」キーランは一歩下がった。「次にふたりきりになったときは、耐えがたいほどじっくりじらして、耐えがたいほど隅々まで念入りに味わわせてもらうつもりだ」

セレステは全身がかっと熱くなったが、それでも欲望を抑えなければならなかった。いまのところは。彼女は廊下にちらりと目をやった。これから起こることを思い、手足に緊張が走る。「みんなのところに戻らないと。今夜はまだやるべきことがあるもの」

「同感だ」彼はしっかりと落ち着いた声で言った。

キーランが差しだした手を、セレステは取った。

ふたりは一緒に大広間へ戻った。そのまま指を絡めていたかったけれど、人前でそんなことは許されないので、彼の腕の隙間に手を差し入れ、招待客にふたたび加わった。

それぞれの家族も含め、大勢の人々がふたりのほうを向いた。ドムとフィンは満足げな笑みを浮かべている。今夜の計画で役割を果たしてくれたことについて、あとでお礼を言わなければならない。でもいま、話をするべき相手はひとりだ。

キーランも同じことを考えていたらしく、低い声で尋ねた。「ぼくがきみのお父さんに話そうか？」

「ふたりそろって話しましょう」

キーランはうなずき、ふたりは一緒にセレステの父のもとへ向かった。父はかすかに困惑した顔でふたりを見た。

「少しお話ししてもかまいませんか、ミスター・キルバーン？」キーランが礼儀正しく尋ねる。

「わたしからもお願い、お父さん」セレステも勇気を出して言った。

父は当惑した表情を浮かべたまま顎をしゃくってみせた。三人は大広間の静かな一角へ移動した。

「何事だ？」父が眉をひそめて尋ねた。

「お父さん、わたしはキーランと結婚するわ」セレステは言った。

父の眉が吊りあがる。「おまえはモントフォード卿と結婚するはずだろう」

「正式に申しこまれたわけではないし」セレステは説明した。「それに、わたしは応じるつもりはなかったわ」

「しかし……」父は顔をしかめた。「モントフォード卿は伯爵なんだぞ。いずれ侯爵になる立場だ。でもこの男は」キーランを一瞥し、ますます顔をしかめる。「ただの三男で、相続するものは何もない」

「そんなことは関係ないわ」セレステは食いさがった。「大切なのはその人の心で、キーランほどすばらしい心の持ち主はほかにいない」

キーランは喜びと感謝のこもった視線をセレステに送った。「ありがとう、愛しい人」

「モントフォード卿はおまえに捨てられたことをすんなり受け入れないだろう」父は険しい顔で指摘した。「われわれは社交界で歓迎されなくなる」

「家族の社会的地位を守るのにはもううんざり」セレステは激しい口調で言った。「そんなことを買って出た覚えはないし、その役目をわたしだけに押しつけるなんて不公平だわ。社交界に受け入れられることがそんなに大事なら、お父さんがお茶会や舞踏会へ行って、上流階級の人たちと無意味な会話をすればいいでしょう」

父は目をぱちくりさせた。セレステが感情を爆発させたことに驚いているようだ。

それでもまだ話は終わっていなかった。「彼らにどう思われようと知ったことではないでしょう？　彼らに受け入れられるかどうかがそんなに重要なの？　彼らが全員わたしたちよりも優れているわけではないでしょ。この際だから、もうひとつ言わせてもらうわ、お父さん」セレステは熱くなって続けた。「わたしはラトクリフ出身であることを誇りに思っているの。あそこで暮らしているのは、家族を愛する勤勉で善良な人たちよ。わたしは自分が何者で、どこで生まれたのかを決して恥じたくない。お父さんも恥じるべきではないわ」

「軽蔑の的になるんだぞ」父は反論した。

「別にかまわないわ」セレステは譲らなかった。「大切なのは相手を傷つけないことと、他者を思いやることよ。わたしはいま、ラトクリフの人たちに働きかけて、読み書きを覚える手助けをしているの。そのことを嘲笑う人がいたら、心から言ってやるわ――〝くだらない意見など聞く耳を持たない〟って。お父さんがわたしたちの過去を恥じているなら、それはお父さんが挑むべき戦いであって、わたしの戦いではない」

父は驚愕の表情でセレステをじっと見つめた。

「娘さんを誇りに思うべきです」キーランは沈黙を破って言った。「彼女自身と彼女が成し遂げようとしていることを。彼女はぼくが知る中で最もすばらしい人です」声がくぐもっている。「そのことに感動を覚えないのなら、あなたを不憫に思います、ミスター・キルバーン」

セレステは頬に感謝の涙を流しながら、キーランを見あげて微笑んだ。彼は親指でやさしく涙をぬぐってくれた。

「おれは……」父は理解に苦しんでいるらしく、どんな反応が返ってくるのか、セレステは不安だった。父の反応が怖かった。しかしなんと言われようと、正しいことをしているのだ。自分の心に従って行動したのだから、誰も、実の父でさえも、彼女の生き方を変えることはできない。

やがて父がふうっと息を吐き、ゆっくりうなずいた。セレステも歯の隙間から安堵の長い吐息をついた。

「おれは……すまなかった、セレステ」父は心から悔いているようだった。「自分が価値を認めるものを手に入れようと必死だった。だが、そのせいでおまえの幸せが犠牲になるとしたら父親として失格だ。おまえを愛している。おまえの兄を。大切なのはおまえとおまえたちだけだ」

父はセレステの両手を取り、ぎゅっと握りしめた。目が潤んでいる――父が涙するのを見たのはこれが二度目だ。

「ただし」セレステの父はキーランをにらみながら言った。「本当にこの放蕩者と結婚するのか？　彼はいい夫になるような男ではないだろう」

「たしかに、ぼくの過去の行いは少しばかり……奔放でした」キーランはそう口にしたあと、真顔で言い添えた。「でもミスター・キルバーン、ぼくはセレステを愛しています」

「愛があるからといって、放蕩者を家に閉じこめておけるとは限らない」彼女の父が反論した。

「セレステが家にいるときは」キーランは言った。「ぼくも家にいます。彼女が外出するときはぼくも一緒に出かけます。彼女がどこにいようと、必ず見つけだします」

表情をやわらげつつも、父はセレステのほうを向いて念を押した。「これがおまえの望むことなんだな、セレステ？　彼を信じるんだな？」

「わたしはキーランを信じるわ、お父さん」セレステは心から真剣に言った。「わたしはキーランに心を奪われたの。彼ならわたしの心を守ってくれると確信しているわ」

「結婚生活は必ずしも幸せなことばかりではないぞ」父が言い含める。「怒りや悲しみに襲われることもある」

「それらに立ち向かうときに、誰かがそばにいてくれるほうがいいでしょう」セレステは言った。「その相手として、わたしは彼を選んだの」

父はしばらく沈黙していたが、やがて目を潤ませたまま口を開いた。「おめでとう。母さんもそう思っているはずだ。姿は見えなくても、大事な場面ではいつもそばにいてくれる」

父はセレステの胸の真ん中をぽんと叩き、キーランにも同じようにした。

セレステは胸が詰まる思いで、父の頰にキスした。「ありがとう、お父さん」

「ありがとうございます、ミスター・キルバーン」キーランは彼女の父と握手を交わし、くぐもった声でさらに続けた。「娘さんは贈り物です。彼女をこの世に送りだしてくださり、ありがとうございます」

父は指の関節で目をこすった。「ほかの誰でもない、すべてはこの子自身のおかげだ」

セレステは喉にこみあげた熱いものをごくりとのんだ。「みんなにも知らせないと」

キーランと彼女の父はうなずき、ふたたび大広間へ戻った。その様子をキーランの家族全員が見守っていた。あれほどうれしそうな顔のドムを見るのも数カ月ぶりだ。

「結局」キーランはパーティの出席者全員に聞こえるように声を張りあげた。「今夜は婚約披露パーティになりました」

「ミスター・ランサムとわたしは結婚します」セレステはつけ加えた。

集まった人々はみな唖然としたが、次の瞬間には拍手と祝福の声があがった。今夜、セレステが婚約者とおぼしき男性と一緒にいたのに、一時間のうちに別の男性との婚約を発表したことに、みな少し困惑したようだった。しかしそれを堂々と押し通すのが最善の方法という場合もある。ほかの人たちも同調して祝福してくれるだろう。

婚約の発表を聞いたキーランの両親も満面の笑みをたたえ、拍手をしている。ふたりがそろってこれほど幸せそうにしているのを、セレステは初めて見た。

「びっくりしたけれど、すばらしいわ」レディ・ウィングレイヴは誇らしげに言った。「ミス・キルバーンほど立派なお嬢さんは見つかりませんよ」

「少なくともひとりは、われわれの条件を満たそうとしているわけだ」ウィングレイヴ卿は横から言い、当てつけがましくフィンを見た。フィンは自分のもとに梯子(はしご)がおりてくるのを待つかのように天井を見あげた。

「これは父さんと母さんが望んでいることとはまったく関係ありません」キーランは両親をまっすぐに見据えた。「自分のため、ぼくとセレステのためです」

彼の両親はばつが悪そうにうろたえた。息子が自分たちから独立した存在であることが理解できなかったのかもしれない。

セレステはキーランに近づき、耳元でささやいた。「あなたはすばらしい人で、祝福されるべきよ。それがわからないなら、彼らは愚か者だわ。でも、わたしはわかっている。これからもずっと」

キーランの褐色の瞳の奥に愛が満ちあふれた。彼はセレステの手を取り、唇を近づけてキスをした。人前で愛情を表現することが無作法だとか下品だとか言われようと、セレステもキーランもまったく気にならなかった。大切なのはふたりの未来だ。ふたりで分かちあう未来。

みんなで祝杯をあげた。セレステとキーランは顔を見合わせた。世間一般から見れば、彼女は申し分なく立派な女性だ。

しかしセレステと未来の夫は、そうでない一面もあることを知っている。

24

キーランは自分の部屋を歩きまわりながら、服を脱いでいった。上着とベストとクラヴァットまで脱ぎ捨てたところで思い直し、すべてを拾いあげて寝室の椅子の上に置いた。服をきちんと片づけたわけではないが、これでウェシャムの朝の仕事が少しは楽になるだろう。それに、キーランが自分で服をしまおうとすれば、従僕は遠回しに仕事ぶりを侮辱されたと思いこみ、三日間は不貞腐れるに違いない。

「おまえも一緒に行くか?」フィンが部屋の入り口から声をかけてきた。キーランのパーティで着ていた明るめの色の服から、賭博場で夜遊びするときに好んで着る黒い服に着替えている。

「ぼくはもう改心したんだ。忘れたのか?」しかしキーランはにやりと笑った。「それに、セレステ抜きで夜の冒険をしたら、彼女はひどく腹を立てるだろう」真顔になって言う。「今夜はありがとう。兄さんたちの協力がなければ、あれほどうまくことを進められなかったと思う」

フィンは黙って肩をすくめた。「はったりは必要不可欠な技術だが、ちょっと練習すれば習得するのはそれほど難しくないんだ。とにかく、婚約おめでとう」フィンはいつになく真面目な口調で言った。「おまえと一緒に歩んでくれる結婚相手を見つけるのは難しいだろうと思っていたが、ミス・キルバーンなら願ってもない相手だな」

未来の妻のことを思い浮かべたとたん、キーランの胸に温かい感情が広がった。彼女は互いに補いあえるまさに理想的な女性で、兄が賢明にもその事実に気づいてくれたことがありがたかった。しかし最も感謝している相手は、彼のような放蕩者を愛してくれたセレステだ。

キーランはデカンターが置いてあるテーブルまで歩いていき、グラスにウイスキーを注いだ。フィンにも勧めたが、手を振って断られた。「それで、兄さんはどうするんだ？　時間はどんどん過ぎていくのに、まさか賭博場で立派な花嫁を見つけるつもりじゃないだろうな」

「おまえの花嫁は賭博場にいたじゃないか」

「セレステは一〇〇万人のひとりの逸材だ」キーランは真顔で言った。「賭博場で貞淑な花嫁が見つかることはごくまれだよ」

「だからこそ行くんじゃないか。それよりも」キーランが異を唱える前にフィンは話を続けた。「ドムが塞ぎこんでばかりいるだろう。憂鬱な気分を一新するには、条件を満たす女性を見つけてやるのが一番だ。実は、すでに心当たりの女性もいる」

「誰だ？」キーランは興味を覚えて尋ねた。

「ミス・タビサ・シートン。グレイランド公爵の舞踏会で会ったインテリ女性だよ。彼女は冷静で理性的だから、かっとなりやすいドムの気性をどうにかしてくれるかもしれない」

たしかに興味をそそられる。「ふたりを引きあわせるつもりなのか?」

「ああ。だが、そのためにはおまえの協力が必要だ。ミス・キルバーンの協力も」

キーランが詳しい説明を求めようとしたとき、玄関のドアがノックされた。キーランは眉をひそめた。両親の屋敷で催したパーティは真夜中過ぎにお開きとなり、それから一時間が経過している。最後の客がウィングレイヴ・ハウスをあとにするよりずっと前に、ドムは夜闇の中へ姿を消したので、彼が訪ねてきたとは考えにくかった。

「誰か来る予定だったのか?」キーランはフィンに尋ねた。

兄は肩をすくめ、玄関へ向かった。キーランもあとに続いたものの、寝室の入り口にとどまった。

フィンがドアを開けたが、兄の大きな図体に視界をさえぎられ、向こう側に立っている人物は見えなかった。

「おまえの客だ」兄が肩越しに言って脇にどくと、深夜の訪問者が現れた。ほっそりした女性のようだ。

その人物がマントのフードをおろして顔を見せた瞬間、キーランの心臓が高鳴った。セレステだった。

「危険な賭けに出たものだ」磁力にあらがえず、キーランは三歩で部屋を横切った。「変装もせず深夜に外出し、独身男の住まいを訪ねるとは」

「そのうちのひとりは、もうじき独身ではなくなるわ」セレステは言い、顎をつんと上げた。彼女の髪とまつげに霧のしずくがついていて、その水滴をすべて舐め尽くしたいと思った。この先ずっと一緒にいられるというのに、キーランは四六時中、彼女のすべてを求めていた。「どちらにしても」彼女は話を続けた。「サロメは今夜、わたしたちのためにあれほど尽くしてくれたんだもの。それに、婚約中の男女がふたりきりの時間を過ごすことに並々ならぬ熱意を示したからといって、誰がとがめるの?」彼女の視線が熱を帯び、服を脱ぎかけたキーランの体から裸足の足元へとさまよった。

なんてことだ。セレステが彼を求めている様子を見るのはたまらなかった。しかも彼女はその情熱を隠そうともしない。

「そろそろ出かけるとしよう……」フィンはもごもごつぶやき、外へ出てドアを閉めた。

キーランとセレステは部屋の中央で向かいあった。次の瞬間、セレステは彼の首に両腕を巻きつけ、キーランは彼女の腰に両手を回し、ふたりは抱きあった。まるで互いのために作られたかのように、ふたりの体はぴったり密着した。

「こうしてきみを腕に抱くのが大好きだ」キーランはささやきながら、彼女の首に鼻をすり寄せた。彼女の肌は、夜気のにおいの中にかすかに麝香(じゃこう)の香りがまじっている。「変装していないきみを、ようやく抱きしめられた」キーランは彼女のにおいを存分に吸いこんだ。

「これはいいことなのかしら?」鎖骨に歯を立てられると、セレステは息を弾ませた。

「いいに決まっている。この先も、こういうことを当然とは決して思わない。うれしい驚きの連続になるはずだ」

　セレステがキーランの両肩を撫でた。彼女に触れられる感触を味わいたくて、キーランはさらに身を寄せた。

「実は、わたしは前からあなたに夢中だったのよ」セレステはかすれる声で打ち明けた。「兄の友人は醜聞まみれの放蕩者だった。いい子だったわたしが、まさかあなたの気を引くことができるなんてね」

　彼女の告白を聞いて、キーランは動揺した。「知らなかったよ。控えめで上品な見た目の下に、そんなよこしまな本音を隠していたのかと思うとうれしいよ。だが、ぼくに夢中だったと言ったね。少女の恋心はもうなくなったのかい？」

「成長して、本物の愛に変わったのよ」彼女は言い、キーランの唇の端に口づけをした。

　キーランは頭の向きを変え、彼女の唇を奪った。「いままで愛にまつわる詩をたくさん読み、自分でも書き、愛がどういうものか知っているつもりでいた。だが、ぼくがきみを愛するように、真の意味で人を愛するとはどういうことなのか何も考えられていなかったよ」

　ふたりはキスを深めていき、誓いを立てるように何度も唇を重ねた。

　キーランの体はすでに燃えあがっていたが、思わずうなり声を発してしまうほど必死に自分自身を抑えた。「ああ、きみが欲しくてたまらない。でも、きみが結婚初夜まで待ちたいならそうしよう」

「いいえ、待てないわ」セレステはかすれた声で言った。「用心するに越したことはないけれど、わたしもあなたが欲しいの、キーラン。あなたのすべてが」彼女は両手をキーランの腰へ滑らせたあと、尻をつかんだ。

キーランは笑い声ともうなり声ともつかない声を発した。彼女の情熱的なところが大好きだった。「きみはぼく以上に刺激的なことに貪欲らしい。それはつまり、相当に貪欲だということだ」

「新しいことを知るのも大好きだけれど、あなたのことをもっと知るのもいいわね。両方叶うなら言うことないでしょ……」セレステは片手を彼の尻からブリーチズの前へ移動させると、張りつめたものをそっと包みこんだ。

彼女に熱心に触れられた喜びで、キーランは声をうわずらせた。すると彼女はブリーチズの留め具をむしるように外し、中に手を入れ、むきだしになった下腹部を手で包みこんだ。キーランは低くうなった。夜気に触れていた彼女の肌は少し冷たかったが、それがかえって興奮に拍車をかけた。「ああっ」

「試してみたいことがあるの」セレステはかすれ声で言った。

「きみの好きなようにすればいい、ぼくはきみのものだ。うっ」彼女が上下に手を動かし始めると、キーランはしわがれた声を漏らした。

「わたしは淑女になるために多くのことを学んできたわ」セレステは息を切らして言った。「刺繍の仕方。お茶のいれ方。でも、こういうことは教わっていなくて」

「きみは……くそっ……実にすばらしい……ああ……仕事ぶりだ……」キーランは頭をのけ

ぞらせ、愛する人が与えてくれる快感にふけった。

彼女はキーランの前にひざまずいた。感謝の気持ちを表す最良の方法として、彼は口汚い言葉を口にすることしかできなかった。

セレステがひざまずいて彼のペニスに口づけている姿は、実にすばらしい眺めだった。彼女は恥じらいと興奮のまじった視線を合わせてきた。新たな経験をふたりで分かちあえることがうれしかった。

「本で読んだことしかないの」セレステはささやくように言った。「どうすれば……」

彼女にあからさまに説明するのだと思っただけで、すでにこわばっていた下腹部が、金属のようにかたくなった。「唇を湿らせてごらん、未来の花嫁さん」

彼女は言われたとおりにすると、さらなる指導を求めてキーランを見あげた。

「きみの覚悟ができたら、先端を舐めてほしい」

彼の指示に従い、セレステが唇を湿らせてから顔を近づけると、ペニスの先端に温かい息がかかった。彼女が初めて舌で触れた瞬間、稲妻がキーランの全身を貫いた。ためらいがちに軽く舌で触れられただけなのに、どうにかなりそうだった。しばらくすると、彼女が尋ねた。「まだ先があるのよね?」

「きみの覚悟ができたら」キーランは歯を食いしばって言った。「先端を口に含んでくれ」

「全部ではなく?」

どうやらセレステは彼にとどめを刺そうとしているようだ。「ゆっくり始めて、慣れてきたら動かすんだ」

「いつも思いやってくれるのね」彼女は小さく微笑むと、頭を低く下げてペニスの先端を熱い口の中に迎え入れた。

「きみの情熱的なところが大好きだ」キーランは息を切らしながらどうにか口にした。「そしてきみの勇気も」

セレステがうれしそうな声を発した。キーランは脇におろした両手を握りしめ、欲望のおもむくままに彼女の中にわが身を沈めたい衝動と必死に戦った。彼女は欲望の証を舐めたり吸ったりするうちに、だんだん自信をつけてより大胆になり、奥深くまで受け入れた。それでも半分までしか口に含むことができず、不満げな声をあげた。

「落ち着いて」キーランはやっとのことで言った。「残りの部分は手を使えばいいんだ」

「こんなふうに？」彼女はつぶやき、手を上下に動かしながら、ふたたび吸いついた。

「くそっ、ああ、それでいい」

キーランは目を細めて、セレステがペニスを喉の奥までのみこむ姿を見つめ、ペニスが唇のあいだに消えていくすばらしい眺めを堪能した。鋭い快感に立っていられないほどだったが、彼女が没頭しているので必死に足を踏ん張った。

セレステは胸を上下させ、頬を赤くほてらせ、興奮をあらわにしている。

彼女の興奮がキーランの興奮をさらに高め、背骨のつけ根に解放の波が押し寄せてきた。

しかし、いまは我慢して今度は彼女に喜びを与えなくてはと考え、後ろ髪を引かれる思いで彼女の口から自分のものを引き抜いた。

「愛しい人」キーランはかすれる声で言った。「きみとひとつにならなければ、頭がどうにかなりそうだ。異存はないかい？」

「まったくないわ」セレステはあえいだ。

感謝の言葉を叫びたいくらいだった。キーランは彼女を立たせると、ふたりはそそくさと服を脱いだ。ふたりとも裸になると、キーランは後ろに下がり、彼女をほれぼれと眺めた。彼女の頬と胸が赤く染まる。さまざまなことを分かちあったあとなのに、裸を見られるのは恥ずかしいのか、彼女はまつげを伏せた。

「インペリアル劇場の楽屋のときと変わらずとてもきれいだ」キーランは低く響く声で言った。「今回のほうがもっとすばらしいものになるはずだ。変装をしていないし、ぼくたちは結婚を誓いあった仲だ。ようやく未来の妻のためにじっくり時間をかけられる」

キーランはセレステと指を絡ませて寝室へ連れていくと、さっと腕に抱きあげてベッドまで運んだ。ベッドカバーの上に彼女を寝かせる。官能的な体、愛にあふれたまなざし――非の打ちどころがなかった。

「ベッドが」セレステはかすれた声で言い、上体を起こして両肘をついた。「なんだか斬新ね」

「近いうちに、ふたりで使うベッドを手に入れよう。ふたりだけの秘密の王国を」キーランはマットレスに上がり、彼女にキスをした。焼けつくような欲望がひとつに溶けあい、キスが激しさを増す。キーランは乳房を撫で、敏感な先端を指でもてあそび、彼女の体を自分の両手に記憶させていった。体の隅々までこのうえなく美しい。このすばらしい女性が、人生に刺激と無上の喜びをもたらしてくれたのだ。

セレステがあえぎ声をあげると、キーランはあおむけに寝そべった。

「ぼくの顔の上にまたがって」キーランはかすれる声で命じた。

「えっ、わかったわ」彼女は息を弾ませて言った。

セレステはキーランの手を借りて体勢を変え、彼の頭の両脇に膝をついた。キーランが絹のように滑らかな腿のあいだに喜んで顔を埋めると、彼女ははっと息をのんだ。最高にすばらしい眺めだった。赤みを帯び、欲望に濡れた女性器が彼の真上にある。セレステの腰をつかんで引き寄せると、彼女も腰を落とし、やがて彼の口が敏感な部分をとらえた。

セレステの味……このために自分は存在しているようなものだった。彼女は溶けて煮えたぎり、ぴりっとした味わいがあり、繊細でありながら、恐れることなく快楽を追い求め、すり寄ってくる。キーランは突起を舌で弾き、合わせ目に吸いついた。

「キーラン」セレステはあえいだ。「わたし――」狂おしい声とともに、全身が張りつめていく。

でも、まだだめだ。彼女にすべてを与えなければならない。キーランは片手を彼女の下腹部に滑らせると、二本の指を中に沈めた。指をさらに奥まで差し入れ、欲望に腫れた場所を見つけた。

セレステは彼の名を呼びながら、ぶるりと体を震わせた。ふたたび絶頂へ導かれると、小さな悲鳴をあげた。しばらくして、体を引いた。

「お願い、キーラン」彼女は懇願する口調で言った。「欲しいの……欲しいの……」

「もう我慢できないってわけか」キーランは寝返りを打ち、セレステをあおむけにすると、脚のあいだに身を置いた。人生の残りの時間はここで過ごしたい。「淑女がぼくのペニスをねだっている」

「一生あなたを求め続けるわ」セレステはふたたび彼の尻をつかんだ。

「ああ、きみをどんなに愛しているか」キーランが一気に腰を沈めると、彼女も体を反らして受け入れた。

ゆっくりと進め、楽しみを引き延ばすつもりだったのに、腰を突きだすたびにセレステが身をよじってあえぐので、キーランも自分を抑えられなくなった。彼女に包みこまれている感覚は至福の喜びで、まるでわが家に帰ったようだった。獣のように息を切らしながら、彼女を喜ばせることに没頭する。キーランが荒々しく激情をぶつけるのに合わせて、セレステも彼の腰のくぼみに足首を引っかけて激しく動いた。

キーランは体を回転させ、セレステの脚を広げて彼にまたがらせると、彼女が解放へ向かって、思いつめたように恍惚の表情を浮かべるのを眺めた。セレステへの愛がこみあげ、彼女が耐えられる限り快感を与えたくてたまらなくなった。彼女がふたたび絶頂の叫びをあげた瞬間、キーランも高みにのぼりつめ、自分のものを引き抜いた。

ふたりとも肩で息をしていたが、やがてキーランはセレステを毛布の上におろすと、ぐったりしている彼女の腕からすり抜け、震える脚で部屋を横切った。布を見つけ、たらいに張った水に浸して戻ると、ふたりの体をきれいに清めた。彼女の体を布で撫でるたびに畏敬の念に打たれた。その役目を終えると、ふたたび横たわり、彼女をそっと抱き寄せた。

セレステはキーランの胸に手のひらを置き、巻き毛を指でもてあそんだ。

「こんな気持ちになるとは思いもしなかったよ」キーランはやさしく言った。

「どんな気持ち？」彼女は気だるげな声で尋ねた。

キーランはふさわしい言葉を探したが、特別な女性と分かちあった特別な喜びを完璧に言い表すものは思いつかなかった。

「〝充足感〟という言葉では物足りないな。そうだな……まるでぼくがいままで経験したことのない方法で、全世界がぼくを受け入れてくれたような気分だ」キーランは彼女の頭のてっぺんにキスをした。

「わたしたちはその世界を探検するのね」セレステが身を寄せてきて、互いの体がぴったりと密着した。「その世界では、昼も夜もわたしたちのもの。自分たちがどういう人間で、どうあるべきか、誰かの定義に当てはまる必要もない。それがありのままのわたしたちだから。不完全で模索中でも、すばらしく美しい。お互いの瞳に映るのがありのままの自分でありさえすれば、ほかには何もいらないわ」

「きみに出会う前、ぼくはどうやって存在していたんだろうな」キーランはくぐもった声で言った。「だがこうして、きみはぼくのものになり、ぼくはきみのものになった。ぼくの望みは次の一歩を踏みだすことだ」

セレステは無限の愛をたたえた瞳で、彼に微笑みかけた。愛と容認を。

「そしてその次も」彼女は身を起こし、もう一度キスをした。「またその次も。わたしたちの道は果てしなく続いているわ。ふたりで一緒に旅をしましょう」

エピローグ

二カ月後

「これで足りるかしら？」セレステはスーザンに尋ね、所狭しと積まれた本を見渡した。ラトクリフに教材を保管するための部屋を借りていて、室内には読み書きの教本（ホーンブック）とチョーク、紙と羽根ペン、大量の本が詰めこまれている。

「大丈夫よ」スーザンは答え、子ども向けの読本を孫に手渡した。幼子が同じような読本の山のほうへよちよちと歩いていく。「ノースフィールド公爵夫人、あなたのお父さん、レディ・アシュフォード、あなたが集めたほかの後援者の方々のおかげで、本が足りないということはないわ。それに」スーザンは苦笑いを浮かべて言った。「これ以上しまっておく場所がないでしょう」

「わたしの父がこの近くに倉庫をいくつか持っているわ」セレステは指摘し、最初の授業に向けてさらに本を積みあげた。緊張と期待で胃がむかむかした。家庭教師もすでに雇った。あと二日でラトクリフの希望者が誰でも学べる無料の学校が始まるのだ。

「とりあえず、いまあるもので始めましょう」スーザンはやさしく言い聞かせた。「あなたはすでに多くのことをしてくれたわ」

「誰か来てくれるかしら?」セレステは不安になって尋ねた。

「必ず来るわよ。ラトクリフの半分の家庭が子どもたちを連れてくると約束してくれたし、文字を習いたいという大人も少なからずいるはず。わたしみたいに」

セレステは本のあいだを抜け、スーザンの腕をつかんだ。「あなたならきっとうまくやれるはずよ。わたしもここに来て応援するわ」

「ぜひハンサムな婚約者も連れてきてちょうだい」スーザンはウインクをしながら言った。だが考えこむような顔をして、さらに続けた。「でも彼がいると、みんなの気が散ってしまうかもね。あなたも彼のほうばかり見ちゃうだろうし」

「そんなことはない」キーランが笑みを浮かべて部屋の入り口に立っていた。その笑顔はいつも、セレステの胸を高鳴らせる。「丸一分もここに立っているのに、ぼくの花嫁はまったく気づきもしなかった。意気消沈して部屋に閉じこもってしまいそうだ」

「でも、わたしをそっと見つめているときのあなたはなおさらロマンティックで魅力的に見えるのよ」セレステは部屋を横切り、彼女を待つ腕の中に飛びこんだ。ほんの数時間前に会ったばかりなのに、キーランはずっと待ちわびていたようにセレステを抱きしめた。「みんなの楽しみを奪うような真似はしたくないわ」

「生意気な口だな」キーランは愛情のこもった表情でからかい、セレステの顎を持ちあげて唇にキスをした。人前にもかかわらず、息をのむほど濃厚なキスを。

「わたしの目の前でセレステをうっとりさせるのが終わったら」スーザンが皮肉っぽく言った。「彼女を連れて帰ってしっかり夕食をとらせてあげて。一日じゅう働いていたから、休息が必要よ」

「そうなのか？」キーランは尋ね、セレステの顔をじっと見た。「たしかに疲れているようだな」

「未来の夫としばらく過ごせば平気よ」セレステは正直に返した。キーランと過ごす一瞬一瞬が、彼女を元気づけてくれる。いまのように、何時間も教材を整理していて疲れきっているときでさえ。

「そういうことなら大急ぎできみを家に連れて帰ろう」キーランはにっこり笑って言った。「そして、ぼくという生き返りの治療薬を与えないとな」

「ほら、お行きなさい、おふたりさん」スーザンは声をたてて笑った。「それじゃあ二日後にね、セレステ」

セレステとキーランは手を取りあって一階におりると、外の通りへ出た。セレステは敬礼で迎えられ、いよいよ学校が始まることに多くの人が意欲を示した。キーランも親しみを持って迎えられた。読み書きを教える計画を精力的に支援しているので、いまでは彼もラトクリフではよく知られた存在だ。

セレステは鼻が高かった。

ふたりで狭い通りを歩いていると、キーランが尋ねた。「すごく疲れているかい？　ハンス・タウンへ戻る前にやりたいことがあるんだが」

「疲れすぎてあなたにつきあえないなんてことはないわ」セレステは微笑みながら言った。

「よし、こっちだ」キーランは親密で温かな笑みを浮かべると、セレステを連れて南へ向かい、やがて川にたどり着いた。黒く濁った水は、真夏特有のじめじめしたにおいを放っていたが、セレステにとっては知り尽くした景色と場所で、絵のように美しいわけでもなかったのでがっかりした。とはいえキーランがそばにいれば、どんな景色も美しく見える。

「きみの計画の栄光をかすめ取るつもりはないんだ」ふたりで波止場に立つと、キーランは言った。「でも……きみはこれを見たいんじゃないかと思って」彼ははにかんだような笑みを浮かべ、上着のポケットから何かを取りだして、セレステに手渡した。

「これは、あなたの本ね」セレステは驚いて大きな息を吐いた。革装の薄い本を開くと、扉に銅板刷りの優雅な書体で〝詩と歌、そして夢――キーラン・ニコラス・ランサム詩集〟と記されていた。

「まあ、なんてすばらしいの」セレステは思わず叫び、手袋をはめた手で紙面に触れた。世間の目に触れるように彼の名前が印刷されているのを見て驚嘆する。「あなたには驚かされてばかりだわ」

「まだあるんだ」キーランはやさしい声で言った。「ページをめくってごらん」

言われたとおりにすると、次のページに〝Cへ――Kより――すべての詩をきみに捧ぐ〟

と記されていた。

目に涙があふれ、セレステは本を胸に抱きしめた。キーランは幸せと不安の入りまじった気持ちで彼女を見つめた。「これは本心だ」彼はつぶやいた。「きみがいなければ、ぼくの人生に詩は存在しない。きみのいない人生にはなんの意味もない」

「ああ、キーラン」セレステが背伸びをして唇を重ねてきたので、キーランは彼女の顎をそっと包み、官能的なキスをした。何度キスを交わしても、そのたびに欲望と期待でセレステは熱く燃えあがった。

「両親にも一冊送ったんだ」しばらくして、キーランは言った。

「気に入ってもらえなかったらどうするの？」セレステはこの数週間のあいだに何度か伯爵夫妻と食事をしたが、彼らは思っていた以上に歓迎してくれた。キーランと両親の関係がすっかり友好的になったわけではないけれど、多少なりとも親しみを感じられた。伯爵はキーランを自分の社交クラブに招待さえした。それはいままで一度もなかったことだとキーランがあとで話していた。

「両親がどう思うかは問題じゃない」彼は口の端を上げた。「ぼく自身が気に入って、きみも気に入ってくれること。大事なのはそれだけだ。これはぼく、、、、たちの旅だからね。そういえば……」

キーランは彼女を抱き寄せ、秘密めかしてささやいた。「夜の遠足を計画しているんだ。ブルームズベリーのある芸術家の邸宅の大広間で、かなりいかがわしい催しが行われるらしい。サロメも行くかい？」

「彼女が見逃すはずないでしょう」期待感で脈が速まるのを感じながら、セレステは答えた。

ふたりが婚約してからも、夜の冒険はまだ続いていた。彼女は相変わらずサロメとして外出していたが、キーランも変装するようになった。婚約中のキーラン・ランサムが、婚約者ではない女性と一緒にいるところを見られるのはどう考えてもまずいからだ。ロングブリッジ邸のパーティのときと同じように彼は目のまわりにコール墨を塗り、セレステを喜ばせた。そして夜が更けるとキーランのベッドへ戻り、カーテンの隙間から太陽が顔を出すまで愛しあった。もちろん、ふたりとも立場をわきまえていたけれど、クリスマスに行う予定の結婚式まで待つのは不可能だった。

ふたりで一緒にロンドンの悪名高い界隈を探索するのは、初めて冒険に出たときと同じくらいわくわくした。どこへ行くのかは問題でなく、キーランと一緒にいられることに心が躍った。彼に励まされたり、称賛されたりしながら、ふたりは世界のさまざまな神秘について学んだ。そしてベッドで一緒に過ごすたびに、得られる快感も大きくなった。

キーランは彼女を抱き寄せ、もう一度キスをした。「ぼくの大胆な恋人」

「あなたと一緒ならどこへでも行くわ」セレステは彼の唇にささやきかけた。「わたしの奔放な詩人」

「ぼくたちの前途には、白紙のページがたくさんある」キーランはかすれた声で言った。

「ふたりで一緒に冒険し、すべてのページを埋め尽くそう」

訳者あとがき

放蕩者三人組がどうしても結婚しなければならない状況に追いこまれるシリーズの一作目。物語は結婚式の場面から始まります。

伯爵の娘であるウィラと新興成金の息子ドムの結婚式を見届けようと大勢の人々が集まっている教会に、新郎の親友であり新婦の兄であるランサム兄弟が介添人を務めるために到着します。ところが司祭に案内されて教会の奥にある聖具保管室へ行くと、めちゃくちゃに破壊された部屋の隅にドムがうずくまっていました。興奮しているドムから事情を聞きだすと、貧困の中で育った自分はウィラにはふさわしくないと言い張ります。最初はドムを説得しようとした兄弟ですが、恋愛結婚をしたものの仲が冷えきって最悪の結婚生活を送っている両親を思い浮かべ、妹を不幸な結婚生活から救おうと決心します。そしてドムを教会から逃がしてしまい……。

妹の幸せを考えて行動したつもりだったランサム兄弟のフィンとキーラン。ところが傷心の妹は翌日国を出てしまい、両家の親の怒りを買った兄弟とドムは、一年以内にふさわしい女性を見つけて結婚しなければ勘当するという最後通牒を突きつけられます。しかもひとりでも結婚しなければ全員勘当という連帯責任を負わされ、三人は条件をのまざるをえない羽目に。といっても、放蕩ぶりで悪名を轟かせている三人のこと。婚活に励むとっかかりすらありません。そこでキーランはどこから見ても品行方正なドムの妹セレステに手を貸してもらうことを思いつきますが、逆に夜遊びに連れていってほしいと交換条件を持ちかけられて、進退きわまります。本書の魅力のひとつは、キーランが案内するロンドンの退廃的な夜の世界。父親と兄のために抑圧された生活に耐えているセレステが、夜の世界で初めての自由を得て生き生きと花開いていくさまが描かれています。賭博場で行われているカードゲーム以外の賭けや羽目を外したプライベートパーティの様子など、セレステと一緒に冒険するつもりで楽しんでいただけたらと思います。

シリーズのヒーローである放蕩者三人組ですが、ひとりひとり放蕩の方向が違うのが面白いところです。フィンはそのポーカーフェイスぶりでギャンブルに強さを発揮しているようですし、ドムはランサム兄弟と遊びまわりながらもウィラと出会ってからは女遊びからは距離を置いてきたよう。そして三人のうちの誰より女遊びにふけってきたのが本書のヒーローであるキーラン。夜遊びの際にはコール墨で目を縁取るなど、いかにもな放蕩者ぶりです。その彼がどうしてヒロインに惹かれていくのか、花嫁探しはどうなるのか、追いつめられた状況にあるヒロインはどうなるのか、著者はテンポよくストーリーを展開させて、読者を飽きさせません。

さて、フィンがヒーローであるシリーズ二作目は、二〇二二年一一月にすでに原書が出版されています。本書ではキーランの寡黙な兄として登場する彼がどんな相手と恋をするのかまったく想像がつきませんが、ご紹介できる機会があることを願っています。

著者のエヴァ・リーはアメリカのカリフォルニア在住のロマンス作家で、夫のニコ・ロッソもロマンス作家だそう。彼は妻の影響で書き始めたということで、どんな作品なのか興味を引かれるところです。

二〇二三年一月

ライムブックス

初恋の思い出作りは放蕩者と

著　者　エヴァ・リー
訳　者　緒川久美子

2023年2月20日　初版第一刷発行

発行人　成瀬雅人
発行所　株式会社原書房
〒160-0022東京都新宿区新宿1-25-13
電話・代表03-3354-0685　http://www.harashobo.co.jp
振替・00150-6-151594
カバーデザイン　松山はるみ
印刷所　中央精版印刷株式会社

落丁・乱丁本はお取替えいたします。
定価は、カバーに表示してあります。
 ISBN978-4-562-06552-3 Printed in Japan